# DONGSUH MYSTERY BOOKS 86

## NOT A PENNY MORE, NOT A PENNY LESS

# 한푼도 용서없다

제프리 아처/문영호 옮김

동서문화사

옮긴이 문영호(文永浩)

서울대학교공과대학 졸업. 육군사관학교 교수, 파스칼세계대백과사전 편찬위원 역임. 옮긴책 라티머 《처형 6일전》 퀸 《꼬리 아홉의 여우》

DONGSUH MYSTERY BOOKS 86

한푼도 용서없다

제프리 아처 지음/문영호 옮김

초판 발행/1982년 12월 1일

중판 발행/2003년 6월 1일

발행인 고정일/발행처 동서문화사

창업 1956. 12. 12. 등록 16-345(윤)

서울강남구신사동 540-22 ☎ 546-0331~6 (FAX) 545-0331

www.epascal.co.kr

*

편찬·필름·제작 일체 「동판」 자본으로 이루어짐에 따라

출판권 소유권자 「동판」에서 제조출판판매 세무일체를 전담합니다.

사업자등록번호 211-90-02201

ISBN 89-497-0171-5 04840

ISBN 89-497-0081-6 (세트)

# 한푼도 용서없다

## 차례

## 고마움의 말

이 책을 쓰는 데 도움을 주신 많은 분들에게 감사 드린다. 집필을 권해주신 데이비드 니븐 2세, 그것을 가능하게 해 주신 노엘 경과 레이디 홀, 그밖에 에이드리언 메트카프, 앤소니 렌툴, 콜린 엠슨, 테드 프랜시스, 고드프 리바커, 윌리 웨스트, 마담 텔리겐, 데이비드 스타인, 크리스천 니프, 존 밴스 박사, 데이비드 위든 박사, 네슬리 스타일러 목사, 로버트 개서, 짐 볼턴 교수, 제이미 클라크, 또한 함께 일한 가일과 조, 그리고 많은 시간을 들여 자료를 수집해 주고 편집을 도와준 아내 메리에게.

메리와
뚱뚱한 남자들에게

# 프롤로그

"예르크, 오늘밤 유럽시간으로 6시까지 크레디 파리지앵에서 2번 계좌로 700만 달러가 입금될 걸세. 그 돈을 내일 아침까지 믿을만 한 은행에 넣어두거나 유럽 달러시장에 하룻밤 투자해 주게. 알았 지?"

"알겠네, 하비."

"리우데자네이루의 드 미나스 제라이스 은행에 실버맨과 엘리엇이 라는 이름으로 100만 달러를 예금해서, 롬버드 거리 버클레이스 은행의 단기대출은 취소시키는 거야. 알겠나?"

"그리 하겠네."

"내 상품계좌에서 1천만 달러는 금을 사들이고, 다음 지시가 있을 때까지 기다리게. 되도록 싼값으로 사들여야 하네. 절대 서둘지는 말게. 느긋하게 배짱을 갖고, 알겠나?"

"물론이지."

하비 메트카프는 이 마지막 지시는 불필요한 것이었음을 깨달았다. 예르크 비르러는 취리히에서도 가장 신중한 은행가 중 한 사람이고,

과거 25년 동안의 실적으로 보아도 가장 빈틈없는 은행가라는 것이 증명된 인물이다.

"6월 25일 화요일 2시에 윔블던의 센터 코트에 있는 내 특별석으로 올 수 있겠나?"

"갈 수 있고말고, 하비."

갑자기 전화가 끊어졌다. 하비는 안녕이라는 작별 인사를 하지 않는 사람이었다. 사람이 살아가는 데 꼭 필요치 않더라도 그저 예의상 주고받는 말이 있음을 전혀 이해하지 못하는 사람이며, 이제 와서 남들처럼 해보려 한들 이미 될 일도 아니었다. 그는 다시 수화기를 들고는 보스턴의 링컨 트러스트로 연결된 일곱 자리 숫자를 돌려서 비서를 불러냈다.

"피시 양인가?"

"네, 그렇습니다."

"프로스펙터 오일 관계 파일을 찾아내어 없애버려. 그것과 관계되는 통신문도 모두 없애고, 절대 어떤 흔적도 남기지 말 것. 알겠지?"

"네, 알았습니다."

다시 전화는 철컥 하고 끊겼다. 하비 메트카프가 그런 명령을 내린 것은 지난 25년 사이에 이번이 세 번째였으므로 피시 양도 필요 이상의 질문은 하지 않았다.

하비는 거의 한숨에 가까운 깊은 심호흡을 했다. 승리를 의미하는 조용한 안도의 한숨이었다. 아무리 적게 잡아도 2,500만 달러의 재산을 그는 마침내 손에 쥐게 되었으며, 어느 누구도 그를 방해할 수 없었다. 런던의 헤지스 앤드 버틀러 사가 수입한 1964년산 크루그 샴페인의 맛을 즐기며, 한 달에 한 번 꼴로 이탈리아 이민의 손을 거쳐 250개들이 상자로 쿠바에서 밀수되고 있는 로메오 이 프리에터 처칠에 불을 붙였다. 그리고 의자 등받이에 기대어 혼자서 천천히 축배를 들었다. 매사추세츠 주의 보스턴은 지금 12시 20분, 점심시간이었다.

할리, 본드, 킹스 거리, 그리고 옥스퍼드의 모들린 칼리지는 지금 오후 6시 20분이었다. 서로 연고도 관계도 없는 네 사람이 〈런던 이브닝 스탠더드〉 신문의 최종판으로 프로스펙터 오일의 주가를 체크하고 있었다. 주가는 8달러 20센트였다. 한결같이 부자인 이 네 사람은 지금까지 쌓아올린 눈부신 경력을 한층 확실히 굳힐 것을 꿈꾸고 있었다. 내일이면 한푼 없는 빈털터리가 되는 줄도 모르고,

# 제1장

예나 지금이나 100만 달러를 합법적으로 단숨에 벌어들이기란 쉬운 일이 아니다. 혹시 법망을 피해 100만 달러를 벌라면 조금은 일이 쉬워지겠지만, 뭐니뭐니해도 벌어들인 100만 달러를 고스란히 간직하는 일이 아마 가장 어려울 것이다. 헨리크 메텔스키는 이 어려운 세 가지 일을 거뜬히 해낸 아주 드문 사람 중 하나였다. 합법적으로 벌어들인 100만 달러가 법망을 뚫고 벌어들인 100만 달러보다 나중에 들어오긴 했지만, 아무튼 메텔스키는 여전히 다른 사람보다 우위에 설 수 있었다. 그 어느쪽 100만 달러도 없애지 않고 간직하고 있었기 때문에.

헨리크 메텔스키는 1909년 5월 17일 뉴욕의 로우 이스트 사이드에서 태어났다. 부모는 폴란드 사람인데, 20세기 초에 미국으로 이주해 왔다. 아버지는 빵굽는 기술자였으므로, 폴란드 이민들이 검은 호밀빵 굽는 일과 조그만 레스토랑 운영을 거의 독점하다시피 한 뉴욕에서는 쉽게 일자리를 구할 수 있었다. 부모는 헨리크가 학문으로 성공하기를 바랐지만 아무래도 그쪽 재능은 타고나지 못한 듯, 그리 눈에 뜨이는 고등학생은 아니었다. 잔꾀가 많은 이 소년은 독립전쟁이나 자유의 종 같은 감동적인 이야기보다는 교내 마약이나 술 암거래에 커다란 관심을 보였다. 헨리크 소년은 인생에서 가장 소중한 것이 공짜로 손에 들어오리라고는 생각지 않았으므로, 돈과 권력을 추구하는 것은 고양이가 쥐를 쫓는 것만큼이나 자연스러운 일로 여겼다.

헨리크가 여드름투성이로 한창 건방을 떨 무렵인 열네 살이 되었을 때 아버지가 암으로 세상을 떠났다. 몇 달 뒤 어머니도 아버지를 따라가 외아들 헨리크는 고아가 되었다. 따라서 마땅히 그 지역 고아원에 수용되어야 했겠지만 1920년대 초 뉴욕에서 소년 하나가 행방을 감추는 것쯤 그리 대수로운 일도 아니었으며, 문제는 그보다 어떻게 살아가느냐 하는 것이었다. 덕분에 헨리크는 살아남는 데 명수가 되었는데, 이 기술은 뒤에 가서 그에게 큰 도움을 주었다.

헨리크는 주린 배를 움켜쥐고 눈을 번들거리며 뉴욕의 로우 이스트 사이드를 헤매고 다니며 여기저기서 구두닦기, 접시 씻기를 하면서 부와 명예의 중심지로 들어가는 입구를 찾아다녔다. 그런 입구 중 하나를 발견한 것은, 함께 방을 빌려쓰고 있는 뉴욕 증권거래소의 서류 배달원인 얀 펠니크가 살모넬라 균에 감염된 소시지를 먹고 한동안 일을 못하게 되었을 때였다. 헨리크는 친구의 이 불운을 대신 메신저 주임에게 전하면서, 식중독을 결핵으로 속여 펠니크의 후임으로 들어앉게 되었다. 그리하여 그는 하숙을 옮기고 새로운 제복을 입고 일하게 된다.

20년대 초 그가 전달한 메시지의 대부분은 '사자'(buy)였다. 주가가 급등하는 시기였던 탓도 있어서, 그런 지시에 대한 반응도 신속한 것이었다. 헨리크는 특별한 재능도 없는 사람들이 한밑천 잡는 것을 자주 보게 되었다. 그러나 자신은 어디까지나 구경꾼일 뿐이었다. 자기 봉급으로는 평생을 모아도 안 될 거액을 증권거래소에서 불과 1주일 만에 벌어들이는 인간들에게 그는 본능적으로 끌리고 있었다.

헨리크는 증권거래소의 조직에 대해 공부를 하기 시작했다. 사람들 이야기에 귀를 기울이고, 메시지를 훔쳐보고, 어느 신문을 읽어야 하는지를 알게 되는 등 열여덟 살까지 월 거리에서 4년 간의 경험을 쌓았던 것이다. 대부분의 메신저 보이에게는 이 건물에서 저 건물로 걸어다니며 연락에 필요한 메모를 전할 뿐인 이 4년 동안이 헨리크 메텔스키에게는 하버드 비즈니스 스쿨의 MBA 취득과도 맞먹는 것이었다. (그러나 장차 이 권위 있는 대학에서 강연하는 날이 오게 될 것을 당시의 그가 알았을 리는 만무하다. )

1927년 7월, 그는 오래된 주식 중개소인 핼가튼 앤드 컴퍼니로 오전의 중간 메시지를 전하러 가는 도중에, 여느 때처럼 화장실부터 들렀다. 화장실에 들어가 앉아서 건네받은 메시지를 몰래 읽고는 그 내용이 자기에게 조금이라도 가치가 있는가 생각해 보고, 가치가 있다고 생각되면 같은 교포들을 상대로 조그만 보험대리점을 하고 있는 폴란드 인 선배 비톨드 그로노비치에게 전화로 그 내용을 전달하는 그런 시스템을 만들어두고 있었던 것이다. 헨리크는 그 정보 제공으로 매주 20달러에서 25달러의 가외 수입을 올릴 수 있었다. 그로노비치는 증권 시장에 큰 돈을 투자할 정도의 여유는 없었으므로, 이 젊은 정보 제공자가 기밀 누설에 대한 의심을 받게 되지는 않았다.

변기를 타고 앉아서 헨리크는 자신이 상당히 중요한 메시지를 읽고 있다는 사실을 인식하기 시작했다. 텍사스 주의 주지사가 스탠더드 오일 컴퍼니에 시카고에서 멕시코에 이르는 파이프라인 설치를 허가할 예정이며, 이미 다른 관계 공공 단체들도 모두 이 신청에 동의하고 있다는 내용이었다. 증권 시장에 스탠더드 오일이 거의 1년 전부터 이 최종 허가를 얻기 위해 노력하고 있다는 것은 널리 알려진 사실이었다. 이 메시지는 존 D. 록펠러 2세(스탠더드 오일의 회장)의 주식중개인인

터커 앤소니에게 직접 긴급으로 건네주어야만 하는 것이었다. 이 파이프라인의 허가는 북부 전지역에 대한 석유 공급이 지금보다 훨씬 쉬워지므로 당연히 매출 이익도 늘어날 것이다. 다시 말해서, 이 소식이 공표되면 스탠더드 오일의 주가가 뛰어오를 것은 헨리크의 눈에도 빤히 보이는 일이었다. 더구나 스탠더드 오일은 미국의 석유 정유소의 90%를 지배하고 있으니 더 말할 나위도 없었다.

여느 때 같으면 헨리크는 즉시 이 정보를 그로노비치에게로 보냈을 것이며, 사실 지금도 그럴 생각으로 밖으로 나가려는데, 상당히 뚱뚱한 남자가 화장실에서 나가면서 종이쪽지 하나를 떨어뜨리고 가는 것이었다. 아무도 없었으므로 헨리크는 그 종이쪽지를 주워들고 도로 화장실 안으로 들어갔다. 어쩌면 이것도 새로운 정보 중 하나가 아닐까 하는 생각을 하면서. 그런데 그것은 로즈 레니크 부인이라는 여자가 발행한 액면 5만 달러짜리 수표였다.

헨리크의 머릿속은 재빨리 회전되었다. 그는 부랴부랴 화장실에서 뛰어나와 어느새 월 거리에 서 있었다. 그리고는 렉터 거리에 있는 조그만 커피숍으로 들어가서, 거기서 신중하게 어떤 계획을 짠 다음에 즉시 행동으로 옮겼다.

먼저 월 거리의 남서쪽에 있는 모건 은행의 지점에서 수표를 현금으로 바꾸었다. 증권거래소 메신저의 날씬한 제복을 입고 있었으므로 상대방에서는 어디 어엿한 회사에서 급히 심부름을 온 것으로 생각할 거라는 계산을 이미 한 뒤였다. 그리고 증권거래소로 다시 돌아가서 장내 주식 중개인을 통해 스탠더드 오일 2,500주를 한 주에 19달러 85센트로 사고 수수료를 치르고 나니 수중에 126달러 61센트가 남았다. 그 잔액을 고스란히 모건 은행의 예금계좌에 넣었다. 드디어 진땀까지 흐르는 긴장 속에서 주지사의 발표를 초조하게 가슴졸이며 기다리면서 여느 날과 같이 저녁때까지 일했다. 스탠더드 오일에 관한 일에 정신이 팔려서 화장실 안에 들어가 메시지를 훔쳐 읽는 일조차 깜박 잊어버릴 정도였다.

발표는 없었다. 헨리크로서는 주지사 자신이 여기저기에서 그 더러운 손이 닿는 데까지 주식을 사모으기 위해 증권거래소의 폐장 시간인 4시까지도 발표를 미루고 있다는 것을 알 리 없었다. 그 결과 폐장의 주가는 20달러 5센트로 올라가 있었다. 헨리크는 그날 밤 돌이킬 수 없는 큰 잘못을 저지른 것에 넋을 잃고 집으로 돌아왔다. 형무소로 끌려가서, 일자리는 고사하고 지난 4년 동안 쌓아올린 모든 것을 한꺼번에 날려버리는 자신의 모습이 눈앞에 어른거렸다.

그날 밤은 잠을 이루지 못한 채 하숙집 좁은 방에서 시간이 갈수록 안절부절못하고 있었다. 새벽 1시에는 마침내 더 견딜 수 없어서 침대에서 일어나 수염을 깎고 옷매무새를 단정히 하고서 기차로 그랜드 센트럴 역까지 갔다. 거기서 타임스 스퀘어까지 걸어가서 떨리는 손으로 〈월 스트리트 저널〉 신문의 1판을 샀다. 신문에는 커다란 글씨가 춤추고 있었다.

주지사 석유 파이프라인을 록펠러에게 허가하다

그리고 조금 작은 글씨로 다음과 같이 쓰여 있었다.

스탠더드 오일 주가 크게 뛸 듯

헨리크는 멍청한 채 가장 가까운 이스트 42번 거리의 철야 영업 카페까지 걸어가서 커다란 햄버거와 프렌치 프라이를 주문하여 전기 의자로 보내질 죄수가 최후의 아침 식사를 하듯이 허겁지겁 먹었다. 그렇지만 갑부로 향하는 길을 눈앞에 둔 첫번째 아침 식사였다. 그는 신문의 1면을 구석구석까지 빠짐없이 읽었다. 기사는 14면에까지 이어져 있었다. 그리고 새벽 4시까지는 〈뉴욕 타임스〉 신문의 첫 세 판과 〈헤럴드 트리뷴〉 신문의 첫 두 판을 샀다. 헨리크는 눈이 뒤집힐 듯한 들뜬 기분으로 부랴부랴 하숙집으로 되돌아와서 메신저 제복으로 갈아입었다.

정각 8시에 증권거래소에 도착하여 하루의 일과로 들어갔다. 머릿속에는 이미 계획의 두 번째 단계에 대한 것밖에 없었다. 증권거래소가 문을 열자 헨리크는 모건 은행에 가서 그날 아침 21달러 30센트로 개장된 스탠더드 오일 2,500주를 담보로 5만 달러를 빌렸다. 그 5만 달러를 자기 계좌에 넣고는 로즈 레니크 부인을 수취인으로 해서 5만 달러짜리 수표를 만들었다. 그리고는 은행을 나와서 미지의 은인의 주소와 전화 번호를 알아보았다.

레니크 부인(죽은 남편의 투자로 살아가고 있는 미망인)은 뉴욕에서도 비교적 상류에 속하는 파크 애비뉴에 조그만 아파트를 빌려 살고 있었다. 부인은 헨리크 메텔스키라는 사람으로부터 사적인 용건으로 급히 만나뵙고 싶다는 전화를 받고서 적지않게 놀랐다. 나중에는 상대방이 핼가튼 앤드 컴퍼니의 이름을 들먹였으므로 다소 안심하고, 오후 4시에 월도프 에스토리아 호텔에서 헨리크와 만나기로 약속했다.

헨리크는 아직 한 번도 월도프 에스토리아 호텔에 들어가 본 적은 없었지만, 증권거래소에서 4년 동안 일해 오면서 대개의 호텔이나 레스토랑의 이름은 알고 있었다. 레니크 부인은 헨리크 메텔스키 어쩌고 하는 사람과 자기 집에서 만나기보다는 월도프 에스토리아 호텔에서 만나 차라도 마시는 편이 훨씬 안전하다고 생각한 모양이었다. 더구나 전화상으로는 직접 마주앉아서 이야기를 주고받을 때보다 그의 폴란드 사투리가 훨씬 두드러지게 들렸으므로, 그녀로서는 그렇게 생각한 것도 무리가 아니었다.

월도프 애스토리아 호텔의 그 두툼한 양탄자가 깔린 로비에 섰을 때 헨리크는 자기 옷차림의 초라함을 생각하고 얼굴을 붉혔다. 주위 사람들 모두가 자신을 흘끔흘끔 보고 있는 것 같은 기분이 들어 견딜 수 없어서, 크고 살찐 자신의 몸을 가죽으로 씌운 커다란 의자 속에 깊숙이 파묻었다. 월도프 애스토리아 호텔의 다른 손님들 중에도 살찐 사람은 있었으나, 그들의 비만 원인은 포테이토 프라이가 아니고 같은 감자라도 품위 있는 '폼 드 데르 메이트르 도텔' 쪽일 것이라고 헨리크는 생각했다. 검은 고수머리에 바르는 포마드의 분량도 '좀더 줄일 것을 그랬구나' 라든가, 구두 뒤축이 닳아버린 것을 후회해 보았자 이제 와서는 어찌해 볼 도리가 없었다. 그는 입가에 돋아난 뾰루지를 박박 긁었다. 동료들과 함께 있을 때는 자신만만했으나, 여기에 와서 보니 입고 있는 옷도 번들거리는 것이 값싸고 참으로 야해 보였다. 요컨대 그는 호텔의 장식과 어울리지 않았으며, 그곳을 늘 이용하는 손님들과는 더욱 동떨어진 존재였다. 태어나서 처음 거북한 처지를 느끼고, 남의 눈에 띄지 않도록 제퍼슨 룸으로 들어가서 〈뉴요커〉 잡지를 한 권 손에 들고 얼굴을 가리고는 레니크 부인이 1초라도 빨리 와주기를 빌었다.

보이들은 테이블 사이를 정중하면서도 가벼운 동작으로 돌아다니면서, 본능적인 거만으로 헨리크를 무시했다. 한 녀석은 흰 장갑을 낀 손에 은으로 된 설탕 집게를 쥐고서 우아한 손놀림으로 각설탕을 집어 내밀면서 그가 앉아 있는 테이블 주위를 빙글빙글 돌기까지 했다.

헨리크는 그 자리의 분위기에 그저 압도당할 뿐이었다.

로즈 레니크 부인은 두 마리의 조그만 개를 데리고 굉장히 화려한 모자를 쓰고서 나타났다. 헨리크가 보기에 나이는 예순이 넘었고, 너무 뚱뚱하고, 화장도 지나치고, 차려입은 것도 지나친 느낌이었지만, 웃는 얼굴은 다정해 보였고, 게다가 그곳에 있는 모든 사람들과 안면이 있는 모양인지 이 테이블 저 테이블을 돌아가며 월도프 애스토리아 호텔의 단골들과 인사를 나누었다. 마침내 여기인가 보다 하고 찾아온 헨리크의 테이블 앞에 다다른 그녀는 좀 어처구니가 없는 모양이었다. 그 야한 옷차림만이 아니라, 열여덟 살인 그의 진짜 나이보다 더 어려 보이는 상대였기 때문이다.

레니크 부인이 차를 주문하는 사이에 헨리크는 그녀의 수표가 불행하게도 착오가 생겨서 어제 증권거래소인 그의 회사로 입금이 되었다는 거짓말을 꾸며냈다. 그는 회사로부터 즉시 수표를 돌려드리고 정중한 사과를 하라는 명령을 받았다고 말했다. 헨리크는 액면가 5만 달러짜리 수표를 건네주고는, 이 착오는 전적으로 자기 책임이므로 그녀가 이 일을 문제삼아 떠들게 되면 자기는 일자리를 잃게 된다고 하며 용서를 구했다. 사실은 레니크 부인은 그날 아침에 수표를 분실했다는 연락을 받았을 뿐이며, 수표가 현금화된 것은 아직 모르고 있었다. 그녀의 계좌에 기재되기까지는 며칠 걸리기 때문이다. 헨리크의 그 걱정스러운 태도와 잔뜩 주눅이 든 말투를 보았다면 아마 레니크 부인보다 더 확실한 눈을 가진 사람이라도 여지없이 속아넘어갔을 것이다. 그녀는 돈을 되찾게 된 것만도 다행이다 싶어서 두말없이 이 일은 불문에 붙이겠다고 했다. 모건 은행의 수표라는 확실한 방법으로 되돌아온 이상 손해가 조금도 없었기 때문이다. 헨리크는 안도의 숨을 내쉬면서 비로소 느긋한 기분이 되었다. 설탕 집게를 들고 있는 보이를 불러서 각설탕을 넣으라고 지시할 만큼 여유마저 생겼다.

얼마 지나서 헨리크는 일하러 가봐야 된다고 하고 레니크 부인에게 고맙다는 인사를 하고는 차값을 치른 다음 밖으로 나왔다. 거리에 나서자 저절로 휘파람이 나왔다, 새로 입은 와이셔츠는 땀으로 흠뻑 젖어 있었으나, (레니크 부인이라면 점잖은 말씨로 '발한(發汗)'이라고 하겠지) 어쨌든 밖에 나와서 다시 깊숙이 숨을 들이마실 수가 있었다. 첫번째 큰 사업에서 대성공을 거둔 셈이다. 파크 애비뉴를 서성거리면서 레니크 부인과 만난 장소가 월도프 애스토리아 호텔인 것을 생각하면 절로 웃음이 터져나왔다. 존 D. 록펠러 2세가 1년 내내 여러 개의 방을 예약해 두고 쓰는 곳이 바로 그 호텔이었기 때문이다.

헨리크는 여기까지 걸어와서 정면 현관으로 들어갔지만, 록펠러는 헨리크보다 조금 먼저 지하철을 타고 와서는 전용 엘리베이터로 월도프 타워스로 올라갔다. 이것을 알고 있는 뉴욕 사람들은 많지 않은데, 록펠러는 그랜드 센트럴 역까지 8블록이지만 걷지 않아도 되도록 월도프 애스토리아 호텔에서 50피트(약 15m)쯤 떨어진 곳에 전용역을 만들게 했다. 그랜드 센트럴 역과 125번 거리 사이에는 역이 없었기 때문이다. 헨리크가 레니크 부인과 5만 달러에 대해서 이야기를 주고받고 있을 때에 록펠러는 쿨리지 대통령의 재무장관 앤드루 멜런을 상대로 500만 달러의 투자에 대한 이야기를 하고 있었다.

다음날 헨리크는 평상시의 근무로 되돌아갔다. 그는 모건 은행과 주식 중개인에게 꾼 돈을 갚기 위해서는 5일째인 마감 시한이 오기 전에 주식을 현금화해야만 된다는 것을 알고 있었다. 뉴욕 증권거래소의 결제 기한은 영업하는 날로 따져서 닷새, 달력상으로는 1주일인 것이다. 마지막 날의 주가는 23달러 25센트였다. 그는 23달러 25센트에 팔았다.

49만 625달러의 당좌대월을 청산하고 수수료를 뺀 나머지 순이익금 7,490달러를 모건 은행에 예금했다. 그 뒤 3년 동안 헨리크는 그로노비치에게 전화 걸던 것을 그만두고, 적은 액수이지만 비로소 자신이 주식을 사기 시작한 것이다. 계속 호경기가 이어지고 있었으므로, 언제나 이익이 남는 것은 아니었지만 보다 일반적인 붐을 탈 수 있었을 뿐만 아니라, 때때로 찾아오는 내림세의 장세를 적당히 이용하는 방법도 터득하게 되었다. 내림세에서 그가 택한 방법은 이른바 공매라는 것으로서, 이 증권 업계에서도 건실한 사람들은 좋아하지 않는 방법이지만, 그는 머지않아 일어날 가격 하락을 내다보고서 실제로는 가지고 있지 않은 주식을 팔아버리는 이 방법을 익히게 되었다. 시세의 움직임에 대한 그의 감각은 옷차림처럼 급속히 다듬어져서, 로우 이스트 사이드의 뒷골목에서 몸에 익힌 잔꾀가 크게 도움이 되었다. 헨리크에게는 온 세상 모두가 정글 같은 것으로서 거기에는 때로 사자나 호랑이가 양복을 걸치고 있다는 사실을 발견하게 되었다.

1929년에 증권 시장이 폭삭 내려앉았을 때 그는 가지고 있던 주식을 남김없이 팔아치워 밑천이었던 7,490달러를 5만 1,000달러의 유동자산으로 바꾸었다. 그리고는 브루클린의 아담한 아파트로 옮기고, 사람들의 시선을 끄는 스터츠를 타고다니게 되었다.

헨리크는 자신이 세 가지 커다란 핸디캡을 짊어지고 태어난 것을 일찍부터 알고 있었다. 즉, 이름과 출신과 가난이었다. 돈에 대한 문제는 해결되어 가고 있었으므로 나머지 두 가지 문제를 해결할 결심을 하고 있었다. 우선 법원에 하비 데이비드 메트카프로 개명 신청을 냈다. 다음에는 폴란드 이민 사회 출신의 동료들과 모든 인연을 끊어버렸다. 마침내 1930년 5월에 그는 새 이름과 경력을 가지고 성년이 되었다.

그는 그해에 로저 샤플리와 알게 되었다. 로저는 위스키 수입과 모피 수출을 전문으로 하고 있는 아버지의 무역회사를 이어받은 보스턴 출신의 청년이었다. 처음엔 초트 칼리지에서 공부하고, 그 뒤에 다트머스 칼리지에 다시 들어간 샤플리는 다른 미국인들의 선망의 대상이 되고 있는 보스턴 상류 사회에서 자신감과 매력을 지니고 있었다. 큰

키에 금발이었으며, 바이킹의 후예처럼 보이는 모습에 재능까지 타고 난 숫총각 같은 태도로 거의 모든 것을, 특히 여자를 쉽게 차지했다. 그와 하비와는 완전히 대조적이었다. 이 대조가 두 사람을 가까워지 게 했다.

로저의 유일한 야심은 해군에 들어가는 것이었지만, 아버지의 병 탓으로 다트머스 칼리지를 졸업함과 동시에 집안에서 경영하는 회사 에 들어가야만 했다. 회사에 들어가서 불과 몇 달 만에 아버지는 세 상을 떠났다. 로저는 샤플리 앤드 선 사를 가장 먼저 나서는 사람에 게 팔아버리고 싶었지만, 아버지인 헨리는 로저가 40세가 되기 전에 (40세가 넘으면 미 해군에는 입대할 수가 없다) 회사를 팔아버릴 경 우에는 그 돈을 친척들이 똑같이 나누어 갖는다는 부대 조항을 유언 장에 달아두었다.

하비는 이 문제를 골똘히 생각한 끝에 뉴욕의 유능한 변호사와 두 번에 걸쳐 오래 상의한 결과, 로저에게 다음과 같은 계획을 권하게 되었다. 즉, 하비는 10만 달러를 우선 지불하고, 매년 이익금 중에서 ——우선적으로 로저에게 2만 달러를 지불하는 조건으로 샤플리 앤 드 선 사의 주식 49%를 사들인다. 로저가 40세가 되었을 때에 나머 지 51%를 다시 10만 달러를 지불하고 사기로 한다. 회사에는 세 사 람의 중역——하비, 로저, 그리고 하비가 지명한 한 사람——을 두 고, 전권을 하비에게 일임한다. 하비로서는 로저가 해군에 입대한 뒤 에 연 1회 주주총회에 참석하는 일에는 아무런 이의가 없었다.

로저는 이 행운을 믿을 수 없었다. 그는 심지어 샤플리 앤드 선 사 의 아무하고도 상의하지 않았다. 이를 포기하게끔 그를 설득하려 들 것을 너무도 잘 알고 있었기 때문이다. 하비는 이것을 계산에 넣어서 자신의 사냥감에 대해 정확한 평가를 내렸다. 로저는 뉴욕에서 법적 인 서류들을 만드는 데 필요한 며칠 동안의 생각할 여유를 달라고 했다. 또한 뉴욕이라면 보스턴에서 꽤 멀리 떨어져 있어서 그 회사에서는 무슨 일이 진행되고 있는지 알 수 없을 거라고 확신했다. 한편, 하비는 모건 은행으로 돌아갔다. 그곳에서 그는 이제 장래성이 있는 사람으로 평가되고 있었다. 다른 은행에서도 그의 장래성을 인정해주고 있었기에, 그 은행 지배인은 그의 새로운 사업을 도와주기로 하고 그의 예금 5만 달러에 5만 달러를 융자해 주기로 했다. 그리하여 하비는 샤플리 앤드 선 사의 주식 49%를 사서 그 회사의 5대 사장이 될 수 있었다. 그에 필요한 법률 서류는 1930년 10월 28일 뉴욕에서 사인되었다.

로저는 미 해군의 장교훈련소에 들어가기 위해서 로드 아일랜드 주 뉴포트를 향해 서둘러 떠났다. 하비는 보스턴행을 타려고 그랜드 센트럴 역으로 향했다. 이제 뉴욕 증권거래소의 메신저 보이의 시대는 끝났다. 그는 마침내 21세의 젊은 나이에 자기 회사를 가진 사람이 된 것이다.

보통 사람들은 재난이라고 생각하는 일도 하비에게 닥치면 어느새 그것은 승리로 바뀌고 만다. 미국 국민은 아직도 금주법에 묶여 있었기에, 하비는 모피를 수출할 수는 있어도 위스키를 수입할 수는 없었다. 회사의 이익이 지난 몇 년 사이에 떨어지고 있는 이유 중 하나가 그것 때문이었다. 그러나 하비는 보스턴 시장, 경찰서장, 캐나다 국경의 세관원들과 손을 잡고 마피아에게 돈을 치르면 자기 상품이 무사히 레스토랑이나 비밀 술집에까지 갈 수가 있고, 그렇게 되면 위스키의 수입량이 줄기는커녕 오히려 늘어난다는 것을 발견하게 되었다. 샤플리 앤드 선 사는 오랫동안 근속해 온 훌륭한 사원들을 잃는 대신 하비 메트카프의 정글에 어울리는 맹수들로 그 자리를 채웠다.

1930년부터 33년에 걸쳐서 하비는 더욱더 힘을 길러나갔는데, 마침내 국민의 끊임없는 요청으로 말미암아 루즈벨트 대통령이 금주법을 폐지하게 되고 보니 세간의 흥분도 썰물처럼 깨어나는 것이었다. 회사에서는 여전히 위스키와 모피에 대한 취급을 계속하는 한편, 하비는 새로운 분야에 뛰어들었다. 1933년에 샤플리 앤드 선 사는 창립 100주년을 축하했다. 그는 단 3년 동안에 97년에 걸쳐 쌓아올린 회사의 간판을 쓸모없게 만들었지만 이익은 배로 늘었다.

그로부터 다시 12년 걸려서 하비는 수백만 달러를 그러모아 슬슬 싫증도 나기 시작했으므로, 샤플리 앤드 선 사와는 이쯤에서 인연을 끊을 때라고 판단했다. 그는 15년 사이에 회사의 이익을 3만 달러에서 91만 달러까지 끌어올려 놓았던 것이다. 이 회사를 710만 달러에 팔아버리고 미 해군의 로저 샤플리 대위의 미망인에게 10만 달러를 지불했다. 나머지 700만 달러를 혼자 차지한 것이다.

하비는 36살의 생일 축하 기념으로 보스턴의 링컨 트러스트라는, 경영 부진으로 허덕이는 조그만 은행을 사들였다. 그 시점에서 링컨 트러스트는 연간 약 50만 달러의 수입과, 보스턴의 중심지에 있는 당당한 건물과, 나무랄 데 없는 명성을 자랑하고 있었다. 하비는 은행 총재라는 지위를 즐기고 있었지만, 그렇다고 올바른 인간으로 새로 태어난 것은 아니었다. 보스턴 지역의 이상한 거래는 그 모두가 링컨 트러스트를 거쳐서 이루어지는 것처럼 보였고, 하비는 불과 5년 사이에 연간 이익금을 200만 달러로 끌어올렸음에도 불구하고 그 개인의 평판은 바닥까지 떨어졌다.

하비의 일생에 있어서 다음 전환점은 1949년 봄, 알린 헌터와 만나게 됨으로써 찾아왔다. 그녀는 퍼스트 시티 뱅크 오브 보스턴 총재의 외동딸이었다. 하비는 그때까지 진지하게 여자에 대해 생각해 본 적이 없었다. 그를 움직이고 있는 힘은 돈을 벌고자 하는 욕망이었다. 한가할 때에는 여자도 심심풀이의 도구로서 활용 가치가 있다고는 생각했지만, 결국에 가서는 귀찮은 존재일 뿐이었다. 그러나 그도 중년에 접어들고 재산을 물려줄 후계자도 없으므로, 더 늦기 전에 가정을 꾸리고 아들을 둘 때라고 계산한 것이다. 그때까지 그가 해온 다른 모든 일들과 마찬가지로 이 문제에 있어서도 지극히 신중한 연구를 거듭했다.

하비와 처음 만났을 때 알린은 31살이었다. 후진을 하다가 그가 새로 산 링컨과 보기좋게 박아버렸다. 이 땅딸막하고 교양 없는 폴란드인과 그녀 이상으로 대조적인 광경은 달리 또 없을 것이다. 그녀는 키가 6피트(약 183cm)에 가깝고, 마른 체격에, 못생겼다고까지 할 수는 없지만, 외모에 자신감을 잃고 이미 결혼 같은 것은 반쯤 포기하고 있는 상태였다. 학창 시절의 친구들은 거의 두 번째 이혼 경력을 갖고 그녀에 대해 동정하고 있었다. 알린은 하비의 매력에 사로잡혀, 아버지의 고상한 척하려는 예의범절과는 너무도 이질적인 그의 어처구니없는 처신을 오히려 즐기고 있었다. 같은 연배의 남성과 함께 있으면 침착성을 잃고 마는 것은 아버지의 책임이라고 가끔 생각했다. 과거 꼭 한 번 연애 경험이 있었지만, 그녀의 완전한 무지 탓으로 참담한 실패로 끝나고 말았었다. 알린의 아버지는 하비를 인정하지 않았는데, 그래서 딸의 눈에는 오히려 그가 더 매력적으로 보였다. 아버지는 딸과 알게 된 상대방 남자 모두를 반대한 것은 아니지만, 이번 경우에는 그의 판단이 옳았다. 한편, 하비 쪽에서는 퍼스트 시티 뱅크 오브 보스턴과 링컨 트러스트를 결혼시키면 자기에게는 이보다 더한 이익이 없다고 생각하고 그 일을 염두에 두고 언제나처럼 필승의 신념으로 덤벼들었다.

알린과 하비는 1951년에 결혼했다. 그들은 보스턴 교외의 링컨에 있는 하비의 집에서 살게 되었고, 얼마 뒤 알린이 임신했다. 그리고 결혼 후 거의 1년 만에 딸을 낳았다.

그들은 딸을 로잘리라고 이름붙였다. 하비는 딸을 눈에 넣어도 아프지 않을 만큼 귀여워했다. 알린이 자궁 이상으로 자궁을 들어내게 되고, 그로 말미암아 더 이상 아이를 갖지 못하는 몸이 되자 그는 크게 실망하였다. 하비는 로잘리를 워싱턴에 있는 최고의 여학교인 베니츠 학교에 보냈고, 그녀는 그곳을 졸업한 다음 명문 배사 학교에 들어가서 영어학을 전공했다. 이것이 하비를 용서하고 손녀딸에게 푹 빠져버린 헌터 노인을 아주 기쁘게 했다. 배사 학교를 졸업한 다음에 로잘리는 소르본 대학에 가서 공부했다. 이것은 그녀가 사귀고 있는 친구들, 특히 베트남으로 가기를 거부하는 장발의 청년들에 관해서 아버지와 격렬한 의견 대립이 있었기 때문이었다. 마지막 결별이 찾아오게 된 것은, 도덕심을 결정하는 것은 머리카락의 길이도 정치적 의견도 아니라고 로잘리가 주장하기 시작한 때였다.

한편, 하비는 저택을 아름다운 골동품과 그림으로 가득 채워 인상파에 관한 뛰어난 안목을 갖게 됨과 동시에, 그 유파 스타일의 진정한 애호가가 되었다. 이 취미는 오랜 세월 동안 길러진 것이며, 참으로 이상하리만큼 열렬한 것이 되어가고 있었다.

이때 샤플리 앤드 선 사의 거래 상대 중 하나가 이 회사에 거액의 부채를 진 채 도산할 단계에 이르렀다. 하비는 재빨리 그 기미를 알아차리고 담판을 지으러 갔으나, 이미 때가 늦어 현금 회수의 가망은 없었다. 하비는 빈손으로 돌아설 마음은 더더구나 없었으므로, 유일한 유형자산인 1만 달러 상당의 르누아르의 작품을 가지고 돌아왔다.

하비는 자기가 우선 채권자가 아니라는 사실이 입증되기 전에 그 그림을 팔아버릴 작정이었지만, 델리키트한 파스텔풍의 색채에 그만 완전히 매료되어 이 새로 입수한 명화에서 더욱 많은 명화를 갖고 싶은 욕망이 생겨났다. 그림은 유리한 투자일 뿐만 아니라, 자신이 정말로 그림을 좋아한다는 것을 깨닫고 나서는 그의 수집욕과 그림에 대한 애정은 더욱 크게 부풀어올랐다. 1970년대 초까지 마네 한 점,

모네 두 점, 르누아르 한 점, 피카소 두 점, 피사로와 유트릴로, 그리고 세잔 각 한 점, 그뿐만 아니라 이 작품들보다는 다소 이름이 떨어지는 유명 화가의 거의 모든 작품을 소유하게 되었다. 그의 소망은 반 고흐의 작품을 손에 넣는 것이었는데, 아주 최근에 뉴욕의 소더비 파크 버닛 화랑에서 옥시덴틀 석유의 아맨드 해머 박사와의 경합에서 밀려나서 '생 레미의 생 폴 병원'을 아깝게 놓치고 만 적이 있었다. 하긴 120만 달러라는 값은 너무 비싼 것이었다.

그보다 앞서 1966년에는 런던의 미술상 크리스티 맨슨 앤드우즈에서 출품된 작품 번호 49번의 반 고흐 작품 '마드무아젤 라보'를 놓친 바 있다. 펜실베이니아 주 브린 애사인의 '하느님의 새로운 교회'를 대표하는 시오도어 피트케언 목사가 그의 손이 미치지 못할 값으로까지 밀어올려 더더욱 그의 탐욕을 자극시켰다. 하느님이 주시기는 했지만, 이 경우엔 새 주인이 빼앗아가 버린 꼴이 되었다. 보스턴에서는 반드시 높이 평가되고 있는 것은 아니지만, 하비가 세계에서 가장 뛰어난 인상파 수집품 중 하나를 가지고 있고, 역시 하비와 마찬가지로 2차대전 이후에 대규모로 수집에 열을 올린 몇 안 되는 수집가 중한 사람인, 닉슨 대통령 당시 주영 대사를 지냈던 월터 애넌버그의 수집에 필적하는 작품이라는 것이 보스턴 이외에서는 인정되고 있었다.

하비가 애호하는 것에는 그 밖에 일품(逸品)만을 모은 난(蘭)의 수집품도 있었는데, 보스턴의 뉴잉글랜드 스프링 플라워쇼에서 세 번이나 우승한 바 있다.

하비는 근년에 와서는 거의 1년에 한 번씩은 유럽 여행을 한다. 켄터키 주에 있는 그의 경주마 사육장은 빛나는 성공을 거두고 있으며, 자기의 말이 롱샹이나 애스콧 대회에서 달리는 것을 낙으로 삼고 있었다. 또 윔블던 선수권 대회를 관전하는 것도 빼놓을 수 없는 즐거움 중 하나로서, 이것은 지금도 세계에서 손꼽히는 테니스 토너먼트 대회라고 그는 믿고 있다. 유럽에서 약간의 일을 하는 것도 그에게는 낙이었다. 거기에는 여전히 취리히에 있는 그의 스위스 은행계좌를 위해서 돈을 벌어들일 기회가 있었기 때문이다. 사실은 스위스의 은행 계좌 같은 것은 필요도 없었으나, 엉클 샘(합중국 정부)을 빼돌리는 스릴 또한 버리기 아까운 것이었다.

하비는 나이가 들어감에 따라서 모난 성미도 많이 원만해져서 너무 지탄받게 될 거래는 삼가게 되었지만, 그래도 커다란 이익이 눈에 보일 때에는 그 유혹을 이겨내지 못했다. 이런 황금 같은 기회 중 하나가 1964년에 접어들면서 찾아왔다. 영국 정부가 북해 유전의 조사 및 생산 면허에 관한 신청을 받을 때의 일이다. 그 시점에선 영국 정부나 관계 관리들이 북해 유전에 대한 장래성이나, 그것이 나중에 영국의 정치에서 담당하게 될 역할을 충분히 인식하지 못하고 있었다. 1974년 아랍이 전세계의 머리통에 권총을 갖다댄 일이며, 영국 하원에 11명의 스코틀랜드 민족주의자들이 진출하게 될 것을 정부가 알고 있었더라면 그들은 틀림없이 전혀 달리 행동했을 것이다.

1964년 5월 10일, 동력부 장관은 '법령 제708호 대륙붕 석유'라고 쓴 문서를 의회에 제출했다. 하비는 어쩌면 이 일로 상상할 수도 없는 노다지가 쏟아질지도 모른다고 생각하면서 커다란 관심을 가지고 이 문서를 읽었다. 특히 그 제4항이 그의 시선을 끌었다.

영국 및 영연방의 시민으로서 영국 안에 거주하는 자, 또는 영국 안에 적을 둔 법인은 다음의 규정에 따라서,
　(a)생산면허, 또는

(b)조사면허

를 신청할 수 있다.

하비는 그 규정이라는 것을 전체적으로 검토하고 난 다음 의자에 기대앉아 깊이 생각했다. 생산 및 조사면허를 손에 넣으려면 불과 얼마 되지 않는 돈으로도 충분했다. 그것은 제6항에 분명히 나와 있었다.

(1)생산면허의 신청은 한 건에 200파운드의 면허료 및 그 신청에 포함되는 최초의 10블록 이후 1블록 증가마다 5파운드의 추가면허료를 납입해야 한다.

(2)조사면허의 신청은 한 건에 20파운드의 면허료를 납입해야 한다.

이런 종류의 면허를 손에 넣기만 한다면 그것을 이용하여 대기업의 이미지를 만들어내는 것쯤은 하비에게는 식은 죽 먹기이다. 그의 솜씨라면 셸, 브리티시 석유(BP), 토털, 걸프, 옥시덴틀, 그 밖에도 여러 대형 석유 회사들과 어깨를 나란히 할 수가 있을 것이다.

그는 규정 조항을 몇 번이고 다시 읽어 보고서, 영국 정부가 그런 가능성 있는 사업을 이렇게 하찮은 금액의 투자와 맞바꾸려는 사실을 믿을 수가 없었다. 그의 앞을 가로막는 것은 번잡하고 엄격한 제한이 따르는 신청서뿐이었다. 하비는 영국인이 아니었고, 그의 회사 중 어느 것도 영국 국적이 아니었으므로 신청에 문제가 있을 것이라는 점은 처음부터 알고 있었다. 그래서 그 일을 하려면 영국 은행의 보증을 세움과 동시에, 그 중역들의 구성을 영국 정부의 신임을 얻을 수 있도록 해서 회사를 설립할 필요가 있다고 판단했다.

그런 일을 염두에 두고 1964년 초에 '맬컴, 보트닉 앤드 데이비스' 사를 법률 고문으로 하고 버클레이스 은행을 거래은행으로 하는 프로스펙터 오일이라는 회사를 영국에서 등록했다. 그 두 회사는 그 이전부터 링컨 트러스트의 유럽 대리인이었다. 허니세트 경이 중역진의 회장으로 취임하고, 두 사람의 전직 의원(노동당이 1964년의 총선에서 승리를 했을 때에 의석을 잃은 의원)을 포함한 여러 명의 명사가 중역에 이름이 올랐다. 영국에서 주식회사 설립이 얼마나 엄격하고 까다로운가를 알게 되자, 하비는 모회사(母會社)를 캐나다 증권거래소에 상장하고, 영국의 회사는 단지 자회사(子會社)로서 이용하기로 결정했다. 프로스펙터 오일은 액면가 10센트의 주식 200만 주를 50센트로 발행하고, 그 모두를 명의만을 빌려 하비 자신이 사들였다. 그는 동시에 버클레이스 은행의 롬버드 거리 지점에 50만 달러를 예치했다.

  이렇게 표면상의 명목 작업을 일단 끝낸 뒤, 하비는 허니세트 경으로 하여금 드디어 영국 정부에 면허를 신청하게 했다. 1964년 10월에 선출된 노동당 정부도 북해 유전의 중요성에 관해서는 먼저의 보수당 정부와 비슷한 정도의 인식밖에 하고 있지 않았다. 면허 교부에 대한 정부의 조건은 처음 6년 동안의 연 1만 2,000 파운드의 임대료와 12.5%의 수입세 및 이익에 대한 자본이득세였는데, 하비의 계획에는 회사의 이익까지는 포함되어 있지 않았으므로 이 점에는 문제가 없었다.

  1965년 5월 22일, 동력부 장관은 생산면허를 취득한 52개 회사 중 하나인 프로스펙터 오일이라는 회사명을 〈런던 가제트〉 신문 지상에 공시했다. 1965년 8월 3일, 법령 제1531호가 실제적인 구역 할당을 했다. 프로스펙터 오일에 할당된 곳은 '북위 51도 50분 00초, 동경 2도 30분 20초'로서 브리티시 석유의 보유지와 한 구역이 인접한 구획이었다.

하비는 북해 유전의 구획을 얻어낸 회사 중 하나가 석유를 찾아내기만을 목을 길게 늘이고 기다리고 있었다. 그렇게 기다리는 기간은 길었다. 1970년 6월이 되어 겨우 브리티시 석유가 40구역에서 채산성 있는 커다란 유전을 찾아냈다. 하비는 또다시 새로운 승리마를 찾아내어 계획의 제 2단계를 추진케 되었다.

1972년 초에 그는 시추 기계를 빌려 대대적인 선전을 해가며 해상의 프로스펙터 오일의 구획까지 끌어냈다. 기계를 빌릴 때의 조건은 석유를 찾아내면 계약을 갱신할 수 있다는 것으로서, 정부 규제상 인정하는 최저의 인원수를 가지고 6,000 피트(약 1,800m) 깊이까지 시추 작업을 시작했다. 첫번째 시추가 끝난 뒤 관계자 전원을 해고해 버렸지만, 기계를 빌린 리딩 앤드 베이츠 사에는 머지않아 다시 기계가 필요할 듯하니 임대료는 계속 지불하겠다고 해두었다.

하비는 다음으로 2개월에 걸쳐서 자기의 명의인들로부터 하루 수천 주씩에 해당하는 프로스펙터 오일 주식을 증권 시장에서 계속 사들이게 했고, 경제 기자들로부터 프로스펙터 오일의 주가가 계속 오름세를 나타내는 이유가 뭐냐고 전화가 걸려올 때마다 회사의 젊은 광고 담당자는 하비가 지시한 대로 현시점에서는 '노코멘트'이지만 머지않아 기자 회견을 가질 예정이라고 대답했다. 일부 신문에서는 이 대답에서 2와 2를 보태어 15라고 대답하는 터무니없는 결론을 끌어내기도 했다. 주가는 50센트에서 3달러 가까이까지 착실한 가격 상승을 보였다. 한편, 하비의 영국에서의 전권 집행자인 버니 실버맨은 보스가 무슨 꿍꿍이를 꾸미고 있는지 알고도 남았다.

이미 과거에도 이런 유사한 작전에 여러 번 관계했었기 때문이었다. 그의 주임무는 메트카프와 프로스펙터 오일의 직접적인 관계를 아무도 눈치채지 못하도록 만전을 기하는 것이었다.

1974년 1월, 주가는 6달러에 달했다. 이 시점에서 하비의 계획은 제3 단계로 옮겨갈 준비를 끝냈다. 그것은 프로스펙터 오일의 신입사원인 데이비드 케슬러라는, 하버드 대학을 졸업한 청년을 앞잡이로 쓸 계획이었다.

# 제2장

데이비드는 흘러내린 안경을 밀어올리며 꿈을 꾸고 있는 것이 아닌가 해서 〈보스턴 글로브〉 신문의 구인 광고를 다시 한 번 읽어보았다. 그것은 마치 그를 위해 나온 광고 같았다.

본 회사는 캐나다에 본거지를 두고 스코틀랜드 앞바다인 북해에서 광범위한 사업을 펼치고 있는 석유 회사임. 증권 시장과 재무관리에 경험이 풍부한 젊은 간부 사원을 구함. 연봉 2만 달러. 숙소 있음. 근무지 런던. 자세한 문의는 사서함 217A.

이것은 발전하는 석유 업계에서 다른 기회와도 이어지는 광고였으므로 데이비드는 역시 보람 있는 일이라고 생각했다. 그는 대학에서 유럽 문제의 지도 교수가 늘 입에 담던 말을 생각해 냈다.

"영국에서 일하려거든 북해로 가게. 그 나라에서 가장 중요한 것은 북해일세. 가는 곳마다 많은 양의 석유가 매장되어 있으므로 마음만 먹으면 사업계에서 성공할 기회가 얼마든지 있는 곳이야."

데이비드 케슬러는 마른 체격에 훤칠한 미국 청년이며, 머리는 해병대 대위라면 어울릴 듯한 해군 머리를 하고, 얼굴색도 좋으며, 패기 있고, 하버드 대학의 비즈니스 스쿨을 졸업한 젊은이답게 사업계에서 성공하기를 열망하고 있었다. 하버드에는 통산 6년간 재학했으며, 처음 4년 동안은 수학을 공부했고, 나머지 2년은 찰스 강 건너의 비즈니스 스쿨에서 공부했다. 문학 석사와 경영학 석사를 따고 막 졸업했으며, 부지런한 점에서는 스스로도 자부하는 처지이므로, 그런 그의 능력을 높이 사줄 일자리를 찾고 있는 중이었다. 뛰어나게 두뇌가 명석한 편은 아니고, 같은 과 학생들 중 후 케인즈 학파의 경제학 이론에서 괴로움보다는 즐거움을 찾아내는 학구파들을 부러워하는 처지였다. 데이비드는 6년 동안 열심히 공부했고, 쉬는 때라고는 체육관에서 매일 트레이닝을 할 때와 가끔 주말에 하버드 학생들이 축구 경기장이나 농구 코트에서 모교의 명예를 위해서 싸우는 것을 관전할 때뿐이었다. 자신도 스포츠를 해보고 싶은 마음이 없었던 것은 아니지만, 그로 말미암아 공부를 게을리하게 될까 봐 그것을 겁냈다. (하버드 비즈니스 스쿨에서는 1971년도의 신입생 중 24%가 칼리지 졸업생이었으며, 나머지 76%는 적어도 2년의 '실무' 경험을 가지고 있었다. 데이비드 케슬러는 앞의 24%에 속했다. )

데이비드는 다시 한 번 광고를 읽어보고는 사서함 번호 앞으로 간단한 편지를 타이프로 치기 시작했다. 며칠 뒤, 다음 수요일 3시에 그곳 호텔에서 면접을 하겠다는 답장이 도착했다. 대기업의 인재 스카우터들은 이런 장소를 대학 도시에서의 면접에 이용하고 있었다.

데이비드는 2시 45분에 헌팅턴 애비뉴에 있는 코플리 호텔에 도착했다. 아드레날린이 온몸을 뛰어다니고 있었다. 그는 호텔의 조그만 방으로 안내를 받으면서 겉모양은 영국 신사, 사고 방식은 유대인이라는 하버드 비즈니스 스쿨의 좌우명을 머릿속에서 되풀이하고 있었다.

실버맨, 쿠퍼, 엘리엇이라고 자기 소개를 한 세 남자가 면접을 담당했다. 성공한 사람답게 중후한 분위기를 풍기는 은발에 체크 타이의 뉴요커인 버니 실버맨이 질문을 맡았고, 쿠퍼와 엘리엇은 옆에 있으면서 말없이 데이비드를 지켜보고 있었다. 데이비드는 별로 상기되지도 않았다. 상대방에게 유능하다는 인상을 주어 면접에 무사히 통과할 자신이 있었기 때문이다.

실버맨은 꽤 긴 시간에 걸쳐서 데이비드에게 회사의 배경과 장래의 목표를 매력 있게 설명했다. 하비는 실버맨을 잘 가르쳤으므로, 실버맨의 매니큐어까지 바른 손가락은 메트카프의 계획에 있어서 오른팔이 될 사람에게 요구되는 잔재주의 기술을 완벽하게 터득하고 있었다.

"대강 이런 형편이오, 케슬러 씨. 우리들은 스코틀랜드 앞바다인 북해에서 석유를 찾아내려고 하는 세계 최대의 사업적인 호기(好機)에 관계하고 있는 겁니다. 우리 프로스펙터 오일은 미국에서도 가장 큰 은행 중 하나로부터 자금 보장을 받고 있소. 영국 정부로부터도 이미 면허를 취득했으며, 자금면에서도 문제없소. 그러나 케슬러 씨, 회사라는 것은 결국 인재가 성패를 좌우하므로 우리는 프로스펙터 오일의 이름을 떨치기 위해서 밤낮을 가리지 않고 일해 줄 인재를 찾고 있소. 그런 사람이 있다면 최고의 봉급으로 대우해 줄 것이오. 당신이 만일 채용된다면 우리 회사의 런던 사무실에서 근무하게 될 것이며, 우리 회사의 제2인자의 자리에 있는 엘리엇 씨의 직접 지휘하에 들어가게 됩니다."

"본사는 어디에 있습니까?"

"캐나다의 몬트리올이지만 뉴욕, 샌프란시스코, 런던, 애버딘, 파리, 그리고 브뤼셀에 각각 사무실이 있소."

"북해 이외에서도 석유를 찾고 있습니까?"

"지금은 하지 않고 있소" 하고 실버맨이 대답했다.

"브리티시 석유가 유맥을 찾아낸 뒤로 우리는 북해에 수백만 달러를 투자하고 있으며, 현재 우리 주위의 유전에서는 다섯 번에 한번 꼴로 시추에 성공하고 있는데, 이것은 우리 석유 업계에서는 지극히 높은 성공률이라고 해도 과언이 아니오."

"채용이 된다면 언제부터 일하게 됩니까?"

"1월 중 석유 업계 경영 관리자에 관한 정부의 양성 과정을 수료한 시점부터가 되겠지요" 하고 리처드 엘리엇이 대답했다.

이 까무잡잡하고 마른 체격의 제2인자는 조지아 주 사투리가 섞여 있었다. 정부의 양성 과정을 들먹인 것은 전형적인 하비 메트카프식이었다.

데이비드가 질문했다.

"그리고 회사 소유의 아파트 말씀인데요, 그건 어디쯤에 위치하고 있는지요?"

이번에는 쿠퍼가 대답했다.

"우리 회사의 런던 시 사무실에서 수백 미터 거리에 있는 바비컨에 회사가 제공하는 조그만 아파트를 갖게 될 거요."

데이비드는 그런 정도의 질문이면 충분했다. 실버맨은 만반의 준비를 다 해놓고 있으며, 상대가 바라는 것을 정확히 꿰뚫어보고 있는 것 같았다.

10일 뒤에 뉴욕의 '21 클럽'에서 함께 점심 식사를 하고 싶다는 실버맨의 전보가 도착했다. 이 레스토랑의 호화판 분위기는 상대방이 만사를 다 알아서 처리해 줄 것이라는 확신을 데이비드에게 주었다. 그들의 자리는, 이야기의 내용을 다른 사람들이 듣는 것을 꺼리는 비즈니스맨들이 즐겨 쓰는 구석진 조그만 방에 준비되어 있었다. 그는

12시 55분에 바에서 실버맨과 만났다.

실버맨은 친근하고 편안한 자세였다. 화제는 본줄거리에서 좀 멀어진, 별로 관계도 없는 것에까지 미치게 되었으나, 이윽고 식후에 브랜디를 마시면서 실버맨은 데이비드에게 채용 결정을 알렸다. 데이비드는 기뻐서 어찌할 바를 몰랐다. 드디어 연봉 2만 달러와, 분명히 굉장한 가능성을 가지고 있는 회사에서 일할 기회가 찾아온 것이다. 그는 망설일 것도 없이 1월 1일자 런던 근무를 승낙했다.

데이비드 케슬러는 아직 영국을 모르고 있었다. 초목은 푸르고, 도로는 좁았으며, 집들은 나무 울타리로 둘러싸여 조용하고 아담했다. 뉴욕의 넓은 하이웨이와 대형차들이 눈에 익은 그에게는 마치 장난감 마을에 발을 들여놓은 듯한 기분이었다. 바비컨의 조그만 아파트는 깨끗하고 개성이 없었지만, 쿠퍼 씨의 말대로 500야드(약 450m) 남짓 떨어진 스레드니들 거리의 사무실까지 출퇴근하기에는 편리한 곳이었다.

조그만 사무실엔 방이 일곱 개였으며, 그 중 괜찮은 것은 실버맨의 방뿐이었다. 그 밖에 좁고 답답한 접수실, 두 개의 비서실, 텔렉스실, 엘리엇 씨의 약간 넓은 방과 그의 방이 있었다. 어쩐지 보잘것없는 사무실 같은 느낌이 들었지만, 실버맨이 재빨리 지적했듯이 런던의 사무실 임대료 시세가 뉴욕이 1평방 피트(929cm$^2$)당 5파운드인 것에 비해 15파운드나 한다니 무리도 아닐 것 같았다.

버니 실버맨의 비서인 주디스 램프슨이 최고 책임자의 설비가 갖추어진 방으로 그를 안내했다. 실버맨은 거대한 책상 저쪽의 거대한 검은 회전 의자에 앉아 있었는데, 마치 소인국 사람처럼 작게 보였다. 옆에는 전화가——백색 전화기 세 대와 붉은 것이 한 대 놓여 있었다. 데이비드는 뒤에 가서야 이 중요해 보이는 붉은 전화가 미국의 어떤 번호와 직통으로 이어져 있다는 것은 알았지만, 상대가 누구인지는 알 수 없었다.

"안녕하십니까, 실버맨 씨. 무엇부터 시작할까요?"

"버니일세. 버니라고 부르게. 우선 좀 앉게나. 요 며칠 사이의 주가의 변화를 알아차렸는가?"

"예."

데이비드는 기운차게 대답했다.

"50센트에서 6달러 가까이까지 올라가 있더군요. 새로이 은행의 지불보증이 이루어진 것과, 다른 회사가 석유 시굴에 성공했기 때문이겠지요?"

"아니."

실버맨은 이 부분은 다른 사람이 들어서는 안 된다는 투로 목소리를 낮추어서 말했다.

"실은 말일세, 우리 회사도 큰놈을 하나 찾아냈기 때문일세. 그러나 그 사실을 언제 발표할 것인가는 아직 결정하지 않고 있네."

데이비드는 나지막하게 휘파람을 불었다.

"현재 회사의 계획은요?"

"언젠가는 발표할 것이네."

실버맨은 지우개를 만지면서 조그만 목소리로 대답했다.

"약 3주일 뒤 유맥의 범위와 매장량을 확실히 알게 되면, 이 일이 세상에 알려져서 갑자기 홍수처럼 돈이 흘러들어왔을 때, 그 사태에 대처하기 위한 계획을 미리 짜둘 필요가 있네. 물론 주가는 천정부지로 솟아오르겠지."

"이렇게 주가가 서서히 오르고 있는 것을 보아서는 틀림없이 그 사실을 알고 있는 사람이 일부 있는 것 같습니다. 거기에 편승해서 한밑천 잡으면 안 됩니까?"

"글쎄, 회사에 피해가 되지만 않는다면 괜찮겠지. 혹시 투자하고 싶은 친척이 있으면 내게 알려주게. 영국에는 내부 정보 누출의 문제는 없네. 미국과 달라서 인사이더 거래를 금하는 법률은 없으니까."

"주가는 어디까지 올라갈 것으로 생각하십니까?"

실버맨은 그의 눈을 똑바로 바라보며 대답했다.

"20달러까지는 오르겠지."

자기 방으로 돌아온 데이비드는 실버맨에게서 건네받은 지질학자의 보고서를 꼼꼼하게 읽어보았다. 유맥의 규모만은 아직 확실치 않으나 프로스펙터 오일이 대단한 유맥을 찾아낸 것만은 틀림없는 것 같았다. 보고서를 다 읽고 난 그는 시계를 보고 혀를 찼다. 너무 열중한 나머지 시간 가는 줄도 모르고 있었던 것이다. 보고서를 브리프 케이스에 던져넣고 택시로 패딩턴 역으로 달려 겨우 6시 15분 열차를 탈 수 있었다. 하버드 시절의 친구와 옥스퍼드에서 식사할 약속이 되어 있었던 것이다.

대학 마을로 가는 열차 안에서 하버드 시절의 친한 친구이며, 그해 수학 과목에서 데이비드 같은 학생들의 사정을 많이 보아준 스티븐 브래들리를 생각해 보았다. 스티븐은 지금은 모들린 칼리지의 초빙 교수이며, 두말할 나위 없이 그의 세대에서는 뛰어난 수학자이다. 케네디기념 장학금을 타고 하버드에 입학했으며, 그 뒤 1970년에 수학 분야에서 가장 높이 평가되고 있는 위스터 수학상을 획득했다. 상금은 단 80달러이며, 그 밖에 메달이 하나 있을 뿐이지만, 이 상을 따내기 위한 경쟁이 치열한 까닭은 수상에 따르는 명성과 아울러 보장받는 취직 자리 때문이었다. 스티븐은 그 상을 거뜬히 받았으며, 옥스퍼드의 펠로십에 응모하여 채용되었을 때 주위 사람들은 아무도 놀라지 않았다. 모들린에 온 지 금년으로 3년째이다. 불(Boole) 대

수학에 관한 스티븐의 논문이 단기간에 계속해서 〈런던 수학학회 회보〉에 게재되었다. 그리고 아주 최근엔 모교인 하버드의 수학교수로 뽑혔다.

패딩턴발 6시 15분 열차는 7시 15분에 옥스퍼드에 도착했다. 역에서 얼마 안되는 거리였지만 택시를 타고 우스터 칼리지와 뉴칼리지 레인을 지나 7시 30분에 모들린에 닿았다. 칼리지의 포터(수화물 운반인) 하나가 데이비드를 스티븐의 방으로 안내했다. 널찍하고 고풍스러운 방으로서, 책이며 쿠션이며 인쇄물이 기분좋게 널려 있었다. 하버드의 위생상 완벽한 벽이란 게 얼마나 틀린 말인가 하고 데이비드는 생각했다.

스티븐은 방에 있었다. 학창 시절과 조금도 달라진 것이 없는 것 같았다. 멋없이 크고 여윈 그 체격에는 어떤 옷을 입어도 마치 옷걸이에 옷을 걸어놓은 것처럼 보인다. 맞춤집에서도 그를 마네킹으로 쓰는 것은 두 손 들어 사절했을 것이다. 굵은 눈썹이 시대에 뒤떨어진 동그란 테안경 위로 튀어나와 있어서, 마치 너무도 부끄러워 그 안경으로 가리고 있는 듯이 보였다. 그는 천천히 데이비드 쪽으로 걸어와서 환영의 손을 내밀었다. 조금전까지 노인처럼 보이던 사람이 다음 순간 30살이라는 실제 나이보다도 더 젊게 보였다. 스티븐은 데이비드에게 잭 대니엘스를 따라주고는 자리에 앉아 이야기를 시작했다. 스티븐은 하버드 시절 데이비드를 진정한 친구로는 생각지 않았지만, 공부를 좋아하는 동료에게 가르쳐 준다는 것이 싫지는 않았으며, 무엇보다도 옥스퍼드에서 미국인을 대접하는 거라면 어떤 일이라도 환영했다.

"나에게는 기념할 만한 3년이었다네, 데이비드. 다만 한 가지 슬펐던 것은 작년에 아버지가 세상을 떠나신 일이네" 하고 스티븐이 말했다. "아버지는 나의 학문적 발전과 향상에 깊은 관심을 가지고 학문 연구를 도와주셨지. 애석한 말을 어찌 다 하겠나. 실은 아버지가 상당한 유산을 남겨주셨어. 데이비드 자네는 비즈니스에 밝지? 25만 달러의 유산을 어찌했으면 좋겠나? 지금은 은행의 계좌에서 그냥 잠자고 있을 뿐이라네. 그 돈으로 뭐라도 좀 해보려 해도 그럴 틈도 없고, 투자를 한다 해도 어디에 어떻게 손을 대야 좋을지 나로서는 전혀 알 길이 없거든."

그것을 계기로 데이비드는 자기가 프로스펙터 오일에서 새로 일을 시작하게 되었다는 이야기를 했다.

"자네의 그 돈을 우리 회사에 투자하면 어떻겠나, 스티븐? 우리 회사는 북해에서 굉장한 유전을 찾아냈거든. 그 사실이 발표되면 주가는 천정부지로 오를 거야. 그렇게 되기까지 한 달도 남지 않았어. 이건 일생 일대에 크게 한몫 잡을 기회야. 나도 돈만 있으면 털어넣고 싶은 심정이라네."

"유전의 규모는 자세히 알고 있나?"

"아니, 하지만 지질학자의 보고서를 가지고 있는데, 그것을 읽어본 바로는 지극히 유망하다네. 문제는 이미 주가가 뛰기 시작했다는 점이며, 틀림없이 20달러까지는 가리라고 생각하는데, 무엇보다도 어물거릴 시간이 없다는 거야."

스티븐은 지질학자의 보고서를 잠깐 훑어보고는 나중에 신중히 검토해 보기로 했다.

"이런 투자는 어떤 방법으로 하는 건가?" 하고 그가 물었다.

"그게 말이지, 먼저 믿을 만한 주식 중개인을 찾아가서 자금이 허락하는 한 주식을 사고, 그 다음에는 회사의 시추 성공 발표를 기다리는 걸세. 내가 정보를 알려주어 팔아야 할 때를 가르쳐 주겠네."

"그렇게만 해준다면 정말 고맙겠네, 데이비드."

"그런 정도는 쉬운 일일세. 하버드에서는 수학 때문에 신세를 많이 졌으니까."

"그런 게 뭐 대수로운가. 그럼 식사나 하러 가세."

스티븐은 데이비드를 칼리지의 식당으로 안내했다. 그곳은 오크 패널을 붙인 네모난 방이었는데 모들린의 역대 학료장(학장), 주교, 학자들의 초상화가 벽에 죽 걸려 있었다. 학생들이 식사하는 길다란 나무 테이블이 식당의 태반을 차지하고 있었는데, 스티븐은 교수석으로 가서 데이비드에게 편안한 의자를 권했다. 학생들은 시끌벅적하고 열기에 넘쳐 있었다. 스티븐은 학생들에 대해서는 전혀 무관심했지만, 데이비드는 이 새로운 경험을 적당히 즐기고 있었다.

식사는 제법 그럴듯했으며, 스티븐이 매일 이런 정도의 대접을 받고 있으면서도 여전히 바짝 마른 몸을 하고 있다는 것이 데이비드로서는 이해할 수가 없었다. (모들린 칼리지의 교수석에서는 세븐 코스가 드문 일이 아니었다.) 포트와인이 나왔을 때 스티븐이 사교실의 까다로운 노교수들과 함께 어울리기보다는 방으로 돌아가는 편이 좋겠다고 말했다.

그들은 모들린 칼리지의 붉은 포트와인을 마시면서 북해 유전이며 대수학에 관해서 밤늦게까지 이야기를 주고받으며, 양쪽 모두 상대방이 자신의 전문 분야에 대해서 깊이 알고 있는 점에 탄복했다. 스티븐은 대개의 학자들이 다 그렇듯이 전문 분야 외의 일에 관해서는 사람을 쉽게 믿어버렸다. 프로스펙터 오일에 대한 투자가 선견지명이 있는 것인지도 모른다고 생각하기 시작한 것이다.

다음날 아침 그들은 모들린 칼리지 가까이에 있는 유명한 애디슨 산책로를 푸른 풀이 싱싱한 처웰 강을 따라서 거닐었다. 이윽고 데이비드는 아쉬움을 남기고 오전 11시 런던행을 탔다. 옥스퍼드에서의 하룻밤이 아주 즐거웠으며, 옛날에 신세진 하버드 시절의 옛친구에게 힘이 되어주고 싶었다.


"안녕하십니까, 버니."

"어서 오게, 데이비드."

"어제 옥스퍼드에 있는 친구 집에서 묵었지요. 그 친구가 우리 회사에 투자하게 될지도 모릅니다. 금액은 25만 달러입니다."

실버맨은 데이비드의 이야기를 듣고도 별로 놀라는 기색이 없다가, 자기 방으로 돌아가자마자 즉시 붉은 전화의 수화기를 들었다.

"하비 씨입니까?"

"그렇네."

"케슬러를 선택한 점에 잘못은 없었던 것 같습니다. 그는 친구를 설득해서 회사에 25만 달러를 투자하게 할지도 모릅니다."

"좋아. 잘 듣게. 내 중개인에게 말해서 6달러 정도로 4만 주쯤 시장에 풀도록 하게. 만일 케슬러의 친구가 회사에 투자할 결심을 했다면 살 수 있는 것은 내 주식뿐이니까."

다시 하루를 더 생각해 본 끝에 스티븐은 프로스펙터 오일 주가 5달러 75센트에서 6달러 5센트로 값이 뛴 것을 깨달았다. 그는 마침내 우승마에 돈을 걸 때가 왔다고 판단했다. 데이비드의 이야기를 믿고 있었으며, 지질학자의 보고서에서도 강력한 인상을 받았다. 그래서 시티의 유명한 주식 중개인인 키트캣 앤드 에이트킨에게 전화를 걸어서 25만 달러 상당의 프로스펙터 오일 주식을 사도록 지시했다. 하비 메트카프의 중개인은 스티븐의 의뢰가 증권거래소의 입회장에 들어오자마자 4만 주를 내놓았다. 거래는 순식간에 끝났다. 6달러 10센트로 스티븐이 사게 된 가격에는 달러 프리미엄도 들어 있었다.

아버지의 유산을 모두 투자한 뒤에 스티븐은 며칠 사이에 예정되어 있는 발표가 아직 없었는데도 주가가 7달러까지 올라가는 것을 웃음을 참으면서 지켜보고 있었다. 스티븐은 미처 깨닫지 못하고 있었지만, 값이 오른 원인은 그 자신의 투자 때문이었다. 그는 아직 벌기도 전에 그 벌어들인 돈을 어디에 쓸까 하고 생각하기 시작했다. 그러나 결국, 금방 팔아버릴 것이 아니라 데이비드가 예상한 대로 20달러로 오를 때까지 기다리기로 마음을 정했다.

한편, 하비 메트카프는 스티븐의 투자에 자극되어 매기가 오르는 것을 보고는 가지고 있던 주식을 다시 조금씩 시장에 풀기 시작했다. 그도 또한 젊고 정직하고 처음 뛰어든 일에 정열을 불태우고 있는 데이비드 케슬러를 선택한 것이 옳았다는 실버맨의 의견에 동감이었다. 하비 자신은 무대 뒤에 숨어 있으면서 아무것도 모르는 사람의 두 어깨에다 책임을 지우는 이런 작전을 실행하는 것이 이번이 처음은 아니었다. 한편, 회사의 대변인을 맡고 있는 리처드 엘리엇은 큰손 매입자들이 증권거래소에 몰려들고 있다는 이야기를 신문에 비쳐, 그것이 기사화되어 작은손 투자가들을 떼거리로 프로스펙터 오일 주식으로 몰려들게 했다.

하버드 비즈니스 스쿨에서 가르치는 교훈 중 하나에, 관리직으로서의 재능은 건강에 정비례한다는 것이 있다. 데이비드는 정기 검진을 받지 않으면 안심할 수가 없었다. 검진을 받고 '당신 건강은 조금도 이상 없소'라는 확실한 보증을 받으면 만족할 것이었으나, 사실은 좀 더 느긋한 마음으로 일해나가는 편이 나을지도 모른다. 아무튼 렌툴 양이 그를 위해서 의사들이 모여 있는 할리 거리의 어떤 의사에게 예약을 해주었다.

로빈 오클리 의사는 확실히 성공한 사람이었다. 37세라는 나이에도 불구하고 큰키에 미남이며, 검은 머리칼도 아직 젊음을 그대로 간직하고 있었다. 얼굴 생김새는 고전적이고 굳세 보였으며, 성공이 보장된 그 태도 또한 자신에 차 있었다. 지금도 주 2회 스쿼시 테니스를 계속하고 있으며, 보기에도 같은 또래가 부러워할 정도의 젊음을 지니고 있었다. 럭비 선수도 했었고, 2등으로 졸업한 케임브리지 대학 시절부터 일관되어 온 건강체였다. 세인트 토머스 병원에서 의학 실습을 마쳤는데, 그곳에서도 의술보다는 럭비로 더 유명했다. 의사 면허를 따고는 할리 거리의 고명한 개업의인 유진 모패트의 조수로 일했다. 모패트 박사는 병을 고치는 것보다는 오히려 환자, 특히 조금이라도 나쁜 곳이 있으면 지치지도 않고 꾸준히 찾아오는 중년 여인 환자들의 기분을 맞춰주는 일로 더 이름을 날렸다. 1회 진찰에 50기니나 받으니, 이것은 틀림없이 성공했다고 할 수 있었다.

모패트가 로빈 오클리를 조수로 선택한 것은, 성공한 의사로서의 자신과 똑같은 자질을 그도 가지고 있었기 때문이다. 로빈 오클리는 미남에다, 품위도 있고, 교육도 많이 받았고, 머리도 좋았다. 그는 할리 거리와 모패트의 시스템에 완전히 융화되어, 모패트가 60대 초반에 갑자기 세상을 하직하자 마치 황태자가 왕의 자리로 옮겨앉듯이 자연스럽게 그 후계자가 되었다.

로빈 오클리가 대를 물려받은 다음에도 병원은 계속 번창하여, 환자가 죽어버리기 전에는 모패트에게서 물려받은 여성 환자의 수가 줄지 않았으며, 37세가 된 지금에 이르러서는 혼자 힘으로 누구에게도 뒤지지 않을 명의의 자리에 올라 있었다. 버크셔의 뉴베리 교외에 쾌적한 컨트리 하우스를 지어 아내와 두 아들과 살면서 우량 주식을 사상당한 저축도 해두었다. 그는 자기의 행운에 불만은 없었으며, 현재의 생활을 즐기고 있었으나 다만 좀 지루한 느낌이었다. 가끔 자상한 의사라는 듣기 좋은 역할에 참을 수 없는 싫증을 느낄 때도 있었다.

레이디 파이오나 피셔가 다이아몬드 반지를 낀 손에 생긴 피부염에서 비롯된 조그만 반점의 원인이 무엇인지, 그런 것은 알지도 못하거니와 알고 싶지도 않다고 정직하게 말해 버리면 어떻게 될까? 그 무서운 페이지 스탠리 부인한테 당신은 전체 틀니를 새것으로 해넣는 것 말고는 돈 들일 필요가 없으며, 악취가 코를 찌르는 할멈이라고 말해 준다면 천벌을 받게 될까? 또 결혼 적령기에 있는 리디아 드빌리에에게 분명히 그녀가 바라고 있는 묘약을 그가 처방해 준다면 전국의사심의회가 의사 명단에서 자신을 빼버릴까?

데이비드 케슬러는 약속 시간에 맞추어 도착했다. 렌툴 양에게서 의사나 치과 의사는 예약 시간에 늦게 가면 진찰도 못 받고 요금만 물게 된다는 이야기를 들었기 때문이다.

데이비드는 발가벗고 로빈 오클리의 진찰대에 누웠다. 의사는 혈압을 재고 심장에 청진기를 대어보고는 혀(그리 겉치레를 하는 기관은 아니다)를 내밀라고 했다. 그는 데이비드의 온몸을 구석구석 살펴보고는 환자에게 말을 걸었다.

"어떻게 런던에서 일하게 되었습니까, 케슬러 씨?"

"시티의 석유 회사에서 일하고 있습니다. 들어보신 적 있습니까? 프로스펙터 오일이라는 회사인데요."

"글쎄, 처음 듣는군요. 다리를 구부려 보세요."

의사는 데이비드의 무릎을 한쪽씩 슬개골용 망치로 두드렸다. 두 다리가 민감하게 반응을 보인다.

"반사신경은 나쁘지 않은 것 같군요."

"머지않아 아시게 될 겁니다, 선생님. 우리 회사 이름 말입니다. 현재 아주 순조롭게 되어가고 있으니까요. 신문 보도에 주의를 기울여 보세요."

"그러세요?" 하고 로빈은 웃으면서 말했다. "석유를 찾아냈습니까?"

"예." 데이비드는 자신이 그에게 주고 있는 인상을 즐기면서 조용히 대답했다. "실은 바로 그렇습니다."

로빈은 몇 초 동안 데이비드의 복부를 눌러보았다. 굉장한 근육의 벽, 지방도 없고 간장 비대의 징후도 없다. 이 젊은 미국인은 건강 바로 그것이었다. 로빈은 데이비드에게 진찰실에서 옷을 입으라고 하고는 생각에 잠기며 간단한 진단서를 썼다. 석유의 맥을 찾아냈단 말이지? 좀더 알아볼 필요가 있을까? 할리 거리의 의사들은 지난달에 발행된 〈펀치〉 잡지 한 권에다 가스 난로로 난방이 된 대기실에 환자를 45분씩이나 기다리게 하면서도, 일단 진찰실에 불러들인 환자에게는 절대로 서두르는 느낌을 주지 않았다. 로빈도 데이비드를 다그칠 생각은 추호도 없었다.

"나쁜 곳은 거의 없습니다, 케슬러 씨. 빈혈 기미가 다소 있긴 합니다만, 그것은 과로와 최근에 여기저기로 뛰어다닌 탓이겠지요. 철분이 든 약을 조금 드리겠습니다. 그것을 드시면 괜찮아질 겁니다. 하루 두 알, 아침 저녁으로 드십시오."

그는 읽기 어려운 처방전을 써서 데이비드에게 건네주었다.

"수고 많으셨습니다. 오랫동안 꼼꼼하게 보아주셔서 감사합니다."

"원, 별말씀을. 런던은 마음에 드십니까? 미국과는 여러 가지 점에서 아주 딴판이지요?" 하고 로빈이 물었다.

"그렇더군요. 생활의 템포는 훨씬 여유가 있습니다. 여기서는 무슨 일을 하는 시간이 꽤 걸린다는 것을 이해한다면 반은 성공한 거나 마찬가지이지요."

"런던에 혹시 아는 분이라도?"

"아뇨." 하고 데이비드는 대답했다. "옥스퍼드에 하버드 시절의 친구가 한둘 있긴 합니다만, 런던에서는 아직 별로 많은 사람을 사귀지 못해서요."

'그럼 됐군' 하고 로빈은 생각했다. 그 석유에 대한 이야기를 좀더 자세히 들어봄과 동시에, 관 속에 두 다리를 집어넣은 거나 다름없는 환자들과는 다른 사람을 사귈 기회가 찾아온 것이다. 그렇게 되면 지금의 이 무기력한 상태도 달아나 버리겠지. 그는 계속했다.

"이번 주말쯤 점심이라도 함께 하는 것이 어떻겠습니까? 런던의 오래된 클럽으로 안내하겠습니다."

"정말 친절하시군요."

"좋습니다. 금요일이면 어떻습니까?"

"별일 없습니다."

"그렇다면 팰 맬의 애시니엄 클럽에서 1시에 만나기로 하지요."

데이비드는 도중에 약을 타가지고 시티의 사무실로 돌아왔다. 즉시 한 알을 먹으며 얼른 정상으로 돌아가기를 바랐다. 그는 런던 근무를 즐기기 시작하였다. 실버맨은 그에게 만족하고 있는 것 같았으며, 프로스펙터 오일은 순조롭게 되어가고 있었고, 어느새 흥미 있는 사람들과도 사귀게 되었다. 아마 이것은 그 자신의 일생 중에서도 지극히 충실한 시기가 될 것 같은 예감이 들었다.


금요일 12시 45분에 웰링턴 공의 동상이 내려다보이는 팰 맬 모퉁이의 거대한 흰색 빌딩인 애시니엄에 도착했다. 데이비드는 각 방의 크기에 넋을 빼앗기면서도 과연 손익에 민감한 비즈니스맨답게 이런 정도의 공간을 사무실로 빌려준다면 얼마를 벌 수 있을지 재빨리 계산해 보았다. 움직이는 밀납 인형 같은 모습이 가는 곳마다 눈에 띄었는데, 로빈이 나중에 그들은 유명한 장군이며 외교관들이라고 설명해 주었다.

그들은 루벤스의 작품인 찰스 2세상이 벽면을 차지하고 있는 커피 룸에서 식사를 했다. 식후의 커피를 마시면서 데이비드는 로빈에게 프로스펙터 오일의 구역에 대한 지질학자의 조사 결과에 대해서 이야기했다. 주가는 몬트리올 증권거래소에서 7달러 15센트를 나타내고 있으며, 여전히 오름세는 계속되고 있었다.

"꽤 유망한 투자가 될 것 같군요" 하고 로빈이 말했다. "게다가 당신 회사고 보면 위험을 각오할 만한 가치가 있을지도 모르고."

"위험은 거의 없다고 볼 수 있습니다" 하고 데이비드가 대답했다. "석유가 사실상 거기에 있는 이상은 말입니다."

"그렇군요. 주말을 보내면서 한번 진지하게 생각해 보기로 하지요."

두 사람은 식사를 마친 뒤에 헤어져서 데이비드는 〈파이낸셜 타임스〉 신문이 주최하는 에너지 위기에 관한 회의에 참석하러 가고, 로빈은 버크셔의 저택으로 돌아갔다. 두 아들이 주말에 예비 학교에서 돌아오므로 한시라도 빨리 그들의 얼굴을 보고 싶었다. 갓난아기에서 아장아장 걸어다니던 때를 지나 소년으로 자라기까지 세월이 얼마나 빠른지. 이 아들들의 장래가 보장된다면 큰 시름을 덜게 되는 것이다.


버니 실버맨은 다시 새로운 투자가 있을지도 모른다는 소리를 듣고 크게 기뻐했다.

"고맙네. 우리는 송유관 설치를 위해서 막대한 자금이 필요하게 된다네. 조금 전에 본사에서 자네의 노력에 보답하기 위해 5천 달러의 보너스를 지급하라는 지시를 받은 바 있네. 앞으로도 더욱 열심히 일해 주기 바라네."

데이비드는 활짝 웃었다. 이거야말로 하버드식 비즈니스였다. 일하면 보답이 있다. 게으름은 절대 금물.

"발표 예정은 언제입니까?" 하고 데이비드는 물었다.

"며칠 뒤가 되겠지."

데이비드는 자랑스러운 얼굴을 빛내며 실버맨의 방을 나왔다.

실버맨은 즉시 하비 메트카프와 연락했고, 메트카프는 언제나와 같은 수를 실행에 옮겼다. 메트카프의 중개인들은 7달러 23센트로 3만 5천 주를 시장에 풀었고, 그와 동시에 별도로 매일 약 5천 주씩 공개 시장에 풀었다. 그렇게 해놓으면 언제 시장이 포화 상태가 되는지를 알게 되므로 주가를 안정시킬 수가 있기 때문이다. 오클리 의사의 상당한 액수의 투자 탓으로 주가가 이번에는 7달러 40센트까지 올라갔다. 물론 데이비드나 스티븐이나 로빈 모두 다 만족했다. 자기네가 부추긴 관심에 편승해서 하비가 매일 주식을 풀어, 그 결과 하락 없는 인기가 생겨난 사실을 그들은 알지 못했다.

데이비드는 보너스의 일부를 떼어내 조금은 살풍경하게 느껴지는 바비컨의 조그만 방에 걸어둘 그림을 사기로 마음먹었다. 2천 달러 정도의 예산으로 장차 값이 오를 것 같은 그림을 찾아보기로 했다. 그림 그 자체도 좋아했지만, 그림으로 돈을 버는 일이 더 마음에 들었다. 그는 금요일 오후에 본드 거리, 코크 거리, 브루턴 거리 같은 런던의 화랑이 즐비한 거리를 서성거렸다. 빌덴스타인 화랑은 값이 너무 비싸 주머니 사정과 맞지 않았고, 말보로 화랑은 오래되고 멋이 없어서 기호에 맞지 않았다. 겨우 뉴 본드 거리의 라망 화랑에서 마음에 드는 그림을 찾아냈다.

소드니 경매장에서 세 집 떨어져 있는 이 화랑은 낡아빠진 회색 카펫과 빛바랜 붉은 벽지가 발라져 있는 널찍한 방 하나로 되어 있었다. 카펫이 닳고 벽지의 색이 바래 있을수록 그 화랑은 번창하고 평판도 좋았다. (적어도 그것이 정설이 되어 있었다.) 화랑 안쪽으로 층계가 있는데, 고객들의 관심을 끌지 못한 그림 몇 점이 세상에 등을 돌린 채 그 층계 앞에 쌓여 있었다. 데이비드는 별 생각 없이 그 그림들을 뒤적이다가 뜻밖에도 이거다 싶은 그림을 찾아냈다.

그것은 '공원의 비너스'라는 제목을 단 레온 언더우드의 유화였다. 커다랗고 칙칙한 캔버스에는 원형의 티 테이블을 에워싸고 금속성 의자에 앉아 있는 여섯 남녀가 그려져 있었다. 그 안에서 전면에 보이는 것이 풍만한 가슴과 긴 머리를 늘어뜨린 아름다운 나부(裸婦)였다. 다른 사람들은 그녀에게는 조금도 관심을 보이지 않고 있으며, 그녀는 수수께끼 같은 표정을 짓고서 화면 밖을 바라보며 앉아 있었다. 무관심 속의 동정심과 사랑의 상징이겠지. 데이비드는 그녀에게 강한 흥미를 느꼈다.

화랑의 경영자 장 피엘 라망은 1천 파운드 이하의 수표는 절대로 받지 않는 사람에게 어울리는 고상한 맞춤 양복을 입고 있었다. 35세인 그는 다소 사치할 여유도 있어서 그가 구치 구두에, 이브 생 로랑 넥타이, 턴벌 앤드 애서 와이셔츠에다 피아제 시계를 찬 것을 보면 사람들은, 특히 여성이라면 그가 멋쟁이가 어떤 것인지를 아는 사람임을 의심치 않았다. 그는 영국인이 본 프랑스 인의 전형이었으며, 날씬하게 스타일이 좋으며, 웨이브가 진 좀 길어 보이는 검은 머리와, 다소 날카로운 느낌을 주는 짙은 갈색 눈을 가지고 있었다. 일단 유사시에는 상당히 까다롭고 잔소리깨나 하는 일면도 있고, 더러는 유쾌하지만 동시에 신랄한 기지가 번득일 때도 있었다. 어쩌면 그것이 아직도 독신으로 있는 이유 중 하나일지도 모른다. 그와 결혼하기를 원하는 여성에게는 그런 면이 곤란한 점이었을 것이 틀림없다. 손님과 상대할 때에는 그의 매력적인 면만이 나타났다.

데이비드가 수표를 끊는 사이에 그는 문제의 그림에 대한 이야기를 하는 것이 꽤나 즐거운 모양인지, 당시 유행하는 콧수염을 손가락으로 천천히 매만졌다.

"언더우드는 현대 영국의 가장 위대한 조각가 겸 화가 중 한 사람입니다. 그가 헨리 무어를 가르친 것은 물론 알고 계시겠지요? 그에 대한 평가가 실력보다 못한 것은 저널리스트에게 냉정하기 때문이라고 생각합니다. 그는 술취한 삼류 작가 같은 흉내는 내지 못하는 사람이었으니까요."

"그래서 언론에 잘 보일 리가 없었겠군요."

데이비드는 아주 느긋한 기분으로 850파운드짜리 수표를 건네주면서 중얼거렸다. 이렇게 비싼 물건을 사보는 것은 난생 처음이지만 투자로서는 나쁘지 않다고 생각했으며, 그보다는 아무래도 그림 자체가 썩 마음에 들었던 것이다.

장 피엘은 데이비드를 아래층으로 안내하여 오랜 기간에 걸쳐서 모은 인상파와 현대 회화의 수집품을 보여주었다. 언더우드에 대한 찬사에는 여전히 열성이 들어 있었다. 그들은 장 피엘의 방에서 데이비드가 언더우드의 작품을 매입한 것을 축하하는 뜻에서 위스키로 건배했다.

"선생께서는 어떤 일을 하고 계십니까?"

"프로스펙터 오일이라는 조그만 석유 회사에서 일하고 있습니다. 지금 북해에서 석유를 찾고 있는 회사이지요."

"석유는 나왔습니까?" 하고 장 피엘이 물었다.

"실은 이것은 우리끼리만의 이야기입니다만, 장래가 아주 유망하답니다. 우리 회사의 주식이 지난 몇 주일 사이에 3달러에서 7달러로 값이 뛴 사실은 이미 알려진 일입니다만, 그 원인은 아무도 모르지요."

"우리같이 이문 박한 그림 장사에게 유망한 투자라고 생각하십니까?"

"나 자신도 얼마나 유망한 투자라고 생각하고 있는지 말씀드릴까요? 나도 월요일에는 전재산인 3천 달러를 우리 회사에 투자할 생각입니다. 비너스를 사고 남은 돈이 그것뿐이거든요. 회사에서 머지않아 특별 발표를 할 예정이랍니다. ”

장 피엘의 눈이 갑자기 빛났다. 프랑스 인 특유의 민감성으로 그는 즉시 그 의미를 알아차렸다. 화제는 그것으로 끝났다.

“발표는 언제쯤이 됩니까, 버니 씨? ”

“아마 내주 초가 되겠지. 약간의 문제가 있지만, 뭐 해결이 안 될 정도의 것은 아니니까. ”

그 말을 듣고 데이비드는 어느 정도 마음을 놓았다. 왜냐하면 그도 그날 아침 비너스를 사고 남은 3,625달러를 던져서 프로스펙터 오일을 500주 샀기 때문이다. 다른 사람들과 마찬가지로 그 역시 엄청나게 벌기를 바라고 있었다.

“로 러드입니다. ”

“프랭크 와츠를 부탁하오. 장 피엘 라망이오. ”

“안녕하십니까, 장 피엘. 무슨 일이십니까? ”

“프로스펙터 오일을 2만 5,000주 사고 싶소. ”

“들어본 적이 없는데…… 잠깐 기다려 보십시오. 캐나다에 있는 회사로군요. 자본금이 아주 적습니다. 좀 위험합니다. JP, 그만두는 것이 좋을 것 같습니다. ”

“괜찮아요, 프랭크. 2∼3주일 동안만 가지고 있을 거요. 그 다음에는 다시 당신이 팔아주면 되고. 오래 가지고 있을 생각은 없소. 계좌의 계산일은 언제요? ”

“어제입니다. ”

“좋소. 오늘중으로 사서 결제 기간까지 팔아 주시오. 마음이 찜찜하면 그보다 빨라도 좋아요. 내주에 그 회사가 어떤 발표를 하기로 되어 있으니까, 10달러를 넘어서면 팔아버리시오. 약은 척해서가 아니라, 이 거래의 뒤에 있는 것이 나라는 것을 알게 하고 싶지 않아서 그래요. 증권회사 명의로 사고 싶소. 알려지면 정보 제공자에게 피해가 가니까."

"알겠습니다. 프로스펙터 오일을 2만 5,000주 사서 결제 기한까지 팔라는 말이지요? 지시가 있을 때에는 그보다 빨리 팔고."

"내주에는 계속 파리에 가 있게 될 게요. 10달러가 넘으면 잊지 말고 팔아주시오."

"알겠습니다, JP. 좋은 여행 즐기십시오."


빨간 전화통이 울렸다.

"로 러드가 주식을 찾고 있어. 뭐 짚이는 것이 있나?"

"아니, 없습니다, 하비. 틀림없이 또 데이비드 케슬러입니다. 그의 이야기를 들어볼까요?"

"아닐세, 아무 말 말게. 7달러 80센트로 2만 5,000주 풀었다네. 케슬러가 큰손 하나만 더 물어들이면 나는 손을 떼겠네. 이 결제 기한 1주일 전에 우리 계획을 준비해 두게."

"알겠습니다, 보스. 그 밖에도 많은 소량 매입자들이 있습니다."

"됐어. 지금까지와 마찬가지로 그 친구들이 모두 좋은 돈벌이가 있다고 아는 사람들에게 이야기할 것이 틀림없네. 케슬러에게는 아무 말 말게."


"이봐, 데이비드" 하고 리처드 엘리엇이 말했다. "자네는 일에 지나치게 열심이군. 좀 느긋한 마음으로 하게나. 발표가 있고 나면 굉장히 바쁠 걸세."

"그렇겠지요" 하고 데이비드는 대답했다. "하지만 일하는 것이 지금에 와서는 저의 버릇이 되어버렸는걸요."

"어쨌든 오늘밤은 좀 쉬도록 하게. 애너벨 같은 곳은 어떻겠나?"

데이비드는 런던에서도 초일류급 나이트 클럽에 초대되었으므로 기분좋게 승낙했다.

데이비드가 빌린 포드 코티나는 그날 밤 버클리 광장에 이중 주차한 롤스로이스나 메르세데스 속에서 어울리지 않는 존재였다. 데이비드는 조그만 쇠층계를 지나 지하실로 내려갔다. 과거 그곳은 우아한 타운 하우스의 지하에 있었던 하인들의 방이 틀림없다. 현재는 레스토랑과, 디스코텍과 벽에다가 판화며 그림을 장식한 작지만 호화스러운 분위기의 바를 가진 멋진 클럽이 되어 있었다. 식사실은 조명이 어둑했고, 빽빽하게 늘어선 조그만 테이블은 거의 만원에 가까웠다. 섭정시대 양식의 사치스러운 장식이었다.

경영자인 마크 벌리는 고작 10년 사이에 애너벨을 런던에서 가장 인기 있는 클럽으로 만들어, 입회 희망자의 명단이 천 명도 넘을 정도였다. 디스코텍은 가장 안쪽 구석에 있으며, 캐딜락 두 대분의 주차 공간도 채 안 되는 댄스 플로어는 만원이었다. 거의 모든 커플이 서로 착 달라붙어 춤추고 있었다. 그럴 수밖에 없겠지만. 데이비드는 댄스 플로어의 남성들 대부분이 상대 여성들보다 스무 살은 더 위라는 것을 깨닫고는 깜짝 놀랐다.

헤드웨이터인 루이스가 그날 그곳에 온 명사들에게 정신이 팔려 있는 데이비드의 행동에서 그 클럽에는 처음이라는 것을 알아내고는 그를 리처드 엘리엇의 테이블로 안내했다. '좋아, 나도 머지않아 남들이 쳐다보는 몸이 되겠어' 하고 데이비드는 생각했다.

절대로 얻어먹을 수 없는 멋진 식사를 마친 리처드 엘리엇과 그의 아내는 댄스 플로어의 북적대는 사람들 속으로 사라지고, 데이비드는 푹신하고 빨간 긴의자에 둘러싸인 조그만 바로 돌아왔다. 거기서 제임스 브릭즐리라고 자기 소개를 한 남자와 우연찮게 이야기의 실마리가 풀렸다. 이 사람은 다른 곳에서야 어떻든간에 애너벨에서는 어울리지 않았다. 큰키에 금발, 시원시원한 태도, 눈은 기분좋은 듯 빛나고, 주변의 누구와도 스스럼없이 대하고 있었다. 데이비드는 상대의 자신에 찬 거동에 탄복했다. 그것은 그에게는 없는 것이었으며, 아마 앞으로도 그렇게 되지는 않겠지. 그의 억양은 데이비드의 귀에는 낯선, 틀림없는 상류 계층의 것으로 들렸다.

데이비드와 새로 사귄 그는 미국에 갔을 때의 일을 화제로 삼고는, 자기는 옛날부터 미국인을 아주 좋아한다면서 그를 기쁘게 했다. 좀 지난 다음에 데이비드는 헤드웨이터를 불러서 그 영국인이 어떤 사람이냐고 조그만 목소리로 물어보았다.

"라우스 백작의 장남인 브릭즐리 경입니다."

'이거 놀랍군' 하고 데이비드는 생각했다. 영국 귀족도 보기에는 보통 사람들과 다를 것이 없잖아? 더구나 한두 잔 걸친 다음에는. 브릭즐리 경이 데이비드의 잔을 똑똑 두드렸다.

"한 잔 더 어떻습니까?"

"고맙습니다, 경."

"그 바보 같은 호칭은 집어치웁시다. 이름은 제임스요, 런던에서 하시는 일은?"

"석유 회사에서 일하고 있습니다. 회장님인 로드 허니세트 경은 아실 줄 압니다만? 사실은 나도 아직 만나본 적은 없습니다."

"마음좋은 할아버지랍니다. 그분 아들과는 해로 학교에서 함께 공부했지요. 석유 회사에서 일하신다면 내가 가지고 있는 셸과 브리티시 오일의 주식을 어떻게 했으면 좋을지 가르쳐 주지 않겠습니까?"

"계속 가지고 계시지요. 그것이 어떤 것이든 재물을 가지고 있으면 안전하지요. 특히 영국 정부가 너무 욕심부리지 않고 석유를 직접 관리하려고 하는 한 석유는 안전하고 확실합니다. "

더블 위스키 새 잔이 나왔다. 데이비드는 조금 취기가 도는 것 같았다.

"당신 회사는 어떤가요?" 제임스가 물었다.

"조그만 회사입니다만, 주가는 지난 3개월 사이에 어느 석유 회사보다 많이 오르고 있습니다. 그러나 아직도 목이 차려면 까마득하다고 생각합니다. "

"왜 그렇지요?"

데이비드는 주위를 둘러보고는 목소리를 낮추었다.

"그건 말입니다, 커다란 회사가 석유를 찾아낸다 해도 실제 벌어들이는 비율은 조금밖에 안 되지만, 조그만 회사가 찾아내는 경우에는 당연히 이익이 꽤 큰 비율로 돌아오게 되기 때문이지요. "

"그러니까, 다시 말하자면 당신 회사에서 석유를 찾아냈다는 이야기입니까? "

"이 일은 말씀드리지 말았어야 했는지도 모르겠군요. 부디 혼자만 알고 계십시오. "

데이비드는 어떻게 집에까지 돌아왔는지, 누가 침대에 눕혀주었는지도 몰랐다. 당연히 다음날 아침은 지각했다.

"죄송합니다, 버니. 애너벨에서 리처드와 축배를 들다 보니 오늘 아침은 늦잠을 자버려서요. "

"걱정할 것 없네. 때로는 기분 전환도 좋지 않겠나. "

"실은 좀 경솔했는지도 모르겠습니다만, 어떤 귀족을 하나 붙들고 우리 회사에 투자하도록 권하고 말았습니다. 상대의 이름은 잊었습니다. 좀 지나치지 않았는지 걱정입니다. "

"괜찮네, 데이비드. 우리는 누구에게 손해를 끼치려는 것이 아니니까. 그리고 자네에게는 휴식이 좀 필요해. 요새 너무 과로한 모양일세."

제임스 브릭즐리는 첼시의 아파트를 나와서 거래 은행인 윌리엄스 앤드 글린 은행으로 택시를 달렸다. 그는 타고난 외향성으로 해로 학교 재학중에는 오로지 연극밖에는 관심이 없었으나, 졸업한 뒤에 아버지는 그가 무대에 서는 것을 허락하지 않았으며, 옥스퍼드 대학의 크라이스트 처치 칼리지에 진학할 것을 요구했다. 그러나 거기서도 여전히 그는 정치학, 철학, 경제학의 학위보다는 연극부 쪽에 보다 관심을 보였다. 옥스퍼드 대학을 졸업하고 나서 그는 우등 졸업 학위의 몇 급을 땄는지는 아무에게도 말한 적이 없다. 제임스라면 그것 말고는 상상할 수 없다는 4급은 그 뒤에 폐지되고 말았다. 옥스퍼드에서 근위보병 제1연대에 들어가 거기서 연극의 재능에 상당한 수련을 쌓았다. 이로 말미암아 제임스는 런던 사교계에 첫선을 보이게 되었다. 그 세계에서 품위 있는 젊은 백작의 아들로 기대를 갖게 하는 역할을 훌륭하게 해낸 것이다.

2년 간의 근위연대 근무가 끝나자 백작은 그에게 햄프셔에 있는 500에이커의 농장을 맡겨서 심심풀이라도 시키려 했으나, 제임스는 촌스러운 시골 생활을 싫어했다. 농장은 관리인에게 맡기고 런던에서의 사교 생활에 열을 올렸다. 그의 무대에 대한 희망은 확고한 것이었으나, 백작이 광대놀음은 귀족에게 어울리지 않는다고 생각한다는 것을 알고 있었다. 5대 백작인 아버지는 장남에 대해서 별로 기대하지 않았으며, 제임스로서도 자기는 아버지가 생각하는 것 이상으로 재능이 있는 사람이라는 것을 이해시키는 일이 쉽지 않다고 생각하고 있었다. 어쩌면 데이비드 케슬러가 어쩌다 입밖에 낸 그 내부 정보가 그 절호의 기회가 될지도 모른다.

버친 레인에 있는 윌리엄스 앤드 글린 은행의 아름답고 고풍스러운 건물에 도착하여 제임스는 지배인실로 안내되었다.

"햄프셔의 농장을 담보로 돈을 꾸고 싶은데요." 브릭즐리 경은 말했다.

지배인인 필립 이자드는 브릭즐리 경이나 아버지인 백작을 잘 알고 있었다. 그는 백작의 식견에는 경의를 표하고 있지만, 젊은 아들은 별로 높이 평가하고 있지 않았다. 그러나 고객의 의뢰에 대해서 여러 가지를 캐묻는 것은 그의 철칙에 맞지 않는 일이었으며, 하물며 상대의 아버지는 은행의 가장 오랜 고객 중 한 사람인 것이다.

"그럼, 얼마쯤 필요하신지요?"

"그러니까, 햄프셔 농장은 1에이커에 1천 파운드 가치는 있다고 생각하며, 아직도 값은 계속 뛰고 있습니다. 15만 파운드쯤 빌려줄 수 없을까요? 그 돈으로 주식을 살 생각입니다."

"주식을 담보로 저희에게 맡겨 주시겠습니까?"

"예, 그러지요. 어디에 놓아두든 내게는 마찬가지니까요."

"그러시다면 기본 비율에 2% 없는 이율로 융자해 드리겠습니다. 괜찮으십니까?"

제임스는 현행 금리가 얼마인지 알지도 못했지만, 생각해 보면 윌리엄스 앤드 글린 은행도 다른 곳과 마찬가지로 경쟁하고 있을 것이 분명하고, 또 평판도 좋은 곳이다.

"그리고 나를 대신해서 프로스펙터 오일이라는 회사 주식을 3만 5,000주 정도 사주시지 않겠습니까?"

"그 회사에 대한 조사는 충분히 해보셨습니까?"

이자드가 물었다.

"물론 조사해 보았지요."

브릭즐리 경은 강한 어조로 말했다. 그는 은행 경영자 같은 사람들을 두려워하지 않았다.

보스턴의 하비 매트카프는 실버맨의 전화를 통해 데이비드 케슬러가 감각에 비해서 돈을 많이 가지고 있을 듯한 사람과 애너벨에서 사귀게 된 것을 알았다. 하비는 4만 주를 8달러 80센트로 시장에 풀었다. 윌리엄스 앤드 글린 은행이 그 중에서 3만 5,000주를 사고 나머지 5,000주는 다시 소액 투자가들의 손으로 넘어갔다. 주가는 아주 조금 올랐다. 하비 메트카프의 수중에 남아 있는 것은 겨우 3만 주뿐인데, 그것도 나흘 동안에 모두 처분해 버렸다. 결국 14주 동안 프로스펙터 오일의 주식을 처분하고, 600만 달러가 넘는 돈을 벌어들인 셈이다. 금요일 아침, 주가는 9달러 10센트에 달하고, 케슬러는 아무 것도 모르는 채 큰 투자자를 끌어들이고 있었다.

스티븐 브래들리는 6달러 10센트로 4만 주를 샀다.
로빈 오클리 의사는 7달러 23센트로 3만 5,000주를 샀다.
장 피엘 라망은 7달러 80센트로 2만 5,000주를 샀다.
제임스 브릭즐리는 8달러 80센트로 3만 5,000주를 샀다.
그리고 데이비드 케슬러 자신은 7달러 25센트로 500주를 샀다.

결국 다섯 사람이 합해서 100만 달러를 넘게 투자하여 13만 5,500주를 산 것이 된다. 게다가 그들의 투자가 증권 시장의 관심을 불러일으켜, 가지고 있었던 주식을 자연스러운 거래로 남김없이 팔아버리는 기회를 하비에게 가져다 주게 되었다. 하비 메트가프는 또 한 번 멋지게 해낸 것이다. 그의 이름은 어디에도 나오지 않았으며, 지금은 단 한 주도 가지고 있지 않았다. 아무도 그를 비난할 수는 없다. 법을 위반하는 일은 하나도 하지 않았다. 지질학자의 보고서만 해도 가정이나 단서를 여러 곳에서 찾아볼 수가 있으므로 법정에 내놓더라도 빠져나갈 구멍이 있다. 데이비드 케슬러에 대해서도 그의 젊은이다운 정열 때문에 하비가 비난을 받아야 할 이유는 없다. 데이비드 케슬러라는 사람과는 만난 적조차 없으니까. 하비 메트카프는 런던의 헤지스 앤드 버틀러 사에 의해서 수입된 1964년산 크루그의 마개를 뽑았다. 그리고 천천히 샴페인 맛을 즐기면서 로메오 이 프리에타 처칠에 불을 붙였다. 하비는 의자에 깊숙이 몸을 묻고 이 성공을 조촐하게 축하했다.

데이비드, 스티븐, 로빈, 장 피엘, 제임스 이 다섯 사람도 각각 주말을 축하했다. 그도 그럴 것이, 주가는 9달러 10센트가 되어 있었으며, 데이비드가 20달러까지는 틀림없이 오른다고 장담했기 때문이다. 토요일 아침 데이비드는 애쿼스커텀에서 양복을 맞추었고, 스티븐은 신입생들이 방학 직후에 본 시험지 답안을 채점하고 있었다. 로빈은 아들들의 예비 학교로 운동회 구경을 갔고, 장 피엘은 르누아르 작품의 액자를 바꿨으며, 제임스 브릭즐리는 이제 비로소 아버지도 자기를 다시 보게 되겠지 하는 확신을 가지고 사냥을 떠났다.

# 제3장

데이비드가 월요일 아침 9시에 출근하니 어찌된 영문인지 사무실이 잠겨 있었다. 비서들은 8시 45분까지는 출근해 있어야만 하는 것이다.

한 시간 이상 기다린 끝에 그는 가까운 공중 전화 부스에 들어가 버니 실버맨의 집으로 전화를 걸어보았다. 응답이 없었다. 다음에는 리처드 엘리엇의 집으로 걸어보았다. 여기 역시 아무도 받는 사람이 없었다. 그래서 이번에는 애버딘의 사무실을 불러보았다. 거기도 결과는 마찬가지였다. 데이비드는 하는 수 없이 사무실로 돌아가기로 했다. 틀림없이 간단히 설명될 것으로 생각했다. 나는 꿈을 꾸고 있는 것일까, 아니면 오늘이 혹시 일요일이 아닐까? 아니, 아니야! 거리에는 사람과 차로 붐비고 있었다. 다시 사무실에 돌아오니 젊은 남자가 문에다가 팻말을 걸고 있었다.

사무실 빌려줌. 2,500평방피트. 문의는 콘래드 리트블랫으로.

"당신, 지금 뭐하는 거요?"

"먼저 세들었던 사람이 미리 이야기를 하고 떠났거든요. 새로 들어올 사람을 찾으려는 겁니다. 사무실을 한번 보시겠습니까?"

"아니, 괜찮소."

데이비드는 엉거주춤 뒷걸음질을 쳤다. 거리를 달려가고 있는 사이에 이마에서 땀이 흠뻑 배어나왔다. 전화 부스가 비어 있기를 마음속으로 빌었다. 전화 번호부에서 버니 실버맨의 비서인 주디스 램프슨의 번호를 찾아냈다. 이번에는 전화를 받았다.

"주디스, 대체 어찌된 거야?"

그 목소리는 불안으로 떨리고 있었다.

"나도 몰라요" 하고 주디스가 대답했다. "금요일 저녁 때 한 달치 월급을 선불로 받으면서 해고 통지를 받았는데, 이유는 말해 주지 않았어요."

데이비드는 수화기를 떨어뜨렸다. 서서히 진상이 이해되기 시작했다. 대체 이 일을 누구에게 호소해야 한단 말인가? 당장 어찌해야 하지? 그는 멍청한 상태로 바비컨의 아파트로 돌아왔다. 집을 비운 사이에 우편물이 배달되어 있었다. 그 중에는 아파트 집주인에게서 온 편지도 있었다.

코퍼레이션 오브 런던
바비컨 에스테이트 오피스
런던 EC2
전화 01-628-4341

안녕하십니까.
월말에 방을 비우시겠다니 유감스럽습니다. 이 기회에 한 달치

집세를 선불해 주신 것을 감사드립니다.

방은 들어오실 때와 같은 상태로 해놓고 가주시면 고맙겠습니다.

부동산 관리인

C.J. 케이즐턴

데이비드는 방 한가운데 얼어붙은 듯이 버티고 서서 사들인 지 얼마 되지 않는 언더우드의 그림을 와락 솟구치는 증오의 눈으로 바라보았다. 이윽고 겁먹은 얼굴로 주식 중개인에게 전화를 걸었다.

"프로스펙터 오일의 오늘 아침의 주가는요?"

"7달러 40센트로 떨어졌습니다." 중개인이 대답했다.

"떨어진 원인은?"

"그걸 알 수 없군요. 어쨌든 조사해서 이쪽에서 전화드리겠습니다."

"부탁해요. 내 500주는 지금 곧 시장에 내놓으시고요."

"프로스펙터 오일 500주를 시장 가격으로 파시겠다는 말씀이지요? 알겠습니다."

데이비드는 전화를 끊었다. 몇 분 뒤에 전화벨이 울렸다. 중개인에게서 온 전화였습니다.

"7달러 25센트밖에는 더 받을 수가 없군요. 즉, 당신이 샀을 때와 똑같은 값입니다."

"판매 대금은 로이드 은행 무어게이트 지점의 내 계좌로 넣어주시지요."

"알았습니다."

데이비드는 그 뒤 줄곧 방에 틀어박혀 있었다. 침대에 나뒹굴며 연거푸 담배를 피워대면서, 앞으로 어떻게 할까를 생각하다가는 가끔 조그만 창 너머로 비에 젖은 시티 은행이며, 보험회사, 증권거래소,

회사의 건물들을 바라보았다. 그곳은 그가 속한 세계였다. 그러나 언제까지 이 상태가 계속될까? 다음날 아침, 증권거래소의 개장과 동시에 새로운 정보를 듣게 될지도 모른다 싶어 다시 중개인에게 전화를 걸었다.

"프로스펙터 오일에 대해서 새로운 소식이라도 있습니까?"

그는 긴장으로 지쳐버린 목소리로 물었다.

"나쁜 소식입니다. 연이어 대량 매물이 쏟아져 나와 오늘 아침 개장과 동시에 주가가 5달러 90센트로 떨어졌습니다."

"고맙소."

그는 수화기를 내려놓았다. 하버드에서 배운 6년이라는 세월이 안개처럼 사라져 가고 있었다. 한 시간이 지나기까지도 그는 그 생각을 미처 하지 못했다. 재난이 닥치고 나서부터는 시간 감각이 없어져 버렸다.

시원찮은 레스토랑에서 점심 식사를 마치고 〈런던 이브닝 스탠다드〉 신문의 시티판 편집장이 쓴 '프로스펙터 오일의 수수께끼'라는 제목의 심상치 않은 기사를 읽었다. 증권거래소의 폐장까지 주가는 3달러 15센트까지 떨어져 있었다.

데이비드는 잠 못 이루는 하룻밤을 지냈다. 입만 가지고 떠벌이는 언변과 두 달치의 높은 급료와 파격적인 보너스로, 당연히 의심했어야 할 회사를 선뜻 믿어버린 자신에게 화가 치밀었고, 굴욕감이 솟아올랐다. 더없이 좋은 봉들의 귀에 프로스펙터 오일에 관한 정보를 비밀인 양 가르쳐 준 일을 생각하면 가슴이 메슥거렸다.

수요일 아침 역시 나쁜 소식뿐이려니 하면서도 다시 한 번 중개인에게 전화를 걸어보았다. 주가는 2달러로 떨어지고, 더구나 거래는 전혀 없었다. 그는 방을 나가 로이드 은행으로 가서 계좌를 해약하고 잔액 1,345파운드를 인출했다. 왜 그랬는지는 자신도 모른다. 단지 은행에 예금해 두는 것보다는 자기 손에 쥐고 있고 싶었던 것이다. 그는 모든 것에 대해서 신뢰감을 잃고 있었다. 그는 〈이브닝 스탠다드〉 신문의 최종판(오른쪽 위에 7RR라고 인쇄되어 있는 판)을 손에 들었다. 프로스펙터 오일은 놀랍게도 50센트로 떨어져 있었다. 멍청한 얼굴로 방으로 돌아갔다.

관리인이 층계 위에 서 있었다.

"경찰에서 당신을 조사하러 왔었어요."

데이비드는 애써 아무렇지도 않은 얼굴로 층계를 올라갔다.

"고맙습니다, 피어슨 부인. 아마 또 주차 위반 벌금 때문이겠지요?"

마침내 그는 어찌해야 할지 모르게 되어버렸다. 이처럼 한심하고, 외롭고, 그리고 불안한 마음을 가져본 적이 없었다. 소지품을 모조리 여행 가방에 쑤셔넣고, 언더우드의 그림만은 방에 남겨둔 채 뉴욕행 첫 비행기를 예약했다.

# 제4장

스티븐 브래들리는 옥스퍼드 대학의 수학연구소에서 3학년 학생들에게 집합이론을 강의하고 있었다. 그날 아침 그는 〈데일리 텔리그래프〉신문을 통해 프로스펙터 오일의 주가 폭락을 알고 두려움에 떨고 있었다. 즉시 중개인에게 전화를 걸었지만 그 중개인은 아직도 사건의 전모를 알지 못하고 있었다. 데이비드 케슬러는 연기처럼 사라진 모양이었다.

강의는 건성이었다. 아무리 좋게 말해도 마음은 콩밭에 가 있는 상태였다. 학생들이 그의 마음이 들떠 있는 진정한 까닭——절망——을 알아차리지 못하고, 그의 천재성의 발로라고 오해해 주기를 바랐다. 오늘이 2학기의 마지막 강의라는 것만이 그나마 다행이었다. 간신히 강의를 끝내고 대체 어디서부터 손을 써야 할까를 생각하면서 모들린 칼리지의 자기 방으로 돌아왔다. 어째서 한 회사에 전재산을 모조리 쏟아부었단 말인가? 냉철한 이성을 자랑하는 옥스퍼드 대학의 교수라는 사람이 어째서 그런 달콤한 이야기에 멍청하게 말려드는 욕심을 부렸단 말인가? 가장 큰 이유는 데이비드를 믿었기 때문이

며, 아직까지도 데이비드가 어떤 형태로든 사건에 한몫 끼어 있다고
는 믿어지지 않았다. 아마 하버드 대학에서 공부를 거들어준 사람이
었으므로 무조건 믿을 수 있다고 생각했던 것이 경솔했다. 분통 터지
게도 상대는 수학을 끔찍이도 싫어하는 남자였다. 틀림없이 간단히
설명이 되는 사정이 있었을 거야. 언제고 그 돈은 되찾게 될 것이 틀
림없어. 전화벨이 울렸다. 아마 기다리고 기다리던 중개인의 전화일
것이다.

수화기를 집어들었을 때 손바닥에는 땀이 배어 있는 것을 비로소
알았다.

"스티븐 브래들리입니다."

"안녕하십니까? 나는 런던 경시청 사기 수사반의 클리퍼드 스미스
경감입니다. 가능하면 오늘 오후에 잠깐 만나뵀으면 하는데요."

스티븐은 순간 대답을 망설이며 프로스펙터 오일에 대한 투자에 뭔
가 범죄와 연결된 요소라도 있었던 건가 하고 바쁘게 생각을 굴렸다.

"괜찮습니다, 경감님" 하고 그는 불안하게 대답했다. "내가 런던
으로 가야 합니까?"

"아닙니다. 우리들이 그리로 가겠습니다. 4시에 가지요."

"그럼, 기다리겠습니다, 경감님."

스티븐은 수화기를 내려놓았다. 대체 무슨 일일까? 영국의 법률은
잘 모르지만, 경찰에 관계되는 것은 딱 질색이었다. 앞으로 6개월이
면 하버드 대학으로 돌아가게 되는 이 마당에 골칫거리가 생기고 말
았다. 스티븐은 하버드로 돌아가는 것이 가능할지 걱정이 되었다.


경감은 키가 5피트 11인치(약 180cm)쯤이고 45~50세 사이로 보
였다. 옆머리 부근이 희어지기 시작했지만, 포마드를 발라서 본래의
검은 머리와 균형을 잡아놓았다. 입고 있는 양복은 후줄근한 것으로,

경찰관의 작은 봉급 탓이라기보다는 경감 자신의 취미를 나타내고 있는 것처럼 스티븐에게는 비쳤다. 단단해 보이는 체격만 보아서는 대개 그를 우둔한 사람으로 오해할 것이다. 그러나 실제로는 스티븐의 눈앞에 서 있는 사람은 범죄심리라는 것을 완전히 이해하고 있는, 영국에서도 드문 사람 중 하나였다. 그는 지금까지 여러 번 국제적인 사기꾼의 체포에 관계해 왔었다. 오랜 세월에 걸쳐서 거물급 범죄자들을 감방으로 보냈지만, 그들은 겨우 2~3년이면 다시 세상으로 되돌아와서 갖가지 부도덕한 거래로 얻어진 돈으로 유유히 살아가고 있는 것을 보아왔기 때문인지, 어딘지 지루하고 지친 듯한 얼굴이었다. 경찰은 일손 부족으로 골머리를 앓고 있으며, 사건을 추적하여 당연한 결론에 이르는 데에 비용이 너무 많이 든다는 검사의 판단에 따라서 웬만한 악당들 중에는 기소까지 가지 않고 풀어주는 일도 있는 형편이었다. 또, 사기 수사반은 지원을 제대로 받지 못해 수사 그 자체를 중도에서 포기해 버리는 경우도 있었다.

경감과 함께 온 라이더 경사는 꽤 젊고 키가 6피트 1인치(약185cm)쯤에 몸도 얼굴도 마른 편이었다. 커다란 갈색 눈은 가무잡잡한 피부색과 대조적이어서 어쩐지 섬뜩한 느낌마저 들었다. 복장만은 적어도 경감보다는 깔끔했지만, 스티븐의 눈에 아마 이 사람은 아직 독신이지 싶었다.

"바쁘실 텐데 죄송합니다."

경감은 언제나 스티븐이 앉는 커다란 안락 의자에 앉아서 천천히 용건을 꺼냈다.

"실은, 지금 프로스펙터 오일이라는 회사에 대한 것을 조사하고 있습니다. 그런데 처음부터 미리 말씀드리겠습니다만, 당신이 그 회사의 경영에 관계하고 있지 않다는 것을 우리는 알고 있습니다. 그래서 단지 당신의 협력을 바랄 뿐입니다만, 그쪽에서 전반적인 설명을 해주시는 것보다는 되도록이면 우리가 알고 싶은 점에 대해서 이쪽의 질문에 대답해 주셨으면 합니다."

스티븐은 고개를 끄덕여 그러마고 했다.

"그럼 먼저, 당신은 왜 프로스펙터 오일에 이렇게 많은 액수를 투자하셨습니까?"

경감은 지난 4개월 간의 프로스펙터 오일에 대한 모든 투자자 명단을 가지고 있었다.

"어떤 친구가 권해서 그랬습니다."

스티븐이 대답했다.

"그 친구는 데이비드 케슬러라는 사람이지요?"

"그렇습니다."

"케슬러 씨는 어떻게 알게 되었습니까?"

"그 친구는 하버드 대학의 동창생이며, 그가 석유 회사에서 일하기 위해 영국에 왔다길래 내가 옛정을 나누기 위해 옥스퍼드로 초대했었습니다."

스티븐은 데이비드와 학창 시절부터 가졌던 관계와, 거금을 투자하게 된 이유를 자세히 설명했다. 그리고 마지막에 가서 데이비드가 프로스펙터 오일의 흥망과 범죄에 가담해 있다고 생각하느냐고 경감에게 물었다.

"아니, 그렇게는 생각지 않습니다. 내 생각으로는 케슬러는 말이 난 김에 말하자면 이 나라에서 도망쳐 버렸습니다만, 뒤에 숨어서 조종하는 어떤 거물의 꼭두각시에 지나지 않았습니다. 다만 우리로서는 그를 조사할 필요가 있으므로, 만일 그에게서 연락이 오면 곧 알려주실 수 있겠습니까?"

"네."

"그런데 지금부터 이름을 몇 개 불러 드리겠습니다. 그 중에서 만

나보았거나 이야기한 적이 있으시거나, 또는 이름을 들어본 적이
있으시면 말씀해 주십시오. 먼저 하비 메트카프는?"

"없습니다."

"그럼 버니 실버맨은?"

"나는 만난 적도 이야기해 본 적도 없지만, 데이비드가 여기서 함
께 식사하면서 그 이름을 들먹였습니다."

경감이 스티븐의 말을 한마디도 빼놓지 않고 천천히, 그리고 꼼꼼
하게 적어나갔다.

"리처드 엘리엇은?"

"역시 실버맨의 경우와 같습니다."

"엘빈 쿠퍼는?"

"모르겠습니다."

"이 회사에 투자한 사람 중에 아는 사람이 있습니까?"

"없습니다."

경감은 장장 한 시간 이상에 걸쳐서 꼬치꼬치 스티븐에게 질문해
보았으나, 가지고 있는 지질학자의 보고서 사본이 있을 뿐이고, 수사
에 도움이 될 만한 것은 거의 없었다.

"예, 그 사본은 우리도 한 부 가지고 있습니다. 그러나 표현이 교
묘해서 증거로서는 별로 쓸모가 없을 것 같군요."

"누구에 대한, 혹은 무엇에 대한 증거입니까, 경감님?"

스티븐은 저절로 윗몸이 경감에게로 다가갔다.

"내 처지에서 본다면 고스란히 당한 것이 분명합니다. 내가 얼마나
얼빠진 짓을 했는지는 아마 설명드릴 필요도 없겠지요? 절대로 확
실하게 돈벌이가 될 것 같은 이야기였기에 전재산을 프로스펙터 오
일에 몽땅 털어넣었거든요. 그 결과 무일푼이 되고 말았으니 어찌
해야 좋을지 모르겠습니다. 대체 프로스펙터 오일에서는 무슨 일이

있었습니까?"

스티븐은 두 손님에게 위스키를 권하고, 자기는 대학 교수답게 드라이 셰리 주를 따랐다.

"그것이 말입니다" 하고 경감은 입을 열었다.

"이 사건에는 여기서 이야기할 수 없는 측면이 있다는 것을 아실 줄 압니다. 실은 우리도 아직 잘 모르는 면이 한둘이 아니니까요. 그러나 이 수법은 흔히 있는 것으로서, 이번에 이 일을 벌인 자는 그 방면에선 노련한 프로입니다. 말하자면 이런 수법이지요. 우선 몇 명의 악당들이 어울려서 새 회사를 만들거나, 이미 있는 회사를 인수해서 그 회사의 주식 대부분을 자기네가 독점하는 겁니다. 그들은 새로운 발견이나 신제품에 대한 귀에 솔깃한 이야기를 날조해서 주가의 상승을 꾀하고는, 몇몇 사람들의 귀에 그 소문을 속삭인 다음 가지고 있는 주식을 시장에 푸는 것이지요. 그렇게 되면, 실례이지만 당신 같은 분들이 좋은 값으로 그 주식에 달려든다는 계산입니다. 나중에 그들이 몰래 벌어들인 다음에 손을 떼어버리면 주가는 폭락하는 겁니다. 결국 끝에 가서는 그 회사의 주식은 시장에서 거래정지가 되고, 이어 회사는 강제적으로 정리가 되지요. 이번 경우에는 아직 거기까지는 가지 않았고, 모르긴 해도 그렇게까지 되진 않겠지요. 런던의 증권거래소가 카플랜 사의 대실패에서 겨우 다시 일어나고 있는 참인데 또 다른 스캔들에 쫓기는 것은 바라지 않을 테니까요. 다만 애석하게도 범인 일당을 잡아들일 수 있는 확고한 증거를 찾아낸다손 치더라도 돈을 되찾기는 거의 불가능할 겁니다. 녀석들은 그 돈을 이미 지구의 뒤쪽에 숨겨 버렸을 테니까요."

스티븐은 절로 신음소리가 나왔다.

"말씀을 듣고 보니 어이없도록 간단하군요, 경감님. 그러니까 그

지질학자의 보고서도 가짜입니까?"

"아닙니다. 많은 가정이나 단서를 붙여서 교묘하게 작성된 겁니다. 이것만은 확실할 겁니다. 검사는 북해의 프로스펙터 오일의 구획에 정말로 석유가 있는지를 조사하기 위해서 몇백만이라는 비용을 쓰지는 않을 겁니다."

스티븐은 두 손으로 머리를 감싸안고 데이비드 케슬러와 만나게 된 날을 마음속으로 저주했다.

"경감님, 도대체 케슬러를 이 계획의 도구로 쓴 자는 누굽니까? 상어의 소굴 뒤에 있는 흑막은 어떤 것입니까?"

경감은 스티븐이 빠져 있는 처지를 알고도 남았다. 이 길에 들어선 뒤로 같은 처지를 당한 사람들을 많이 만나보았으며, 협조해 주는 스티븐의 자세에 고마워하고 있었다.

"수사에 영향을 주지 않는 범위라면 어떤 질문에도 대답해드리겠습니다" 하고 경감은 대답했다. "우리가 꼬리를 잡으려는 상대는 하비 메트카프라는 인물입니다."

"하비 메트카프라는 인물은 대체 어떤 녀석입니까?"

"당신이 따뜻한 식사를 드신 회수보다 많을 정도로 보스턴에서 파렴치한 거래에 손을 댄 폴란드계 미국인입니다. 많은 사람들을 파산시키고 자신은 부자가 된 인물이지요. 그의 수법은 전문가답지만, 짐작하기가 쉬워 2킬로미터쯤 떨어져 있어도 냄새로 알아낼 정도지요. 그가 하버드 대학의 거물급 후원자라는 것을 아시면 별로 좋은 기분은 아니시겠지요? 기부를 하면 양심의 고통이 덜어지는 것으로 생각한다고나 할까요? 지금까지 우리는 한 번도 그의 유죄를 입증하지 못했으며, 아마 이번에도 마찬가지일 겁니다. 그는 프로스펙터 오일의 이사진에도 이름이 올라 있지 않습니다. 다만 공개시장에서 주식을 매매했을 뿐이며, 우리가 알기로는 데이비드 케슬러와도 한 번도 만나지 않았습니다. 실버맨과 쿠퍼, 그리고 엘리 엇을 고용해서 하수인으로 쓰고, 그들은 경험 없고 머리좋은 청년을 하나 찾아내어 꾸며낸 이야기를 퍼뜨리게 한 것이지요. 그 청년이 당신 친구인 데이비드 케슬러였다는 점이 당신에게는 불운이었던 겁니다."

"그 녀석에 관해서는 됐습니다" 하고 스티븐이 말했다. "그보다 하비 메트카프는? 이번에도 또 탈없이 넘어가게 됩니까?"

"그렇게 될 것 같군요. 실버맨, 엘리엇, 쿠퍼, 이 세 사람에 대해서는 구속영장을 받아놓았습니다. 그들 셋은 남미로 달아났지요. 로널드 빅스 사건에 실패한 뒤라서 그들을 도로 데려올 강제소환명령을 받아낼 수 있을지가 의문입니다. 설령 미국과 캐나다의 경찰이 그들의 구속영장을 가지고 있다 해도 말입니다. 워낙 약삭빠른 녀석들이라서요. 그들은 프로스펙터 오일의 런던 사무실을 폐쇄하고, 임대받은 사무실을 부동산 업자인 콘래드 리트블랫에게 반환하고는, 두 비서에게는 1개월분의 급료를 선불하고 해고했더군요. 리딩 앤드 베이츠에 대한 시추기계의 사용료도 지불이 끝났으며, 현지에서 고용한 사람들에게도 지불할 것은 모두 지불하고 해고했습니다. 일요일 아침 비행기로 리우데자네이루로 날아갈 때에는 이미 현지의 개인계좌에 100만 달러가 그들을 기다리고 있는 형편이었습니다. 하비 메트카프는 그들에게 충분한 보수를 주고서 데이비드 케슬러에게 모든 책임을 떠넘긴 것이지요."

"머리좋은 녀석들이군" 하고 스티븐이 말했다.

"그렇습니다" 하고 경감이 맞장구를 쳤다.

"정말 그럴듯한 작전이었으며, 하비 메트카프의 손발 같은 부하들답기도 했습니다."

"데이비드 케슬러를 체포할 생각입니까?"

"아니오, 그러나 아까도 말씀드렸듯이 일단 조사해 볼 필요는 있습니다. 그도 500주 샀다가 다시 팔았습니다만, 아마 그것은 석유를 찾아냈다는 이야기를 그 자신도 믿었기 때문이겠지요. 사실 좀더 현명한 사람이라면 영국으로 돌아와서 경찰의 수사에 협력할 생각을 했겠지만, 가엾게도 앞뒤도 가리지 못하고 도망쳐 버리고 말았습니다. 미국 경찰이 그를 지켜보고 있지요."

"또 하나 질문이 있습니다. 나 말고도 당한 사람이 또 있습니까?"

경감은 이 질문에 대답하기 전에 신중히 생각했다. 다른 거액 투자가들은 경찰에 대해서 스티븐만큼 협조적이지는 않았다. 모두들 케슬러와 프로스펙터 오일과의 관련에 대해서 분명한 이야기를 해주지 않았다. 아마 여기서 그들의 이름을 밝히면 어떤 형태로든 그들을 표면에 끌어내는 것이 되겠지. 경찰로서는 정보를 입수하기 위한 여러 가지 방법이 있다.

"예, 그러나 절대 나에게서 들었다고는 하지 마십시오."

스티븐은 고개를 끄덕였다.

"증권거래소에서 조사해 보면 당신이 알고 싶은 것을 알 수 있다는 말씀부터 드리겠습니다. 프로스펙터 오일에 거액을 집어넣은 사람은 당신을 포함해서 네 분입니다. 사기당한 금액은 네 사람 것을 합치면 거의 100만 달러입니다. 다른 세 사람은 로빈 오클리라는 할리 거리의 의사, 장 피엘 라망이라는 런던의 화랑 주인, 그리고 어떤 농장 경영자가 있는데, 가장 가엾은 것이 이 사람입니다. 내 추측으로는 이 사람은 농장을 담보로 꾼 돈을 날려버린 모양입니다. 브릭즐리라는 젊은 귀족이지요. 메트카프는 그의 입에서 은수저를 뽑아간 겁니다."

"그 밖에 큰손 투자가는?"

"은행 두세 군데가 피해를 보았습니다만, 개인으로는 2만 5,000 달러 이상 투자한 사람은 없습니다. 당신이나 은행이나 다른 큰손 투자가들이 해낸 역할은 메트카프가 가지고 있는 주를 전부 처분할 때까지 시장을 유지하는 일이었던 겁니다."

"알고 있습니다. 더구나 나는 어리석게도 친구에게까지 그 회사에 투자하도록 권했지요."

"그렇습니까? 그러고 보니 옥스퍼드에도 소액 투자가가 두셋 있더군요."

경감은 손에 들고 있는 명단을 보면서 말했다.

"그러나 걱정은 마십시오. 우리는 그분들에게는 접근하지 않을 테니까요. 그럼 대강 말씀은 끝나신 거지요? 협력해 주셔서 감사합니다. 어쩌면 다시 연락드릴 일이 있을지도 모르겠습니다만, 여하튼 새로운 소식이 있으면 알려드릴 테니까 교수님 쪽에서도 연락 주시기 바랍니다."

"알겠습니다, 경감님. 조심해서 가십시오."

두 경관은 잔을 내려놓고 런던행 기차를 타기 위해 자리에서 일어났다. 스티븐이 그 아카데믹한 머리를 구사하여 하비 메트카프와 그 일당에 대한 조사를 해야겠다고 결심하게 된 것은 안락 의자에 앉아서 바깥 복도를 바라보고 있을 때였는지, 아니면 그날 밤 침대 속에 들어가서였는지 자신도 알 수 없었다. 어릴 때 매일 밤 할아버지를 상대로 체스를 두었는데, 한번도 이기지 못했을 때 할아버지가 가르쳐 준 말이 문득 떠올랐다. '스티브, 그렇게 열이 올라서는 안돼. 좀 더 냉철해지거라.' 새벽 3시가 되어 겨우 잠이 들면서, 할아버지의 이 가르침에 따르기로 그는 마음먹었다. 다행스럽게도 그 학기의 최종 강의와 다른 일들이 깨끗이 끝나 있었다. 그는 진상을 알게 되어 오히려 홀가분한 마음으로 단잠에 빠졌다.

# 제5장

스티븐은 새벽 5시 30분쯤 잠에서 깨어났다. 꿈도 꾸지 않고 편히 잠잔 것 같았지만, 눈을 뜨자마자 또다시 악몽이 시작되었다. 그는 애써 건설적인 쪽으로 생각하며, 과거는 깨끗이 잊고 앞으로 어떤 길이 열릴 것인가만을 생각하기로 했다. 얼굴을 씻고, 수염을 깎은 뒤, 칼리지에서 나오는 아침 식사를 포기하고 낡은 자전거로 옥스퍼드 역으로 달렸다. 일방 통행인 도로를 대형 트럭이 가득 메우고 있는 도시에서는 자전거가 가장 편리한 교통 수단이었다. 그는 애용하는 '에셀레드'를 역 울타리에 매달고 자물쇠를 채웠다. 영국의 다른 역에 있는 자동차 수에 못지않는 자전거들이 줄지어 세워져 있었다.

옥스퍼드에서 런던으로 통근하는 사람들이 즐겨 이용하는 8시 17분 열차에 올랐다. 열차 안에서 아침 식사를 하고 있는 승객들은 모두 서로가 아는 얼굴인 듯, 스티븐은 어느 파티에 섞여들고 만 불청객 같은 느낌이 들었다. 차장이 뷔페 카 안을 바쁜 듯이 지나갔다. 스티븐의 1등 차표에 검표 가위질을 했다. 스티븐의 맞은편 사람이 〈파이낸셜 타임스〉 신문 사이에서 2등 차표를 꺼냈다. 차장은 잔소리를 해가며 가위질을 했다.

"다 드신 다음에 2등차로 돌아가세요, 식당차는 1등차니까요."

스티븐은 그 말이 무슨 뜻인가를 생각하면서 받침접시 안에서 흔들리고 있는, 손도 안 댄 커피잔을 앞에 놓고 단조로운 버크셔의 전원 풍경이 바쁘게 스쳐가는 것을 바라보고 있다가 이윽고 조간 신문으로 시선을 옮겼다. 그날 아침 〈타임스〉 신문에는 프로스펙터 오일의 기사는 나와 있지 않았다. 아마도 그것은 흔히 있는 지루한 사건에 지나지 않겠지. 시시껄렁한 기업 하나가 잠깐 사이에 망해 버렸을 뿐이며, 유괴, 방화, 강간 등과 같은 사건과 달라서 거기에는 제1면을 차지할 요소가 아무것도 없었다. 그 역시 자기가 그 사건에 휩쓸려들지 않았더라면 가령 그런 기사가 실렸다 하더라도 거들떠보지도 않았을 것이다. 거기에야말로 개인적인 비극의 모든 요소가 있는 것이다.

런던의 패딩턴 역에 도착하자 그는 역 광장에 흩어진 개미의 무리를 헤쳐가며 앞으로 나아갔다. 그는 옥스퍼드의 은둔 생활을 택한 것을, 좀더 정확히 말하자면 그 생활이 그를 선택한 것을 감사했다. 런던이라는 곳은 언제까지나 정이 안 드는 곳이었다. 무턱대고 넓기만 할 뿐 인간미가 없고, 버스나 지하철로는 길을 잃을 위험이 있으므로 어디를 가도 택시를 이용했다. 어째서 미국 사람들도 알아볼 수 있도록 거리를 숫자로 표시하지 않는 걸까?

"프린팅 하우스 스퀘어의 타임스 오피스."

운전 기사는 고개를 끄덕이고는 검정색 오스틴을 비에 젖은 하이드 파크를 따라서 나 있는 베이즈워터 길로 재치 있게 몰아넣었다. 풀 위에는 비에 젖은 채 흩뿌려진 마블 아치의 크로커스 꽃이 불쾌한 듯 찌부러져 보였다. 스티븐은 런던의 택시에 감탄했다. 어느 택시에서도 긁힌 자국 하나 찾아볼 수 없었다. 택시 운전 기사는 차를 안전한 상태로 해두지 않으면 손님에게서 요금을 못 받게 되어 있는가 보다.

뉴욕의 여기저기 찌그러진 황색 괴물들과는 얼마나 대조적인가? 택시는 파크 레인에서 꺾여 하이드 파크 모퉁이에 이르고, 하원을 지나 엠뱅크먼트를 따라서 달렸다. 팔리아먼트 스퀘어에는 국기가 게양되어 있었다. 스티븐은 눈살을 찌푸렸다. 열차 안에서 문득 읽었던 톱기사가 대체 어떤 거였지? 그래, 영연방 지도자 회의가 열리고 있었군. 애석하게도 세상은 여느 때와 마찬가지로 아무 일 없이 움직이고 있는 모양이다.

하비 메트카프에 대해서 조사하는 데 어디서부터 손을 대야 할까? 도무지 짐작이 안 된다. 이것이 하버드에 있을 때라면 문제가 없겠는데. 〈헤럴드 아메리칸〉의 사무실로 곧바로 달려가면 아버지의 옛친구이며 경제 기자인 행크 스월츠가 정보를 줄 것이다. 〈타임스〉 신문의 일일 기록 담당자 리처드 컴프턴 밀러는 아무리 생각해도 이 사건의 의논 상대로서는 마땅치 않았으나, 스티븐이 만난 적이 있는 영국의 신문 기자라면 그 사람 말고는 하나도 없었다. 컴프턴 밀러는 금년 봄에 옥스퍼드의 유서깊은 메이데이 의식에 대해서 특별 기사를 쓰기 위해 모들린 칼리지를 방문했었다. 칼리지 탑 위의 성가대는 5월 1일 지평선 위로 떠오르는 아침 해를 밀턴풍의 시구로서 맞이했었지.

오, 풍성한 5월이여
기쁨과 젊음과 따뜻한 욕망을 불어넣는 달이여.

스티븐과 컴프턴 밀러가 서 있었던 모들린 다리 밑 강가에서는 몇 쌍의 커플이 분명히 욕망에 들떠 있었다. 그 뒤 스티븐은 메이데이에 대해서 컴프턴 밀러가 〈타임스〉 신문의 일일 기록란에 쓴 기사 중에서 자기에 대한 취급에 득의양양해지기보다는 오히려 당혹감을 느끼게 되었다. 학자와 달리 저널리스트라는 녀석들은 미사여구에 눈이 어두운 모양이다. 스티븐의 사교실 동료들 중에서도 비교적 자존심이 센 녀석들은, 그가 얌전히 빛나는 가장 밝은 별에 비유된 것을 좋게 생각지 않았다.

택시가 건물의 앞뜰로 들어가 헨리 무어의 거대한 현대 조각 옆에서 멈춰섰다. 〈타임스〉 신문과 〈옵서버〉 신문은 각각 다른 입구를 가진 같은 건물에 들어 있는데, 〈타임스〉 신문 쪽이 훨씬 당당해 보였다. 스티븐은 접수처에서 리처드 컴프턴 밀러에게 면회를 신청했더니 6층의 복도 끝에 있는 조그만 독방으로 안내되었다.

스티븐이 도착했을 때는 겨우 오전 10시를 조금 지나 있었으며, 건물 안에는 거의 인기척이라고는 없었다. 전국지(全國紙)는 11시가 되기 전에는 잠에서 깨어나지 않으며, 대개는 그 뒤를 이어 오후 3시까지 긴 점심 식사 시간이 찾아온다. 그리고 1면만을 제외하고 신문을 묵혀둘 오후 8시 무렵까지, 그 사이가 실제로 일하는 시간이다. 오후 5시부터 그 뒤로는 보통 늦게 나오는 스태프가 근무에 들어가, 밤 사이에 일어나는 새로운 소식을 모은다. 영국 신문은 늘 미국에서 일어나는 사건을 주시하고 있어야만 한다. 미국 대통령이 오후에 워싱턴에서 중대 발표를 했다고 하면 런던에서는 저녁 늦은 시간이 되기 때문이다. 때로는 밤 사이에 1면의 뉴스를 다섯 번이나 바꾸어 넣게 될 때도 있으며, 케네디 대통령 암살 때 같은 경우에는 영국에 그 사건의 제1보가 도착한 것이 1963년 11월 22일 오후 7시였기 때문에, 이미 다 짜놓은 1면을 고스란히 바꾸어 이 대사건을 보도해야만 했다.

"리처드 씨, 나 때문에 이렇게 이른 시간에 끌어내어 정말 미안합니다. 당신이 보통 그렇게 늦은 시간에 출근하는 줄은 몰랐거든요. 언제나 읽고 있는 일간지가 그저 막연히 낮에 만들어지는 것이라고

만 생각해서 말이지요."

리처드는 소리내어 웃었다.

"뭐 괜찮소. 당신은 우리를 보고 게을러 터진 녀석들이라고 생각할지 모르지만, 여기서는 당신이 깊이 잠들어 있는 한밤중에 전쟁을 치르듯이 바쁘다오. 그런데 무슨 일입니까?"

"하비 메트카프라는 우리 동포에 대해서 좀 알아보고 싶어서요. 그는 하버드에 거액을 기부해 온 사람이지요. 모교에 돌아갈 때까지 그에 대한 것을 알아두었다가 그를 기쁘게 해주려고 말이오."

거짓말을 하는 것이 마음내키는 일은 아니었지만, 지금 자신이 놓여 있는 기묘한 상황을 생각해 보면 그 또한 어쩔 수 없는 일이었다.

"잠깐만 여기서 기다리십시오. 그 사람에 대한 스크랩이 있는지 가보고 오지요."

스티븐은 컴프턴 밀러의 칠판에 핀으로 꽂아둔 표제를 읽으며 즐겼다. 컴프턴 밀러는 그런 기사에 자부심을 가지고 있었다. '수상, 로열 페스티벌 홀에서 오케스트라를 지휘.' '미스 월드는 톰 존스의 팬.' '무하마드 알리, 챔피언 재도전을 선언.'

리처드는 15분 뒤에 꽤 두꺼운 파일을 가지고 다시 돌아왔다.

"잘 해보시오, 데카르트 씨. 한 시간 뒤에 돌아오겠소. 그때 커피라도 마십시다."

스티븐은 고개를 끄덕이며 고맙다는 미소를 보냈다. 데카르트는 지금 그가 직면하고 있는 이런 난제에 부딪친 적은 일찍이 없었다.

하비 메트카프가 세상에 알려져도 좋다고 생각하는 일들은 모두 그 파일 안에 있었으며, 알려지는 게 싫다고 생각되는 일도 조금은 들어 있었다. 스티븐은 하비 메트카프가 매년 윔블던 테니스 대회를 관전하기 위해서 영국으로 오는 것과, 그가 갖고 있는 말이 애스콧 경마에서 활약하고 있다는 것, 개인 수집을 위해서 그림을 사모으고 있다는 것 등을 알게 되었다. 〈데일리 익스프레스〉 신문의 윌리엄 히키는 버뮤다 셔츠 차림의 살찐 하비의 사진과 그가 연 2~3주는 자가용 요트로 몬테카를로(모나코의 판광 및 휴양지)를 찾아가서 카지노에서 노름을 즐기면서 지낸다는 기사로 독자들의 호기심을 끌고 있었다. 히키의 기사는 별로 품위를 떨어뜨리는 것은 아니었다. 메트카프는 말하자면 벼락부자였던 것이다. 스티븐은 필요하다고 생각되는 사실들을 모두 메모하고서 사진을 바라보고 있는데 리처드가 돌아왔다.

그들은 같은 층에 있는 매점으로 커피를 마시러 갔다. 셀프서비스 카운터 끝에 있는 계산대의 아가씨 주변에서 담배 연기가 뭉게뭉게 피어오르고 있었다.

"리처드, 아직은 필요한 정보를 모두 손에 넣었다고 할 수는 없소. 하버드는 이 사람에게서 거액의 기부를 기대하고 있거든요. 대학 당국은 아마 100만 달러 정도는 생각하고 있는 모양입니다. 그에 대한 것을 좀더 자세히 알아보자면 어디로 가야 하나요?"

"〈뉴욕 타임스〉 신문으로 가야죠" 하고 컴프턴 밀러가 대답했다.

"우리 함께 테리 로버즈에게 가봅시다."

〈뉴욕 타임스〉 신문의 런던 지사도 프린팅 하우스 스퀘어의 타임스 빌딩 6층에 있었다. 스티븐은 43번 거리에 있는 그 광대한 뉴욕 타임스 빌딩을 떠올리고는 〈런던 타임스〉도 이 차디찬 대접의 답례로 그 빌딩 지하에라도 처박혀 있는 건 아닐까 하고 생각했다. 테리 로버즈는 끊임없이 미소짓는 마른 사람이었다. 스티븐은 처음 만났는데도 허물없는 사이처럼 느껴졌다. 이것은 테리가 오랫동안 스스로도 거의 의식치 못한 채 터득한 사람 다루는 요령으로서, 기사를 쓰기 위해서 상대방의 말을 이끌어내는 데에는 그것이 커다란 재산이 되었다.

스티븐은 메트카프에 대한 꾸며낸 이야기를 되풀이했다. 테리는 웃으면서 말했다.

"하버드는 기부금의 출처에 대해서 그렇게까지 신경을 곤두세우지는 않을 것 같은데요? 그자는 남의 돈을 합법적으로 훔치는 방법을 국세청보다 더 잘 알고 있는 사람이지요."

"설마" 하고 스티븐은 아무것도 모르는 체하고 대꾸했다.

하비에 관한 〈뉴욕 타임스〉의 파일은 정말 방대한 것이었다. '메트카프, 메신저 보이로 시작하여 억만장자로'라는 표제의 기사는 아주 자세하게 조사해서 쓰인 것이었다. 스티븐은 꼼꼼하게 적어나갔다. 샤플리 앤드 선 사의 일화가, 아내인 알린과 딸 로잘리에 관한 새로운 사실과 함께 그의 흥미를 끌었다. 아내와 딸의 사진도 있었지만, 당시에 딸은 겨우 열다섯 살이었다. 또 거의 25년 전에 있었던 두 건의 법정소송에 관한 장문의 기록도 있었는데, 두 번 모두 하비가 기소는 되었으나 판결은 무죄로 되어 있었다. 다시 그 뒤 1956년에도 보스턴에서의 주식거래에 얽힌 소송이 기록되어 있었다. 이때에도 하비는 법망에 걸려들지는 않았으나, 메트카프에 대한 지방검사의 의견은 배심원의 눈에도 의심할 여지는 없었다고 생각된 모양이었다. 그 뒤의 기사는 가십란에서 메트카프의 그림 수집, 경주마, 난에 대한 취미, 배사 학교에서의 딸의 우수한 성적, 그의 유럽 여행 등에 관한 것이었다. 프로스펙터 오일에 관해서는 한 줄의 기사도 찾아볼 수 없었다. 스티븐은 자신의 파렴치한 활동을 신문이 모르게 하는 하비의 솜씨가 근년에 와서 한층 단수가 높아진 것에 감탄했다.

테리는 같은 동포인 스티븐을 점심 식사에 초대했다. 신문 기자라는 사람은 항상 새 사람과의 접촉을 좋아하게 마련이지만, 테리도 스티븐과 알아두면 앞으로 도움이 될 거라고 생각했을 것이다. 그는 택시를 타고서 화이트필드 거리로 가자고 했다. 시티를 벗어나 웨스트엔드 쪽으로 느릿느릿 굴러가는 택시 안에서 스티븐은 이 식사가 이번 원정에 보탬이 되었으면 하고 바랐다. 기대는 헛되지 않았다.

　레이시스 레스토랑은 우아한 분위기에 가득차 있었으며, 깨끗한 테이블보와 일찍 피는 나팔수선이 꽂혀 있었다. 테리의 이야기에 의하면 이곳은 기자들이 즐겨 찾아오는 곳이라고 했다. 유명한 요리 평론가인 마거릿 코스타와 그곳 주방장인 그녀의 남편 빌 레이시는 정말 자기의 일에 온 정성을 다하고 있었다. 맛있는 홀랜드 고추 수프에 이어 송아지 고기의 크림 조림 칼바도스와 1972년산 샤토 드 패론이 나올 무렵엔 하비 메트카프에 관한 테리의 이야기가 열을 올리기 시작했다. 테리는 메트카프 홀의 개관식 때에 하버드에서 그와 인터뷰한 적이 있었다. 그 홀에는 경기장과 실내 테니스 코트가 주위에 포함되어 있었다.

　"언젠가는 명예 학위를 받게 될 줄로 알고 있는 모양이지만……" 하고 테리는 잔뜩 비꼬는 투로 말했다. "예를 들어 10억을 기부한다 해도 가능성이 없을 거요."

　스티븐은 그 말을 신중하게 기록했다.

　"미국 대사관에 가면 그 양반에 대한 것을 좀더 자세히 알 수 있을 겁니다" 하고 테리는 말하고 흘끗 시계를 보았다. "안 되겠군. 자료실은 4시면 닫아버리니까 오늘은 이미 틀렸소. 게다가 나도 이제 회사에 돌아가서 오후 일을 해야 하고."

　스티븐은 기자란 매일 이런 식으로 먹고 마시는 걸까 하고 이상한 생각이 들었다. 그렇다면 대체 신문은 언제 만드는 걸까?

　그는 옥스퍼드로 돌아가는 통근객으로 복잡한 5시 15분 열차에 겨우 탔다. 그리고 자기 방으로 돌아가서 혼자가 되었을 때에야 겨우 오늘 하루 동안 모은 자료의 검토에 들어갔다. 지칠 대로 지쳐 있기는 했지만, 스스로 채찍질해 가며 책상 앞에 앉아 하비 메트카프 자료의 첫번째 초안을 완성했다. 다음날 아침 스티븐은 다시 8시 17분 런던행 열차를 탔다. 이번에는 2등 차표였다. 차장이 와서 다 먹은 다음에는 식당차에서 나가 달라고 어제와 같은 잔소리를 했다.

"알겠소" 하고 스티븐은 대답했지만 그대로 런던에 도착할 때까지 약 한 시간을 커피로 끈덕지게 늘어붙어서 결국 1등칸에서 옮겨가지 않았다. 그는 크게 만족했다. 이로써 2파운드를 절약한 셈인데, 이것이야말로 하비 메트카프식인 것이다. 패딩턴 역에서 로버즈의 충고에 따라 택시를 타고 미국 대사관으로 갔다. 대사관은 한덩어리로 된 바위처럼 거대한 건물로서, 25만 평방피트의 면적을 차지하고 9층까지 솟아 그로스브너 스퀘어의 끝에서 끝까지 이어져 있었다. 하긴, 우아한 점에서는 작년에 그가 칵테일 파티에 초대받은 리젠트 파크의 미국 대사관저보다는 못했지만, 거기는 1946년 미국 정부가 사들일 때까지는 바버라 허턴의 저택이었던 곳이다. 분명히 이 대저택의 넓이는 7명이나 남편을 바꾼 바버라 허턴이라는 여성의 넓이와 어울린다고 스티븐은 생각했다.

1층에 있는 대사관 자료실로 들어가는 입구는 완전히 닫혀 있었다. 스티븐은 하는 수 없이 바깥 복도의 벽에 줄지어 있는 최근의 주영 미국 대사들의 영예로운 얼굴들을 바라보면서 시간을 보냈다. 월터 애넌버그로부터 거슬러 올라가 조지프 케네디까지 갔을 때 마치 은행처럼 자료실 문이 열렸다. '질문접수'라는 팻말 뒤에 새침한 얼굴로 앉아 있는 여자는 하비 메트카프라는 이름을 듣고도 그저 시큰둥한 표정이었다.

"왜 이 정보를 아시려는 건가요 ? "

그녀는 무뚝뚝하게 물었다.

스티븐은 순간 움찔했지만 곧 마음을 도사려먹었다.

"나는 교수로서 하버드로 돌아가게 되어 있는데, 그 사람과 그 대학과의 관계를 좀더 잘 알아두는 것이 좋을 것 같아서요. 현재 나는 옥스퍼드 대학의 초빙교수로 있거든요."

스티븐의 대답을 듣고 그제야 겨우 여자는 자리에서 일어나더니 이윽고 메트카프 관계 파일을 가지고 왔다. 그것은 재미라는 점에서는 〈뉴욕 타임스〉의 파일에 못 미치는 것이었지만, 하비 메트카프가 자선 사업에 기부한 돈과 민주당에 한 헌금의 정확한 액수가 나와 있었다. 대부분의 사람들은 정당에 대한 헌금액을 분명히 밝히지 않지만, 하비는 무릇 선행이나 재능을 숨기는 겸허함을 모르는 사람 같았다.

대사관에서의 조사를 끝내고 택시로 세인트 제임스 스퀘어의 큐나드 여객선 사무실로 갔다가, 거기서 브룩 거리의 클래리지 호텔로 가서 지배인과 몇 분 동안 이야기했다. 그리고는 몬테카를로에 전화를 해서 하비 메트카프에 관한 조사를 끝냈다. 그는 5시 15분 차를 타고 옥스퍼드로 돌아왔다.

역에서 곧바로 칼리지의 자기 방으로 갔다. 지금으로서는 알린과 사기 수사반의 스미스 경감 말고는 그 누구에게도 뒤지지 않을 만큼 하비 메트카프라는 사람을 잘 알고 있다는 자신이 있었다. 그날 밤도 늦게까지 책상 앞에 앉아서 타이프 용지 40페이지가 넘는 자료를 완성했다.

자료가 완성되자 침대에 들어가서 푹 잤다. 다음날 아침에도 일찍 일어나 복도를 가로질러 사교실에서 달걀과 베이컨과 커피에 토스트로 아침 식사를 했다. 그런 다음에는 재무처장 사무실로 자료를 가지고 가서 네 통의 사본을 만들어 원본과 합해서 모두 다섯 통의 자료를 만들었다. 이윽고 언제나처럼 모들린 다리를 어슬렁어슬렁 걸어 오른쪽에 있는 대학 식물원의 정연한 화단을 내려다보며 다리를 건너자마자 있는 맥스웰 문방구에 들어갔다.

그는 색깔이 다른 다섯 장의 서류 봉투를 사가지고 방으로 돌아왔다. 그리고 다섯 통의 자료를 각각 다른 봉투에 넣어서 책상 서랍에 넣고는 열쇠로 잠갔다. 그는 수학자에게 꼭 필요한 치밀한 머리를 가진 사람이었다. 아마 모르긴 해도 하비 메트카프는 일찍이 이런 머리를 가진 사람과 만나보지는 못했을 것이다.

다음에는 스미스 경감과 만난 다음에 써둔 메모를 꺼내어 전화 번호 안내에게 전화를 걸었다. 로빈 오클리 의사, 장 피엘 라망, 브릭즐리 경의 런던 주소와 전화 번호를 물었다. 안내는 한번에 두 곳 이상의 번호를 가르쳐 주지 않는다. 도대체 전화국은 이런 식으로 돈벌이가 되는 것일까? 이곳이 미국이라면 벨 전화 회사는 기꺼이 한 다스의 번호들을 가르쳐 주면서 반드시 "감사합니다. 또 이용해 주십시오" 하고 덧붙이는 것을 잊지 않을 것이다.

멋없는 안내에게서 겨우 알아낸 것은 로빈 오클리 의사의 런던 W1, 할리 거리 122번지와, 장 피엘 라망의 같은 W1, 뉴 본드 거리 17번지 라망 화랑 등 두 곳의 주소였다. 스티븐은 다시 한 번 안내에게 전화를 걸어서 브릭즐리 경의 번호와 주소를 물었다.

"센트럴 런던에는 브릭즐리라는 분은 안 계십니다"라고 안내는 대답했다.

"아마 전화 번호부에 올라 있지 않은 번호인가 보지요. 만일 그분이 정말로 귀족이라면 말이에요."

그는 콧방귀를 뀌듯이 말했다. 스티븐은 서재를 나와서 사교실로 가서 거기서 신사록의 최신판을 뒤져보았다. 찾는 사람이 곧바로 눈에 띄었다.

브릭즐리: 백작의 후계자. 제임스 클래런스 스펜서. 1942년 10월 11일생. 농장 경영자. 1764년에 작위를 받은 5대 라우스 백작의 장남(라우스 백작 항 참조). 〔교육〕 해로, 옥스퍼드 대학 크라이스트 처치(문학사). 옥스퍼드 대학 연극 부장. 1966~68년 근위

보병 제1연대에서 중위로 근무. [취미] 폴로 경기(물 위에서가 아님), 사냥. [주소] 링컨셔 군 노스 라우스, 테스웰 홀 저택. [소속 클럽] 개릭, 가즈.

스티븐은 크라이스트 처치까지 가서 경리과장 비서에게 1963년에 입학한 제임스 브릭즐리의 런던 주소가 기록에 남아 있는지 물어보았다. 비서는 곧 런던 SW3, 킹스로 119번지라고 가르쳐 주었다.

스티븐은 하비 메트카프에 대한 도전을 생각하며 점점 흥분하기 시작했다. 펙워터에서 캔터베리 게이트를 지나 크라이스트 처치로 나가서 하이 거리를 거쳐 모들린으로 돌아왔다. 도중에 두 손을 주머니에 찌르고서 머릿속에서 짤막한 편지 문안을 작성하고 있었다. 옥스퍼드의 야간 낙서꾼들이 또 칼리지의 벽을 무대로 대자보 활동을 개시하고 있었다. '학생감은 지옥으로'라는 낙서가 눈에 띄었다. 하는 수 없이 모들린의 부학생감이 되어 학생들의 규율에 대해서 책임을 져야할 처지에 있는 스티븐으로서는 그것을 보고 쓴웃음을 지었다. 방에 돌아와서는 책상 앞에 앉아서 머릿속에 있는 문안을 종이에 옮겼다.

모들린 칼리지 옥스퍼드
4월 15일.

친애하는 닥터 오클리
다음주 목요일 밤에 엄선된 몇몇 분을 모시고 제 방에서 조촐한 저녁 식사 모임을 가질 예정입니다.
만사 젖혀두시고 꼭 참석해 주시기 바랍니다. 그만한 가치는 충분히 있다고 믿기 때문입니다.
이만 총총

스티븐 브래들리

추신 : 검은 넥타이를 매시고 7시 30분까지 와주시기 바랍니다. 식사는 8시부터입니다.


스티븐은 타이프라이터 용지를 바꾸어 같은 내용의 편지를 장 피엘라망과 브릭즐리 경 앞으로도 쳤다. 그리고는 한동안 생각하더니 구내 전화의 수화기를 들었다.

"해리인가?" 하고 그는 헤드 포터에게 말했다. "어디서든 전화가 걸려와서 이 대학에 스티븐 브래들리라는 사람이 있느냐고 묻거든, '예, 계십니다. 새로 오신 수학 교수님인데, 저녁 식사에 손님을 초대하기로 유명한 분입니다'라고 대답해 주게, 알겠나?"

"예, 알겠습니다" 하고 헤드 포터인 해리 우들리가 대답했다. 그는 미국인이라는 인종을 아무래도 이해할 수가 없었는데, 브래들리 박사도 예외는 아니었다. 스티븐이 예상한 대로 세 사람 모두에게서 문의 전화가 걸려왔다. 그 자신도 이런 경우에는 그랬을 것이다. 해리는 지시받은 대로 대답했다. 그래도 상대방은 완전히 이해가 되지 않는 모양이었다.

"저 역시 정말 이해할 수가 없습니다."

헤드 포터는 중얼거렸다.

스티븐은 모두에게서 참석하겠다는 답신을 받았다. 제임스 브릭즐리의 회답이 가장 늦게 월요일에 도착했다. 편지지의 문장(紋章)은 '무(無)에서 전부를'이라는 암시적인 모토를 나타내고 있었다. 사교실의 집사와 칼리지의 요리장과 의논하여 아무리 말없는 사람의 혀라도 매끄럽게 할 만한 식단을 생각해 냈다.

코키유 생 자크·······························푸이 퓌이세 1969년
새끼 양의 등심을 크루트로 싸서 구운 것··········푸 생 장 1970
아르티쇼와 샹피뇽의 카세롤
불랑제르식 감자
아먼드 파이의 나무딸기 곁들인 것 ·········바르자크 샤토 데이켐
1927년
차게 한 카망메르·····························포트 테일러 1947년
커피

마침내 계획은 끝났다. 이제 남은 것은 지정된 시간을 기다리는 것 뿐이다.

목요일, 시계가 오후 7시 30분을 땡 하고 치자 장 피엘이 도착했다. 스티븐은 그의 우아한 디너 재킷과 부드럽게 묶은 나비 넥타이에 감탄하면서 자신의 클립식 넥타이를 만지작거리며, 이토록 세상사에 능한 장 피엘 라망이 자기와 같이 프로스펙터 오일의 봉이 된 것이 뜻밖이라고 생각했다. 스티븐이 현대 미술에 있어서의 이등변삼각형의 의미에 대해서 혼자 떠들어대기 시작했다. 여느 때 같으면 쉬지 않고 5분도 떠들어댈 화젯거리가 아니었지만, 로빈 오클리 의사의 도착 덕분에 장 피엘의 피하기 어려운 질문에서 구제되었다. 로빈은 요즘 체중이 5파운드(약 2.2kg)쯤 줄어들었지만, 그래도 스티븐에게는 그가 할리 거리의 개업의로서 성공한 비밀을 알 수 있었다. 소설가 H.H. 먼로의 말을 빌리자면, 그는 용모가 여자들에게 다른 자질구레한 결점을 잊게 해버리는 그런 종류의 사람이었다. 로빈은 키가 훤칠하게 큰 이 파티 주인을 빤히 바라보면서, 요 앞 어디에선가 만나지 않았었느냐고 물을까 말까 망설이고 있었다. 아니야, 역시 그만두기

로 하지. 아마 식사 도중에 무슨 실마리를 잡을 수 있을 테지.

스티븐은 그를 장 피엘에게 소개하고서, 두 사람이 이야기를 주고받는 사이에 식당을 점검했다. 다시 문이 열리고 포터가 전보다도 좀 더 정중한 어조로 말했다.

"브릭즐리 경이 오셨습니다."

스티븐은 그를 맞아들이면서 허리를 굽혀 절을 할 것인가, 아니면 악수를 할 것인가 갑자기 망설여졌다. 브릭즐리는 방안에 있는 사람을 아무도 알지는 못했지만(내심 이상한 모임이라고 생각하고 있었다) 조금도 어색한 티를 내지 않고 쉽게 대화에 끼어들었다. 스티븐 마저도 제임스의 허물없는 말투에는 감탄했으나, 크라이스트 처치 시절의 그의 학업 성적을 떠올리고는 과연 이 귀족이 자기의 계획에 도움을 줄 수 있을 것인지 불안한 생각이 들었다.

식단은 스티븐이 생각한 대로 마술적 효과를 발휘했다. 이만큼 미묘하게 마늘 맛을 살린 새끼 양 요리며, 부드러운 아먼드 파이를 눈앞에 놓고서 파티 주인에게 파티의 취지를 물어볼 멋없는 손님은 없을 것이다. 이윽고 심부름꾼들이 테이블 위를 치우고 두 번째 포트와인을 따르게 될 무렵, 로빈이 마침내 더 참을 수 없게 되었다.

"무례한 질문입니다만, 브래들리 박사님."

"스티븐이라고 불러 주십시오."

"그럼, 스티븐 씨, 이 선택된 사람들이 모이게 된 목적은 대체 무엇입니까?"

여섯 개의 눈길이 같은 질문을 담고 스티븐에게로 모여들었다.

스티븐은 일어서서 손님들의 얼굴을 둘러보았다. 그리고 먼저 지난 몇 주일 동안에 일어난 일을 남김없이 하나하나 되돌아보는 일에서부터 시작했다. 데이비드 케슬러와 만났던 것, 프로스펙터 오일에 투자한 것, 사기 수사반이 찾아왔었던 것 등등. 마지막으로 이 신중하게 준비된 연설을, "여러분, 우리 네 사람은 모두 하나같이 말할 수 없는 궁지에 몰려 있는 것이 사실입니다"라는 말로 끝맺었다. 장 피엘이 스티븐의 이야기가 채 끝나기도 전에 재빨리 반응을 나타냈다.

"나는 거기서 제외시켜 주십시오. 그런 바보 같은 이야기와는 관계가 없습니다. 나는 하찮은 그림장수이지 투기꾼이 아닙니다."

스티븐이 반론을 펼 사이도 없이 로빈 오클리가 끼어들었다.

"이런 엉터리 같은 이야기를 듣기는 처음이오. 당신은 틀림없이 사람을 잘못 알고 있는 모양이오. 나는 할리 거리의 의사입니다. 석유 같은 것은 알지도 못해요."

사기 수사반이 이 두 사람에게 애를 먹었고, 스티븐의 협조에 깊이 감사해하던 까닭을 이제 와서야 알 수 있을 것 같았다. 그들의 시선은 일제히 브릭즐리 경에게로 쏠렸다. 브릭즐리는 천천히 고개를 들고 조용히 이야기를 시작했다.

"당신이 말씀한 그대로입니다, 브래들리 씨. 더구나 나는 당신 이상으로 궁지에 몰려 있습니다. 프로스펙터 오일의 주를 사기 위해서 햄프셔에 있는 조그만 농장을 담보로 넣고 15만 파운드를 빌렸으니까요. 아마 은행에서는 곧 그 땅을 팔라고 할 것이며, 그 사실이 5대 백작인 아버지의 귀에 들어가면 나는 마지막입니다. 뿐만 아니라 더 나쁠 경우에는, 하룻밤 자고 나면 6대 백작이 되어 있을지도 모르는 일이지요."

"고맙습니다."

스티븐은 인사를 하고 나서 자리에 앉아 당신은 어떠냐는 듯이 로빈 쪽을 바라보았다.

"하는 수 없군" 하고 로빈이 입을 열었다. "나도 이 사건에 말려든 것만은 확실합니다. 환자로 찾아온 데이비드 케슬러와 사귀게 되었는데, 경솔하게도 유가증권을 담보로 빌린 10만 파운드를 프로스펙터 오일에 투자했습니다. 주가는 겨우 50센트까지 떨어져 버렸으므로 살 사람도 전혀 없고, 은행은 잔고의 부족을 자꾸만 재촉하기 시작했습니다. 게다가 버크셔의 집값 치를 것도 아직 남아 있지, 할리 거리의 진료소 임대료는 비싸지, 집에는 돈 잘 쓰는 마누라와 영국에서도 몇 안 되는 사립 예비학교에 다니는 두 아들이 있습니다. 2주일 전에 스미스 경감이 찾아온 뒤로는 밤을 거의 뜬눈으로 새우다시피 하는 형편입니다."

로빈 오클리는 고개를 들었다. 그 얼굴에는 핏기라고는 없고, 할리가의 의사다운 자신에 가득 찬 온화한 표정은 찾아볼 수 없었다. 그들은 천천히 장 피엘 쪽을 보았다.

"알겠소, 알겠습니다." 장 피엘은 체념한 듯 말했다. "나도 마찬가지입니다. 생각만 해도 분통 터지는 그 회사가 망해 버렸을 때 마침 파리에 가 있었기 때문에 휴지나 다름없는 주식을 떠안고 말았습니다. 화랑에 있는 그림 재고를 담보로 8만 파운드를 빌렸는데 지금은 미술품 값이 떨어져서 재고를 처분할 수도 없는 형편입니다. 은행에서는 화랑에서 아주 손을 떼면 어떠냐는 말이 나오기까지 하는 상황입니다. 게다가 더더욱 잘못된 것은 친구 몇몇에게도 그 치가 떨리는 회사의 주식을 사라고 권유한 일입니다."

침묵이 방안을 에워쌌다. 다시 입을 연 것은 장 피엘이었다.

"그래, 대체 어쩌자는 겁니까, 교수님은?" 하고 그는 비꼬는 듯한 어조로 말했다. "1년에 한 번씩 디너 파티라도 열어서 우리들의 얼빠진 행동을 축하라도 하자는 겁니까?"

"내 계획은 그런 것이 아닙니다."

스티븐은 지금부터 제안하는 일이 상대에게 상당한 자극을 주게 되리라고 생각하며, 다시 자리에서 일어나서 조용한 말투로 신중하게 낱말을 골라가며 이야기하기 시작했다.

"우리들은 주식 사기 전문가인 아주 머리좋은 인물에게 돈을 도둑맞았습니다. 우리는 주식에 대해서는 잘 모르지만, 모두들 각자의 분야에 있어서는 전문가입니다. 그래서, 여러분. 나는 도둑맞은 돈을 되찾자고 제안하는 것입니다——한푼도 더도 말고 덜도 말고."

몇 초 동안의 침묵이 지나간 다음 세 사람은 일제히 입을 열었다.

"어슬렁어슬렁 찾아가서 돈을 돌려받자는 겁니까?"

로빈이 물었다.

"그 인간을 납치해 버립시다" 하고 제임스가 말했다.

"차라리 죽여버리는 것이 어떨까요?"

장 피엘도 한마디 했다.

몇 분이 지났다. 스티븐은 그 자리가 완전히 조용해질 때까지 기다렸다가 '하비 메트카프'라는 제목 밑에 각자의 이름을 써넣은 네 통의 자료를 나누어 주었다. 로빈에게는 초록색, 제임스에게는 파란색, 장 피엘에게는 노란색, 그리고 자신은 빨간색을 가졌다. 세 사람은 어안이 벙벙했다. 그들이 지칠 대로 지쳐 어찌할 바를 모르고 손만 비비고 있는 사이에 스티븐 브래들리는 차근차근 준비를 하고 있었던 것이다. 스티븐이 계속했다.

"이 자료를 꼼꼼이 읽어 보십시오. 하비 메트카프라는 사람에 대해서 알고 있는 것은 모두 상세히 적혀 있습니다. 각자 그것을 가지고 가서서 정보를 검토하고, 우리 네 사람이 힘을 합쳐 그자 몰래 100만 달러를 되찾기 위한 계획을 가지고 모이는 겁니다. 계획은 각자가 따로따로 세워주시기 바랍니다. 그리고 다른 세 분은 한 사람의 계획을 실행하는 데 협력키로 합니다. 2주일 뒤에 다시 이곳에 모여 각자의 아이디어를 제시하기로 합시다. 우리 팀의 각 멤버가 유통 자금으로 1만 달러씩 내어 수학자인 내가 경리를 담당하여 수입 지출에 대한 기록을 하겠습니다. 우리의 돈을 되찾기 위해서 쓰인 비용은 모두 메트카프 씨에 대한 청구서에 포함시키기로 합시다. 그 가장 첫번째가 여러분이 여기까지 오신 교통비와 오늘 저녁의 식사값이 되겠지요."

장 피엘과 로빈이 반대했다. 그러나 이번에도 제임스가 중도에 그들의 말을 가로막고 나섰다.

"나는 찬성입니다. 만일 실패했다손 치더라도 여기서 더 잃어버릴 것도 없지 않겠습니까? 한 사람으로서는 아무것도 할 수 없지만, 네 사람이 힘을 합치면 악당을 해치울 수 있을지도 모릅니다."

로빈과 장 피엘은 서로 얼굴을 마주보고 어깨를 으쓱하며 동의했다.

네 사람은 스티븐이 며칠에 걸쳐서 모은 자료에 대해서 오랫동안 서로 이야기를 나누었다. 그들은 2주일 뒤에 각자의 계획을 가지고 다시 만나기로 약속하고 자정 조금 전에 헤어졌다. 네 사람 모두 앞으로 어떻게 될 것인지 확신은 없었지만, 어쨌든 뜻을 같이 하는 동지가 생겨서 그나마 위안이 되었다.

스티븐이 주도한 자기의 팀 대 하비 메트카프와의 싸움에서 제1부의 출발은 멋지게 이루어졌다. 이제 남은 일은 공모자들이 각자의 행동을 개시할 때만 기다리는 것뿐이다. 스티븐 브래들리는 안락 의자에 앉아서 윈스턴에 불을 붙이며 생각을 이리저리 굴리기 시작했다.

# 제6장

로빈은 하이 거리에 세워두었던 차에 올라탔다. 언제나 그렇지만 '왕진중'이라는 스티커 덕분에 주차 위반을 눈감아주는 것이 고마웠다. 그는 버크셔의 저택을 향해서 차를 달렸다. 두말할 것도 없이 스티븐 브래들리라는 사람에게서 강한 인상을 받았으므로, 자신의 역할을 충분히 해낼 수 있도록 계획을 세울 결심을 굳히고 있었다.

경솔하게도 프로스펙터 오일과 하비 메트카프에게 맡겨버린 돈을 이제는 도로 찾을 기회가 생긴 것이다. 확실히 해볼 만한 일이기는 한 것 같았다. 파산되어 전국의사심의회의 명단에서 삭제되어 버릴 바에야 오히려 강도미수로 제명되는 편이 나을지도 모른다. 그는 차의 창문을 조금 열고 클라렛 포도주의 상쾌한 취기를 쫓으면서 생각하기 시작했다.

옥스퍼드 대학에서 저택까지 오는 것은 잠깐이었다. 생각에 정신이 팔려 있었던 탓에 아내가 기다리는 집에 닿았을 때는 오는 도중 어떤 곳을 지나왔는지 거의 기억도 나지 않았다. 그에게는 타고난 매력 말고는 단 한 장의 카드밖에는 없었다. 그 카드야말로 그가 가진 장점이며, 반대로 하비 메트카프에게는 결점이라는 판단이 틀림없기를 빌었다. 그는 스티븐의 자료 중 16페이지에 써 있는 한 구절을 외우기 시작했다. "하비 메드카프의 고민 중 하나는……."

"무슨 일 있었어요, 당신?"
로빈은 아내의 말소리에 문득 정신을 차리고 녹색의 메트카프 자료가 들어 있는 서류 가방에 눈길을 주었다.
"아직 깨어 있었소, 메리?"
"그래요, 나는 지금 잠꼬대를 하고 있는 게 아니에요."
로빈은 얼른 구실을 생각해 냈다. 어리석은 그 투자 이야기를 메리에게 말할 용기는 아직 없었다. 아내는 옥스퍼드 대학에서 가진 저녁 식사 모임이 프로스펙터 오일과 관계가 있다는 것을 모르고 있었으므로, 그 초대에 대한 것만을 이야기한 터였다.
"별일 아니었소. 장난에 불과했소. 케임브리지 대학 시절의 옛날 친구가 옥스퍼드 대학의 강사가 되어서 말이오. 그 녀석이 동기생 몇 명을 저녁 식사에 초대한 건데, 아주 재미있었어. 칼리지에서 친구였던 짐과 프레드도 왔었는데, 아마 당신은 그 두 사람을 기억하지 못할 거야."
다소 설득력이 모자라기는 했지만, 한밤중인 1시 반에 갑자기 생각해 낸 변명치고는 그런대로 쓸 만하다고 로빈은 생각했다.
"설마 상대가 어떤 예쁜 여자는 아니었겠죠?"라고 메리가 물었다.
"애석하게도 짐과 프레드는 예쁘다고 하기는 어렵겠는걸. 녀석들을 사랑하는 부인들 눈에는 어떨지 모르지만."
"쉿, 소리가 너무 커요, 로빈. 아이들이 깨요."
"2주일 뒤에 한 번 더 만나서……."

"빨리 자요, 이야기는 내일 아침에 듣겠어요."

로빈은 아침까지 집행유예가 되어 한시름 놓았다. 향기로운 실크 잠옷을 입은 아내 옆으로 파고들어 그녀의 등뼈에서 꼬리뼈에 걸쳐서 탐욕스럽게 손가락으로 쓰다듬어 내렸다.

"이런 늦은 시간에, 당신, 염치도 좋군요" 하고 그녀가 말했다.

두 사람은 그대로 잠들었다.

장 피엘은 하이 거리의 이스트게이트 호텔에 방을 잡아두었다. 다음날 크라이스트 처치 아트 갤러리에서 학생전이 열리게 되어 있었다. 장 피엘은 거기서 젊고 재능 있는 인물을 발굴해서 라망 화랑과 계약을 맺을 생각이었다. 젊은 화가들을 사모아서 그들의 성공을 등에 업고 이름을 날리는 빈틈없는 상술을 런던 미술계에 가르친 것은 본드 거리의 그의 상점에서 몇 집밖에 떨어져 있지 않은 말보로 화랑이었다.

그러나 지금 당장 장 피엘의 마음을 가득 메우고 있는 것은 라망 화랑의 미술적 장래성이 아니었다. 지금은 화랑 자체가 살아남게 되느냐 마느냐의 갈림길에 와 있으며, 모들린 칼리지의 조용하면서도 침착한 미국인 교수가 살아날 기회를 가져다 주었다. 그는 호텔의 쾌적한 침실에 앉아서 이미 밤이 깊었는데도 건네받은 자료를 읽어가며 자신은 이 조각그림 맞추기의 어디에 적합한가를 생각하기 시작했다.

두 영국인과 한 양키에게 질 수는 없었다. 프랑스 인인 그의 아버지는 1918년 로슈포르에서 영국인에게 구출되었고, 1945년에는 미군에 의해 프랑크푸르트 부근의 포로 수용소에서 해방되었다. 그것을 생각하면 이번에야말로 이 작전에서 프랑스 인인 자신이 멋지게 한몫 해야만 하는 것이다. 그는 밤늦도록 노란색 자료를 읽었다. 하나의 아이디어가 마음속에서 서서히 움트고 있었다.

제임스는 옥스퍼드발 마지막 기차를 타고 파란색 자료를 차분한 마음으로 읽기 위해서 빈 객실을 찾았다. 그는 고민이었다. 다른 세 사람은 멋진 계획을 생각해 내겠지만, 자기만은 지금까지 살아오면서도 늘 그랬듯이, 도저히 묘안 같은 것은 떠오르지 않을 것이라는 확실한 예감이 있었다. 지금까지의 인생에서는 무엇 하나 괴로운 일이 없었다. 모든 일이 간단히 생각대로 되었으니까. 그러나 하비 메트카프가 지나치게 벌어들인 돈의 일부를 되찾을 빈틈없는 계획을 생각해 내기가 그렇게 쉽지는 않을 것이다. 하지만 햄프셔의 농장이 고스란히 담보로 잡혀 있는 사실이 아버지의 귀에 들어갔을 때의 그 소동을 생각하면 싫어도 이 계획에 머리를 싸매지 않을 수 없었다. 2주일은 잠깐이다. 대체 어디서부터 손을 대야 하나? 그는 다른 세 사람처럼 지적인 직업을 가진 사람도 아니고, 이렇다 할 특별한 재능도 없다. 다만 기대할 수 있는 것이라고는 자신의 무대 경험이 어떤 모양으로든지 도움이 될지도 모른다는 점이었다.

그는 차장과 마주쳤으나, 상대방은 제임스가 1등칸 차표를 가지고 있는 것을 보고도 놀라지 않았다. 비어 있는 객실은 아무리 봐도 눈에 띄지 않았다. 브리티시 철도의 총재 리처드 매시는 철도 사업으로 돈을 벌어볼 작정인 모양이라고 제임스는 결론지었다. 이런 식으로 간다면 영국의 장래는 앞으로 어떻게 될까? 분통 터지게도 리처드 매시는 아마 이 엉터리 같은 공적이 높이 평가되어 상원의원이 되겠지.

아무도 없는 객실이 없다면, 하다못해 미인 손님만 혼자 있는 객실이라도 있었으면 하고 제임스는 바라고 있었는데, 그점에 한해서는 아직 그의 운이 다하지 않은 모양이었다. 객실 하나에 그야말로 눈이 부실 만한 미인이 앉아 있었다. 더구나 그녀에게는 동행이 없는 것 같았다. 그녀 말고는 〈보그〉 잡지를 읽고 있는 중년 부인이 있을 뿐인데, 그 여자는 미인과 동행은 아닌 모양이었다. 제임스는 차내에서 메트가프 자료를 읽을 수는 없을 것 같다는 생각을 하며, 기관차 쪽으로 등을 향하고 구석에 앉았다. 그들은 비밀을 엄수할 것을 서로 약속했으며, 스티븐은 다른 사람들 앞에서 자료를 읽는 것을 세 사람 모두에게 금했었다. 제임스는 네 사람 중에서 자신이 비밀 엄수에 가장 애먹게 되지나 않을는지 걱정이었다. 대인 관계가 좋은 그로서는 비밀이라는 건 정말 따분한 것이었다. 그는 스티븐 브래들리에게서 받은 자료가 들어 있는 오버코트의 주머니를 툭툭 두드렸다. 참으로 준비성이 치밀한 사람이야. 게다가 놀랄 만큼 머리도 좋다고 하고, 그 사람이라면 다음 만나게 될 때까지 묘안을 한 다스도 더 준비해 놓겠지. 제임스는 선반에서 떡이 굴러떨어지듯 멋진 아이디어가 떠오르지나 않나 하는 생각을 해가며 얼굴을 찌푸리고 창밖을 내다보고 있었다. 묘안 대신에 맞은편 자리에 앉아 있는 여자의 아름다운 옆얼굴이 창에 비쳤다.

윤기가 흐르는 짙은 갈색 머리, 오똑하게 날이 선 코, 긴 속눈썹을 새침하게 내리뜨고 무릎 위에 펼쳐진 책을 읽고 있다. 보기에는 그의 존재 같은 것은 안중에도 없는 것 같은데, 정말로 그럴까? 그는 그럴 것 같다고 결론을 내렸다. 그의 시선은 부드러운 앙골라 털로 감싼 그녀의 가슴 곡선으로 옮겨갔다. 어떻게 생긴 다리가 창에 비쳐 있을지 보려고 목을 조금 빼었다. 그런데 애석하게도 그녀는 부츠를 신고 있었다. 또다시 얼굴로 시선을 옮겼다. 그녀는 어렴풋이 미소지은 얼굴로 그를 바라보고 있었다. 그는 난처하게 생각하면서 또 다른 손님에게 주의를 기울였다. 이 비공식 수행원을 앞에 앉혀놓고는 아무리 제임스라도 미인에게 말을 걸 용기가 없었다.

문득 중년 부인이 읽고 있는 〈보그〉 잡지의 표지 모델이 맞은편에 앉은 여자와 너무도 닮은 사실을 깨달았다. 처음에는 자기 눈을 믿을 수 없었지만, 실물을 흘끗 보고는 모든 의문이 사라졌다. 중년 부인이 〈보그〉를 내려놓고 〈퀸〉 잡지를 펼쳐들자 기다렸다는 듯이 제임스는 몸을 앞으로 내밀며 미안하지만 잡지를 좀 빌려줄 수 없겠느냐고 물었다.

"요즘 역에 있는 매점의 문닫는 시간이 점점 빨라지고 있으니까요." 그는 짐짓 멍청한 척하고 말했다. "그래서 읽을 거리를 못 샀던 거예요."

그는 2페이지를 펼쳤다. 표지에 대한 설명이 있었다. '당신의 이런 모습은 어떨까요……. 블랙 실크 조지트 드레스에 시퐁 손수건을 곁들이고, 오스트리치 페더의 보아. 드레스에 어울리는 꽃무늬 터번 디자인, 잰드라 로즈, 앤의 헤어 디자인, 비덜 새순의 제이슨. 촬영, 리치필드, 카메라, 하셀불라드.'

제임스 자신은 이런 사진에 실리는 것은 상상할 수도 없는 이야기였다. 그러나 아름다운 표지의 처녀 이름이 앤이라는 것만은 알았다. 그 다음에 실물 쪽에서 얼굴을 들었을 때 그는 몸짓으로 사진을 보았다는 것을 상대에게 알렸다. 그녀는 제임스에게 살짝 웃음을 보이고는 다시 《오데사 파일》을 계속 읽어나갔다. 이 소설도 같은 프레드릭 포사이스의 첫번째 작품 《자칼의 날》 못지않게 재미 있었다.

레딩 역에서 중년 부인이 〈보그〉 잡지를 가지고 내렸다.

'됐군.'

하고 제임스는 생각했다.

앤이 좀 낭패스러운 얼굴을 하고 시선을 들더니, 자리를 찾아 통로를 지나가는 몇몇 승객들에게 도움을 청하듯이 미소를 보냈다. 제임스는 반대로 그들을 노려보았다. 객실에는 아무도 들어오지 않았다. 제1라운드는 제임스의 승리였다. 이윽고 열차가 속력을 내자 제임스는 여느 때의 수준으로 치자면 조금은 멋진 방법으로 접근해 갔다.

"내 오랜 친구인 패트릭 리치필드가 찍은 그 〈보그〉의 표지 말씀인데요, 아주 멋진 사진이더군요."

앤 서머턴이 고개를 들었다. 지금 제임스가 화제에 올린 사진보다 실물이 훨씬 더 아름다웠다. 요즘 유행하는 비덜 새순 스타일에, 부드럽게 커트한 짙은 갈색 머리와, 개암나무 색의 커다란 눈, 주름살 하나 없는 살결, 와락 껴안아 버리고 싶을 만큼 단아한 매력을 풍기고 있었다. 일류 모델이 생계를 꾸려가는 데 필요한 날씬하고 우아한 몸매는 말할 것도 없거니와, 앤에게는 대부분의 모델들에게서는 찾아볼 수 없는 실재감이 있었다. 제임스는 그만 멍청해져서 말이 안 나왔으므로 상대편이 말을 걸어주기를 바랐다.

앤은 남자들의 수법에는 이미 익숙해 있었으나 앞에 있는 남자가 리치필드 경의 이름을 꺼내는 것은 좀 뜻밖이었다. 만일 이 남자가 리치필드 경의 친구가 틀림없다면 적어도 예의바르게 처신하지 않으면 실례가 된다. 새삼스럽게 바라보니 제임스의 머뭇머뭇하는 태도에 오히려 호감이 갔다. 그는 상대방보다 자신을 낮춤으로써 그동안 여러 번 성공을 거둔 바 있었으나, 오늘의 겸허한 태도는 그야말로 완전히 진짜였다. 제임스는 다시 말을 걸었다.

"모델이라는 일이 꽤 힘들지요?"

'이 얼마나 멋대가리없는 대사인가?' 하고 그는 내심 혀를 찼다. 어째서 단도직입적으로 당신은 굉장히 멋지다고 말하지 못했지? 조금 더 이야기해 보고, 그래도 당신이 멋있다고 생각되면 친구가 되어주지 않겠습니까? 하지만 현실적으로 그런 것은 불가능하다. 그는 그저 평범한 수순을 밟아야만 할 것이다.

"좋은 일거리라면 그런대로 즐거워요"라고 그녀는 대답했다. "하지만 오늘은 굉장히 피곤하군요."

부드러운 목소리에 들어 있는 약간의 미국 사투리가 제임스의 마음을 사로잡았다.

"클로즈업 치약의 광고 사진을 찍었는데, 하루 종일 지겹도록 미소, 미소, 미소의 연속이었어요. 카메라맨은 그래도 여전히 불만인 모양이에요. 다만 한 가지 고마운 것은 생각보다 일찍 촬영이 끝난 거랍니다. 패트릭과는 어떻게 아시나요?"

"해로 학교의 신입생 때에 그와 같은 반이었습니다. 그 녀석은 수업 빼먹는 것이 나보다 더 솜씨가 좋았지요."

앤은 웃었다. 기품 있고 따뜻한 웃음이었다. 이분은 정말로 리치필드 경을 알고 있는 거야.

"지금도 가끔 만나시나요?"

"가끔 디너 파티에서 만나기는 합니다만, 그렇게 자주 만나지는 못합니다. 패트릭이 아가씨 사진을 많이 찍고 있습니까?"

"아니에요. 꼭 한 번. 〈보그〉의 표지를 찍은 것이 처음이었어요."

그들은 이야기를 계속했다. 제임스에게는 레딩과 런던 사이의 35분이 눈깜짝할 사이에 지나가 버린 느낌이었다. 런던 패딩턴 역의 플랫폼을 나란히 걸으면서 제임스는 용기를 내어 말했다.

"댁에까지 배웅해 드려도 되겠습니까? 크레이븐 거리에 차를 세워 두었거든요."

앤은 그 말을 받아들였다. 밖에는 비가 오고 있었으며, 시간도 늦었기 때문에 택시가 간단히 잡힐 것 같지도 않았다.

제임스는 자기의 알파 로메오로 그녀를 집에까지 바래다 주었다. 기름값은 자꾸만 오르고, 주머니 사정은 차츰 어려워지니 이 차도 머지않아 처분해 버릴 수밖에 없겠다고 마음을 정하고 있는 터였다. 그는 체인 거리의 템스 강이 내려다보이는 아파트 지구에 도착할 때까지 신나게 이야기를 계속했다. 그리고 입구에서 앤을 내려주고는 인사하고 그대로 돌아서서 그녀를 놀라게 했다. 그는 전화 번호조차 묻지 않았으며, 그녀의 세례명밖에는 알지 못했다. 뿐만 아니라 그녀 쪽에서는 그의 이름조차 알지 못했다. 광고 업계 주변에서 일하는 남자들과는 달리 아주 느낌이 좋은 사람이었다. 앤 서머턴은 억울한 생각마저 들었다. 그녀석들은 모델이 브래지어만 입고 포즈를 취하면, 그 이유만으로도 그녀를 차지할 권리가 있다고 생각하는 자들이었다.

제임스의 행동은 모든 것을 다 알면서 한 짓이다. 여자는 전혀 예상하지 않았을 때 전화를 받는 편을 훨씬 반가워한다는 것을 그는 경험에서 알고 있었다. 특히 처음 만남이 성공적이었을 때, 상대편에게 이 사람과는 이제 두 번 다시 만날 수 없겠거니 하고 생각하도록 하는 것이 그의 전술이었다. 그는 킹스 거리의 집으로 돌아가서 한동안 머리를 짜내려고 애써 보았다. 그러나 스티븐이나 로빈이나 장 피엘과 달라서 아직 13일이라는 여유가 남아 있는 지금, 하비 메트카프를 해치울 아이디어가 그의 머리에는 떠오르지 않았다. 그런 일보다는 앤 공략 작전을 짜는 것이 더 급했다.

스티븐은 다음날 아침부터 다시 조사를 하기 시작했다. 우선 대학이 어떻게 운영되고 있는지를 세밀히 조사하는 일부터 시작했다. 그는 클라렌던 건물에 있는 부총장실을 찾아가서 비서인 스몰우드 양에게 이것저것 기묘한 질문을 했다. 그녀는 몹시 호기심을 갖게 되었다. 다음에는 대학 서무처장실에 가서 거기에서도 역시 여러 가지를 질문했다. 그날은 마지막으로 바들라이언 라이브러리에 가서 대학 규칙의 일부를 베꼈다. 그리고 2주일 동안에 옥스퍼드 양복점, 셰퍼드 앤드 우드워드 상점을 찾아갔으며, 또 어떤 날은 하루 종일 셀더니안 강당에 가서 학생들이 간단한 의식과 함께 문학사 학위를 받는 것을 구경했다. 또 옥스퍼드 최대의 호텔인 랜돌프 호텔의 방 배치를 자세히 연구했다. 이 일은 상당히 시간이 걸렸으므로 지배인이 이상하게 생각했지만, 스티븐은 상대편에서 의심을 품게 되기 전에 도망쳐 버렸다. 그리고 마지막으로 다시 클라렌던에 가서 대학 재무처장을 만나 포터의 안내로 건물의 내부를 두루 돌아보았다. 포터에게는 창립 기념 축제일에 미국인들에게 건물 내부를 견학시킬 예정이라고만 설명하고, 자세한 이야기는 아무것도 하지 않았다.

"글쎄, 그건 좀……" 하고 포터가 망설였다. 스티븐은 1파운드짜리 지폐를 조심스럽게 꼼꼼이 접어서 포터에게 쥐어주었다.

"하지만 무슨 방법이 있을 겁니다."

대학촌의 여기저기를 왔다갔다하는 사이사이에 가죽을 씌운 커다란 의자에 앉아서 작전을 짜고 또 짜서는 책상 앞으로 다가가 계획서를 작성해 나갔다. 2주일 뒤에는 계획이 완성되어 언제라도 다른 세 사람에게 보여줄 수 있는 상태가 되었다. 하비 메트카프라면 이 정도만으로도 함정이 완성되었다고 하겠지. 이제 남은 일은 그 함정이 효과를 나타내는 것을 이 눈으로 확인하는 것뿐이었다.


로빈은 옥스퍼드에서 돌아온 다음날 아침, 아침 식사 테이블에서 엊저녁 일을 아내가 미주알고주알 캐고들까 봐 여느 때보다 일찍 일어났다. 서둘러 집을 나와 런던으로 가서 할리 거리에 닿자 유능한 비서 겸 접수 담당인 미클 양이 그를 맞았다. 엘스페스 미클은 헌신적이며 말이 없는 스코틀랜드 여자로서, 자기 일을 천직이라고 생각하고 있었다. 그녀의 로빈에 대한 헌신의 정도는——설령 마음속에서라도 로빈이라고 쉽게 부르는 적이 없었다——누가 보아도 감탄할 만했다.

"지금부터 2주일 동안은 되도록 예약을 줄여 주었으면 좋겠는데, 미클 양."

"네, 알겠습니다, 오클리 박사님" 하고 그녀는 대답했다.

"좀 조사할 일이 있어서 그러니까, 서재에 혼자 있을 때에는 방해하지 말아요."

미클 양은 조금 놀랐다. 오클리는 훌륭한 의사라고 늘 생각해 왔지만, 과거에 그가 조사하는 일에 몰두한 적은 없었다. 그녀는 흰 구두의 발자국 소리를 죽여가며, 아무리 보아도 아픈 곳이라고는 없는 듯한 여성 환자들 중에서 첫번째 사람을 진찰실로 불러들이기 위해서 나갔다.

로빈은 진찰실에 들어갔다. 우선 전화부터 몇 군데 걸었는데, 그중에서 두 번은 보스턴 병원으로 거는 국제 통화였고, 그 밖에는 그가 케임브리지에서 배운 소화기과의 권위자에게 거는 것이었다. 이윽고 그는 버저를 울려 미클 양을 불렀다.

"지금 곧 H.K. 루이스에 가서 내 앞으로 달아두고 책을 두 권 사와야겠네, 미클 양. 폴슨, 태터솔 공저의 《임상독물학》의 최신판과, 하딩 레인의 방광 및 복부 질환의 해설서야."

"알겠습니다."

미클 양은 침착하게 대답했다. 로빈이 언제나처럼 클럽의 점심 식사를 마치고 돌아올 때까지 책을 사다놓으려면 점심으로 가져온 샌드위치를 먹을 틈이 없을 것 같았지만, 그녀는 그런 건 조금도 개의치 않았다. 그가 클럽에서 돌아오니 책이 책상 위에 놓여 있었다. 로빈은 그 책들을 차근차근 읽기 시작했다. 다음날은 오전 진찰을 쉬고 세인트 토머스 병원으로 가서 두 동료가 일하는 모습을 자세히 관찰했다. 차츰 자기의 계획에 대해서 자신이 생기기 시작했다. 할리 거리로 돌아와서 학생 시절처럼 지금 보고 온 기술에 관해서 노트를 했다. 그는 스티븐의 말이 떠올랐다.

"하비 메트카프라면 이렇게 생각하겠지 하는 식으로 생각하는 겁니다. 조심스러운 전문가로서가 아니고, 위험을 꺼리지 않는 모험 가로서 생각하는 겁니다."

로빈은 하비 메트카프라는 사나이의 파장(波長)을 이해하고 있었다. 미국인과 프랑스 인과 영국 귀족에게 자기의 계획을 내보일 때까지는 만반의 준비가 갖춰지겠지. 다음 모임이 기다려졌다.

장 피엘은 다음날 옥스퍼드에서 돌아왔다. 젊은 화가들의 작품에서는 별로 감명을 받지 못했으나, 다만 브라이언 데이비스의 수채화만은 꽤 장래성이 있는 듯해서 앞으로 작업하는 것을 지켜볼 생각이었다. 런던으로 돌아오자 그도 또한 로빈이나 스티븐과 마찬가지로 연구에 착수했다. 이스트게이트 호텔에서 문득 떠오른 생각이 서서히 모양을 갖춰 가기 시작했다. 그는 미술계의 많은 친구와 아는 사람들을 통해서 과거 20년 간 주로 인상파 작품의 매매에 대한 것을 모두 조사했다. 그리고 현재 시장에 나돌고 있을 것으로 생각되는 그림의 명단을 작성했다. 다음에는 그의 계획을 실행에 옮길 수 있는 사람 하나와 연락을 취했다. 그의 도움이 아무래도 필요한 사람, 데이비드 스타인은 다행히 영국에 있었으며, 그에게는 장 피엘을 찾아올 시간적 여유도 있었다. 그러나 스타인이 이 계획에 응해 줄까?

스타인은 다음날 오후 늦게 찾아와서 라망 화랑의 지하에 있는 골방에 들어가 장 피엘과 단둘이 두 시간을 보냈다. 이윽고 그가 돌아갔을 때에 장 피엘은 회심의 미소를 지었다. 마지막 날 오후에는 벨그레이브 광장의 독일대사관을 찾아갔고, 이어서 베를린의 프로이센 문화재 위원회의 보르미트 박사에게 전화를 걸었다. 다시 헤이그의 네덜란드 국립 문화역사자료관의 텔레겐 부인에게 전화하여 필요한 정보를 모두 손에 넣었다.

메트카프라 할지라도 그의 이 멋진 솜씨에는 칭찬을 아끼지 않을 것이다. 미국인과 영국인 두 사람은 그가 계획을 내놓았을 때 깜짝 놀라지 않도록 조심하는 것이 좋을 성싶었다.

아침에 눈을 떴을 때 제임스의 머릿속에는 하비 메트카프의 뒤통수를 칠 만한 계획 같은 것은 어디를 찾아봐도 없었다. 머릿속은 앤에 관한 일로 가득차 있었다. 그는 패트릭 리치필드의 집으로 전화를 걸었다.

"패트릭인가?"

"그래."

"제임스 브릭즐리라네."

"오, 제임스, 오랜만이군. 이렇게 새벽같이 무슨 일인가?"

"벌써 10시라네, 패트릭."

"그런가? 어제 저녁 혼이 나서 말이야. 그런데 용건은?"

"〈보그〉 잡지의 표지에 앤이라는 모델의 사진을 찍었지?"

"앤 서머턴이야." 패트릭은 즉시 대답했다. "스택풀 에이전시에서 발견한 아이지."

"어떤 아이인가?"

"글쎄, 모르겠는걸. 불러내 보려고는 했지만 도무지 들은 척도 않더군."

"무리도 아닐세. 한잠 더 자게나, 패트릭. 언제 한번 만나세."

앤 서머턴의 이름은 전화 번호부에 올라 있지 않았으므로 그 방법은 실패했다. 제임스는 침대 안에서 텁수룩한 턱수염을 만지고 있다가 갑자기 눈을 빛냈다. 급히 S~Z의 전화 번호부를 뒤져서 원하는 번호를 찾아냈다.

"스택풀 에이전시입니다."

"매니저와 이야기하고 싶소."

"누구신지요?"

"브릭즐리 경이오."

"곧 바꿔드리겠습니다, 경."

찰각하는 소리에 이어 지배인인 마이클 스택풀의 소리가 들려왔다.

"좋은 아침입니다, 경. 도와드릴 일이라도 있으신지요?"

"아마 그럴 것 같소. 실은 골동품 상점의 개점을 위해서 모델을 한 사람 찾고 있소. 기품 있는 여자가 있었으면 하는데. 혹시 아시는 사람이 있겠소?"

제임스는 이어서 한번도 만난 적 없는 척하고 앤의 용모와 특징을 말했다.

"찾으시는 스타일에 꼭 알맞은 모델이 둘 있습니다" 하고 스택풀이 대답했다. "폴린 스톤과 앤 서머턴입니다. 애석하게도 폴린은 오늘 알레그로의 신형 차 선전 때문에 버밍엄에 가 있으며, 앤은 치약 광고의 마무리 때문에 옥스퍼드에 가 있습니다."

"오늘 중으로 필요한데." 앤은 이미 런던에 돌아와 있다는 이야기가 목구멍에서 나올 뻔했다. "만일 두 사람 중에서 누구라도 시간이 비어 있으면 735-7227에 전화로 알려주지 않겠소, 스택풀 씨?"

제임스는 조금 실망한 얼굴로 전화를 끊었다. 한쪽은 예상이 빗나가 버렸지만, 적어도 오늘은 자기들 팀 대 하비 메트카프 작전에서 자기가 해야 할 역할을 생각할 수는 있게 되었다고 스스로 위로했다. 막 단념을 하는 참인데 전화가 걸려왔다. 높고 찢어지는 목소리가 귓속으로 뛰어들었다.

"여기는 스택풀 에이전시입니다. 스택풀 씨가 브릭즐리 경에게 말씀드리고 싶다고 하십니다."

"브릭즐리 경은 나요."

"그럼, 곧 바꿔드리겠습니다."

"브릭즐리 경이십니까?"

"그렇소."

"스택풀입니다, 경. 앤 서머턴이 시간이 비어 있는 모양인데, 상점 위치가 어디신지요?"

"그런가요?" 제임스는 순간 허를 찔린 느낌이었다.

"내 상점은 버클리 거리의 엠프레스 레스토랑 옆이오. 상점 이름은 앨버말 앤티크스. 상점 앞에서 12시 45분에 어떨까요?"

"좋습니다, 경. 10분 이내에 다시 전화드리지 않으면 그렇게 결정된 것으로 생각해 주십시오. 그리고 앤 서머턴이 마음에 드시는지 어떤지를 수고스러우시겠지만 저희에게 알려주시지 않겠습니까? 원칙은 계약을 하기 위해서 사무실까지 오셔야 됩니다만, 이번 경우는 특별히 처리하겠습니다."

"그거 고맙소."

제임스는 수화기를 내려놓고 빙긋 웃었다.

제임스는 버클리 거리 맞은편인 메이페어 호텔 앞에 서서 앤이 도착하기를 지켜보고 있었다. 앤은 일하는 시간에 대해서는 철저한 편인지 12시 40분에 피카딜리 쪽에서 모습을 나타냈다. 최신 유행의 우아한 길이의 스커트를 입고 있어서 이번에는 제임스도 열차 안에서와는 달리 다른 부분과 마찬가지로 가느스름하고 균형잡힌 다리를 감상할 수가 있었다. 그녀는 엠프레스 레스토랑 앞에서 멈춰서서 오른쪽 옆인 브라질 관광국과 왼쪽 옆인 H.R. 오웬의 롤스로이스 전시장을 의아한 얼굴로 비교해 보고 있었다.

제임스는 싱글벙글 웃으면서 길을 가로질러 건너갔다.

"안녕하시오?" 하고 그는 무심한 척 말을 걸었다.

"어머, 안녕하세요?" 하고 앤이 말했다. "여기서 만나뵙게 되다니 정말 뜻밖이네요."

"혼자서 뭘 하고 있는 거요?"

"앨버말 앤티크스라는 상점을 찾고 있는데 혹시 아세요? 그 상점에서 일을 하기로 약속했거든요. 지금 상점 주인인 브릭즐리 경을 기다리고 있는 중이에요."

제임스는 부드럽게 웃었다.

"내가 제임스 브릭즐리요만……."

앤은 너무도 놀라 눈이 동그래졌다가 이윽고 웃음을 터뜨렸다. 제임스의 계략임을 깨달았지만 기분이 나쁘지는 않았다. 그들은 제임스가 좋아하는 엠프레스에서 식사를 했다. 제임스는 왕년에 클라렌던 경이 이 식당을 즐겨 찾던 까닭을 앤에게 들려주었다. '런던의 다른 어느 레스토랑보다도 백만장자들이 가장 살이 덜 찌고, 그 정부(情婦)들은 아주 조금 여읜다'는 것이 그 이유였다.

식사는 성공적이었다. 오래간만에 제임스에게는 가장 멋진 사건으로 여겨졌다. 점심 뒤에 그녀는 그 에이전시는 청구서를 어디로 보내야 하느냐고 물었다.

"내가 앞으로 다 처리할 생각을 갖고 있는 한……" 하고 제임스는 대답했다. "그들은 큼지막한 빚을 준비해 놓고 있는 셈이오."

# 제7장

스티븐은 미국인들이 흔히 그러듯이 제임스의 손을 잡고 열렬히 흔들고는 위스키를 잔뜩 넣은 '온 더 록'을 건네주었다. 제임스는 용기를 내기 위해 한 모금 벌컥 마시고는 로빈과 장 피엘에게로 다가갔다. 서로 약속이나 한 듯이 하비 메트카프의 이름은 아무도 입 밖에 내지 않았다. 각자의 자료를 손에 들고 두서없는 이야기로 시간을 보내다가, 마침내 스티븐이 모두를 테이블 쪽으로 모이라고 했다. 지난번과 달리 오늘은 칼리지의 요리장과 사교실 집사의 재능을 빌리지 않았다. 테이블에는 샌드위치와 커피, 그리고 맥주가 단정하게 놓여 있었으며, 심부름꾼은 눈에 띄지 않았다.

"오늘은 일을 해가면서 가벼운 식사를 하기로 합시다."

스티븐은 군말을 못하게 하는 말투였다.

"언젠가는 하비 메트카프에게 청산해서 받을 것이지만, 접대 비용을 조금 줄였소. 모임이 있을 때마다 몇백 달러씩 뱃속에 넣어서 우리의 일을 필요 이상으로 어렵게 하고 싶진 않아서 말이오."

다른 세 사람이 말없이 자리에 앉자 스티븐이 몇 장의 서류를 꺼냈다.

"먼저 총론에서부터 시작하기로 합시다. 나는 그 뒤로 하비 메트카프의 앞으로 몇 개월 간의 움직임에 대해서 조금 조사를 해보았소. 그는 매년 여름이 되면 판에 박은 듯이 사교와 스포츠로 시간을 보내는 모양이오. 그 대략적인 것은 이미 자료에 기록되어 있소. 내가 최근에 알아낸 것은 이 메모에 요약되어 있으니까, 이것을 자료의 38페이지에 추가하겠소. 아시겠지요? 그 내용은 다음과 같소.

하비 메트카프는 6월 1일에 퀸 엘리자베스 2세 호로 사우샘프턴에 도착 예정. 대서양 횡단 항해를 위한 트라팔가 스위트와, 클래리지 호텔까지 타고 갈 롤스로이스는 이미 거이 새먼이 예약을 끝냈음. 클래리지 호텔의 로열 스위트에 2주일 동안 체류할 예정이며, 윔블던 테니스 대회의 경기 기간 내의 모든 입장권도 확보되어 있음. 윔블던 대회가 끝난 다음에는 몬테카를로로 날아가서 자가용 요트인 '메신저 보이' 호에서 다시 2주일쯤 머물 예정. 그 뒤 다시 런던의 클래리지 호텔로 돌아와서 자기의 암말인 로잘리가 출전하는 킹 조지 5세 앤드 퀸 엘리자베스 스테이크스 대회를 관전. 5일 동안 펼쳐질 애스콧 경마 경기의 프라이비트 박스 좌석권을 확보. 7월 29일 런던 히드로 공항발 11시 15분, 플라이비트 넘버 009, 보스턴의 로건 국제공항행 팬 아메리칸 점보 제트기로 귀국 예정."

다른 세 사람은 자료에 38페이지를 첨부하면서 스티븐이 얼마나 철저히 조사했는지를 새삼스럽게 느꼈다. 제임스는 기분이 나빠질 것 같았지만, 불쾌해지는 원인이 샌드위치 탓이 아닌 것만은 분명했다.

스티븐이 계속했다.

"다음으로 결정해야 할 것은 메트카프가 유럽을 여행하는 사이에 각자의 계획을 언제 실행에 옮기는가 하는 점이오. 로빈, 당신은 언제가 좋겠소?"

"몬테카를로에 묵을 때가 좋겠는데." 로빈이 서슴지 않고 대답했다. "상대방을 홈그라운드에서 끌어낼 필요가 있어요."

"그 밖에 몬테카를로를 희망하는 사람은?"

아무도 대답이 없었다.

"장 피엘, 당신은?"

"나는 윔블던의 2주일 간이 좋겠소."

"반대는?"

다시 아무도 대답하는 사람이 없었다. 스티븐이 말했다.

"나는 애스콧 경마 기간에서부터 짧은 기간을 택하고 싶소. 당신은 어떻소, 제임스?"

"나는 언제가 되었건 마찬가지요."

제임스는 기가 죽어서 대답했다.

"됐소. 그럼, 현재로서는 장 피엘이 1번 타자, 로빈이 2번 타자, 그리고 나는 3번 타자요. 제임스는 일이 되어가는 형편에 따라서 적당한 때에 들어가기로 합시다."

제임스를 제외한 전원이 이 작전에 열중하고 있는 것 같았다.

"다음에는 비용 문제요. 모두들 1만 달러짜리 수표를 준비해왔겠지요? 프로스펙터 오일의 주식을 살 때에 달러로 계산했으므로 앞으로도 계산은 모두 달러로 하는 게 편리할 것 같소."

팀의 전원이 스티븐에게 수표를 건네주었다. 적어도 이것에서만은 자기라고 다른 녀석들한테 질 수야 없다고 제임스는 생각했다.

"오늘까지 들어간 비용은?"

각자가 스티븐에게 청구서를 제출하자, 그가 그 숫자를 아담한 소형 HP 65 계산기로 더하기 시작했다. 어두운 계산기의 숫자판 위에 빨갛게 숫자가 빛나고 있었다.

"주식을 산 돈이 모두 100만 달러. 오늘까지의 비용이 142달러니까 메트카프에 대한 우리의 채권은 100만과 142달러가 됩니다. 한푼도 더도 말고 덜도 말고" 하고 스티븐은 다시 되풀이했다.

"그럼, 다음에는 각자의 계획으로 옮겨가기로 합시다. 집행의 순서대로 자신의 계획을 소개하기로 하지요."

스티븐은 싱긋 웃었다. 집행(execution)이라는 말 속에는 처형이라는 뜻도 있기 때문이었다.

"장 피엘, 로빈, 나, 그리고 제임스의 차례요. 그럼 장 피엘부터 시작하시오."

장 피엘은 커다란 봉투를 열고서 네 가지의 서류를 꺼냈다. 그는 하비 메트카프는 말할 것도 없고 스티븐에게도 뒤지지 않는 두뇌를 가지고 있다는 것을 입증하려는 패기에 불타고 있었다. 장 피엘은 런던의 웨스트 엔드와 메이페어 지구의 사진과 도로 사진을 세 사람에게 건네주었다. 길마다 걸어서 갈 경우의 소요 시간을 나타내는 숫자가 기입되어 있었다. 장 피엘은 데이비드 스타인과 나눈 중요한 대화 내용에서부터 시작해서 자신의 계획을 상세히 설명하고, 다른 세 사람에 대한 지시로 이야기를 끝맺었다.

"그날은 모두의 협력이 필요해요. 로빈은 기자로, 제임스는 소더비 화랑의 대표자로 행세해 줘야겠소. 스티븐, 당신은 그림을 사러 오는 손님이오. 독일 사투리가 섞인 영어로 말해야만 해요. 그리고 윔블던 대회가 계속되는 2주일 동안 센터 코트의 하비 메트카프의 좌석 맞은편 좌석표가 두 장 필요해요."

장 피엘은 스티븐의 메모를 넘겨다보았다.

"그러니까, 바로 마주보는 17번 좌석이오. 제임스, 좌석표에 대한 준비는 당신에게 부탁해도 되겠소?"

"그야 문제없소. 내일 아침 클럽의 레퍼리인 마이크 깁슨에게 부탁해 두겠소."

"그건 됐고, 마지막으로 이 조그만 장난감의 취급 요령을 모두들 알아두어야겠소. 이것은 파이 포켓폰이라는 것인데, 내무부에서 사용 허가를 받고 등록 파장을 얻어내는 데 꽤 애를 먹었으니까 소중하게 다루어주기 바랍니다."

"장 피엘은 네 개의 소형 무전기를 꺼냈다.

"질문은?"

세 사람의 입에서 일제히 없다는 대답이 나왔다. 장 피엘의 계획에는 어디 한 군데 결점이라곤 찾아볼 수 없을 것 같았다.

"축하합니다" 하고 스티븐이 말했다.

"앞길이 순탄할 것 같소. 당신은 어떻소, 로빈?"

이번에는 로빈이 14일 동안의 경과 보고를 했다. 그 방면의 권위자와 만난 일이며, 항(抗) 콜린 에스테라아제의 독성에 대해서 설명했다.

"이것은 타이밍이 완전히 일치해야만 하기 때문에 꽤 어려운 일이오. 그러나 언제라도 할 수 있도록 준비해 둘 필요가 있소."

"몬테카를로에서는 어디에 묵을 셈이오?" 제임스가 물었다. "나는 언제나 메트로폴 호텔이라서, 거기가 아니면 좋겠는데."

"아니, 그 점은 걱정할 것 없소. 제임스. 우선 6월 29일부터 7월 4일까지 오텔 드 파리에 예약해 두었소. 그러나 그전에 세인트 토머스 병원에서 모두들 몇 차례 강습을 받아둘 필요가 있소."

각자의 수첩을 펴보고는 적당한 날로 강습 날짜가 정해졌다.

"이것은 휴스턴의 《간이의료편람》이오. 한 권씩 가지고 가서 구급 의료에 대한 부분을 충분히 읽어두도록 하십시오. 모두가 흰 가운을 입고 있을 때 한 사람이라도 실수를 해서 들켜 버리면 안 되니까. 그리고 스티븐, 당신은 다음다음 주 할리 거리에서 특별 훈련을 받아야겠소. 누가 보아도 의사로 통할 수 있게 되어야만 하니까."

로빈이 스티븐을 특별히 뽑은 것은 그의 학자적 두뇌라면, 비록 얼마 안 되는 기간이지만 다른 두 사람보다 이해가 빠를 것으로 생각했기 때문이었다.

"장 피엘, 당신은 지금부터 한 달 동안 매일 밤 노름판에 가서 바카라와 블랙잭을 터득해서, 큰 돈을 잃지 않고 몇 시간 계속 놀자면 어떤 식으로 돈을 걸어야 하는지를 연구해 주시오. 제임스, 당신은 복잡한 거리를 요리조리 누비며 소형 밴을 모는 요령을 익혀두기 바라오. 다음주에 일제히 예행 연습을 할 테니까, 할리 거리로 와주시오."

모두들 눈을 부릅떴다. 그런 일을 아무나 쉽게 흉내낼 수 있다면 세상에 못 할 일이 어디 있겠나. 로빈은 그들이 불안해하는 표정을 알아차렸다.

로빈은 말했다.

"걱정할 것 없소. 내가 계획하고 있는 일은 이미 천년 전부터 주술사들이 해온 일과 다를 게 없는 거요. 세상 사람들은 전문가가 하는 일에는 군소리를 않는 법이라오. 스티븐, 당신이 바로 그 전문가가 되는 거요."

스티븐은 고개를 끄덕였다. 그리고 전문가란 속아넘어가기 쉬운 인종이라는 논평도 곁들었다. 그렇기 때문에 우리는 하나같이 프로스펙터 오일에게 한방 먹은 것이 아닌가?

"알겠지요?" 로빈이 말했다.

"자료의 33페이지 끝에 스티븐의 이런 의견이 실려 있소. ‘우리는 언제나 하비 메트카프식으로 생각해야 한다.’"

로빈은 작전의 몇몇 부분의 진행 방법에 대해서 다시 자세히 설명했다. 그리고 28분 동안에 걸쳐서 질문에 대답했다. 그제야 장 피엘도 이해가 되었다.

"내 계획은 아무도 해낼 수 없을 것 같긴 하지만, 아무튼 멋진 계획이긴 해요. 타이밍만 잘 맞으면 남은 문제는 약간의 행운이 필요할 뿐이지요."

제임스는 자기 차례가 다가옴에 따라서 눈에 띄게 불안해하는 것 같았다. 처음 저녁 식사 모임의 초대를 받고서 스티븐의 제안을 앞에 두고 뒷걸음치던 두 사람을 설득한 일이 새삼스럽게 후회되었다. 그러나 적어도 처음 두 작전에서 그에게 주어진 임무만은 쉽게 해낼 수 있을 것 같았다.

"자, 여러분" 하고 스티븐이 말했다. "두 분께서는 임무를 훌륭하게 해냈는데, 내 제안은 여러분에게 더욱더 어려운 요구를 하게 될 거요."

그는 지난 두 주일 동안의 조사 결과와 자기 계획의 요지를 밝히기 시작했다. 다른 세 사람은 교수의 강의를 듣고 있는 학생이라도 된 듯한 기분이었다. 스티븐은 의식적으로 강의하는 투로 말하는 것은 아니었다. 몸에 밴 버릇이 그러한지라 교수들은 누구나가 대개 그렇다. 하긴 몇 사람 모인 좌담이라고 해서 갑자기 말투를 바꿀 수도 없는 노릇이다. 그는 3학기의 달력을 꺼내놓고 대학의 학기 편성이며 총장, 부총장, 서무처장, 재무처장 등의 역할을 설명했다. 그리고 장 피엘과 마찬가지로 각자에게 지도——옥스퍼드의 지도——를 한 장씩 돌렸다. 셸더니안 강당에서 링컨 칼리지로, 그리고 링컨 칼리지에서 랜돌프 호텔로 가는 경로에 조심스럽게 표를 해두었으며, 일방통행임에도 불구하고 하비 메트카프가 차를 이용하자고 주장할 경우의 예비 계획까지도 준비되어 있었다.

"로빈, 창립기념 축제에서 부총장이 무슨 일을 하는지 당신이 조사해 줘야겠소. 케임브리지와 다르다는 것은 알고 있소. 두 대학은 모든 것이 비슷비슷하긴 하지만 그렇다고 똑같지는 않지요. 부총장이 지나갈 만한 코스와, 그가 돌아갈 때에는 어느 길을 이용하는지를 조사해 주시오. 그날 당신이 마음대로 쓸 수 있는 방을 이미 링컨 칼리지에 준비해 두었소. 장 피엘, 당신 역할은 옥스퍼드 대학의 서무처장이 하는 일을 자세히 조사해서 머릿속에 넣어둘 것과, 당신의 지도에 표시해둔 예비 경로를 알아두어야 하오. 제임스, 당신은 대학의 재무처장이 하는 일──사무실의 장소, 거래은행, 수표를 현금화하는 방법 등을 조사해 두시오. 그리고 기념 축제일에 재무처장이 지나갈 만한 경로를 당신 아버지의 영지만큼 잘 알아둘 필요가 있소. 나는 이름만 바꾸고 이대로 교수로 행세할 테니까. 역할로서는 비교적 간단할 게요. 서로 상대방을 부를 때의 정식 호칭을 외워두어야만 하고, 3학기 9주째의 화요일에는 의상연습을 할 예정이오. 그날은 대학 전체가 조용하니까. 질문 있소?"

침묵이 찾아왔지만 그것은 경의를 나타내는 것이었다. 스티븐의 작전이 한치의 어긋남이 없는 타이밍을 요구하고 있다는 것은 누가 보아도 분명한 일이었으며, 두세 번 예행 연습을 해둘 필요가 있었지만 상대방이 의심하지 않을 연기력만 있다면 우선 실패할 염려는 없었다.

"자, 여기에 비하면 내 계획의 애스콧 부분은 아주 간단하답니다. 다만 장 피엘과 제임스가 멤버스 엔크로저〔馬主特別席〕에 있어 주어야만 해요. 따라서 표가 두 장 필요한데, 당신이라면 구할 수 있겠죠, 제임스?"

"배지를 말하는 거요, 스티븐?" 제임스가 물었다.

"그래요? 배지라고 하는군. 그리고 누군가가 런던에서 전보를 쳐주어야만 하오. 이것은 당신 역할이 되겠군, 로빈."

"알겠소."

세 사람은 스티븐의 계획을 본인과 똑같이 구석구석까지 머릿속에 넣기 위해서 한 시간 남짓 자질구레한 질문을 계속 하였다.

제임스는 그저 건성으로 듣고만 있을 뿐, 차라리 땅이 꺼져버리기라도 했으면 하는 생각을 하고 있었다. 앤에게는 아무 책임이 없건만, 그녀를 만나지 말았어야 옳았다고까지 생각하는 형편이었다. 하지만 실제로는 한시라도 빨리 다시 앤을 만나고 싶어서 견딜 수가 없었다. 대체 여기 이 사람들에게 뭐라고 변명을 해야 한단 말인가.

"제임스, 눈을 뜨시지요." 스티븐이 날카롭게 말했다. "모두들 기다리고 있소."

시선이 일제히 그에게로 쏠렸다. 그들은 하트와 다이아몬드와 스페이드의 에이스를 각각 내놓았다. 그러나 그에게는 내놓을 카드가 있는가? 제임스는 엉거주춤한 채 다시 술을 마셨다.

"이 쓸모없는 귀족 같으니라고"라고 장 피엘이 말했다. "아무 계획도 생각해 오지 않은 모양이군."

"그것이 실은 생각은 해보았는데 좋은 생각이 떠오르질 않아서 말이오."

"쓸모없는 사람 아니, 그 이하군" 하고 로빈이 말했다.

제임스는 애처롭게도 입을 다물었다. 스티븐이 구조에 나섰다.

"제임스, 잘 들어요. 우리는 3주 뒤에 다시 만나게 됩니다. 그때까지 다른 사람들의 계획을 조금도 틀림없이 외워두도록 하시오, 하나라도 틀리면 모든 것이 엉망이 되어버리니까, 알겠지요?"

제임스는 고개를 끄덕였다. 그 점에서는 절대로 동료들을 실망시키지 않을 생각이었다.

"그리고 또 한 가지." 스티븐은 단호하게 말했다. "그때까지 당신의 계획도 어김없이 준비해야 합니다, 알겠지요?"

"알겠소." 제임스는 진지하게 중얼거렸다.

"그 밖에 질문은?" 하고 스티븐이 물었다. 질문은 없었다.

"좋소, 그럼, 세 가지 작전을 다시 한 번 자세히 복습해 봅시다."

스티븐은 불만스럽게 중얼거리는 소리를 일체 무시해 버렸다.

"명심들 하시오, 우리의 적은 패배를 모르는 사람이오, 따라서 한 번 실수하면 다시는 기회가 없는 거요."

그리고 한 시간 반에 걸쳐서 그들은 계획 하나하나를 실행 순서에 따라서 면밀히 검토해 나갔다. 우선 윔블던에서 2주일 간의 장 피엘, 이어서 몬테카를로에서 로빈이, 세 번째가 애스콧 경마 기간중과 끝날 때까지의 스티븐의 계획.

그들이 자리에서 일어났을 때는 이미 밤도 깊어 있었다. 각자에게 다음 모일 때까지 해놓을 임무가 주어진 뒤, 모두들 지칠 대로 지쳐서 헤어졌다. 네 사람은 다음날인 금요일에 세인트 토머스 병원의 제리코 수술실에서 다시 만나기로 약속했다.

# 제8장

　뒤의 20일 동안은 네 사람에게 있어서 눈코뜰새없이 바쁜 나날의 연속이었다. 각자가 자기 계획을 준비할 뿐만 아니라, 다른 사람의 계획도 완전히 외워두지 않으면 안 되었기 때문이다. 금요일에는 전원이 세인트 토머스 병원에서 함께 만나 그 뒤에도 몇 번이나 계속받은 강습의 제1회를 받았는데, 제임스가 어떻게든 자신의 발로 서있어 주기만 했더라면 이 강습은 대성공이라고 할 수 있었을 것이다. 왜냐하면 제임스는 피를 보고 기분이 나빠진 것까지는 그런대로 좋았는데, 메스를 보고는 더 참을 수 없었던 모양이었다. 하긴 제임스의 처지에서 보면 이것은 꼭 한 가지 쓸모가 있었다. 그것 덕분에 자신의 계획을 세우지 못한 채 참석하게 된 것에 대해 변명을 하지 않고 지나갈 수 있었으니까.

　그 다음주는 준비로 거의 대부분의 시간을 보냈다. 스티븐은 할리거리에 다니며 의학의 어떤 특수한 분야에 관한 아주 고도의 즉석 강의를 받았다.

　제임스는 몬테카를로에서의 마지막 테스트에 대비해서 세인트 토머스 병원에서 할리 거리까지의 혼잡한 거리를 누비며 낡아빠진 밴을 운전하면서 지냈지만, 본인더러 말하라면 이 일은 연습보다는 막상 그 상황에 부딪치는 편이 훨씬 쉽겠다는 것이었다. 다시 그는 며칠 옥스퍼드에서 지내면서 대학의 재무처장에 관계되는 것이 어떤 식으로 진행되는지를 조사하고, 한편으로는 재무처장인 캐스턴 씨의 행동을 세밀하게 관찰했다.

장 피엘은 언제고 메트카프에게 청구하게 될 5파운드 25펜스의 돈을 쓰고 48시간을 기다려, 런던에서도 가장 유명한 도박 클럽인 클레어먼트의 외국인 회원이 되었으며, 거는 돈이 때로는 1천 파운드나 되는 부자나 한량들의 바카라와 블랙잭을 구경하면서 밤을 보냈다. 3주 뒤에야 소호 지구의 카지노인 '골든 너겟'에서 겁먹은 얼굴로 도박에 끼어들었다. 여기서는 거는 돈이 5파운드를 넘는 일이 절대로 없었다. 한 달 뒤에는 모두 합쳐서 56시간 게임을 한 셈이지만, 가끔 조금씩 벌어들였기 때문에 큰 손해는 없었다.

제임스가 골머리를 앓고 있는 원인은 여전히 그의 개인적인 공헌의 정도에 대한 문제였다. 발버둥치면 칠수록 실마리는 더욱더 멀어져 갔다. 시속 60마일(약 96km)로 런던 시내를 달리고 있을 때에도 그 문제가 머리에 달라붙어서 떨어질 줄 몰랐다. 첼시의 로츠 로에 있는 카니스에 밴을 돌려준 다음 앤에게 이 고민을 털어놓을까말까 망설이면서 알파 로메오를 달려서 템스 강가에 있는 그녀의 아파트로 갔다.

앤은 제임스를 위해서 지금껏 익혀 온 요리 솜씨를 총동원하고 있었다. 그는 맛있는 요리의 참맛을 알 뿐만 아니라, 태어나면서부터 당연히 맛있는 것만 먹어 온 모양이었다. 직접 만든 냉수프는 좋은 냄새가 났으며, 치킨 포도주 찜도 다 되어 있었다. 최근에 와서 깨달았지만, 그녀는 제임스와 잠시라도 떨어져 있는 것이 싫었기 때문에 런던 교외에서의 모델 일도 피하는 형편이었다. 자기가 먼저 잠자리를 함께 하고 싶어지는 남자를 만난 것은 참으로 오랜만이라는 사실을 그녀는 강하게 의식하고 있었지만, 지금까지는 제임스가 상냥함과 친절 이상의 태도는 보여주지 않았다.

제임스는 1972년산 본 몬테 붉은 포도주를 한 병 들고 나타났다. 그의 포도주 저장실까지도 요즘 갑자기 형편이 어려워지기 시작하고 있었다. 어떻게든 계획이 결실을 맺을 때까지 이나마 지속되어 주기를 바랄 뿐이었다. 그렇다고 해서, 이만큼 애쓰고 있으니까 당연히 성공해야 옳다고 생각하는 것은 아니다.

제임스는 앤의 아름다움에 망연히 놀랄 뿐이었다. 그녀는 부드러운 천으로 만든 검은 드레스를 입고 있었는데, 그 드레스가 말없는 가운데 몸매의 선을 한층 돋보이게 하여 그의 욕망에 불을 질렀다. 화장한 흔적이나 액세서리는 찾아볼 수 없었고, 풍성한 머리칼이 촛불 빛에 더욱 아름답게 보였다. 요리는 자랑할 만한 솜씨였으며, 제임스는 무작정 앤이 탐났다. 그녀는 조금 신경이 날카로워져 있어서 조그만 컵 두 잔에 짙은 커피를 타려고 하다가 커피 가루를 쏟기까지 했다. 그녀는 무슨 생각을 하고 있을까?

제임스는 공연한 점잖으로 모처럼의 기회를 놓치고 싶지는 않았다. 제임스는 사랑하기보다는 사랑받는 것에 익숙해 있었다. 상대편에서 애지중지해 주는 것을 당연하게 생각하고 있었으며, 그러다 보면 거의 대부분의 여자들과 함께 침대로 들어가는 처지에 몰려버리게 되었지만, 아침의 차갑고 밝은 빛 속에서 보는 여자들의 얼굴은 그를 소름끼치게 했다. 그러나 앤에게서 받은 느낌은 그런 여자들과는 전혀 달랐다. 그는 앤의 곁에 있으면서 그녀를 가슴에 안고 사랑하고 싶었다. 특히 아침 햇빛 속에서 그녀를 바라보고 싶었다.

앤은 제임스의 눈길을 피해 가면서 설거지를 마쳤다. 이윽고 두 사람은 브랜디의 맛을 즐기며 〈당신 없이도 살 수 있어〉라는 레나 혼의 노래를 들었다. 그녀는 제임스의 발 밑 마룻바닥에 앉아서 자신의 두 무릎을 싸안고 난로의 불꽃을 바라보고 있었다. 제임스는 조심스럽게 손을 뻗어 그녀의 머리를 쓰다듬었다. 한동안 반응이 없었지만 이윽고 앤은 한쪽 팔을 그의 목에 감아 얼굴을 끌어내려서는 밑에서 그를 맞아들였다. 그는 그녀에 이끌려 허겁지겁 몸을 굽혀 그녀의 볼과 코를 입술로 더듬었다. 두 손으로 얼굴을 받쳐잡고 손가락으로는 귀와 목을 부드럽게 애무했다. 그녀의 살갗에서는 어렴풋이 재스민 향기가 풍겼으며, 밑에서 미소지으며 벌려진 입술은 불빛을 받아 빛나고 있었다. 그는 입술 위에 입술을 겹치고서, 두 손은 차츰 몸 쪽으로 미끄러져 내려갔다. 가늘고 부드러운 감촉이었다. 젖가슴을 부드럽게 어루만지며 의자에서 바닥으로 내려온 그는 몸과 몸을 맞대었다. 이윽고 말없이 등으로 손을 돌려 드레스의 지퍼를 끌어내렸다. 그러고는 일어나서 그녀의 눈을 마주보며 재빨리 입고 있는 것을 벗었다. 그녀는 그의 알몸을 흘끗 보고 부끄러운 듯이 미소지었다.

"당신이 좋아요, 제임스" 하고 그녀는 속삭였다.

격렬한 사랑의 순간이 지나간 다음 앤은 제임스의 어깨에 머리를 올려놓고는 손가락으로 가슴에 난 털을 쓰다듬고 있었다. 어쩐지 완벽한 느낌이 아니었다. 인생에는 상황에 따라서 더없이 소중한 것이 아주 간단히 손에 들어올 때도 있다.

"왜 그래요, 제임스? 나는 다소 소극적이라는 것은 알고 있지만, 기대에 미치지 못했었나 보죠?"

"아니, 당신은 멋있었어. 말할 수 없이 멋있었어. 문제는 그것이 아니야…… 앤, 실은 당신에게 하고 싶은 얘기가 있어. 아무 말 말고 내 이야기를 들어주지 않겠어?"

"부인이 있군요?"

"아니야, 그런 것보다 더 어려운 일이야."

제임스는 잠깐 생각에 잠기며 담배에 불을 붙여서 깊숙이 빨아들였다.

"앤, 나는 악당들 패거리에게 전재산을 투자하는 바보 같은 짓을 저질러버렸어. 가족들마저 슬프게 하고 싶지 않아서 아직 아무에게도 진상을 말하지 않고 있지. 그런데 나는 지금 나와 같은 곤경에 처한 세 사람과 함께 어떤 계획을 진행시키고 있어. 즉, 빼앗긴 돈을 되찾으려는 거지. 모두 좋은 사람들이야. 머리 좋은 사람들만 모였는데, 나만은 어디서부터 손을 대어 내 역할을 해내야 할지 모르겠단 말이야. 15만 파운드나 수렁에 처넣고서 뭐 좋은 아이디어는 없을까 하고 자나깨나 생각했더니 머리가 반쯤 이상해져 버렸어. 당신 덕분에 겨우 미치는 것만은 면하고 있는 실정이지."

그래서 제임스는 애너벨에서 데이비드 케슬러와 만난 것에서부터 모들린의 스티븐 브래들리에게서 저녁 식사 초대를 받은 일이며, 마침내 런던의 러시아워 때에 빌린 밴을 타고서 미친 듯이 누비고 다니게 된 이유에 이르기까지, 프로스펙터 오일에 관계되는 내용의 자초지종을 털어놓았다. 다만 한 가지, 복수하려는 상대의 이름만은 덮어두었다. 그것만 말하지 않는다면 팀 동료들과 비밀 엄수의 서약을 완전히 배반한 것은 되지 않는다고 생각했기 때문이다.

앤은 깊은 한숨을 내쉬었다.

"뭐라고 해야 좋을까. 한마디로 말해서 믿을 수 없는 이야기예요. 그래서 오히려 모두 사실이라는 생각이 들 정도예요."

"당신에게 털어놓고 나니 조금은 마음이 홀가분해졌어. 그러나 이 비밀이 새어나가면 정말 큰일이야."

"당신도 참, 내가 비밀을 새게 할 이유가 없잖아요. 당신이 곤경에 빠져 있는 것을 보니 가엾어서 견딜 수가 없어요. 혹 어쩌면 내가 도와줄 수 있을지도 몰라요. 다른 사람들에게는 말하지 말고 우리 둘이서만 한번 좋은 계획을 생각해 보기로 해요."

그녀는 제임스의 다리 안쪽을 쓰다듬기 시작했다. 그러고 나서 20분 뒤에는 둘 다 지극히 행복한 잠 속으로 빠져들어갔다.

# 제9장

매사추세츠 주 링컨에서는 하비 메트카프가 언제나처럼 영국 여행 준비에 들어갔다. 그는 탐욕스럽고, 그리고 사치스럽게 이 여행을 즐길 생각이었다. 취리히의 번호만으로 거래하는 계좌로부터 롬버드 가의 버클레이스 은행으로 돈을 옮겨서, 아일랜드에 있는 마구간에서 새로운 종마를 한 마리 사들여 켄터키 주의 자기 목장에 더 보탤 계획이었다. 알린은 이번 여행에는 동행하지 않기로 했다. 애스콧 경마를 별로 좋아하지도 않았으며, 몬테카를로 같은 곳은 딱 질색이었기 때문이다. 어쨌든 그것은 오히려 버몬트에 살고 있는 병든 어머니 곁에서 한동안 지낼 수 있는 다시 없는 기회였다. 이 어머니는 아직도 사위를 조금은 경멸하고 있었다.

하비는 휴가에 대한 준비가 완벽한지 비서에게 확인해 보았다. 피시 양은 무슨 일이건 빠뜨리는 적이 없지만, 요컨대 그것이 하비의 습관이었다. 피시 양은 그가 처음 링컨 트러스트를 인수하고 나서부터 25년 동안이나 그의 비서 일을 맡아오고 있었다. 직원의 대부분은 하비가 인수한 것과 동시에, 또는 그로부터 얼마 사이에 떠나갔지만,

피시 양만은 농담으로도 매력적이라고는 할 수 없는 그녀의 가슴속에서 차츰 멀어져만 가는 하비와의 결혼에 대한 희망을 안은 채 오늘까지 그냥 남아서 그에게 정성을 다해 오고 있는 것이었다.

알린이 나타났을 무렵에는 피시 양도 하비의 활동엔 거의 빼놓을 수 없는 유능하고 입 무거운 공범자가 되어 있었다. 하비가 그에 합당한 급료를 지불하고 있었으므로, 그녀도 메트카프 부인의 탄생이라는 슬픔을 참고 견디며 자리를 지켜온 것이다.

피시 양은 이미 뉴욕까지의 짧은 항공 여행과 퀸 엘리자베스 2세호의 트라팔가 스위트를 예약해 놓았다. 대서양 횡단의 해상 여행은 하비가 전화나 텔렉스로부터 해방되는 거의 유일한 휴식이었다. 은행에는 일각의 유예도 있을 수 없는 긴급 사태에 한해서만 이 호화 여객선으로 연락하도록 지시해 놓았다. 배가 사우샘프턴에 닿자 예년과 마찬가지로 런던까지 롤스로이스를 달려 지금은 코노트 앤드 브라운스 호텔과 함께, 돈만으로는 재현할 수 없는 옛날의 품위를 유지하고 있는 마지막 호텔 중 하나가 되어버린 클래리지 호텔의 프라이비트 스위트로 가게 되어 있다.

하비는 기분좋게 뉴욕까지 날아가 기내에서 상당한 양의 맨해튼을 마셔댔다. 여객선에서 하비를 맞을 준비는 언제나 그렇지만 흠잡을 데가 없었다. 선장인 피터 잭슨은 항해 첫날의 저녁 식사에 트라팔가 스위트나 퀸 앤 스위트의 손님들을 선장의 테이블에 초대하는 것이 관례였다. 하루 1, 250달러의 선실 요금을 받고 있는 이상 큐나드 쪽에서도 그런 정도의 대우는 당연했다. 하비는 이런 경우 아주 예의바르게 처신했지만, 옆에서 보기에는 좀 아니꼽게 보였을 것이 틀림없다. 여객선의 이탈리아 인 스튜어드 중 하나가 하비를 위해서 약간의 기분풀이——바라건대 유방이 크고 장신의 블론드——를 마련해주는 일에 맛을 들였다. 밤을 함께 보내는 값은 200달러였지만, 상대가 하비인 경우에는 250달러를 요구해도 군소리를 할 수가 없었다. 키 170cm에 100kg이 넘고 보면 디스코텍에서 젊은 아가씨를 낚을 기회는 거의 없으며, 술과 식사를 미끼로 뀐다고 해도 그런 정도의 돈은 눈깜짝할 사이에 없어지며, 결과는 돈만 쓰고 아무것도 얻지 못하는 꼴로 끝날 것이 뻔하다. 하비 같은 처지의 사람은 그런 실패를 할 시간적 여유도 없으며, 무엇보다도 모든 물건에는 값이 있는 것이라고 생각하고 있었다. 이 항해는 겨우 다섯 밤으로 끝나기 때문에 스튜어드는 하룻밤도 거르지 않고 하비에게 여자를 공급할 수가 있었으나, 이것이 3주일 동안의 지중해 순항 여행이 아니라 다행이라고 내심 한 시름 놓고 있었다.

하비는 낮에는 평소에는 읽을 틈이 없는 최신 소설을 읽고, 오전중에는 수영으로, 오후에는 체육관에서 괴로운 트레이닝으로부터 시작되는 보잘것없는 운동으로 여가를 보냈다. 배 안에서 체중이 10파운드(약 4.5kg)는 감량될 것으로 계산하고 기뻐하고 있었는데, 어찌된 셈인지 클래리지 호텔에 묵고 보면 미국으로 돌아가기 전에 다시 똑같이 그만큼 불어서 결국 헛수고가 되어버리는 것이었다. 그러나 그의 양복은 메이페어의 도버 거리에 있는 버나드 웨더릴 양복점에서 맞춘 것인데, 이 양복점에서는 거의 천재라고 해도 좋을 정도의 재능과 완벽한 기술에 의해서 분명하게 비만형으로 보이기보다는, 단순히 풍채좋은 신사 정도로 그를 변모시켜 버리는 것이었다. 한 벌에 300파운드나 치르는 것이고 보면 그런 정도의 보상은 당연했다.

5일간의 항해가 끝나 갈 무렵 하비는 예년과 마찬가지로 만반의 상륙 준비를 갖추고 있었다. 여자와 트레이닝과 신선한 공기가 그에게 생기를 불어넣어 주었고, 금년 항해에서는 11파운드나 체중 감량에 성공한 것이다. 틀림없이 그 가운데의 대부분은 어젯밤에 쏟은 노력 덕분이겠지만. 상대는 《카마수트라》도 보이 스카웃의 핸드북 정도로 밖에 보지 않을 대단한 여자였다. 큰 부자로서의 이점 중 하나는 자질구레한 일은 언제나 다른 사람에게 맡겨버릴 수가 있다는 것이다. 하비는 마지막으로 직접 짐을 꾸려 본 것이 언제쯤인지 생각도 나지 않았다. 따라서 배가 오션 터미널에 들어갔을 때, 모든 짐이 꾸려져서 세관의 검사만을 기다리고 있는 것을 보아도 별로 뜻밖이라는 생각은 없었다. 헤드 스튜어드에게 건네준 100달러는 어디에서나 조그맣고 흰 윗도리를 입은 사나이들을 그러모으는 효과가 있었던 모양이었다.

사우샘프턴에서의 하선은 하비에게는 언제나 변함없는 즐거움이었다. 영국인이라는 자들은 영원히 이해할 수 없을 것 같은 인종이라고 생각하면서도 그는 영국인을 좋아했다. 그들에겐 온 세계의 인간들로부터 짓밟히는 것을 아무렇지도 않게 생각하는 듯한 면이 있었다. 2차대전 이후, 영국인은 미국의 사업가라면 아무리 망했어도 그런 식으로 중역실에서 나갈 수는 없는 꼴로 식민지에서의 권력을 포기했다. 하비는 1967년의 파운드화가 절하될 때에 마침내 영국식 사업을 이해하려는 노력을 포기했다. 이 파운드화의 절하는 전세계의 온갖 벼락치기 투기꾼들에게 이용되었다.

하비는 화요일 아침, 헤럴드 윌슨 수상이 금요일의 그리니치 표준시간으로 5시 이후에 절하를 단행하려는 사실을 알았다. 목요일에는 링컨 트러스트의 평사원들조차도 그 일을 알고 있었다. 뱅크 오브 잉글랜드가 나흘 동안에 15억 달러의 손해를 본 것은 당연한 일이었다. 만일 영국인이 그들의 중역실을 활기넘치게 하여 그 세제를 타당하게 고칠 수만 있었다면, 〈이코노미스트〉지의 지적대로 아랍 국가들이 90일간의 석유 대금으로 영국을 사버릴 수 있을 정도가 되는 대신에 세계에서 가장 부유한 나라가 될 수 있었을 텐데 하고 하비는 가끔 생각했다. 영국은 사회주의를 가지고 놀며 변함없는 과대망상으로부터 벗어나지 못하고 있는 사이에 3류 국가로 전락하는 운명에 처한 것으로 생각되었다.

하비는 확고한 목적을 갖고 있는 인간들 특유의 걸음걸이로 트랩을 내려갔다. 그는 휴가중에도 완전히 긴장을 푼다는 것을 모르는 인간이었다. 세상에서 떨어져 지낼 수 있는 것은 나흘 동안이 한도이며, 그 이상 퀸 엘리자베스 2세 호에 붙들리면 큐나드 기선회사를 사들이기 위한 교섭조차 시작하지 못하게 될지도 모른다. 하비는 큐나드의 비크 매튜스 회장과 꼭 한 번 애스콧에서 만난 적이 있는데, 그가 회사의 위신과 평판을 너무도 강조하기 때문에 질려 버렸었다. 틀림없이 상대방은 자기의 대차대조표 자랑을 늘어놓고 있는 것이라고만 생각했었다. 물론 하비로서도 위신에 무관심한 것은 아니었기에, 그러자면 자기의 재산 액수를 상대방에게 알리는 편이 훨씬 빠르고 간단했다.

세관 검열은 언제나와 마찬가지로 깨끗이 통과되었다. 하비는 유럽 여행에 나설 때에는 신고를 요하는 금품은 일체 가지고 다니지 않으므로 구치 여행용 가방 두 개의 검사가 끝나자 나머지 일곱 개는 무사통과가 되었다. 운전 기사가 새하얀 롤스로이스 코르니시의 문을 열었다. 차는 두 시간 남짓 달려 햄프셔를 지나 런던에 닿았으므로, 저녁 식사 전에 한잠 잘 여유가 있었다.

클래리지 호텔의 헤드 도어맨인 앨버트는 부동 자세에서 허리를 90도로 굽혔다. 그는 옛날부터 하비를 알고 있었으며, 금년에도 예년과 마찬가지로 윔블던 경기와 애스콧 경마를 위해서 찾아올 것을 알고 있었다. 롤스로이스의 문을 열 때마다 분명히 50펜스의 팁이 얻어걸리게 되겠지. 하비에게는 50펜스와 2펜스짜리 동전의 구별이 안 되었다. 영국이 화폐에 십진법을 채용한 뒤로 많은 헤드 도어맨들이 그 헷갈림을 환영하고 있었다. 더구나 하비는 미국 선수가 단식에서 타이틀을 따내면 윔블던 대회의 두 주일이 끝날 때 정해 놓고 앨버트에게 5파운드를 주었다. 미국 선수는 반드시 결승에 진출하므로 앨버트는 런던의 도박 클럽인 래드브로크에서 상대방 선수 쪽에 걸고 있다. 즉, 어느 쪽으로 굴러도 손해가 없기 때문이다. 앨버트와 하비의 수법에 큰 차이는 없었다. 다만 돈 액수가 다를 뿐이었다.

앨버트는 짐을 로열 스위트로 옮겼다. 그해 그 방에는 이미 그리스의 콘스탄틴 국왕, 모나코의 그레이스 왕비, 에티오피아의 하일레 셀라시에 황제 등 하비보다는 훨씬 '로열'이라는 이름이 어울리는 사람들이 묵어 갔다. 그러나 매년 이 방에 묵는다는 점에서는 자기가 훨씬 위라고 하비는 앨버트에게 말하는 것이었다.

로열 스위트는 클래리지 호텔의 2층에 있는데, 1층에서 널찍하고 우아한 계단이나 느릿느릿 움직이는 엘리베이터로 올라간다. 하비는 언제나 올라갈 때에는 엘리베이터, 내려올 때에는 계단으로 정해 놓고 있었다. 적어도 그것으로 얼마간의 운동은 된다고 믿고 있었기 때문이다. 그 스위트는 조그만 화장실, 침실, 욕실, 거실, 이렇게 네 칸으로 되어 있으며, 우아한 가구로 꾸며놓은 거실은 브룩 거리 쪽으로 나 있었다. 가구나 벽의 그림을 바라보고 있으면 아직도 빅토리아 여왕 시대의 영국에 있는 듯한 느낌이 든다. 그 착각을 쫓아버리는 것은 전화와 텔레비전뿐이었다. 거실은 칵테일 파티를 열거나 영국을 방문중인 외국 국가 원수가 방문자를 접대하기에 충분할 정도의 넓이였다. 헨리 키신저가 이 방에서 헤럴드 윌슨 수상을 맞아들인 것은 바로 지난 주의 일이었다. 하비는 그 일을 생각하면 자기도 모르게 우쭐한 기분이 되었다.

샤워를 끝내고 옷을 갈아입고는, 먼저 와 있는 우편물과 은행에서 온 텔렉스를 훑어보았다. 모두가 그저 그런 연락들뿐이었다. 한숨 돌리고 메인 레스토랑으로 저녁 식사를 하러 내려갔다.

널찍한 휴게실에는 언제나처럼 현악 4중주단의 얼굴들이 보였다. 하비는 네 연주자의 얼굴까지도 기억하고 있었다. 그도 과격한 변화를 바라지 않는 나이에 접어들고 있었다. 클래리지 호텔의 경영자는 손님의 평균 연령이 50세를 넘는다는 것을 알고 있었으며, 또한 거기에 걸맞게 대접하고 있었다. 헤드 웨이터인 프랑수와가 그를 언제나 그가 앉는 테이블로 안내했다.

하비는 쉬림프 칵테일과 살짝 익힌 플레 스테이크를 무통카데 한 병과 함께 맛보면서 《목표는 10억 달러》라는 책을 계속 읽어나갔다. 그것은 그의 지나온 날과 과히 다르지 않는 내용이었다. 한편, 방의 반대편 구석진 칸막이 안에서 식사중인 젊은 네 사람이 있다는 것을 그는 전혀 모르고 있었다.

스티븐, 로빈, 장 피엘, 제임스, 이렇게 네 사람이 앉아 있는 자리에서는 하비 메트카프의 모습이 잘 보였다. 반대로 하비 쪽에서는 몸을 돌려서 뒤로 더 물러나야만 네 사람을 볼 수 있는 위치였다.

"상상과는 다르군." 로빈이 말했다.

"당신이 준 사진보다는 조금 살이 찐 것 같소."

장 피엘이 말했다.

"지금까지 그렇게 빈틈없는 준비를 해왔는데, 어쩐지 저자가 진짜 적수라는 생각이 안 드는데" 하고 스티븐이 대꾸했다.

"진짜가 틀림없소. 저 악당 같으니라고. 단지 우리가 얼간이였기 때문에 전보다 100만 달러 더 부자가 된 게지."

장 피엘이 다시 말했다.

제임스만은 아무 말도 하지 않았다. 그는 마지막으로 세세하게 협의를 하는 자리에서도 아무리 안달을 해도 좋은 생각이 떠오르지 않는다고 변명을 한 뒤로, 아직도 명예회복을 못하고 있었다. 하긴 제임스 덕분에 어딜 가나 정중한 대접을 받게 되는 사실만은 다른 세 사람도 인정할 수밖에 없었다. 오늘의 클래리지 호텔의 경우도 예외는 아니었다.

"내일부터 윔블던 대회가 시작돼요" 하고 장 피엘이 말했다. "1회전에서는 누가 이길까?"

"물론 당신이 이기겠지."

제임스가 그의 노력 부족을 날카롭게 비난한 장 피엘의 기분을 조금이라도 달래주려고 끼어들었다.

"우리가 모두 등장 준비를 갖춰야지만 제임스, 당신 차례에서도 우리가 이길 수 있는 거요."

제임스는 한마디도 더 못하고 입을 다물었다.

"저 정도로 살이 쪘으니까 당신 계획은 틀림없이 성공할 거요, 로빈" 하고 스티븐이 말했다.

"그전에 저 자가 간경화로 죽어버리지 않는 한은 성공할 거요." 로빈이 대답했다. "그런데 옥스퍼드 쪽은 어떻게 생각하시오, 스티븐?"

"아직 알 수 없소. 애스콧에서 고양이의 목에 방울을 달아버리기만 하면 꽤 자신을 갖게 되겠지. 그가 말하는 것을 듣고, 그의 자연스러운 행동을 관찰하여 어떤 사람인가 하는 것을 확실히 알아두고 싶은데 말이오. 식당 저쪽 끝과 이쪽 끝에서는 아무래도 무리요."

"그 기회는 곧 오게 될 거요. 내일이면 우리가 알고 싶은 것은 모두 알게 되겠지. 아니면, 모두 함께 웨스트 엔드 중앙경찰서의 교도소로 가게 되든지" 하고 로빈이 대꾸했다.

"아니, 이봐요. 나는 보석금도 치를 형편이 못돼요" 하고 장 피엘이 말했다.

하비는 레미 마르탱 VSOP의 커다란 잔을 비우고는 헤드 웨이터에게 빳빳한 1파운드짜리 지폐를 쥐어주고 일어섰다.

"저 녀석——" 장 피엘이 잔뜩 흥분해서 말했다. "저 녀석에게 돈을 도둑맞은 것만도 화가 나는데, 그 돈으로 여봐란 듯이 쓰고 다니는 꼴까지 보게 되다니 이런 기막힌 일이 어디 있담."

네 사람은 소기의 목적을 달성하고 자리에서 일어났다. 스티븐은 계산을 끝내고는 그 액수도 잊지 않고 하비 메트카프에 대한 청구금액 리스트에 적어넣었다. 그런 다음 세 사람은 뿔뿔이 흩어져서 되도록 눈에 띄지 않게 호텔을 나왔다. 그러나 제임스만은 그렇게 그냥 넘어갈 수는 없었다. 웨이터며 포터가 재빨리 그를 발견하고는, "안녕히 가십시오, 경" 하며 아는 체했기 때문이다.

하비는 버클리 광장을 서성거렸는데, 그의 눈에 뜨일까 봐 꽃집인 모이지스 스티븐스의 문 안으로 들어가 버린 키 큰 젊은이가 있다는 것은 눈치채지 못했다.

하비는 경찰관을 붙들고 버킹엄 궁전으로 가는 길을 물어보고 싶은 유혹에 이겨본 적이 없었다. 길을 몰라서가 아니고, 허리에 권총을 늘어뜨리고 전신주에 기대어 껌을 질겅거리고 있는 뉴욕 경찰관의 반응과 영국 경찰관의 반응을 비교해 보고 싶었기 때문이다. 레니 브루스는 영국에서 추방되었을 때, "당신네 돼지(경찰)는 우리 돼지보다 더해"라고 했다지만, 하비는 영국이라는 나라가 더 좋았다.

그는 한밤중인 11시 15분쯤 클래리지 호텔로 돌아와서 샤워를 한 다음 침대에 들어갔다——깨끗이 갈아둔 시트도 기분이 좋았고, 침대도 커다란 더블베드였다. 클래리지 호텔에서는 아무리 그일지라도 여자를 끌어들이지는 못했다. 만일 끌어들였다간 앞으로는 윔블던이나 애스콧 기간중에 로열 스위트에 묵으려 해도 거절당하겠지. 방이 조금 흔들렸지만, 5일 동안의 해상 여행 뒤이고 보면 한 이틀 밤까지는 흔들리게 될 것 같았다. 그래도 그는 아무 불편 없이 편안히 잠들었다.

# 제10장

하비는 오전 7시 30분에 잠에서 깨어났다. 이 버릇만은 변치 않았지만, 대신 휴가중에는 침대 안에서 아침 식사를 하는 사치를 자신에게 허락했다. 룸 서비스에 전화를 하고 나서 10분 있으니까 웨이터가 하프 그레이프프루트, 베이컨과 달걀, 토스트, 뜨거운 블랙 커피, 그리고 어제 날짜의 〈월 스트리트저널〉, 〈더 타임스〉, 〈파이낸셜 타임스〉, 〈인터내셔널 헤럴드 트리뷴〉의 조간을 올려놓은 왜건을 밀고 들어왔다. 업계에서는 '트리브'라는 애칭으로 불리고 있는 〈인터내셔널 헤럴드 트리뷴〉 신문이 없다면 하비는 도저히 유럽 여행에서 살아가지 못했을 것이다. 파리에서 발행되는 이 독특한 신문은 〈뉴욕 타임스〉와 〈워싱턴 포스트〉가 공동 출자해서 발행하고 있다. 발행 부수는 고작 12만 부 정도이지만, 뉴욕 증권거래소가 폐장이 된 뒤라야 비로소 인쇄에 들어간다. 따라서 유럽 여행중인 미국인이 아침에 눈을 떴을 때 증권 업계 정보에서 뒤처질 염려는 없었다. 1966년 〈뉴욕 헤럴드 트리뷴〉이 폐간되었을 때 존 H. 휘트니에게 유럽에서 〈인터내셔널 헤럴드 트리뷴〉을 계속 발간하도록 권한 사람 중에 하비도 끼어 있었다. 여기서도 하비의 판단이 옳았다는 것이 증명되었다. 〈인터내셔널 헤럴드 트리뷴〉은 유럽에서는 결국 성공을 거두지 못한 비실비실한 라이벌 〈뉴욕 타임스〉를 흡수하게까지 되어 그 뒤로 차 근차근 힘을 길러나갔다.

하비는 〈월 스트리트 저널〉과 〈파이낸셜 타임스〉의 주식란을 아 주 익숙하게 훑어보았다. 그의 은행에서는 불과 얼마 안 되는 주식밖 에는 가지고 있지 않았다. 영국의 짐 슬레이터와 마찬가지로 그 또한 다우 존스 지수가 폭락할 것 같다는 생각에서, 거의 모든 주식을 현 금화하고 겨우 남아프리카의 금광주와, 회사 내부의 정보를 완전히 손에 쥐고 있는 엄선된 주식을 조금 남겨두었을 뿐이기 때문이다. 이렇게 불안정한 시장에서 그가 과감히 손을 떼려는 것은 달러를 공 매(公賣)한 뒤 금을 사들여 하락중인 달러와 상승중인 금을 잡는 일 이었다. 미국 대통령에게 재무장관인 조지 슐츠가 1975년의 어느 시 점에서부터 미국 국민이 자유 시장에서 금의 매입을 허가하도록 하라 고 권했다는 소문이 워싱턴에서 가끔 귀에 들려오기 시작했다. 하비 는 15년 전부터 금을 사들이고 있었다. 즉, 대통령이 하려는 일은 그 의 위법 행위를 합법화시켜 주는 것에 불과했다. 하비는 미국인이 금 을 살 수 있게 되는 순간부터 거품이 사그라져 금값이 떨어진다고 생 각하고 있었다. 즉, 크게 돈벌이가 되는 것은 투기꾼들이 값이 오를 것을 기대하고 있는 동안뿐이기 때문에, 그는 금이 미국 시장에 나돌 기 훨씬 이전부터 금에서는 손을 뗄 생각이었다.

하비는 다음으로 시카고의 상품 시장으로 눈을 돌렸다. 그는 1년 전에 구리〔銅〕로 한몫 단단히 벌었다. 아프리카의 어느 나라 대사에 게서 얻어낸 내부 정보 덕분이었는데, 그 대사는 그 정보를 너무 많 은 사람들에게 퍼뜨렸다. 그 결과 그는 본국으로 소환되어 총살형을 당했다는 뉴스를 읽고서도 하비는 뜻밖이라고 생각지 않았다.

그는 프로스펙터 오일의 주가를 알아보고 싶은 유혹을 이겨내지 못했다. 그것은 단 18센트라는 전대미문의 싼 값이었으며, 팔 사람만 있고 살 사람이 하나도 없으므로 당연히 거래는 단 한 주도 없었다. 그 주식은 쓰레기와 마찬가지였다. 그는 비꼬는 듯한 웃음을 지으며 〈더 타임스〉 신문의 스포츠란으로 눈을 돌렸다.

렉스 벨라미의 윔블던 대회에 관한 기사는 존 뉴컴을 우승 후보로 올려놓고, 이탈리아 오픈 대회에서 이제 막 승리했을 뿐인 새로운 스타 지미 코너스를 첫번째 다크 호스로 꼽고 있었다. 영국의 신문은 39세의 켄 로즈월을 편들고 있었다. 하비는 1954년에 58게임이라는 열전을 펼친 로즈월 대 드로브니의 역사적인 결승전을 지금도 생생하게 기억하고 있다. 관중의 대부분과 마찬가지로 그 또한 당시 33세인 드로브니를 응원하여 결국 세 시간의 열전 끝에 13-11, 4-6, 6-2, 9-7로 드로브니가 이겼다. 금년은 말하자면 역사가 되풀이되는 것으로, 하비는 어떻게 해서든지 로즈월에게 승리를 안겨주고 싶었다. 하긴 프로가 윔블던에 출전하지 않았던 10년 사이에 이 인기 있는 오스트레일리아 인이 이길 기회는 이제 멀어졌을 것이라는 느낌은 있었지만. 어쨌든 요 2주일 동안은 일을 잊고 지낼 수 있는 즐거운 휴식 기간임에는 변함이 없으며, 로즈월이 이길 기회가 없다면 미국인 챔피언이 탄생할 가능성도 충분히 있었다.

하비는 미술비평란을 대충 훑어보고는 다 읽은 신문을 바닥에 던져버린 채 아침 식사를 마쳤다. 차분한 느낌을 주는 섭정 시대 양식의 가구나 멋진 서비스, 그리고 로열 스위트도 하비의 매너를 나아지게 하지는 못했다. 그는 수염을 깎고 샤워를 하기 위해서 천천히 욕실로 갔다. 알린은 늘 말하기를, 그는 다른 사람과 반대로 먼저 샤워를 한 다음에 아침 식사를 하는 것이 보통이라고 했다. 그러나 하비는 대개의 인간들이 그와는 반대로 해온 결과가 그 꼴이 아니냐고 반격했다.

하비는 윔블던 대회 2주일 동안의 첫날 아침엔 피카딜리의 로열 아카데미에서 여는 하계 전람회에 가는 것이 습관이었다. 그런 다음에 웨스트 엔드에서 손꼽히는 화랑의 대부분——애그뉴, 투스, 말보로, 빌덴스타인 등, 클래리지 호텔에서 걸어서 간단히 갈 수 있는 화랑으로 향한다. 오늘 아침도 예외는 아니었다. 하비는 습관에 따라서 행동하는 인간이며, 팀은 그 사실을 재빨리 배워가고 있었다.

옷 갈아입는 것을 끝내고는 캐비닛에 위스키가 적다면서 룸 서비스를 하는 보이에게 호통을 치고 나서 층계를 내려가 데이비스 거리 쪽으로 나 있는 입구의 스윙도어를 빠져나가 버클리 광장을 향해서 걷기 시작했다. 길 건너편에 트랜시버를 가진 청년이 있다는 것은 물론 모르고 있었다.

"호텔에서 나왔소." 스티븐이 소형 파이 포켓폰에 대고 말했다.

"지금 당신 쪽으로 가고 있소, 제임스."

"버클리 광장에 도착하면 내가 맡겠소. 로빈, 들리는가?"

"그래, 들려요."

"그가 나타나면 연락하겠소. 당신은 로열 아카데미에서 대기하시오."

"알겠소." 로빈이 대답했다.


하비는 버클리 광장을 거쳐 피카딜리로 들어가서 벌링턴하우스의 팔라디오 양식으로 된 아치를 빠져나갔다. 거기서 주춤거리면서 멈춰 서더니 앞뜰에 있는 각양각색의 사람들 행렬에 섞여 천문학회와 고고학회 앞을 천천히 지나갔다. 반대편에 있는 화학학회의 입구에 서서 《영국의 화학》을 열심히 읽고 있는 젊은이의 모습이 있는 줄은 미처 몰랐다. (로빈은 완전주의자였다.) 이윽고 하비는 붉은 융단을 깔아 놓은 경사진 길을 지나 로열 아카데미로 들어갔다. 아마 적어도 서너

번은 이리로 오게 될 것이라고 생각하고 직원에게 5실링을 건네주고서 시즌 내내 쓸 수 있는 표를 샀다. 오전에는 계속 실내에 있으면서 1,182점의 그림을 감상했다. 아카데미의 엄중한 규칙에 따라서 단 한 점도 세계 어디에서도 전시된 적이 없는 작품들뿐이었다. 그런 규칙이 있음에도 불구하고 전시위원회는 5천 점 이상 되는 작품 중에서 이 전시 작품들을 골라내야만 했다.

지난달 전람회 첫날에 하비는 대리인을 시켜서 하원의 앨프리드 대니엘스의 수채화 한 점을 350파운드에, 버나드 던스탄의 영국 전원 풍경 유화 두 점을 각각 125파운드에 사들였다. 하계 전람회는 지금도 여전히 세계 최고의 가치를 지니고 있다. 그도 산 작품을 모두 자기가 소장하려는 것은 아니며, 그것들은 미국에 가지고 돌아가면 선물로서도 가장 적당했다. 대니엘스는 그가 20년쯤 전에 아카데미에서 80파운드에 산 라우리를 생각나게 했다. 그 라우리는 결과적으로 대단히 싼 값이었다.

하비는 이 전람회에서 특히 버나드 던스탄의 작품을 열심히 감상했다. 물론 그의 그림은 모두 팔려버렸다. 던스탄은 언제나 첫날 개막하자마자 작품이 동나 버리는 화가 중 하나였다. 하비는 그날 런던에 없었다. 그렇지만 탐나는 그림을 사는 것은 조금도 어려운 일이 아니었다. 첫날 행렬의 선두에 사람을 하나 줄서게 해두고 그 사람이 카탈로그를 손에 넣어서 만일 하비가 마음에 안 들어할 때에는 쉽게 되팔아버릴 수 있고, 마음에 들면 남겨두도록 그림에 표시를 해둔다. 10시 정각 전람회가 시작되면 이 대리인은 즉시 구입 담당자에게로 가서 정작 그림도 보기 전에, 또는 아카데미 회원 중 아무도 보기 전에 카탈로그에 표시를 해둔 5~6점을 사들인다. 하비는 대리인이 사둔 그림을 뒤에 가서야 화랑에서 꼼꼼하게 바라본다. 금년 것은 모두 자기 수중에 놔두고 싶은 그림들뿐이었다. 만일 그 중에서 자기의 수

집에 어울리지 않는다고 생각되는 그림이 있으면, 달리 살 사람이 없을 때에는 자기가 인수한다는 조건으로 되팔기 위해서 그것을 돌려보낼 수가 있다. 이 방법으로 20년 동안에 100점도 더 되는 그림을 사 왔지만, 되돌려준 그림은 10점 정도에 불과하고, 더구나 뒤에 실물을 보고 마음에 들지 않는다고 생각된 그림의 값은 한 번도 치를 필요가 없었다. 하비는 무슨 일에나 시스템이라는 것을 가지고 있었다. 그는 보람 있는 오전 시간을 보낸 다음 1시에 로열 아카데미를 나왔다. 새하얀 롤스로이스가 앞마당에서 그를 기다리고 있었다.

"윔블던이오 ! "

"제기랄 ! "

"방금 뭐라고 했소 ? " 스티븐이 물었다.

"제기랄이라고 했소. 그는 윔블던으로 갈 모양이오. 오늘은 헛수고 였어" 하고 로빈이 대답했다.

하비가 윔블던에 가게 되면 빨라야 저녁 7시나 8시가 되기 전에는 클래리지 호텔로 돌아가지 않는다. 하비를 감시하기 위한 당번표가 이미 작성되어 있었으므로, 로빈은 그에 따라서 세인트 제임스 광장으로 자기의 로버 3500 V8을 가지러 가서 윔블던을 향해 출발했다. 제임스는 윔블던 선수권 대회의 전기간 중 하비 메트카프의 특별석 바로 맞은편의 좌석표를 두장씩 확보해 두었다.

로빈은 하비보다 몇 분 늦게 윔블던에 도착하여 센터 코트의 관객들의 얼굴과 얼굴 사이에 섞여 눈에 잘 띄지 않는 뒤편 자리에 앉았다. 코트는 첫번째 세트를 앞두고 열띤 분위기로 가득차 있었다. 윔블던은 해가 갈수록 인기가 더해 가는 모양인지, 센터 코트는 만원이었다. 알렉산드라 공주와 헤럴드 윌슨 수상이 로열 박스에서 선수의 입장을 기다리고 있었다. 코트의 남쪽 끝에 있는 조그만 녹색 스코어보드에는 코데슈와 스투어트의 이름이 걸려 있고, 주심이 코트 중앙의 네트 바로 위에서 내려다볼 수 있는 높은 심판대로 올라갔다. 두 선수가 모두 흰 테니스복을 입고 네 개의 라켓을 들고서 코트에 모습을 나타내자, 관중석에서는 우레와 같은 박수가 터져나왔다. 윔블던은 선수가 흰색이 아닌 다른 색의 유니폼을 입지 못하게 하고 있다. 하긴 이 규칙도 조금은 완화되어 여자 선수의 가장자리의 테두리만은 다른 색이 허용되었다.

로빈은 1973년의 챔피언인 코데슈와 미국의 시드 배정 선수가 아닌 스투어트 사이의 개막 시합을 즐겼다. 체코슬로바키아 선수는 고전 끝에 6-3, 6-4, 9-7로 이겼다. 하비가 복식 경기의 열전 도중에 자리를 뜨는 것을 보고 로빈은 애석해서 견딜 수가 없었다. 그렇지만 일을 잊어서는 안 된다고 자신에게 타이르고는, 안전한 거리를 유지하면서 클래리지까지 롤스로이스를 미행했다. 도착과 동시에 팀의 런던 작전본부로 쓰이고 있는 제임스의 아파트로 전화를 걸어서 스티븐에게 보고했다.

"오늘은 그런 정도로 끝냅시다" 하고 스티븐이 말했다. "내일 다시 합시다. 불쌍하게도 장 피엘의 심장의 고동은 오늘 아침에 150까지 올라갔소. 이런 식으로 경보를 받고도 허탕을 치는 날이 계속되면 아마 며칠 못 견딜 거요."

다음날 아침 클래리지 호텔을 나온 하비는 버클리 광장을 지나 브루턴 거리로 해서 장 피엘의 화랑에서 불과 50피트(약 15m) 떨어진 본드 거리로 들어섰다. 그러더니 갑자기 애그뉴 화랑으로 들어가 버렸다. 인상파의 그림이 시장에 나와 있는가 없는가 물어보기 위해서 이 가족 회사의 최고 책임자인 제프리 애그뉴와 만날 약속을 해두었던 것이다. 애그뉴 경은 다른 약속도 있었으므로 하비에게는 겨우 몇 분밖에 시간을 내어주지 않아 그에게 어처구니없는 실망을 안겨 주었다. 하비는 애석상(哀惜賞)으로서 로댕의 모형을 하나 사가지고 곧 애그뉴 화랑을 나왔다. 겨우 800파운드짜리의 쓸모없는 쓰레기였다.

"그가 나왔소" 하고 로빈이 말했다. "지금 그리로 걸어가고 있소."

그런데 하비는 또다시 이번에는 말보로 화랑에 들러서 바바라 헤프워스의 신작 전시를 구경했다. 장장 한 시간 이상이나 그녀의 아름다운 작품을 보았으나, 값이 미친 놈처럼 너무 대중없다는 생각이 들어서 사는 것을 그만두기로 했다. 그가 10년 전에 산 헤프워스는 두 점에 800파운드였다. 그것이 지금은 한 점에 7,000파운드에서 1만 파운드나 하고 있었다. 그는 말보로 화랑을 나와서 본드 거리를 계속 걸었다.

"장 피엘?"

"나요" 하고 신경질적인 목소리가 대답했다.

"그는 컨디트 거리에 도착했소. 지금 당신 화랑에서 약 50야드(약 45m) 거리에 있소."

장 피엘은 진열장에서 그레엄 서덜랜드의 템스 강에서 노젓는 광경의 수채화를 꺼내 들었다.

"그놈이 왼쪽으로 꼬부라졌소." 화랑 건너편에 진을 치고 있는 제임스가 말했다. "브루턴 거리의 오른쪽을 걸어가고 있소."

장 피엘은 서덜랜드를 진열장 안으로 다시 옮겨놓고 화장실로 뛰어들어가면서 중얼거렸다.

"하필 이런 때에 마려울 게 뭐야."

한편 하비는 브루턴 거리의 어떤 조그만 문으로 들어가서 투스 화랑으로 가는 층계를 올라갔다. 인상파의 작품으로 이름난 이 화랑이라면 값나가는 물건이 있을지도 모른다는 기대감을 갖고 있었다. 클레 작품이 한 점, 피카소 작품이 한 점, 살바도르 달리 작품이 두 점. 그러나 어느 것이나 하비의 눈에는 차지 않았다. 클레 작품은 꽤 잘 그려진 그림이었지만, 매사추세츠 주 링컨에 있는 그의 집 식당에 걸려 있는 그림과는 비교가 안 되었다. 게다가 알린의 인테리어 장식의 계획에는 어울릴 것 같지도 않았다. 화랑 주인 겸 지배인인 니콜라스 투스는 잘 기억해 두었다가 하비의 마음에 들 만한 그림이 들어오면 클래리지 호텔로 전화하겠다고 약속했다.

"또 움직이기 시작했는데, 아무래도 클래리지 호텔로 돌아가는 모양이오."

제임스는 뒤돌아서서 장 피엘의 화랑 쪽으로 가려고 했는데, 하비는 버클리 광장 쪽으로 계속 걸어가다가 도중에 오하나 화랑에 들렀다. 클래리지 호텔의 헤드 도어맨인 앨버트가 오하나 화랑의 진열장에서 르누아르 작품을 보았다고 했었는데, 그 말이 틀리지는 않았다. 그러나 그것은 미완성인 캔버스라서 르누아르가 습작삼아 그렸거나, 마음에 들지 않아서 도중에 집어던져 버린 그림인 듯했다. 하비는 그 그림이 얼마나 나가는지 흥미가 생겼으므로 화랑 안으로 들어갔다.

"3만 파운드입니다."

점원은 마치 10파운드 정도밖에 안 된다고 말하듯이 태연한 얼굴로 대답했다.

하비는 앞니 사이로 휘파람 소리를 냈다. 일류 대가의 실패작이 3만 파운드나 하는데, 특별히 유명한 화가는 아니더라도 걸작에 속하는 것이 단 수백 달러에 불과하다는 것이 그는 언제나 이상해서 견딜 수가 없었다. 그는 점원에게 고맙다고 하고는 밖으로 나왔다.

"천만의 말씀입니다, 메트카프 씨."

하비는 사람들이 자기의 이름을 기억해 주면 싫지 않은 기분이 되곤 했는데, 생각해보면 그것은 당연한 일이었다. 작년에 이 화랑에서 12만 5천 달러짜리 모네 그림을 샀으니까.

"이번에는 틀림없이 클래리지 호텔로 돌아가는 모양이오" 하고 제임스가 말했다.

하비는 클래리지 호텔에 겨우 4~5분 머물렀을 뿐이며 캐비아, 비프, 햄과 치즈 샌드위치, 초콜릿 케이크 등으로 가득 채운 유명한 클래리지 특제 점심을 가지고 윔블던으로 향했다.

제임스가 윔블던의 다음 당번이었으므로 앤을 함께 데리고 가기로 했다. 상관 있나? 이미 그녀도 모든 걸 다 알고 있는데. 게다가 오늘은 레이디스 데이이며, 쾌활한 미국의 챔피언 빌리 진 킹이 출전하는 날이었다. 대전 상대는 미국의 시드 배정 선수가 아닌 캐시 메이로서, 고전을 면치 못할 것 같았다. 빌리 진에 대한 박수는 그녀의 명성에 어울릴 정도의 것은 아니었다. 웬지 그녀는 윔블던에서는 언제나 인기가 없었다.

하비의 박스에는 어디 중부 유럽 쪽 사람인 듯한 손님이 있었다.

"당신이 노리고 있는 사람이 어디 있어요?"

"우리와 거의 마주보는, EEC(유럽경제공동체)에서 온 정부 관리 같아 보이는 푸른색 양복을 입은 남자와 함께 있는 녀석이야."

"키가 작고 뚱뚱한 사람 말이에요?"

"그래."

앤이 어떤 느낌이라고 말하려 했는지는 몰라도 그 목소리는 주심의, '서비스'라는 소리에 막혀 버리고, 모든 시선이 빌리 진에게로 쏠렸다. 시간은 정각 2시를 가리키고 있었다.

"윔블던에 초대해 주어서 정말 고맙네, 하비" 하고 예르크 비르러가 말했다. "요즘 한숨 돌릴 기회가 없어서 말이야. 몇 시간만 시장을 비워도 반드시 무슨 패닉(공황)이 일어나는 형편이야."

"그런 느낌이 들게 되면 슬슬 은퇴할 때가 된 게로군."

하비가 말했다.

"그런데 물려줄 녀석이 없어. 스위스 유니온 은행의 총재를 10년 동안 해왔지만, 후계자 찾는 것이 내 두통거리라네."

"첫번째 게임, 킹 여사 승리. 킹 여사 1-0으로 첫번째 세트를 리드."

"나는 자네를 누구보다도 잘 알고 있어. 이번 초대에는 무슨 속셈이 있을 테지, 하비?"

"자네도 호락호락한 친구는 아니로군, 예르크."

"이 장사를 하고 있자면 당연하지."

"내 세 개의 계좌 상태를 점검하는 것과 아울러, 앞으로 몇 달 동안의 계획을 자네에게 설명하고 싶었을 뿐이야."

"두 번째 게임 킹 여사 승리. 킹 여사 2-0으로 첫번째 세트를 리드."

"자네의 첫번째 정식 계좌는 수천 달러를 빌려준 것으로 되어 있어. 번호 상품 계좌는……." 거기서 비르러는 조그만 숫자들을 꼼꼼하게 적어놓은, 은행명이 들어 있지 않은 조그만 종이 쪽지를 펼쳤다. "372만 6,000달러 부족하지만, 그 대신 오늘 시세로 1온스에 135달러짜리 금을 3만 7,000온스 가지고 있네."

"그 금을 자네라면 어떻게 하겠나?"

"아직은 그냥 가지고 있겠네, 하비. 나는 아직도 자네 나라의 대통령이 내년 중 어느 때에 새로운 금본위제를 발표하거나, 아니면 미국인의 자유 시장에서의 금 매입을 허가할 것으로 보고 있다네."

"나도 그렇게 보네. 그렇지만 처분하는 것은 일반 대중들이 시장에 뛰어들기 몇 주일 전에 하고 싶네. 거기에 대해서는 내게도 생각이 있어서 말이야."

"언제나 마찬가지로 이번에도 자네 생각이 옳겠지, 하비."

"게임, 킹 여사 승리. 킹 여사 3-0으로 첫번째 세트 리드."

"그런데 당좌대월의 이자는?"

"은행 이자에 1.5% 더 얹으면 되네. 은행 이자는 현재 13.25%니까, 연리 14.75%를 청구하게 되는걸세. 그러나 금은 연간 70% 가까이 값이 뛰고 있다네. 물론 이대로 계속 뛰리라고는 생각지 않지만, 아직 몇 달은 끄떡없네."

"OK" 하고 하비는 말했다.

"11월 1일까지 가지고 있게. 그때 가서 다시 한 번 의논하기로 하세. 언제나와 마찬가지로 암호 텔렉스로 부탁하네. 그건 그렇고, 스위스라는 나라가 없다면 전세계는 어떻게 될까?"

"자네는 자네 일이나 걱정하면 되는 거야, 하비. 내 걱정은 내가 하네. 이 내가 밸도 없이 취리히의 관리들에게 굽신굽신하게 되면 제일 먼저 자네에게 알리지. 그런 일보다는 지금은 점심 식사와 시합이나 즐기도록 하세. 다른 계좌에 대한 것은 또 나중에 이야기하고,"

"게임, 킹 여사 승리. 킹 여사 4-0으로 첫번째 세트 리드."

"저 두 사람은 이야기하느라 정신이 없어요" 하고 앤이 말했다.

"시합을 즐기고 있는 것 같지는 않은데요."

"아마 윔블던을 원가대로 사려는 것이겠지." 제임스가 웃으며 말했다. "저 사람을 매일 관찰하고 있으면서 한 가지 곤란하게 된 것은, 내가 저 사람을 존경하기 시작하게 되었다는 점이야. 정말 저렇게까지 계획적으로 행동하는 인간은 본 적이 없어. 휴가중인데도 저 모양이니, 일할 때에는 대체 어떤지 궁금하군."

"상상도 안 되는군요."

"게임, 메이 양 승리. 킹 여사 4-1로 첫번째 세트 리드."

"저 사람이 뚱뚱해지는 것도 무리가 아니야. 저 케이크 먹는 꼴을 좀 보라고." 제임스는 차이스 쌍안경을 들어올렸다. "그러고 보니 생각나는군. 당신, 나를 위해서 얼마나 맛있는 것을 가져왔지?"

앤이 점심 바구니에 손을 넣더니 야채 샐러드를 속에 채운 프랑스빵의 포장을 풀었다. 그리고 자기는 셀러리 한 개만으로 만족했다.

"요즘 너무 살쪄서요" 하고 그녀는 설명했다. "다음 주 촬영할 예정인 수영복을 입지도 못할 것 같아요."

앤은 제임스의 허리에 팔을 감고 미소지었다.

"틀림없이 너무 행복한 탓일 거예요."

"그렇다면 너무 행복해지지 말아야지. 나는 마른 것을 좋아하거든."

"게임, 킹 여사 승리. 킹 여사 5-1로 첫번째 세트 리드."

"아무래도 빌리 진의 낙승인 것 같군. 개막 시합에서는 흔히 있는 일이야. 모두들 챔피언의 컨디션을 보러 올 뿐이지. 게다가 올해의 그녀는 강해 보이는데. 하긴 헬렌 무디의 윔블던 8회 우승의 기록에 임박해 있으니까."

"게임 세트. 첫번째 세트는 6-1로 킹 여사 승리. 킹 여사 1대 0으로 리드. 새 공을 부탁합니다. 메이 양의 서브입니다."

"하루 종일 저 사람을 지키지 않으면 안 되나요?" 앤이 물었다.

"아니, 그가 호텔에 돌아가서 갑자기 예정을 바꾸지는 않나 하는 것을 확인하는 것뿐이야. 그가 장 피엘의 화랑 앞을 지나가는 그 기회를 놓치면, 이제 두 번 다시 기회는 없으니까."

"그가 예정을 바꾸면 어쩌지요?"

"하느님만이 알겠지. 아니, 좀더 정확히 말하자면 스티븐만이 안다고 해야겠지. 그가 우리 팀의 지혜 주머니거든."

"게임, 킹 여사 승리. 킹 여사 1-0으로 두 번째 세트 리드."

"가엾은 메이 양, 당신만큼이나 잘 안 풀리는군요. 장 피엘 작전은 어떤 거예요?"

"어떻게 해볼 수도 없어. 그자가 화랑에 오려고도 하지 않으니까. 오늘은 거의 30야드(약 27m) 지점까지 왔었는데. 불쌍한 장 피엘 녀석, 자칫 심장 발작을 일으킬 뻔했지. 그러나 내일은 희망이 있어. 그는 피카딜리와 본드 거리의 위쪽을 둘러본 모양인데, 하비 메트카프에 대해서 한 가지 단언할 수 있는 것은 무슨 일이나 철저하게 하는 사람이라는 점이야. 그러니까 언제고 우리가 그물을 쳐 놓은 곳에 올 것은 거의 확실해."

"당신들 모두가 다른 세 사람을 수취인으로 해서 100만 달러의 생명 보험에 들어 두어야겠어요. 그렇게 해놓으면 누군가가 심장 발작을 일으켜도 돈을 찾을 수 있잖겠어요?"

"농담할 때가 아니야, 앤. 기다리는 동안의 괴로움이란 말로 다할 수가 없어. 더구나 그자는 마음내키는 대로 돌아다니니까."

"게임, 킹 여사 승리. 킹 여사 2-0으로 두 번째 세트를 리드."

"당신 계획은 어떤 거예요?"

"아직 아무것도 없어. 워낙 자신도 없었지만, 다른 계획이 실행으로 옮겨졌기 때문에 내 계획을 생각해 볼 시간이 더더욱 적어져 버렸지."

"차라리 내가 그 사람을 유혹하면 어떨까요?"

"나쁘지 않은 착상이야. 그러나 그 사람에게서 10만 파운드를 우려내려면 상당히 힘들 거야. 힐튼 호텔 앞이나 셰퍼드 마켓에 가면 30파운드로 사고 싶은 것을 얼마든지 살 수 있지. 어쨌든 우리가 조사한 바로는 그 사람은 치른 돈값은 반드시 요구해. 하룻밤 30파운드를 쳐도 당신이 내가 날려버린 돈을 되찾으려면 15년 가까이 걸린다는 계산이야. 다른 세 사람이 그렇게 오랫동안 기다려 줄 리도 없고, 아니, 단 15일도 기다려줄지 말지야."

"함께 생각을 좀 해보기로 해요" 하고 앤이 말했다.

"게임, 메이 양 승리. 킹 여사 2-1로 두 번째 세트 리드."

"흠, 메이 양이 이번에는 한 게임 따냈군. 멋진 점심인데, 하비."

"클래리지 호텔의 특제품이라네" 하고 하비가 대답했다. "테니스도 볼 수 없는 레스토랑에서 마주치는 사람들의 인사를 받는 것보다 이게 훨씬 멋있지."

"빌리 진이 같은 미국 선수를 혼내 주고 있군."

"예상대로야. 그런데 예르크, 내 두 번째 계좌 말인데."

다시 아까의 그 숫자를 써놓은, 은행 이름이 들어 있지 않은 종이를 꺼냈다. 국가 원수에서 아랍의 토후에 이르기까지 세계의 반쪽에 사는 사람들이 안심하고 스위스인에게 돈을 맡기는 것은 그들의 이런 조심성 때문이다. 그 보답으로 스위스 인은 전세계에서 가장 건전한 재정을 유지한다. 다시 말하자면 그것은 그들의 시스템이 잘 되어 있기 때문이다. 그러니까 스위스 인에게는 안심하고 돈을 맡겨둘 수가 있는 것이다. 비르러는 한동안 숫자를 검토해 보고 있었다.

"4월 1일에——이런 날을 택하는 사람은 자네뿐이야, 하비——자네는 이미 748만 6,000달러 빌려준 것으로 되어 있는 두번째 계좌에 279만 1,428달러를 옮겨놓았어. 다음날 2일에 자네의 지시에 따라서 실버맨과 엘리엇의 명의로 방코 도 미나스 제라이스에 100만 달러를 넣었네. 리딩 앤드 베이츠의 시추 기계 사용료 42만 달러와 그 밖에 몇 개의 청구서 합계금 10만 4,112달러를 지불했으므로 현재 잔고는 875만 3,316달러야."

"게임, 킹 여사 승리. 킹 여사 3-1로 두 번째 세트 리드. 세트카운트 1-0."

"좋았어"라고 하비가 말했다.

"테니스 말인가, 아니면 돈 말인가?"

"양쪽 모두. 그런데 예르크, 지금부터 6주일 동안 200만 달러가 있어야 할 것 같네. 런던에서 그림을 한두 점 사고 싶어. 마음에 드는 클레 작품을 발견했고, 화랑을 아직 두세 집 더 돌아볼 생각이야. 프로스펙터 오일의 계획이 그렇게 잘 될 줄 알았더라면 작년에 소더비——파크 버네트에서 아몬드 해머에게 빼앗긴 그 고흐를 살 걸 그랬어. 그리고 애스콧 블루드 스톡 옥션스에서 새 말을 몇 마리 살 돈도 있어야 하고, 내 말들도 전만 못하지만, 어떻게 해서든지 킹 조지 앤드 엘리자베스 스테이크스에게 이기고 싶은 것이 내 최대의 꿈 중 하나거든."

(하비가 이렇게 유명한 레이스를 이렇게 부정확한 이름으로 부르는 것을 만일 제임스가 들었더라면 눈살을 찌푸렸을 것이다.)

"지금까지 최고 성적은 자네도 알고 있겠지만 3등이 고작인데, 그것으로는 만족할 수가 없어. 금년에 내가 출전시킬 말은 로잘리인데, 지난 몇 년 동안의 성적을 보면 가장 유망해. 만일 진다면 다시 새 말을 길러야겠지만, 금년만은 어떻게 해서라도 이겨볼 생각일세."

"게임, 킹 여사 승리. 킹 여사 4-1로 두 번째 세트 리드, 세트카운트 1-0."

"킹 여사도 그럴 생각인 모양이군" 하고 비르러가 말했다. "앞으로 6주 안에 자네가 큰 돈을 꺼낼지도 모른다고 우리 출납 주임에게 말해 두겠네."

"그런데 나는 나머지 돈을 그냥 썩혀두고 싶지 않네. 그래서 자네가 나서서 지금부터 몇 달 동안 좀더 금을 사주었으면 좋겠어. 1월에 내다 팔 예정을 하고서. 만일 시장에 변동이 생겼을 때에는 취리히의 자네에게 전화하지. 하루의 업무가 끝날 때마다 미결제된

잔액을 일류 은행이나 특A급 회사에 하룻밤 결제의 융자로 돌려주게."

"그렇게 돈을 벌어서 어떻게 할 셈인가, 하비? 하긴 담배로 명을 줄이지 않을 때의 이야기지만."

"아, 그만 그만, 예르크. 마치 내 주치의 같은 말을 하는군. 이미 백 번도 더 말했지만 내년까지만 하고 은퇴할 거야. 그것으로 끝이야."

"자네가 자진해서 이 세계에서 손을 씻을 것으로는 생각지 않네. 자네 재산이 지금 얼마나 되는가를 생각하면 나는 가슴이 답답해진다네."

하비는 소리를 내어 웃었다.

"그렇게 말할 건 아닐세, 예르크. 아리스토텔레스 오나시스의 말마따나 셀 수 없는 돈은 가지고 있지 않은 것과 같다고나 할까."

"게임, 킹 여사 승리. 킹 여사 5-1로 두 번째 세트 리드, 세트카운트 1-0."

"로잘리는 잘 있나? 자네 신상에 만일 무슨 일이 생기면 모든 계좌를 그녀 이름으로 바꾸라는 지시는 여전히 변함없는 거겠지?"

"딸애는 건강하네. 오늘 아침 전화가 왔었는데 일이 바빠서 윔블던에는 못 오게 되는 모양일세. 여하튼 그 아이는 부자 미국인과 결혼할 테니까 내 돈 같은 것은 필요도 없겠지. 청혼을 하는 녀석들이 줄줄이 나타나는데, 상대방이 노리는 것이 자기인지 내 재산인지 그것을 가려내는 일이 그 아이에게도 쉽지 않은 모양이야. 2년 전에 그 일로 부녀간에 싸운 적이 있었기 때문에, 그 뒤로는 그 애가 나를 용서하려고 하질 않는다네."

"게임 셋. 6-1, 6-1로 킹 여사 승리."

하비, 예르크, 제임스, 앤이 주위의 관객들과 함께 박수를 보내는 사이에 선수 두 사람은 코트를 나와 로열 박스 앞에서 전영국 클럽 회장인 켄트 공에게 무릎을 굽히고 인사했다. 하비와 예르크 비르러는 다음에 하는 복식 경기까지 관전하고는, 저녁 식사를 하기 위해 클래리지 호텔로 돌아갔다.

제임스와 앤은 윔블던의 오후를 즐긴 다음, 하비가 중부 유럽의 친구와 함께 클래리지 호텔로 돌아가는 것을 확인하고는 제임스의 아파트로 갔다.


"스티븐, 이제 막 돌아왔소. 메트카프는 호텔로 갔소. 내일 아침 8시 반에 전원 출동이오."

"수고했소, 제임스. 아마 내일은 그도 걸려들겠지."

"그렇게만 되면 얼마나 좋겠소."

수돗물이 흐르는 소리를 듣고 제임스는 부엌으로 앤을 찾으러 갔다. 앤은 세제의 거품을 팔꿈치까지 묻혀가며 수세미로 수플레 접시를 문지르고 있었다. 그 접시를 그를 향해 머리 위로 번쩍 쳐들면서 말했다.

"달링, 일해 주러 오는 사람의 험담을 하고 싶진 않지만, 저녁 식사 준비에 앞서 접시부터 닦아야 하는 부엌은 처음 보는군요."

"알고 있어. 그녀는 본래 깨끗한 곳밖에는 청소하지 않거든. 그러니까 노동량이 1주일마다 줄어들지."

제임스는 식탁에 앉아서 앤의 가느다란 팔이며 몸을 황홀한 듯 바라보았다.

"내가 저녁 식사 전에 목욕을 하게 되면 역시 그런 식으로 등을 문질러 줄 거야?"


욕조에는 물이 가득하고, 쾌적할 정도의 온도였다. 제임스는 느긋한 기분으로 누워서 앤이 씻겨주는 대로 있었다. 이윽고 물방울을 뚝뚝 떨어뜨리며 욕조에서 나왔다.

"때밀이 여자치고는 복장이 너무 단정하군" 하고 제임스가 말했다. "그걸 어떻게 할 수 없어?"

제임스가 몸을 닦고 있는 동안에 앤이 옷을 벗었다.

침대에서 한 바탕 땀을 흘린 다음 그는 그녀를 내려다보고 미소지었다.

"당신은 뚜렷한 발전을 보이고 있어."

"선생님이 우수하니 발전은 당연하지요. 자, 이제 일어나요. 벌써 치즈가 다 익었을 거예요. 그리고 침대도 손질해 놔야 하고."

"그런 일이 뭐가 그리 급해. 당신도 정말 바보로군."

"나빠요, 당신. 어제 저녁엔 한잠도 못 잤어요. 당신이 담요를 끌어가서 혼자만 덮고 잤기 때문에, 나는 추위에 떨면서 기분좋은 고양이처럼 웅크리고 자는 당신을 보고만 있었다고요. 헤럴드 로빈슨의 소설에 써 있는 것과는 아주 딴판이더군요."

"잔소리가 끝나거든 자명종 시계를 7시에 맞춰둬요."

"7시라고요? 클래리지에는 8시 반까지 가면 되잖아요?"

"알고 있어. 하지만 그전에 알을 하나 낳아야겠어."

"제임스! 그런 학생들 같은 유머는 이제 그만 졸업하는 게 어때요?"

"그런가? 난 제법 재미있다고 생각하고 있었는데."

"재미는 있어요, 달링. 자, 저녁밥이 재가 되어버리기 전에 옷을 입도록 해요."

제임스는 8시 29분에 클래리지 호텔에 도착했다. 자기의 무능은 어찌되었거나, 다른 세 사람의 계획을 실행하는 데 있어서 그들의 기대를 저버리지는 말자는 결의에 차 있었다. 파이 포켓폰으로 스티븐이 버클리 광장에, 로빈이 본드 거리에 있는 것을 확인했다.

"안녕하시오" 하고 스티븐이 말했다.

"엊저녁에는 재미있었소?"

"최고로."

"잠은 잘 잤소?"

"한잠도 못 잤소."

"그 주책없는 소리는 당장 집어치우시오" 하고 로빈이 말했다.

"그보다 하비 메트카프에게 전념하도록."

제임스는 슬레이터스 안티크 숍의 문앞에 서서 이른 아침의 청소부가 돌아가는 것과 교대로 첫번째 사무원의 출근을 지켜보았다.

하비 메트카프는 여느 때처럼 아침 식사를 하면서 신문을 훑어보고 있었다. 어젯밤 보스턴의 아내에게서 전화가 왔고, 한창 아침 식사를 하고 있는데 딸에게서도 전화가 걸려와서 오늘은 아침부터 기분이 좋았다. 오늘 아침은 코크 거리와 본드 거리의 화랑을 몇 군데 들러서 인상파의 그림을 찾아볼 생각이었다. 아마 소더비 화랑쯤에서 귀에 솔깃한 이야기를 듣게 되겠지.

그는 9시 47분에 언제나처럼 바쁜 걸음걸이로 호텔을 나왔다.

"전투 태세로!"

스티븐과 로빈은 백일몽에서 깨어났다.

"그는 방금 브루턴 거리로 들어섰소. 지금은 본드 거리로 가고 있소."

하비는 본드 거리를 빠른 걸음으로 내려가서 어제 둘러본 화랑들을 지나갔다.

"앞으로 50야드(약 45m)" 하고 제임스가 보고했다. "40, 30, 20…… 제기랄, 소더비에 들어가 버렸어. 거기서 중세의 패널 그림들을 경매하고 있는데. 빌어먹을, 그런 것에 관심이 있는 줄은 몰랐지."

하비는 잔뜩 차려입고 돈푼이나 있어 보이는 중년 실업가로 변장한 스티븐이 길가에 서 있는 것을 흘끗 쳐다보았다. 맞춤옷의 색깔이며 테없는 안경이 독일인처럼 보였다. 포켓폰을 통해서 스티븐의 목소리가 들려왔다.

"나는 장 피엘의 화랑으로 가겠소. 제임스, 당신은 소더비 화랑 위쪽의 비스듬히 마주 보이는 쪽에 있으면서 15분마다 보고해 주시오. 로빈, 당신은 소더비 화랑에 들어가서 하비의 코앞에서 미끼를 던지는 거요."

"하지만 그건 예정에 없잖소, 스티븐?" 로빈이 더듬거리며 말했다.

"임기응변으로 잘 해주기 바라오. 그렇게라도 하지 않으면 당신 일은 장 피엘의 심장에 부담만 줄 뿐이오, 알겠소?"

"오케이." 로빈은 신경질적으로 대답했다.

로빈은 소더비 화랑 안으로 들어가서 사람들 눈을 피해 가면서 곧바로 가까이에 있는 거울 앞으로 갔다. 그렇다, 상대는 아직 내 얼굴을 모른다. 위층으로 올라가니 경매장 뒤쪽에서 하비의 모습이 보여서 그 한 줄 뒤 가까운 의자에 앉았다.

중세의 패널 그림 경매는 이미 시작되어 있었다. 하비는 이런 것들도 한번 좋아해 볼까 하고 생각했지만, 중세의 보석과 번쩍거리는 원색 취미는 아무래도 취향에 맞지 않았다. 그의 뒤에서 로빈이 재빨리 작전을 짜서 옆의 손님에게 조그만 목소리로 말을 걸었다.

"멋진 것 같긴 하지만, 이런 것에 관한 지식이 내겐 없어요. 역시 현대의 것들이 취향에 맞는 모양입니다. 그렇긴 하지만 신문에 기사를 쓰기 위해서는 그럴듯한 문구를 생각해 내야 하는데 말입니다."

로빈의 옆 사람은 예의바른 미소를 지었다.

"모든 경매를 모두 당신이 기사를 쓰시나요?"

"거의 전부지요. 특히 우연히 진귀한 물건이 발견될 때는요. 사실은 요 앞의 라망 화랑으로 가볼 생각입니다. 이곳 점원 하나가 인상파의 대작이 있을지도 모른다고 귀띔해 주었거든요."

로빈은 조그만 목소리로 정보를 소곤거리며 하비의 오른쪽 귀에 조심스럽게 흘려넣었다. 마침내 그의 작전의 효과가 나타나기 시작했는지 하비는 거북한 자세로 자리에서 일어났다. 로빈은 석 점의 패널 그림이 더 경매될 때까지 기다렸다가 그의 뒤를 쫓았다. 밖에서는 제임스가 끈질기게 지키고 있었다.

"10시 30분——그의 모습은 보이지 않음."

"알았소."

"10시 45분——아직 나타나지 않음."

"알았소."

"11시——아직도 화랑 안에 있음."

"알았소."

"11시 12분——전투 태세로, 전투 태세로."

제임스가 재빨리 라망 화랑으로 들어갔을 때, 장 피엘은 다시 진열장에서 서덜랜드의 템스 강과 보트맨 수채화를 들여놓고, 대신 반 고흐의 그림을 내놓았다. 그것은 런던의 화랑에 나타난 거장의 어떤 작품에도 못지않는 걸작이었다. 마침내 그 엄정한 테스트를 받게 될 것이다. 리트머스 시험지가 결연한 걸음걸이로 본드 거리로 다가오고 있다.

그 그림을 그린 것은 데이비드 스타인이며, 유명 화가의 그림과 데생 300점을 위조한 것으로 그 세계에서는 이름이 난 인물이었다. 그는 그 보수로 합계 86만 4,000달러를 벌어들이고는 4년 동안 구속되기도 했다. 그의 범죄가 밝혀진 것은 1969년 매디슨 애비뉴의 니베이 화랑에서 샤갈 전을 개최했을 때였다. 스타인은 모르고 있었지만, 그때 샤갈은 자신의 신작 두 점이 전시되어 있는 링컨 센터의 새로운 메트로폴리탄 오페라를 방문하기 위해서 뉴욕에 와 있었다. 니베이의 전람회 이야기를 들은 샤갈은 화가 잔뜩 나서 그 그림들이 가짜라고 지방검사국에 고발했다. 스타인은 이미 가짜 샤갈 한 점을 10만 달러 가까운 값으로 루이스 D. 코헨에게 팔았으며, 밀라노의 현대미술관에도 스타인의 손으로 그려진 샤갈과 피카소가 한 점씩 있었다. 장 피엘은 과거 스타인이 뉴욕에서 한 일을 런던에서 못해낼 리가 없다고 확신하게 되었다.

스타인은 그 뒤에도 유명 화가의 스타일로 그림을 계속 그렸지만, 지금은 자기의 사인을 넣고 있었다. 그리고 이 완벽한 재능 덕분에 여전히 풍족한 생활을 하고 있었다. 스타인은 몇 년 전에 장 피엘과 알게 되어 그를 존경하고 있었으므로, 메트카프와 프로스펙터 오일에 관한 이야기를 듣고는 1만 달러로 반 고흐의 가짜를 그려서 거장인 '빈센트'라는 유명한 사인을 넣어주기로 했었던 것이다.

장 피엘은 고심한 끝에 행방불명이 된 반 고흐의 작품 중에 하비를 유혹하기 위해서 스타인의 손으로 부활시킬 만한 그림이 있다는 것을 알아냈다. 우선 드 라 파유의 포괄적인 작품 목록 〈빈센트 반 고흐의 작품〉을 읽고는 그 중에서 제2차 세계대전 전에 베를린 국립미술관에 있었던 세 개의 작품을 골라냈다. 드 라 파유의 목록에서는 그 작품들이 485번 〈연인들〉, 628번 〈수확〉, 766번 〈도비니의 뜰〉이라고 기재되어 있었다. 뒤의 두 점은 1929년 베를린 국립미술관에 의해서 구입되었고, 〈연인들〉도 아마 같은 시기에 구입되었을 것이다. 그런데 전쟁이 시작되는 것과 동시에 세 점이 모두 행방불명이 되고 말았다.

장 피엘은 프로이센 문화재위원회의 보르미트 교수를 만나보았다. 행방불명이 된 미술품에 관한 세계적 권위자인 그 교수는 세 점 중에서 한 점에 대해서는 그 뒤의 운명을 가르쳐주었다. 〈도비니의 뜰〉은 어떤 경로를 거쳐서 그리로 가게 되었는지는 알 수 없으나, 전후 뉴욕의 지그프리트 크라마르스키의 수집품 중에 들어 있었던 모양이다. 크라마르스키는 그것을 동경의 니치도 화랑에 팔았는데, 이 그림은 지금도 그곳에 있다. 하지만 다른 두 점은 그 뒤 어떻게 되었는지 교수도 모르고 있었다.

다음으로 장 피엘은 네덜란드 국립문화역사자료관의 텔레겐 호겐도롬 부인에게 연락했다. 텔레겐 부인은 자타가 인정하는 반 고흐의 권위자여서, 그녀의 전문적인 지식에 협조를 얻어서 장 피엘은 행방불명된 두 장의 그림이 거쳐간 길을 하나하나 확인해 나갔다. 그것들은 1937년 다른 많은 그림과 함께 나치에 의해 베를린 국립미술관에서 운반되어 나갔다. 관장인 한프슈탱글 박사와 회화부장인 헨첸 박사가 강경하게 반대했지만 소용없었다. 국가사회주의자들의 몰교양 탓으로, 타락한 예술이라는 낙인이 찍힌 그 그림들은 베를린의 코페니커슈트라세에 보관되게 되었다. 1938년 1월에는 히틀러가 직접 이 보관소를 찾아왔으며, 그 뒤 이 위법적인 조치는 공식적인 압수에 의해서 합법화되었다.

두 점의 반 고흐에 그 뒤 무슨 일이 있었는지 아는 사람은 없다. 압수된 많은 작품은 헤르만 괴링의 부하인 요셉 앙게러에 의해서, 필요한 외화 획득을 위해서 비밀리에 외국으로 팔리게 되었다. 그 일부는 1939년 6월 30일에 루체른의 피셔 화랑에서 열린 경매에서 처분되었다. 그러나 코페니커슈트라세의 보관소에 있었던 많은 작품들은 불에 타거나 도둑맞거나 해서 사라져버렸다.

장 피엘은 고심 끝에 〈연인들〉과 〈수확〉의 흑백 사진을 수중에 넣었다. 컬러 사진은 설사 촬영된 적이 있었다고 하더라도 지금은 남아 있지 않았다. 1938년을 마지막으로 행방을 알 수 없게 된 두 그림의 컬러 사진이 지금 어딘가에 있는 것으로는 생각되지 않았다. 그래서 장 피엘은 이 두 작품 중에서 어느 하나를 고르기로 했다.

〈연인들〉쪽이 〈수확〉보다는 큰 76×91cm의 크기였다. 그러나 반 고흐는 이 그림에 만족하지 않았던 것 같다. 1889년 10월에(편지번호 556) 그는, '나의 가장 새로운 유화의 아주 잘못 그려진 스케치'에 대해서 언급했다. 게다가 흑백 사진에서 바탕의 색깔을 추측해 낸다는 것은 불가능한 일이었다. 이와는 대조적으로 〈수확〉은 반 고흐의 마음에 들었다. 제작한 것은 1898년 9월이며, '어머니를 위해서 수확하는 사람을 한 번 더 그리고 싶은 생각이 간절합니다.'(편지번호 604)라고 그는 썼다. 사실 그는 수확하는 사람을 테마로 해서 거의 비슷한 그림을 석 장이나 그렸다. 장 피엘은 그 중에서 두 장의 컬러 사진을, 현재 그 그림을 소장하고 있는 루브르와 암스테르담 국립미술관에서 손에 넣어 화면 구성을 검토했다. 두 작품의 실질적인 차이는 태양의 위치와 광선의 다소뿐이었다. 장 피엘의 눈앞에는 〈수확〉의 실물이 떠올랐다.

스타인은 장 피엘의 최종적인 선택에 찬성하고, 〈수확〉의 흑백 사진과 그 자매화(姊妹畵)인 컬러 사진을 충분한 시간에 걸쳐서 정밀하게 연구한 다음 제작에 착수했다. 먼저 19세기 말의 프랑스 무명화가의 그림을 한 장 찾아내서는 물감을 긁어내고 흰 캔버스를 준비했다. 그 위에 48.5×53cm라는 '수확'의 치수를 표시해 두고 반 고흐가 애용한 것과 같은 타입의 팔레트 나이프와 그림붓을 골라냈다. 6주 뒤에 〈수확〉이 완성되었다. 스타인은 그 그림에 니스를 발라서 낡은 것처럼 보이게 하기 위해서 4일 동안 오븐에 넣어서 30℃의 미온으로 구웠다. 장 피엘은 무게 있게 금빛으로 번쩍이는 인상파풍의 액자를 준비해서 마지막으로 반 고흐의 손자이며 자기 할아버지의 작품에 대한 감정가이기도 한 빈센트에게 그 그림을 보여주었다. 빈센트도 완전히 속아넘어갔으므로 장 피엘은 하비 메트카프의 눈을 속일 자신이 있었다.

소더비 화랑에서 언뜻 들은 정보에 따라서 움직이고 있는 하비가 로망 화랑을 들여다볼 것은 처음부터 의심의 여지가 없었다. 화랑에서 다섯 발자국쯤 되는 거리까지 다가가서 그는 진열장에 내다 건 그림을 흘끗 보고는 자신의 눈을 의심했다. 틀림없는 반 고흐, 더구나 최상급의 고흐였다. 실제로는 겨우 2분 동안 진열장에 걸려 있었을 뿐이지만…… 하비가 화랑 안으로 들어왔을 때에 장 피엘은 스티븐과 제임스를 상대로 이야기에 정신이 팔려 있었다. 세 사람 다 하비는 거들떠보지도 않았다. 스티븐이 후음(喉音)이 두드러진 사투리 섞인 말로 장 피엘에게 말을 걸고 있었다.

"17만 기니라니, 값도 값이지만 그림도 대단하군. 1937년에 베를린에서 사라진 그 그림이 틀림없겠지요?"

"단언해서 말씀은 못 드리겠습니다만, 뒤쪽에 있는 베를린국립미술관의 스탬프를 보십시오. 뿐만 아니라 베른하임 준도 1927년 이 그림을 독일인에게 판 사실을 확인했습니다. 그 이전의 역사는 1890년까지 거슬러 올라가서 기록되어 있지요. 따라서 전쟁의 와중에 미술관에서 약탈당한 것이 틀림없습니다."

"어떻게 이것을 손에 넣었습니까?"

"영국의 모 귀족의 수집품 중에 들어 있는 건데, 그분이 몰래 팔고 싶어하셔서요."

"좋습니다" 하고 스티븐이 말했다. "오후 4시에 주식회사 드레스덴 은행에서 17만 기니짜리 수표를 가져올 테니까, 그때까지 이 그림을 떼어놓아 주시오. 그러면 되겠소?"

"되고말고요" 라고 장 피엘이 대답했다.

"판매되었음이라는 표시를 해두겠습니다."

어디 한 군데 나무랄 데 없는 양복을 차려입고 시원시원한 태도로 트릴비 모자를 쓴 제임스가 한량 같은 얼굴로 스티븐의 뒤에서 서성거리고 있었다.

"이거야말로 거장의 걸작 중 걸작이로군요" 하고 제임스는 친근하게 말했다.

"예, 소더비 화랑의 줄리언 배런에게 이것을 가지고 갔었는데, 그역시 마음에 드는 모양이더군요."

제임스는 미술 감정가라는 자기 역할의 여운을 즐기면서 좀 거만스러운 걸음걸이로 화랑의 안쪽으로 들어갔다. 그때 로빈이 〈더 가디언〉 신문을 호주머니에서 반이나 내놓은 모습으로 화랑에 들어왔다.

"안녕하십니까, 라망 씨. 반 고흐의 소문을 들었어요. 그 작품은 러시아에 있는 줄 알았는데요. 그런데 내일 신문에 그 기사를 조금 실었으면 합니다만, 괜찮겠지요?"

"괜찮을 정도가 아니라 대환영입니다."

장 피엘이 대답했다.

"하긴 이제 방금 유명한 독일 화상인 드로서 씨에게 17만 기니로 팔렸습니다만."

"적당한 값이지요."

제임스가 화랑 안쪽에서 대화에 끼어들었다.

"적어도 내가 런던에서 본 반 고흐 중에서는 〈르 보양〉 이후 최고의 작품이며, 우리 화랑에서 경매에 붙이지 못한 것이 애석하기 짝이 없군요. 당신은 운이 좋은 분이오, 드로서 씨. 만일 경매에 붙여볼 생각이 있을 때에는 주저 마시고 제게 연락 주십시오."

제임스는 스티븐에게 명함을 건네주고는 장 피엘에게 미소를 지었다. 장 피엘은 제임스를 보고 눈이 동그래졌다. 아주 멋진 연기였다. 로빈이 속기 같은 것으로 메모를 하기 시작하면서 장 피엘에게 질문을 던졌다.

　"그림의 사진은 있습니까?"

　"예, 물론이지요."

　장 피엘은 책상 서랍을 열고는 타이프를 친 자료가 첨부된 컬러 사진을 꺼냈다. 그것을 로빈에게 건네주면서 말했다.

　"라망이라는 스펠링에 조심해 주십시오. 프랑스의 르망 자동차 레이스와 가끔 착오가 생겨서 골치예요."

　그는 스티븐 쪽을 다시 돌아다보았다.

　"기다리시게 해서 죄송합니다, 드로서 씨. 그림은 어디로 보내드릴까요?"

　"내일 아침 도체스터 호텔 120호실로 보내주시오."

　"잘 알았습니다."

　스티븐이 나가려는 참이었다.

　"실례합니다만——" 로빈이 말을 걸었다. "성함의 스펠링을 가르쳐 주시겠습니까?"

　"D.R.O.S.S.E.R."

　"제가 쓰는 기사에 선생님의 말씀을 실어도 되겠습니까?"

　"네, 좋습니다. 나는 이 그림을 사게 되어 아주 만족하고 있습니다. 그럼 실례, 여러분."

　스티븐은 멋진 작별 인사를 하고 나갔다. 그가 본드 거리로 걸음을 옮기자 하비도 주저하지 않고 밖으로 나갔다. 장 피엘, 로빈, 제임스 세 사람은 그것을 보고 그만 아연해 버렸다. 장 피엘은 조지 왕 시대의 마호가니 책상에 맥없이 걸터앉아 절망의 눈으로 로빈과 제임스를 바라보았다.

"제기랄, 모든 것이 이것으로 끝났군. 준비에 6주 걸리고 3일 동안 심장이 터질 듯한 아픔을 참아왔는데, 그는 말 한마디 없이 나가버리다니."

장 피엘은 원망스러운 눈으로 〈수확〉을 쳐다보았다.

"스티븐은 틀림없이 하비가 화랑에 남아서 장 피엘과 흥정을 시작할 거라고 했는데"라고 제임스가 투덜거렸다.

"그는 이 그림에서 절대로 눈을 떼지 않을 것이라면서."

"도대체 이런 바보 같은 생각을 해낸 것이 누구지?"

로빈이 중얼거렸다.

"스티븐이지" 하고 세 사람은 이구동성으로 소리치고는 출입구의 진열장 옆으로 달려갔다.

"멋진 헨리 무어 작품이로군요."

코르셋으로 한치의 빈틈도 없이 허리를 졸라맨 중년 부인이 알몸의 곡예사인 청동상의 허리에 한 손을 올려놓으며 말했다. 그 부인은 세 사람이 투덜거리고 있는 사이에 누구의 눈에도 띄지 않고 화랑에 들어온 모양이었다.

"값은 얼마지요?"

"잠깐 기다려 주십시오, 부인" 하고 장 피엘이 대답했다.

"저것 봐, 메트카프가 스티븐을 뒤쫓고 있어. 트랜시버로 그를 불러내요, 로빈."

"스티븐, 들리시오? 잘 들어요, 절대로 뒤돌아보지 말 것. 하비가 당신 몇 야드 뒤에 있소."

"내 몇 야드 뒤라고? 대체 무슨 뜻이오? 그는 화랑에서 반 고흐 작품을 사려고 하고 있을 텐데, 무슨 소리요?"

"하비는 우리에게 기회를 주지 않았소. 이야기할 틈도 주지 않고 당신 뒤를 따라 나가버렸소."

"머리가 좋은 녀석이군. 그래, 나는 어떻게 해야 되지?"

장 피엘이 끼어들었다.

"그는 정말로 당신을 쫓고 있을지도 모르니까 도체스터 호텔로 가는 것이 좋겠소."

"도체스터 호텔이 대체 어디쯤에 있지?"

스티븐이 울음이라도 터뜨릴 것 같은 목소리로 말했다. 로빈이 나섰다.

"첫번째 모퉁이를 오른쪽으로 돌면 브루턴 거리요, 스티븐. 그 길로 똑바로 가면 버클리 광장이오. 그 다음에 또 똑바로 가는 거요, 절대로 뒤돌아보면 안 돼요."

"제임스." 장 피엘이 마음을 가다듬고 말했다. 실망하기도 이르지만 기대를 갖기에도 이르다. "얼른 택시를 잡아타고 도체스터 호텔로 가서 드로서라는 이름으로 120호실을 예약해요. 스티븐이 도착하는 대로 열쇠가 건네질 수 있도록 손을 써놓아야 해요. 그렇게 해두고 당신은 얼른 돌아오시오. 스티븐, 아직 거기 있소?"

"있소."

"지금 한 이야기 들었소?"

"들었소. 제임스에게 120호실이 안 되면 119호나 121호실을 잡도록 해주시오."

"알겠소." 장 피엘이 대답했다. "부탁합시다, 제임스."

제임스는 총알처럼 달려나가 마침 지나가는 택시를 불러 세운 여인보다 먼저 차 안으로 뛰어들었다. 머리에 털 나고 나서 지금까지 그렇게 무례한 짓은 처음이다.

"도체스터 호텔로" 하고 그는 소리질렀다. "급해요."

택시는 전속력으로 달리기 시작했다.

"스티븐, 제임스가 출발했소. 지금부터 로빈에게 하비를 뒤쫓게 해서, 당신과의 연락은 물론 도체스터 호텔로 가는 길을 안내하도록 하겠소. 나는 여기 남을 거요. 이젠 됐소?"

"아니." 스티븐이 대답했다. "기도를 해주시오. 지금 버클리 광장에 도착했소. 여기서 어디로 가야 하지?"

"공원을 가로질러 힐 거리로 걸어가시오."

로빈은 브루턴 거리까지 달려가서 하비의 50야드(약 45m) 뒤까지 따라잡았다.

"여보세요, 이 헨리 무어 작품 말인데요." 코르셋을 한 여인이 말했다.

"헨리 무어 같은 소리는 집어치워!"

코르셋으로 졸라맨 가슴이 크게 부풀어올랐다.

"뭐예요, 대체, 그 말버릇이……."

그러나 항의도 소용없었다. 장 피엘은 신경성 구토증을 일으켜 이미 화장실로 뛰어들고 있었다.

"당신은 지금 사우스 오들리 거리를 건너가고 있는 거요. 그대로 디너리 거리로 가시오. 오른쪽이나 왼쪽으로 꺾지 말고 똑바로 앞만 보고 계속 걸으시오. 하비는 당신 뒤 약 50야드(약 45미터)쯤에 있소. 나는 그의 뒤 50야드를 가고 있소" 하고 로빈이 말했다.

"120호실은 비어 있소?"

"예, 먼저 손님이 오늘 아침 떠나셨습니다. 그런데 방 손질이 끝났는지 모르겠군요. 지금 메이드가 청소중이라고 알고 있습니다만, 알아볼 테니까 잠깐 기다려 주십시오."

플로어 직원들 중 고참답게 모닝 슈트를 입은 장신의 안내 직원이 대답했다.

"아니, 그런 건 괜찮소" 하고 제임스가 말했다. "언제나 그 방에 묵으니까. 그냥 하룻밤만 잘 거요. 이름은 드로서. 헬——음——헬무트 드로서."

그가 카운터 너머로 1파운드짜리 지폐를 내밀었다.

"예, 알겠습니다."

"거기가 파크 레인이오, 스티븐. 오른쪽을 보시오. 당신의 바로 정면 모퉁이에 있는 커다란 호텔이 도체스터요. 당신 쪽의 반원형의 입구가 정면 현관이고, 층계를 올라가서 회전문을 지나면 오른쪽에 접수대가 있소. 제임스가 거기에 있을 거요."

로빈은 왕립의학회의 연례 저녁 식사 모임이 작년에 도체스터 호텔에서 있었던 것에 감사했다.

"하비는 어디 있소?" 스티븐이 울 듯한 목소리로 물었다.

"당신의 40야드(약 36미터) 뒤에 있소."

스티븐은 빠른 걸음으로 도체스터의 층계를 달려올라가서 반대쪽에서 나오려던 투숙객이 얼떨결에 거리로 밀려나가 버릴 정도의 힘으로 회전문을 밀고 들어갔다. 고맙게도 제임스가 열쇠를 가지고 기다리고 있었다.

"엘리베이터는 저쪽이오." 제임스가 손가락으로 가르쳐 주었다.

"당신이 방금 골라잡은 방은 이 호텔에서 가장 비싼 스위트요."

스티븐은 제임스가 가리키는 쪽을 보고는 돌아서서 고맙다는 말을 하려고 했다. 그러나 제임스는 하비가 도착했을 때 그에게 들키지 않으려고 이미 아메리칸 바 쪽으로 걸어가고 있었다.

스티븐은 엘리베이터에서 내려 2층 120호실 앞까지 갔다. 처음 와 보는 도체스터 호텔은 클래리지에 못지않은 전통적인 분위기였으며, 보라색과 황금색의 두툼한 카펫이 하이드 파크를 내려다보는, 설비가 잘 갖추어진 스위트의 구석까지 이어져 있었다. 그는 다음에는 무슨 일이 일어날 것인지 모르는 채 안락 의자에 주저앉았다. 무엇 하나 계획대로 되어가는 것이 없었다.

장 피엘은 화랑에서 대기하고 있고, 제임스는 아메리칸 바에 앉아 있고, 로빈은 도체스터 호텔의 입구에서 45미터 떨어진 파크 레인의 버클레이스 은행의 튜더 양식 비슷한 건물 옆에서 어슬렁거리고 있었다.

"드로서 씨가 여기 묵고 있소? 아마 120호실이라고 생각되는데."
하비가 호통치듯 말했다.
안내 직원은 숙박자 명단에서 찾아보았다.
"예, 계십니다. 약속이 있으신지요?"
"아니, 아니오. 구내 전화로 이야기를 하고 싶은데."
"예, 알겠습니다. 왼쪽에 조그만 아치를 지나가시면 전화가 다섯 대 있습니다. 그 중 하나가 구내용입니다."
하비는 가르쳐 준 대로 아치를 지나 전화 앞으로 갔다.
"120호실을 부탁합시다." 그는 깃에 금빛 성이 그려져 있는 도체스터 호텔의 녹색 제복을 입고, 전용의 조그만 칸막이 안에 앉아 있는 교환수에게 말했다.
"1번 박스로 들어가세요."
"드로서 씨요?"
"그렇습니다만" 하고 스티븐이 다시 힘을 내어 독일어 사투리가 섞인 말씨로 되돌아갔다.
"실은 당신 방으로 찾아가서 할 이야기가 있소. 나는 하비 메트카프라는 사람이오. 당신이 아까 산 반 고흐 작품에 관한 것이오만."

"글쎄요, 지금은 좀 곤란하군요, 막 샤워를 하려던 참이고, 또 점심 식사 약속도 있어서 말입니다."

"아니, 그저 잠깐이면 끝나는 이야기요."

스티븐이 대답도 하기 전에 전화가 끊겼다. 이윽고 문을 노크하는 소리가 들렸다. 스티븐은 신경질적으로 대답했다. 그는 도체스터 호텔의 흰 드레싱 가운을 걸치고 있었는데, 갈색 머리칼을 마구 흐트러뜨려서 평소보다 좀 겁게 보였다. 처음 계획을 세울 때에는 하비와 1대 1의 대면이 들어 있지 않았으므로 잠깐 사이에 생각해 낸 변장이라는 게 고작 이런 정도였다.

"실례를 해서 미안하오, 드로서 씨. 그러나 아무래도 지금 당장 당신을 만나야 해서 말이오. 실은 당신이 아까 라망 화랑에서 반 고흐 작품을 산 사실을 알고 있는데 말이오. 화상이니까 이익만 남는다면 얼른 다시 팔아버릴 거라고 생각하는데?"

"미안하군요." 스티븐은 겨우 한숨 돌렸다. "나는 몇 년 전부터 뮌헨에 있는 내 화랑에 반 고흐 작품을 한 장 걸어두고 싶었소. 안됐지만 그 그림은 팔려는 것이 아닙니다."

"이야기나 들어보시오. 당신은 그 그림을 17만 기니에 샀소. 달러라면 얼마가 되겠소?"

스티븐은 잠깐 사이를 두었다가 대답했다.

"흠, 약 43만 5,000달러가 되겠군."

"내게 그 그림을 양보해 준다면 1만 5,000달러를 드리겠소. 당신은 그저 화랑에 전화를 걸어서 그 그림은 내 것이고, 그림값도 내가 치른다고 말해 주면 되는 거요."

스티븐은 이 제안을 망쳐 버리지 않고 상황에 대처하려면 어떻게 해야만 되는지 몰라서 말없이 앉아 있었다. 하비 메트카프식으로 생각해야 한다고 자신을 격려해 가면서.

"현금으로 2만 달러, 그 정도라면 타협하겠습니다."

하비가 망설였다. 스티븐은 갑자기 조마조마해졌다.

"좋소" 하고 하비가 대답했다. "얼른 화랑에 전화해 주시오."

스티븐은 수화기를 들었다.

"본드 거리의 라망 화랑을 부탁합시다. 점심 약속이 있으니까 되도록 빨리."

몇 초 뒤에 전화가 통했다.

"라망 화랑입니다."

"라망 씨를 바꿔 주시오."

"눈이 빠지게 기다렸소, 스티븐. 당신 쪽은 대체 어떻게 되었소?"

"아, 라망 씨. 나는 드로서요. 잊지 않았겠지요? 아까 댁의 화랑에 갔었던 사람이오."

"미쳤소? 대체 무슨 잠꼬대요, 스티븐. 나요, 장 피엘이오."

"지금 메트카프 씨라는 분과 함께 있는데 말이오."

"그래요? 미안, 스티븐. 설마 그런 줄은……"

"이분이 몇 분 뒤에 그리로 가실 모양이오."

스티븐이 하비 쪽으로 눈길을 보내니 그는 그 정도면 되었다는 듯이 고개를 끄덕였다.

"내가 산 반 고흐 작품을 메트카프 씨에게 넘겨 주시오. 그림값 17만 기니는 전액 그가 지불할 거요."

"전화위복이로군."

장 피엘이 조그만 목소리로 말했다.

"그 그림을 놓치기는 정말 애석하지만, 미국인이 흔히 말하는 거절할 수 없는 조건을 내거니 어쩔 수 없이 이렇게 되었소. 당신에게는 감사하고 있소."

스티븐은 그렇게 말하고는 전화를 끊었다. 하비는 2만 달러짜리 수표에 서명하고 있었다.

"고맙소, 드로서 씨. 덕분에 나는 행복하오."

"나도 불만은 없습니다" 하고 스티븐은 솔직하게 대답했다. 그는 하비를 문까지 바래다 주고 이별의 악수를 나누었다.

"안녕히 계시오."

"안녕히 가십시오, 메트카프 씨."

스티븐은 문을 닫고 비틀거리면서 의자까지 갔다. 온몸의 힘이 몽땅 빠져 버려서 꼼짝할 수도 없을 정도였다.

로빈과 제임스는 하비가 도체스터 호텔에서 나가는 것을 보았다. 로빈은 라망 화랑 쪽으로 그의 뒤를 밟으면서 한 발자국 옮길 때마다 희망이 부풀어 올랐다. 제임스는 엘리베이터로 이층으로 올라가서 뛰다시피 120호실 앞으로 갔다. 문을 힘껏 두드리자 스티븐이 펄쩍 뛸 듯이 놀랐다. 한 번 더 하비와 얼굴을 마주할 용기는 없었다.

"제임스, 당신이었군. 방을 취소하고 하룻밤의 요금을 치른 뒤 칵테일 바로 오시오."

"왜? 무슨 일이오?"

"크루그 1964년의 특별주를 한 병 따야겠어."


하나는 끝, 남은 것은 셋.

# 제11장

킹스 거리에 있는 브릭즐리 경의 방에 마지막으로 도착한 것은 장 피엘이었다. 그는 마지막으로 등장할 자격이 있다고 스스로 생각하고 있었다. 하비의 수표는 결제되어 라망 화랑의 계좌는 당장 44만 7, 560달러 불어나 있었다. 반 고흐의 그림은 하비의 것이 되었지만, 그렇다고 하늘이 내려앉을 것 같지는 않았다. 장 피엘은 합법적인 거래로 10년 걸려서 번 돈 이상을 겨우 2개월 걸려서 준비한 범죄로 벌어들인 것이다. 다른 세 사람은 박수와 함께 제임스가 마지막까지 남겨두었던 부브 클리코 1959년 한 병으로 그를 맞이했다.

"성공한 것은 운이 좋았기 때문이오" 하고 로빈이 말했다.

"아니, 그렇지 않소"라고 스티븐이 말을 받았다. "우리는 끝까지 냉정을 잃지 않았소. 이 작전에서 우리가 배운 것은 하비가 게임 도중에 룰을 바꿀 가능성도 있다는 점이오."

"그는 자칫 게임 그 자체를 바꿀 뻔했소, 스티븐."

"동감이오. 그리고 우리는 한 번뿐이 아니고 남은 세 번도 오늘처럼 잘 하지 않으면 실패한다는 것을 명심해야 하오. 제 1라운드에서 이겼다고 해서 적을 얕보아서는 안 돼요.”

“너무 흥분하지 마시오, 교수.” 제임스가 말했다.

“일에 대한 의논은 식사를 끝낸 뒤 하기로 합시다. 오후에 앤이 와서 특별히 연어 크림을 만들어 주었는데, 하비 메트카프의 이야기를 하면서 먹으면 맛이 떨어질 거요.”

“그 대단한 미인은 언제쯤 볼 수 있겠소?”

장 피엘이 물었다.

“이 작전이 다 끝난 다음에.”

“그 여자와 결혼하는 건 그만두시오, 제임스, 우리의 돈만을 노리고 있으니까.”

그들은 큰소리로 웃었다. 제임스는 그녀가 처음부터 이 계획을 알고 있었던 사실을 동료들에게 밝혀도 좋을 날이 오기만을 바랐다. 그는 비프의 크루트와 에셰조 1970년짜리 두 병을 테이블 위에 내놓았다. 장 피엘이 소스 냄새에 취한 듯 코를 벌름거렸다.

“내 말을 수정해야겠는데. 침실에서의 테크닉이 요리 솜씨의 반쯤만 된다면 그녀와의 결혼을 진지하게 고려해야겠어.”

“침실 쪽에 대한 판정을 내릴 기회는 미안하게도 당신에게는 없소이다, 장 피엘. 그녀의 프렌치 드레싱에 입맛다시는 것만으로 참아주시지요.”

“당신의 오늘 아침 연기는 일품이었소, 제임스.” 스티븐은 장 피엘이 즐겨 하는 화제에서 방향을 바꾸었다. “당신은 무대에 서야겠어요. 영국 귀족의 일원으로서 당신의 재능이 낭비되고 있어요.”

“나도 옛날부터 그러고 싶었지만 아버지가 반대해서 말이오. 막대한 유산을 바라보고 살아가는 인간으로서는 아들로서의 의무를 다하지 않으면 안 되는 것 아니겠소?”

“몬테카를로에서는 차라리 그에게 1인 4역을 시키면 어떻겠소?”

로빈이 말했다.

몬테카를로 얘기가 나오자 그들은 들뜬 기분에서 깨어나는 듯했다.

"일에 대한 이야기로 돌아갑시다." 스티븐이 말했다. "우리의 지금까지의 수입은 44만 7,560달러요. 그림값과 예상 밖의 도체스터 호텔의 숙박료 경비가 모두 1만 1,142달러, 따라서 아직도 메트카프에게 56만 3,582달러를 꾸어주고 있는 셈이오. 되찾은 돈이 아니라 잃어버린 돈이라고 생각해야 해요. 자, 몬테카를로 작전의 성패는 눈 깜짝할 사이의 순간적인 타이밍과 각자의 역할을 견뎌낼 우리의 능력에 달려 있소. 로빈에게서 작전 설명이 있을 거요."

로빈이 옆에 있는 브리프케이스에서 녹색의 자료를 꺼내어 한동안 자기의 메모를 들여다보고 있었다.

"장 피엘, 당신은 오늘부터 수염을 길러서 3개월 뒤에는 적에게 얼굴이 들통나지 않도록 해주시오. 그리고 머리칼도 훨씬 짧게 깎을 필요가 있소."

로빈은 장 피엘의 우거지상을 보고서 동정심이라고는 없는 웃음을 지었다.

"필시 보기 싫은 얼굴이 되겠지."

"그럴 리는……" 하고 장 피엘이 되받았다. "아마 없을게요."

"바카라와 블랙잭은 어느 정도요?" 하고 로빈이 계속했다.

"5주에 37달러 손해봤소. 클레어먼트와 골든 누겟의 회원 가입비도 포함해서 말이오."

"그것도 모두 필요 경비에 포함됩니다." 스티븐이 끼어들었다.

"따라서 청구액은 56만 3,619달러가 되는 거요."

다른 세 사람이 웃었다. 그러나 스티븐만은 진지한 얼굴이었다.

"제임스, 밴의 운전 솜씨는 어떻게 되어가고 있소?"

"세인트 토머스 교회에서 할리 거리까지 14분에 갈 수 있소. 몬테카를로에서 연습 아닌 실전이 되면 11분에 충분히 해낼 수 있을 거요. 물론 그 전날 몇 번쯤 연습주행은 해볼 필요가 있겠지만. 게다가 도로의 반대쪽을 달리는 연습도 해야 하고."

"어째서 영국이 아닌 다른 나라에서는 도로의 반대쪽으로 달리는 거지?" 장 피엘이 말했다.

제임스는 그 말은 무시해 버린 채 계속했다.

"그리고 대륙의 도로 표지도 잘 모르거든요."

"그거라면 자료의 일부로 내가 준 미쉘랭의 안내책자에 모두 나와 있소."

"알고 있소. 하지만 지도상의 공부만이 아니고 실제로 차를 몰고 달려보는 게 안심이 되거든. 모나코에는 일방통행 도로가 많아요. 그러니 만일 반대쪽으로 달리기라도 한다면 큰일나는 거요."

"걱정할 것 없소. 거기 가서도 시간은 얼마든지 있으니까. 남은 것은 스티븐인데, 그는 내가 가르친 사람들 중에서는 가장 우수한 의학도요. 당신도 새로 얻게 된 지식에 만족하고 있을 줄 아오만?"

"당신의 미국 사투리 못지않게 만족하고 있소, 로빈. 어쨌거나 하비는 그 시간에 우리 솜씨를 평가할 수 있는 상태는 아니겠지."

"그렇고말고. 예를 들어 당신이 양쪽 겨드랑이에 반 고흐 작품을 한 장씩 끼고 헬 드로서라고 하며 나선다고 해도 그는 알 턱이 없지."

로빈은 할리 거리와 세인트 토머스 병원에서 할 최종 리허설의 예정표를 세 사람에게 나누어 주고는 다시 녹색 자료를 들여다보았다.

"오텔 드 파리의 각각 다른 층에 싱글 룸을 네 개 예약해 두었으며, 그레이스 왕비 기념 병원에 대한 수배도 모두 확인을 끝냈소. 그 호텔은 세계에서도 최고급이라는 소문이고, 호텔 숙박비도 엄청나게 비싼 대신에 카지노 바로 옆에 있소. 우리는 하비가 자가용 요트로 도착하는 다음날인 월요일에 니스로 날아갈 예정이오."

"그때까지 1주일 동안 뭘 하고 지내지?" 제임스가 어린애처럼 물었다.

스티븐이 주도권을 다시 쥐었다.

"금요일의 의상 연습을 위해서 녹색 자료를 철저히 머릿속에 넣어 두도록. 그런데, 제임스, 당신에게는 중요한 숙제가 하나 남아 있소. 좀더 노력해서 하루빨리 당신 계획을 모두에게 알려줘야 해요."

제임스는 시무룩한 얼굴을 하고 의자에 맥없이 앉았다.

스티븐이 자료를 덮으며 말했다.

"오늘밤은 이 정도로 해둡시다."

"잠깐, 스티븐" 하고 로빈이 말했다.

"한번 더 발가벗지 않겠소? 90초에 할 수 있는지 시험해 보고 싶소."

스티븐은 별로 내키지 않는 듯이 방 한가운데 눕고 제임스와 장 피엘이 재빨리, 그러나 조심스럽게 그를 발가벗겼다.

"87초, 그 정도면 훌륭해."

로빈이 손목시계만 찬 채 알몸이 된 스티븐을 내려다보면서 말했다.

"아니, 시간이 벌써 이렇게 되었나? 나는 뉴베리로 돌아가야 해. 마누라가 여자라도 생긴 줄 알 텐데, 그 상대가 당신들이니."

다른 일행이 돌아갈 준비를 하는 동안에 스티븐은 얼른 옷을 주워 입었다. 몇 분 뒤, 제임스는 문 옆에 서서 그들을 한 사람씩 전송했다.

스티븐의 모습이 보이지 않게 되자마자 그는 아래층 부엌으로 달려 내려갔다.

"들었어?"

"네, 모두들 좋은 사람들 같더군요. 당신에 대해서 화내는 것도 무리가 아니에요. 세 사람 모두 이 계획에 대해서는 프로 같은 말들만 하는데, 솔직히 말해서 당신만은 아마추어 티가 물씬거렸어요. 우리 둘이서 그들에 못지않은 명안을 짜내야만 해요. 메트카프가 몬테카를로에 갈 때까지 아직 1주일은 더 남았어요."

제임스는 한숨을 쉬었다.

"오늘밤 정도는 즐겁게 지내자고. 적어도 오늘 아침은 대성공이었으니까."

"그건 그렇지만, 당신 계획이 성공한 건 아니에요. 내일 우리 함께 생각해 봐요."

# 제12장

"니스행 017편의 승객 여러분, 7번 게이트로 모여주시기 바랍니다."

런던 히드로 공항의 라우드 스피커가 울려퍼졌다.

"우리가 탈 비행기요" 하고 스티븐이 말했다.

네 사람은 에스컬레이터로 이층으로 올라가서 긴 통로를 걸어갔다. 권총, 폭탄, 그밖에 테러리스트가 가지고 탈 만한 위험물 검사를 마치고 그들은 비행기 안으로 들어갔다.

좌석은 따로따로 잡았다. 서로 얼굴을 마주보거나 말을 걸지 않기로 했다. 스티븐이 같은 비행기에 하비와 아는 사람이 타고 있을 가능성도 있다고 경고했기 때문이며, 각자가 하비의 친구 옆자리에 앉아 있다는 생각으로 경계를 게을리하지 않았다.

제임스는 구름 한점 없는 하늘을 우울한 얼굴로 바라보면서 생각에 잠겨 있었다. 금을 훔친 이야기며, 사기에 성공한 이야기와 조금이라도 관계 있는 책이라면 닥치는 대로 앤과 둘이서 읽어나갔지만, 모방해서 쓸 만한 아이디어는 하나도 찾아내지 못했다. 사실 스티븐조차도 세인트 토머스 병원에서 알몸이 되어 진찰을 받는 연습을 하는 동안에 제임스를 위해서 멋진 계획을 생각해 주려다가 그만 지치고 말았다.

트라이던트 기는 13시 40분에 니스에 도착했다. 니스에서 모나코까지 20분 동안은 기차 신세를 졌다. 팀의 멤버 네 사람은 따로따로 카지노 광장에 있는 우아한 오텔 드 파리에 들어갔다. 그리고 오후 7시에 217호실에 전원 집합했다.

"모두 각자의 방에 들었겠지?"

다른 세 사람이 고개를 끄덕였다.

"여기까지는 예정대로요" 하고 로빈이 말했다. "즉시 행동개시요, 장 피엘, 당신은 오늘밤 카지노에 가서 바카라와 블랙잭을 사전 연습하시오. 카지노의 분위기를 익히는 것과 동시에 내부의 배치를 머릿속에 넣어두어야 해요. 다른 문제는?"

"없소, 로빈. 지금부터 곧바로 가서 리허설에 끼고 싶은데."

"너무 손해보지 않도록 하시오" 하고 스티븐이 말했다.

수염과 디너 재킷으로 한껏 멋을 낸 장 피엘이 싱긋 웃으며 217호실을 나서더니 엘리베이터를 피하고 층계로 내려갔다. 그리고 호텔에서 카지노까지의 짧은 거리를 걸어서 갔다. 로빈이 계속했다.

"제임스, 당신은 카지노에서 병원까지 택시를 타고 가시오. 병원에 도착하면 주차 미터가 몇 분 동안 돌아가게 한 다음에 카지노로 돌아가시오. 보통 택시는 최단 거리를 택한다고 생각하면 되지만, 만일을 위해서 운전 기사에게 급하다고 하고. 그래 놓으면 급할 때 택시가 어느 길을 택하는지 알게 될 것이오. 카지노로 돌아가면 이번에는 카지노에서 병원까지 걸어서 갔다와 보시오. 그렇게 하면 정작 일을 치르게 될 때에 길을 헛갈릴 걱정이 없을 거요. 그것을 완전히 머릿속에 넣고 난 다음에는 병원에서 하비의 요트 사이의 길도 마찬가지 방법으로 길을 익혀 두시오. 단, 카지노에 들어가선 안 돼요. 요트에도 너무 가까이 가지 말고. 얼굴이 알려지면 곤란하니까."

"진짜 거사 때에 내가 카지노의 내부를 알고 있지 않아도 괜찮겠소?"

"그건 장 피엘에게 맡기면 되오. 스티븐은 하비 옆을 떠날 수 없으니까, 장 피엘이 입구까지 당신을 마중나갈 거요. 당신은 병원 가운을 입고 들것을 가지고 있으니까 아마 입장료 12프랑은 치르지 않아도 되겠지. 산책이 끝나면 당신 방으로 돌아가서 내일 11시 대면 때까지 밖에 나오지 않도록 하시오. 스티븐과 나는 병원에 가서 런던에서 전보로 부탁한 대로 준비가 되어 있는지 확인하고 오겠소."

제임스가 217호실을 나설 무렵 장 피엘은 카지노에 도착했다.

카지노는 모나코의 중심부에 있으며, 바다를 내려다보는 아름다운 정원에 둘러싸여 있다. 현재의 건물에는 몇 개의 날개가 있는데, 그 중 가장 오래된 것은 파리의 오페라 하우스의 설계자인 샤를 가르니에의 설계로 된 것이다. 1910년에 증설된 갬블링 룸은 오페라나 발레를 상연하는 가르니에 극장과 안뜰로 연결되어 있다.

장 피엘은 입구의 대리석 층계를 올라가서 12프랑을 지불했다. 갬블링 룸은 아주 널찍했으며, 20세기 말 유럽의 퇴폐와 장려(壯麗)함을 여실히 나타내고 있었다. 두툼한 진홍색 카펫이나 조각, 그림, 태피스트리(색실로 풍경 따위를 짠 주단) 등이 건물에 궁전 그대로의 인상을 주고 있었으며, 초상화는 아직도 사람이 살고 있는 시골의 호화 저택을 생각나게 했다. 손님은 온갖 인종이 다 모였으며, 아랍인과 유대인이 나란히 서서 룰렛에 흥겨워하는 광경은 카지노라고 하기보다는 국제연합의 회의를 연상케 했다. 장 피엘은 비현실적인 부(富)의 세계에서 태평스러운 시간을 보내고 있었다. 로빈의 혜안이 그의 성격을 꿰뚫어보고, 그러면 침착하게 해낼 것 같은 역할을 주었던 것이다.

장 피엘은 세 시간 이상이나 걸려서 카지노의 내부——갬블링 룸, 바와 레스토랑, 전화, 입구와 출구 등의 배치를 머릿속에 완전히 집어넣었다. 이윽고 도박 자체로 눈을 돌렸다. 바카라는 오후 3시와 11시에 두 개의 특별실에서 열리는데, 장 피엘은 카지노의 광고 부장 피엘 카탈라노에게서 하비가 어느 특별실을 이용하는지 알아냈다.

블랙잭은 매일 오전 11시부터 아메리칸 살롱에서 하게 된다. 블랙잭 테이블은 모두 세 개 있는데, 장 피엘은 카탈라노에게서 하비가 언제나 2번 테이블의 3번 의자에 앉는다는 것도 알아냈다. 장 피엘은 클레어먼트와 게임의 룰이 좀 다를 경우를 생각해서 블랙잭과 바카라를 조금 해보았다. 클레어먼트는 지금도 프랑스 룰을 쓰고 있으므로 다른 것이 하나도 없었다.

하비 메트카프는 11시 조금 지나서 떠들썩하게 카지노에 들어서며 바카라 테이블에까지 여송연 재를 날렸다. 장 피엘은 눈에 띄지 않도록 바에서 지켜보고 있었는데, 헤드 딜러는 우선 하비를 정중하게 예약석으로 안내하고 나서, 아메리칸 살롱에 가서 블랙잭의 2번 테이블의 의자 하나에 '예약석'이라고 쓰인 흰 카드를 놓았다. 하비는 여기서는 분명히 소중한 단골손님이었다. 장 피엘과 마찬가지로 카지노의 경영자도 하비가 어느 게임을 하는지 알고 있었다. 장 피엘은 11시 27분에 가만히 카지노를 빠져나와서 호텔 방으로 돌아와 다음날 아침 11시까지 한 발자국도 밖으로 나가지 않았다. 제임스도 순조로웠다. 우연히 만난 택시 운전 기사가 걸작이었다. '급하다'는 한마디를 듣는 순간 마치 몬테카를로 랠리에 참가하기라도 한 듯이 거리를 달려갔다. 8분 44초 만에 병원에 닿았을 때, 제임스는 속이 좀 울렁거려서 환자 대기실에서 몇 분 동안 쉰 다음에야 다시 택시로 돌아올 정도였다.

"카지노로 돌아갑시다. 그런데 좀 천천히 갑시다."

그리말디 거리를 지나 카지노까지의 소요 시간은 11분 남짓 걸렸으므로, 제임스는 약 10분 안에 갈 수 있도록 연습하기로 목표를 세웠다. 운전 기사에게 요금을 치르고 로빈이 지시한 제2부를 실행했다. 카지노에서 병원까지 걸어서 왕복해 보니 한 시간이 조금 더 걸렸다. 밤공기가 기분좋게 얼굴을 스치고, 거리에는 생기 가득찬 사람들로 넘치고 있었다. 모나코 공화국으로서는 관광이 최대의 수입원이며, 국민들은 관광객의 편의를 진지하게 생각하고 있다. 제임스는 헤아릴 수 없을 정도로 많은 카페테라스식 레스토랑이며, 값은 비싸지만 별로 가치도 없는 선물들을 산더미처럼 쌓아놓고 있는 기념품 판매점 앞을 지나갔다. 소란스러운 휴가 여행객 떼들이 보도를 산책하며, 각국어가 한데 어우러진 이야기 소리가 앤에 대한 제임스의 생각에는 무의미한 반주처럼 들렸다. 제임스는 이윽고 택시로 항구에 가서 요트 '메신저 보이' 호가 정박해 있는 곳을 확인하고 다시 한 번 병원으로 돌아왔다. 장 피엘과 마찬가지로 그 또한 최초의 임무를 마치고 12시 전에 무사히 호텔 자기 방으로 돌아갔다.

로빈과 스티븐은 호텔에서 병원까지 걸어서 40분 남짓 걸린다는 것을 알아냈다. 병원에 도착하여 로빈은 접수처에서 관리 책임자를 만나자고 했다.

"야간 관리 책임자가 있습니다" 하고 풀기가 빳빳한 흰 가운을 입은 프랑스 인 간호사가 말했다. "누구신지요?"

그녀의 영어 발음이 능숙했으므로 두 사람은 하찮은 말장난으로 웃음거리가 되지 않도록 했다.

"캘리포니아 대학의 와일리 바커 박사올시다."

로빈은 닉슨 전 대통령의 주치의이며 세계적인 외과 명의이기도 한 와일리 바커가 현재 오스트레일리아 각지를 돌면서 주요 대학에서 강연을 하고 있다는 것을 이 프랑스 인 관리 책임자가 모르기를 빌었다.

"안녕하십니까, 바커 박사님. 저는 바르티즈입니다. 우리 병원을 찾아주셔서 영광입니다."

로빈이 겨우 익힌 미국 사투리가 그 이상 프랑스 어를 쓰게 하지 않았다.

"수술실의 상황을 점검해 주시겠소?" 로빈이 말했다.

"앞으로 5일 간 오후 11시부터 오전 4시까지 빌려쓰기로 한 것을 확인해 보고 싶소만."

"좋습니다, 바커 박사님. 수술실은 다음 복도에서 조금 들어간 곳에 있습니다. 제가 안내해 드리지요."

수술실은 네 사람이 여러 번 연습을 거듭해 본 세인트 토머스 병원의 수술실과 달리 고무로 된 스윙 도어로 칸막이가 된 두 개의 방으로 되어 있었다. 메인 룸은 설비가 잘 갖추어져 있었으며, 로빈이 만족한 듯 고개를 끄덕이는 것을 보고, 필요한 기구가 모두 준비되어 있다는 것을 스티븐도 알 수 있었다. 이 병원은 병상수는 200개 정도에 지나지 않으나 수술실 수준은 최고였다. 돈푼깨나 있는 환자가 많은 모양이다.

"마취의나 간호사의 도움이 필요하십니까, 바커 박사님?"

"아니오" 하고 로빈이 대답했다.

"마취의나 스태프들은 내가 준비하겠지만, 개복수술용의 기구 일체를 매일 밤 준비해주었으면 좋겠소. 단, 적어도 한 시간 전에는 미리 연락을 하겠소."

"그렇게 해주시면 준비에 지장은 없겠습니다. 그밖에 다른 것은 없으십니까?"

"흠, 부탁해 둔 특별차 말이오. 내일 12시쯤 내 운전 기사에게 가져오라고 이리로 보내도 되겠소?"

"좋고말고요, 바커 박사님. 병원 뒤에 있는 조그만 주차장에 준비해 두겠습니다. 운전하시는 분에게는 접수처에서 열쇠를 받으라고 일러주십시오."

"혹시 수술 후의 간호를 담당하는 데 익숙한 간호사를 소개해 주는 곳을 모르시오?"

"그런 일이라면 간호사협회로 연락하시면 됩니다. 물론 요금은 꽤 들겠지만요."

"그것은 상관없소" 하고 로빈이 대답했다.

"아, 그래, 잊을 뻔했군. 비용에 대한 지불은 다 끝났나요?"

"예, 지난주 목요일 캘리포니아에서 7,000 달러짜리 수표가 왔습니다."

로빈은 아주 간단한 이 방법이 정말 마음에 들었다. 스티븐이 하버드의 자기 거래 은행에 의뢰해서 샌프란시스코의 퍼스트 내셔널 시티은행 발행의 수표를 몬테카를로의 병원 경리과 앞으로 보내게 했을 뿐인 것이다.

"여러 가지로 폐가 많았소, 무슈 바르티즈. 덕분에 도움이 컸소. 그런데 환자를 언제 이리로 데려오게 될지는 아직 모르겠소. 본인이 자신의 병을 모르고 있어서 말이오. 설득하기까지 애를 좀 먹을 모양이오."

"알 만합니다, 박사님."

"마지막으로 하나 더, 내가 몬테카를로에 있다는 것은 되도록 숨겨 주었으면 고맙겠소. 실은 일과 휴가를 겸해서 와 있어서 말이오."

"알겠습니다, 바커 박사님. 틀림없이 비밀을 지키겠습니다."

로빈과 스티븐은 바르티즈와 헤어져 택시를 타고 호텔로 돌아갔다.

"언제나 좀 약오르는 일이지만, 우리가 하는 프랑스 어에 비하면 프랑스 인은 영어를 너무 잘한단 말이야."

"그것은 당신들 지긋지긋한 미국인들 탓이오." 로빈이 말했다.

"아니, 그렇지는 않소. 만일 프랑스가 미국을 정복했다면 당신도 프랑스 어를 잘했을 거요. 이렇게 된 것은 필그림 파더스(1620년 메이플라워 호로 미국에 건너간 102명의 청교도단)의 책임이오."

로빈은 웃었다. 두 사람은 누가 엿들을까 걱정되어 그 뒤로는 217호실로 들어갈 때까지 서로 입을 열지 않았다. 스티븐은 이번이야말로 위험도 크고, 책임 또한 막중하다는 것을 새삼 느끼고 있었다.

하비 메트카프는 자가용 요트의 갑판에서 일광욕을 하면서 조간을 읽고 있었다. 안타깝게도 '니스 마탱'은 프랑스 어 신문이었다. 그는 사전의 도움을 받아가며 간신히 자기가 초대받아도 좋을 만한 사교 행사는 없을까 하고 읽어나갔다. 어젯밤에는 늦게까지 도박을 즐기고, 오늘은 살찐 등을 햇볕에 그을리며 즐기고 있는 중이었다. 만일 돈으로 살 수 있는 것이라면 180센티미터, 77킬로그램의 체격과 풍성한 머리칼이 탐나지만, 현실로는 아무리 선크림을 발라도 대머리가 볕에 그을리는 것을 막을 수는 없었으므로 하는 수 없이 'I'm sexy'라고 쓰인 흰 모자를 머리에 쓰고 있었다. 이 모습을 피시 양에게 보여주고 싶을 지경이다.

11시에 하비가 몸을 뒤집어 마치 북 같은 배를 햇볕 쪽으로 내밀 무렵, 제임스가 다른 세 사람이 기다리고 있는 217호실에 모습을 나타냈다.

장 피엘이 카지노 내부의 배치와 하비 메트카프의 행동거지를 보고했다. 제임스는 어젯밤의 테스트 결과를 모두에게 보고하고 11분 이내에 그 거리를 달릴 수 있을 것이라고 보증했다.

"완벽해" 하고 로빈이 말했다.

"스티븐과 나는 병원에서 호텔까지 택시로 15분 걸렸소. 카지노에서 기구(氣球)가 올라가는 대로 장 피엘이 연락을 해주면 당신들이 도착하기 전에 모든 준비를 끝내 놓을 여유가 충분히 있소."

"카지노에서 기구가 올라가는 것은 곤란해. 내려가줘야겠어."

장 피엘이 말했다.

"내일 밤부터 전화 한 통이면 1일 간호사가 달려오게 되어 있소. 병원에는 필요한 설비가 모두 갖추어져 있고, 병원의 현관에서 수술실까지 들것을 메고 들어가는 데 약 2분 걸리니까, 제임스가 주차장을 출발하고 나서 적어도 16분 동안은 내가 준비할 시간이 있을 거요. 제임스, 당신은 오늘 12시에 병원의 주차장에서 구급차를 빌릴 수 있소. 열쇠는 바커 박사 이름으로 접수처에 맡겨놓을 거요. 시험 주행은 두 번뿐이오. 그 이상 하게 되면 너무 눈에 띄게 돼. 그리고 나중에 이 포장물을 실어 놓으시오."

"그게 뭐요?"

"흰 가운 세 벌과 스티븐의 청진기요. 그리고 들것도 간단히 펼 수 있는지 점검해 두는 것이 좋을 거요. 두 번째 시험 주행이 끝나고 나면 구급차를 주차장에 돌려주고서 오후 11시까지 방에 가 있으시오. 11시부터 오전 4시까지는 장 피엘에게서 '전투 태세'라든지 '경보 해제'라는 연락이 있을 때까지 주차장에서 대기해 주어야겠소. 그리고 모두들 무선기용의 새 건전지를 사놓으시고, 10펜스의 건전지 값을 아끼려다가 계획 전체가 엉망이 되어서는 안 되니까. 장 피엘, 당신은 밤까지는 별로 할일이 없을 거요. 느긋하게 책이라도 읽고 있으면 좋을 텐데, 방에 읽을 것은 있소?"

"프린세스 시네마에 가서 프랑수아 트뤼포의 〈아메리카의 밤〉을 보면 안되겠소? 나는 자클린 비젯의 팬이거든. 프랑스 만세!"

"이보시오, 장 피엘, 비젯 양은 영국의 레딩 출신이오."

제임스가 말했다.

"상관없소. 난 그래도 그녀를 보고 싶으니까."

"프랑스 인이란 한번 말을 꺼냈다 하면 다른 말은 들으려고도 하지 않으니까."

로빈이 놀려댔다.

"뭐, 어떻소? 하비는 자막이 들어 있지 않은 고급 프랑스 영화를 보아도 뜻을 알 수 없을 테니까. 가서 즐기고 오시오, 장 피엘. 그 대신 오늘밤은 정신 바짝 차려야 해요."

장 피엘은 세 사람을 217호실에 남겨두고 들어올 때처럼 조용히 자기 방으로 돌아갔다.

"좋아요, 제임스. 당신이 원하는 시간에 주행 연습을 해보도록 하시오. 하지만 오늘밤엔 깨어 있어야 해요."

"좋소. 병원 접수처에 가서 열쇠를 받아오지. 도중에 진짜 급한 환자가 차를 세우지는 말아야 할 텐데."

"자, 스티븐. 한 번 더 연습을 합시다. 이 계획이 제대로 안 되면 단지 돈만 손해보고 끝날 일이 아니니까. 처음부터 해봅시다. 먼저 이산화질소(마취용의 웃음이 나오는 가스)가 51 이하가 되면 어떻게 하지?"


"메트카프 작전——응답하라, 응답하라. 여기는 장 피엘. 지금 카지노의 층계 위다. 들리는가, 제임스?"

"들린다. 나는 병원의 주차장이다, 오버."

"여기는 로빈. 217호실의 발코니다. 스티븐은 당신과 함께 있소, 장 피엘?"

"그는 바에서 혼자 마시고 있소."

"행운을 빌겠소, 오버."

장 피엘은 오후 7시부터 11시까지 한 시간마다 각기 맡고 있는 곳을 점검하고는, 로빈과 제임스에게 하비가 아직 나타나지 않는다고 보고했다. 이윽고 11시 16분에 겨우 모습을 나타낸 하비가 바카라 테이블의 예약석에 앉았다. 스티븐은 토마토 주스 마시던 것을 멈추었고, 장 피엘은 바카라 테이블 옆으로 다가가서 하비의 옆자리 어느 쪽이든 자리가 나기를 끈질기게 기다리고 있었다. 한 시간이 지났다. 하비는 조금 잃었으나 그만둘 생각은 없는 것 같았다. 그의 오른쪽 옆에 앉아 있는 키 크고 마른 미국인이나, 왼쪽의 프랑스 인도 마찬가지였다. 다시 한 시간이 지났지만 변함이 없었다. 마침내 메트카프의 왼쪽에 앉아 있던 프랑스 인이 갑자기 불운이 겹치자 나머지 칩을 그러모은 뒤 자리를 떴다.

장 피엘이 그 빈자리에 다가갔다.

"대단히 죄송합니다만, 그곳은 예약석입니다" 하고 딜러가 말했다. "괜찮으시다면 테이블 반대쪽에 앉으시지요."

"아니, 괜찮소."

장 피엘은 모나코 인이 돈많은 사람에 대해 보이는 경의에 혀를 차며 물러났다. 스티븐이 바에서 이 상황을 알아차리고 오늘밤은 그만 철수하자고 가만히 신호를 보냈다. 네 사람은 새벽 2시 조금 지나서 전원이 호텔 217호실로 돌아왔다.

"정말 바보 같은 실수를 저질렀어. 제기랄, 제기랄, 당연히 알아차 렸어야 하는 건데."

"아니오, 당신이 실수한 게 아니오. 내가 카지노의 구조를 몰랐기 때문이오. 리허설 중에 그것을 알아두었어야 했는데."

로빈이 새로 기른 콧수염을 쓰다듬으며 말했다.

"누구의 책임도 아니오," 스티븐이 끼어들었다. "아직 사흘 밤 남아 있으니까 당황할 거 없소, 자리에 대한 문제를 무슨 방법으로든지 해결해야만 하는데, 여하튼 지금은 좀 자기로 하고 내일 아침 10시에 다시 이 방에서 만나기로 합시다."

그들은 모두 조금은 낙담한 채 방을 나섰다. 로빈은 호텔에서 네 시간이나 조마조마해하며 기다렸고, 제임스는 병원의 주차장에서 추위와 무료함에 시달렸으며, 스티븐은 토마토 주스를 너무 많이 마셔서 속이 이상해졌다. 또 장 피엘은 바카라 테이블 근처에 끈질기게 버티고 서서 자리가 나기만을 기다렸는데, 예약석이라고 하며 거절당했으니 무리도 아니다.


하비는 오늘도 일광욕을 하며 누워 있었다. 살갗은 다소 핑크 색이 되어가고 있었지만, 주말까지는 좀더 멋진 색깔이 되어야겠다고 생각하고 있었다. 〈뉴욕 타임스〉 신문에 의하면 금값은 여전히 오름세에 있고, 독일의 마르크와 스위스의 프랑은 안정되어 있었지만, 달러는 파운드를 제외한 모든 통화에 대해서 계속 하락하고 있는 모양이었다. 파운드는 2달러 42센트였다. 보다 현실적인 가격은 아마 1달러 80센트 정도가 되겠다고 하비는 생각했다. 거기까지 떨어지는 것이 빠르면 빠를수록 좋다.

"별로 이상한 현상도 아니지" 하고 생각했을 때 프랑스의 요란한 전화벨 소리가 그를 깜짝 놀라게 했다. 미국이 아닌 다른 나라의 전화벨 소리에는 좀처럼 익숙해지지 않았다. 스튜어드가 요트 내의 코드가 달린 전화기를 가지고 부리나케 갑판으로 달려올라와서 정중한 태도로 하비에게 내밀었다.

"오, 로이드, 자네가 몬테에 있는 줄은 몰랐는데——그래, 물론이야——함께 어떻겠어?——8시쯤이면 어때?——나도 안 되네

──지금 일광욕을 하고 있는 중이거든──틀림없이 나이 탓일 거야──뭐라고? ──그거 좋지, 그럼 나중에 보세."

하비는 수화기를 내려놓고 스튜어드에게 위스키를 잔뜩 넣은 '온 더 록'을 가져오라고 일렀다. 그리고 다시 싱글벙글 웃으며 신문 경제란의 나쁜 소식에 눈을 주었다.

"방법은 그것뿐인 것 같군" 하고 스티븐이 말했다. 다른 세 사람도 고개를 끄덕여 찬성의 표시를 나타냈다.

"장 피엘은 바카라 테이블을 단념하고 아메리칸 살롱의 블랙잭 테이블의 하비 메트카프 옆자리를 예약하시오. 그리고 그가 바카라에서 블랙잭으로 옮겨갈 때까지 기다려요. 하비가 앉게 될 좌석 번호는 알고 있으니까, 거기에 따라서 계획 변경이오."

장 피엘이 카지노의 번호를 돌려서 피엘 카탈라노를 불러냈다.

"블랙잭 2번 테이블의 2번 좌석을 오늘과 내일밤 예약을 해두고 싶소만."

"그 자리는 아마 이미 예약이 되어 있을 줄 압니다, 무슈. 잠깐 기다려 주십시오, 지금 확인해 보겠습니다."

"100프랑이면 무슨 방법이 있지 않을까?"

장 피엘이 말했다.

"있고말고요, 무슈. 도착하시는 대로 곧 저를 찾아주십시오. 원하시는 대로 해드리겠습니다."

"고맙소."

장 피엘은 전화를 끊었다.

"자리는 이야기가 되었소."

그는 눈에 띄게 땀이 나 있었다. 하긴 전화한 결과가 좋지 않았더라면 이런 간단한 부탁을 하는 것만으로 땀이 나지는 않았을 것이다.

그들은 각자의 방으로 돌아갔다.

12시가 조금 지나자 로빈은 217호실에서 조용히 연락을 기다리고, 제임스는 주차장에 서서 〈당신 없이도 살 수 있어〉를 흥얼거리고 있었다. 스티븐은 아메리칸 살롱에서 또 토마토 주스를 홀짝거렸고, 장 피엘은 2번 테이블의 2번 좌석에서 블랙잭을 하고 있었다. 하비가 어떤 남자 하나와 이야기를 해가며 들어오자 스티븐과 장 피엘은 긴장했다. 함께 온 사람은 텍사스 인은 아니었고, 자기 집 정원 밖에서는 창피해서 입지도 못할 것 같은 체크 무늬의 야한 윗도리를 입고 있었다. 장 피엘이 급히 물러갔다.

"안돼! 난 그만두겠소."

"아니, 그만둘 것까지는 없소" 하고 스티븐이 말했다.

"일단 호텔로 돌아가서 다시 의논해 봅시다."

전원이 217호실에 모였으나 사기는 눈에 띄게 떨어져 있었다. 그러나 스티븐의 결단이 옳았다는 점에는 의견이 일치했다. 모든 작전을 하비의 친구에게 처음부터 하나하나 목격하게 하는 위험은 저지를 수 없다.

"이렇게 되고 보니 처음 그 작전이 그렇게 쉽게 이루어졌다는 것이 거짓말 같군."

장 피엘이 말했다.

"바보 같은 소리 마시오." 스티븐이 대꾸했다.

"우리는 두 번이나 허탕을 쳤고, 마지막에 가서는 작전 전체를 바꾸어야만 했소. 어쨌든 그가 제발로 걸어와서 돈을 돌려줄 건 아니니까, 마음을 가라앉히고 먼저 한잠 자두기로 합시다."

그들은 각자의 방으로 돌아갔지만, 잠은 잘 오지 않았다.

"이쯤에서 끝내지, 로이드. 오늘밤 성적은 그저 그렇구먼."

"자네야 그렇겠지, 하비. 하지만 난 달라. 자네는 타고난 승부사니까."

하비는 체크 무늬 윗도리의 어깨쯤을 점잖게 두드려 주었다. 자기의 성공 이상으로 그를 기쁘게 하는 것이 있다면 그것은 다른 사람의 실패였다.

"내 요트에서 하룻밤 묵으려나, 로이드?"

"아니야. 나는 니스로 돌아가야 해. 내일 점심 식사를 함께 하기로 파리에서 약속이 있다네. 근간 다시 만나지, 하비. 건강하게."

그는 장난삼아 하비의 옆구리를 주먹으로 한 대 찔렀다.

"어때, 맛이?"

"잘 자게, 로이드." 하비는 좀 어색하게 말했다.


다음날 밤, 장 피엘은 11시까지 카지노에 나타나지 않았다. 하비 메트카프는 이미 바카라 테이블에 앉아 있었다. 스티븐이 바에서 무서운 얼굴을 하고 있는 것을 보고 장 피엘은 눈짓으로 사과하고는 블랙잭 테이블에 가 앉았다. 우선 되도록 적게 잃도록 애써가며 사전 연습을 몇 번 했다. 그가 거는 액수가 적은 것을 눈치챈 사람은 아무도 없었다. 갑자기 하비가 바카라 테이블에서 일어나, 도중에 룰렛 테이블을 흘끗 보면서 아메리칸 살롱 쪽으로 왔다. 그것은 룰렛에 대한 흥미라기보다는 반은 경멸하는 표시였다. 그는 완전히 우연에 의한 게임을 싫어하며, 바카라와 블랙잭을 기술에 의한 게임이라고 생각하고 있었다. 그는 2번 테이블의 장 피엘 왼쪽 옆자리인 3번 좌석에 앉았다. 또다시 아드레날린이 장 피엘의 몸속을 뛰어다니며 맥박이 120으로 올라갔다. 스티븐은 하비가 장 피엘 옆자리에 앉은 것을 제임스와 로빈에게 알리기 위해서 몇 분 동안 카지노를 떠났다. 그런 다음 다시 바로 돌아와서 되어가는 형편을 지켜보고 있었다.

블랙잭 테이블에는 손님이 일곱 있었다. 1번 좌석에는 다이아몬드로 질식해 버릴 것 같은 중년 부인이 있는데, 남편이 룰렛이나 바카라를 하고 있는 사이의 심심풀이로 보였다. 2번은 장 피엘. 3번이 하비. 4번은 막대한 불로소득을 가진 자 특유의 염세적인 분위기를 풍기는 방탕아 같은 청년. 5번은 정장을 차려입은 아랍 인. 6번은 분명 휴가중으로 보이는 매력적이라고 할 만한 여배우. 이 여자는 장 피엘이 보기에는 5번 좌석의 아랍인과 일행인 것 같았다. 그리고 7번은 허리를 꼿꼿이 세운 늙은 프랑스 귀족이었다.

"블랙 커피를 큰 잔으로 주게."

하비가 스마트한 갈색 재킷을 입은 날씬한 웨이터에게 말했다.

몬테카를로에서는 갬블링 테이블에서 독한 술을 파는 것도, 여자가 손님에게 서비스하는 것도 금지되어 있었다. 라스베이거스와는 대조적으로 카지노의 장사는 갬블이지 술이나 여자가 아닌 것이다. 하비는 젊었을 때부터 라스베이거스에 가는 것이 즐거웠지만, 나이가 들어감에 따라서 프랑스 인의 번거로운 면이 마음에 들게 되었다. 모나코의 카지노처럼 형식을 갖춘 예의 쪽이 취향에 맞게 된 것이다. 2번 테이블에서 디너 재킷을 입고 있는 사람은 그와 장 피엘뿐이었는데, 여기서는 캐주얼이라는 말로 불려지고 있는 어떤 복장도 눈살을 찌푸리는 것이 보통이었다.

곧 커다란 황금색 컵에 김이 무럭무럭 오르는 뜨거운 커피가 하비 앞에 놓여졌다. 장 피엘이 커피잔을 가슴 두근거리며 바라보고 있는 사이에 하비가 장 피엘의 최저의 판돈인 3프랑 칩 옆에 100프랑을 놓았다. 나이는 잘해야 한 서른 정도 되어보이는 키큰 청년인데다가 한 시간에 100회의 승부를 소화시킨다고 자랑하는 딜러가 슈 안에 든 카드를 돌렸다. 장 피엘의 카드는 킹, 하비는 4, 하비 왼쪽 옆의 청년은 5, 딜러는 6이었다. 장 피엘의 두 번째 카드는 7, 그는 그것으로 그만했다. 하비는 10인데, 역시 그만했다. 하비의 왼쪽 청년은 10을 뽑고는 딜러에게 한 장 더 달라고 했다. 세 번째는 8——도로 아미타불.

하비는 무슨 일에나 아마추어를 경멸했는데, 더구나 딜러가 내보인 카드가 3, 4, 5, 6일 때 12 이상의 숫자를 가지고 있으면 세 번째 카드는 뽑지 않는 것쯤은 바보라도 알고 있는 것이다. 그는 얼굴을 약간 찌푸렸다. 딜러는 10과 6을 뽑았다. 하비와 장 피엘이 이겼다. 장 피엘은 다른 세 사람의 운명까지는 미처 마음쓸 겨를이 없었다.

다음 라운드에는 승산이 없었다. 장 피엘은 9가 두 장인 18이었는데, 딜러가 에이스였으므로 멈췄다. 하비는 8과 잭이어서 18로 멈추고, 청년은 또 망치고 말았다. 딜러는 퀸을 뽑았다. '블랙잭'. 딜러가 몽땅 쓸어가 버렸다.

다음에는 장 피엘이 3, 하비가 7, 청년이 10이었다. 딜러는 7, 장 피엘은 8을 뽑아서 판돈을 두 배인 6프랑으로 늘리고 석 장째에 10을 뽑았다——21. 장 피엘은 눈도 깜짝하지 않았다. 스스로 생각해도 잘 해나가고 있다고 여겨졌다. 사람들의 눈을 끄는 식으로 돈을 거는 것은 금물이다. 사실 하비는 그에 대한 일 같은 것은 안중에도 없었다. 그의 관심은 오로지 판마다 카지노에 헌금을 하고 싶어서 견딜 수 없는 듯한 왼쪽 옆자리의 청년에게 가 있었다. 딜러는 계속 하비에게는 10을, 청년에게는 8을 주어 두 사람 모두 거기서 멈출 수밖에 없었다. 딜러는 10을 뽑아서 17이 되었다. 하비와는 비기고 청년에게는 졌다.

슈 안에 있던 카드가 다 나가버렸다. 딜러는 네 팩분의 카드를 기막힌 솜씨로 다시 셔플한 다음 하비에게 커트하게 해서 슈에 넣었다. 다시 카드가 돌려졌다. 장 피엘은 10, 하비에게는 5, 청년은 6, 그리고 딜러 자신은 4였다. 장 피엘은 두 장째는 8을 뽑았다. 카드가 오는 것은 순조로웠다. 하비는 10을 뽑고 15에서 멈췄다. 청년은 10을 뽑고 한 장 더 달라고 했다. 하비는 자신의 눈을 의심하고 앞니 사이로 휘파람 소리를 냈다. 아니나다를까. 다음 카드는 킹이었으며, 청년은 망치고 말았다. 딜러는 잭과 8을 뽑아서 22가 되었지만, 청년은 눈곱만큼도 개의치 않는 것 같았다. 하비는 어처구니없는 얼굴로 그를 보았다. 하나의 팩 52장의 카드 중에 16장밖에 액면 10의 카드가 없다는 것을 이 녀석은 언제쯤 깨닫게 될까?

하비의 마음이 산만해질 때가 장 피엘이 기다리고 기다리는 기회였다. 장 피엘은 호주머니에 한 손을 슬쩍 집어넣고는 로빈에게서 건네받은 프로스티그민 알약을 왼쪽 손바닥에 꼭 쥐었다. 그리고 재채기를 한번 하고, 그동안 몇 번이나 연습한 대로 오른손으로 가슴 호주머니에서 손수건을 꺼냈다. 그와 동시에 아무도 눈치 못 채게 재빨리 알약을 하비의 커피 속에 넣었다. 로빈의 말이 사실이라면 한 시간 뒤에는 효과가 나타날 것이다. 하비는 먼저 기분이 좀 나빠지고, 이윽고 고통이 갑자기 견딜 수 없게 심해져서 쓰러지고 말겠지.

장 피엘은 바 쪽을 향해서 오른쪽 주먹을 세 번 쥐었다폈고는 그 손을 호주머니에 집어넣었다. 스티븐이 즉시 밖으로 나가서 프로스티그민이 하비의 커피 속에 들어간 사실을 카지노의 층계에서 로빈과 제임스에게 연락했다. 이번에는 로빈이 가슴조이는 중압감을 참아내야 할 차례였다. 그는 병원에 전화를 걸어서 당직 간호사에게 수술 준비를 해두도록 부탁했다. 다음에는 간호사협회에 전화를 걸어서 미리 부탁해 두었던 간호사가 정확히 90분 뒤에는 병원의 접수처에서 기다리게 해달라고 연락했다. 그 일이 끝나자 다시 자리에 앉아서 들뜬 마음으로 카지노에서 다음 연락이 오기를 기다렸다.

스티븐은 곧바로 돌아왔다. 하비는 기분이 좀 나빠지기는 했지만,

아직 돌아갈 생각은 없었다. 고통이 점점 심해져 가는데도 불구하고 욕심 때문에 버티고 있었다. 컵에 남아 있던 커피를 마저 마시고 한 잔 더 마시면 머릿속이 좀 맑아질지도 모른다고 생각하고는 한 잔 더 주문했다. 그러나 커피로는 효과가 없었으며, 갈수록 기분이 나빠지고 있었다. 에이스와 킹, 7과 4와 10, 두 장 연거푸 퀸이라는 기막힌 패가 간신히 그를 테이블에 붙들어두고 있었다. 장 피엘은 시계를 들여다보고 싶은 충동을 억눌렀다. 딜러는 장 피엘에게 7, 하비에게는 또다시 에이스, 청년에게는 2를 돌렸다. 갑자기 거의 정확히 예정 시간에 하비는 더 이상 고통을 견디지 못하게 되어버렸다. 그는 일어나서 테이블을 떠나려고 했다.

"게임이 이미 시작되었습니다, 무슈."

딜러가 재촉하듯 말했다.

"마음대로 해." 하비는 그렇게 대답하고는 괴로운 듯이 배를 감싸쥐며 바닥에 쓰러졌다. 장 피엘은 딜러나 갬블러들이 우왕좌왕하는 사이에 꼼짝도 하지 않고 앉아 있었다. 스티븐은 하비를 둘러싸고 있는 사람들을 헤치며 앞으로 나섰다.

"물러나 주세요, 난 의사입니다."

구경꾼들은 의사라는 말에 안심하고 재빨리 물러섰다.

"어떻게 된 거요, 선생?"

세상이 끝나 가는 것으로 생각한 하비가 헐떡이며 물었다.

"아직은 모릅니다" 하고 스티븐이 대답했다. 쓰러지고 나서 의식을 잃을 때까지 겨우 10분의 여유밖에 없으니까 재빨리 일을 서둘러야 한다고 로빈에게서 주의를 받았었다. 그는 하비의 넥타이를 느슨하게 풀어주고는 맥을 짚어보았다. 그리고서 와이셔츠의 앞을 헤치고 배를 눌러보며 진찰을 하기 시작했다.

"배가 아픈가요?"

"음."

하비가 앓는 소리를 했다.

"갑자기 아프기 시작했습니까?"

"그렇소."

"어떻게 아픈지 말해 주십시오, 찌르듯이 아픕니까, 불에 덴 듯이 아픕니까, 아니면 조여드는 듯이 아픕니까?"

"조여드는 듯이……."

"어디가 제일 아픕니까?"

하비는 배의 오른쪽을 손으로 만졌다. 스티븐이 제9늑골의 앞끝을 세게 누르자 하비는 고통스러운 소리를 질렀다.

"음, 틀림없는 머피 증세입니다. 아마 급성담낭염이며, 담낭에 돌이 들어 있을 겁니다."

그는 거대한 북 같은 배의 진찰을 계속했다.

"담낭의 돌이 담관을 지나서 창자로 나오려 하면서, 그 압박이 격렬한 통증을 일으킨 겁니다. 즉시 담낭과 돌을 제거해야겠어요, 병원에 긴급수술을 할 수 있는 의사가 있으면 좋겠는데……."

그것을 계기로 장 피엘이 입을 열었다.

"우리 호텔에 와일리 바커 박사가 묵고 있어요."

"와일리 바커, 그 미국의 외과 전문의 말이오?"

"그래요." 장 피엘이 대답했다. "닉슨의 주치의입니다."

"거 참, 운이 좋군. 그 이상의 의사는 없소, 하지만 그 사람은 너무 비싸요."

"돈은 얼마가 들어도 좋소" 하고 하비가 우는 소리를 냈다.

"하지만 5만 달러는 달라고 할걸요."

"10만 달러라도 좋아" 하고 하비가 악을 썼다. 지금의 그로서는 전재산이라도 기꺼이 내던질 판이다. 그만큼 프로스티그민 알약의 효과는 대단한 것이었다.

"좋소" 하고 스티븐이 대답했다. 그리고는 장 피엘을 보고, "당신이 구급차를 부르고 바커 박사가 곧 병원으로 와줄 수 있는지 알아봐 주시겠습니까? 긴급 사태라고 해주십시오. 이분은 최고의 외과 의사를 바라고 있으니까요."

"그 말이 맞소"라고 하자마자 하비는 의식을 잃었다. 장 피엘은 카지노에서 나와 무전으로 연락했다.

"전투 태세로! 전투 태세로!"

로빈은 오텔 드 파리를 나와 택시를 탔다. 지금 택시의 운전 기사와 처지를 바꿀 수만 있다면 10만 달러를 내놓아도 아깝지 않을 그런 기분이었지만, 택시는 용서없이 병원으로 가까이 가고 있었다. 이미 뒤로 물러설 수는 없었다.

한편 제임스는 구급차의 기어를 1단에 넣고 사이렌을 울리면서 카지노로 달렸다. 제임스 쪽이 로빈보다는 처지가 나은 편이었다. 운전에 정신이 팔려서 다른 생각은 할 틈이 없었기 때문이다.

그는 11분 41초 뒤에 카지노에 도착하여 운전석에서 뛰어내리자마자 뒷문을 열고서는 들것을 가지고 나와 카지노의 층계를 뛰어올라갔다. 말할 것도 없이 흰 가운을 입고 있었다. 장 피엘이 층계 위에서 기다리고 있었다. 아메리칸 살롱에 제임스를 안내하기까지 서로 한마디도 하지 않았다. 스티븐이 하비 위에 엎드려 있었다. 들것이 바닥에 놓여졌다. 하비 메트카프의 100kg이 넘는 거구를 들것으로 옮기는 것은 세 사람으로도 힘든 일이었다. 스티븐과 제임스가 들것을 들고 구급차까지 운반하고, 장 피엘이 그 뒤를 따랐다.

"우리 주인을 어디로 데려갑니까?"라는 소리가 들렸다. 세 사람은 움찔해서 뒤돌아보았다. 그는 흰 롤스로이스 옆에 서 있는 하비의 프랑스 인 운전 기사였다. 순간 망설인 끝에 장 피엘이 대답했다.

"메트카프 씨는 갑자기 병으로 쓰러져서 즉시 병원으로 데려가서 수술을 해야만 돼요. 당신은 당장 요트로 돌아가서 선실에 맞아들일 준비를 해두고 다음 지시를 기다리도록 승무원들에게 전하도록 하시오."

운전 기사는 거수 경례를 갖다붙이고는 롤스로이스 쪽으로 달려갔다. 제임스가 구급차의 운전석에 뛰어오르고 스티븐과 장 피엘은 하비를 따라 뒤쪽으로 올라탔다.

"정말 아슬아슬하군. 하지만 아주 훌륭했소, 장 피엘. 나는 말도 나오지 않았는데."

스티븐이 자백했다.

"뭐, 대단한 건 아니오."

장 피엘이 온통 땀으로 범벅이 된 얼굴로 말했다.

구급차는 마치 불에 덴 고양이처럼 마구 달렸다. 스티븐이나 장 피엘도 윗도리를 벗고 좌석에 준비해 두었던 흰 가운으로 갈아입고, 스티븐은 목에 청진기를 걸었다.

"마치 죽은 것 같은데" 하고 장 피엘이 말했다.

"로빈 말로는 죽지는 않는다고 했는데" 하고 스티븐이 대꾸했다.

"4마일(약 6.4㎞)이나 떨어져 있는데 어떻게 알 수 있지?"

"몰라. 그의 말을 믿을 수밖에."

제임스는 병원 현관 앞에 끽 소리를 내며 차를 세웠다. 스티븐과 장 피엘이 환자를 급히 수술실로 옮겼다. 제임스는 구급차를 병원의 주차장에 돌려주고 급히 수술실로 뛰어올라갔다.

소독이 끝난 수술복을 입은 로빈이 그들을 기다리고 있었다. 세 사람이 수술실 옆 작은 방 수술대에 하비의 몸을 붙들어매고 있는 사이에 로빈이 비로소 입을 열었다.

"모두들 갈아입어요. 그리고, 장 피엘, 당신은 배운 그대로 소독을 하고.”

세 사람은 옷을 갈아입고, 장 피엘은 곧 소독을 시작했다. 충분한 시간에 걸쳐서 정성들여 소독해야 하며, 로빈이 그 과정에서 손을 빼면 안 된다고 엄한 경고를 받은 바 있었다. 수술 후에 패혈증을 일으키면 안 되기 때문이다. 장 피엘은 만반의 준비를 갖추고 소독실에서 나왔다.

“모두들 침착하시오. 이미 아홉 번의 예행 연습을 한 일이오. 요는 지금 세인트 토머스 병원에 있다고 생각하고 하면 되는 거요.”

스티븐은 이동 보일식 마취 장치의 뒤로 돌아갔다. 그는 4주일에 걸쳐서 마취 교육을 받고, 제임스와 싫다는 장 피엘을 실험대에 올려놓고는 세인트 토머스 병원에서 두 번씩이나 그들을 잠재웠었다. 이 새로 익힌 기술을 마침내 하비 메트카프에게 쓸 기회가 온 것이다. 로빈은 플라스틱 케이스에서 주사기를 꺼내어 티오펜톤 250밀리그램을 하비의 팔에 주사했다. 환자는 깊은 잠에 빠져들었다. 제임스와 장 피엘이 재빨리 익숙한 솜씨로 옷을 벗기고 알몸을 시트로 덮었다. 스티븐이 마취 장치의 마스크를 메트카프의 코에 씌웠다. 기계의 뒤쪽에 있는 두 개의 유속계가 51의 이산화질소와 31의 산소를 가리키고 있었다.

“맥을 재어 주시오” 하고 로빈이 말했다.

스티븐은 귀의 앞쪽 귓볼 바로 위에 집게손가락을 대고 귓바퀴 앞쪽의 맥을 재었다. 맥박은 70이었다.

“수술실로 운반해 주시오.” 로빈이 말했다.

제임스가 바퀴가 달린 수술대를 옆방으로 밀고 가서 수술용 라이트의 바로 밑에다 세워놓았다. 스티븐이 그 뒤에 이어 마취 장치를 밀고 갔다.

수술실은 창문도 하나 없고 썰렁했다. 새하얀 타일이 사방의 벽을 바닥에서 천장까지 완전히 덮어버렸고, 1회의 수술에 필요한 것 말고는 아무것도 없었다. 장 피엘은 하비를 초록색의 무균 시트로 덮고는 머리와 왼쪽 팔만을 내어놓았다. 살균된 수술 기구, 가제, 타월 등을 실은 트롤리가 수술실 간호사에 의해서 준비되어 무균 시트에 덮여 있었다. 로빈이 링거병과 튜브를 수술대의 머리 쪽 스탠드에 고정시키고, 튜브의 한쪽 끝을 하비의 왼쪽 팔에 반창고로 고정시켜서 준비를 끝냈다. 스티븐은 보일식 마취 장치와 함께 수술대의 머리 쪽에 앉아서 하비의 입과 코에 씌워놓은 마스크의 위치를 바로잡았다. 하비의 바로 위에 있는 세 개의 커다란 수술용 라이트 중에서 한 개만이 불이 들어와서 불룩하게 솟아오른 배를 향해 스포트라이트처럼 비춰주고 있었다.

여덟 개의 눈이 산 제물을 내려다보았다. 로빈이 말했다.

"내가 하는 지시는 리허설 때와 똑같은 것이니까, 모두들 정신차리고 들어주시오. 먼저 요오드로 복부를 소독한다."

로빈은 하비의 발치 쪽에 필요한 것을 모두 갖추게 해두었다. 제임스가 시트를 젖히고 하비의 다리 위에서 차곡차곡 접고, 다음에는 트롤리에 덮어놓은 무균 시트를 신중하게 걷고는 조그만 대야에 요오드를 부었다. 로빈이 핀셋으로 면봉을 집어서 요오드에 담갔다가 재빨리 배 위를 상하로 문질러 1피트(약 30센티미터) 사방의 범위를 소독했다. 면봉을 쓰레기통에 던져버리고 새로운 면봉으로 다시 한 번 소독을 되풀이했다. 다음에는 하비의 턱 밑에 무균 타월을 갖다대어 가슴을 덮고, 또 한장으로는 허리에서 넓적다리까지 덮었다. 그리고 배의 좌우에도 한 장씩 타월을 세로로 덮으니 드러난 부분이라고는 9인치(약 17.5cm) 사방의 탄력없어 보이는 배뿐이었다. 로빈은 네 구석을 타월 클립으로 고정시킨 다음 그 위에 개복 수술용 가제를 덮었다. 이것으로 만반의 준비는 끝난 것이다.

"메스."

내민 로빈의 손바닥에 장 피엘은 나이프라고 부르고 싶은 것을 놓아주었다. 제임스가 수술대 너머에서 걱정스레 쳐다보던 눈이 장 피엘과 마주치고, 스티븐은 하비의 호흡에 온통 신경을 집중시키고 있는 사이에 로빈은 정확히 깊이 3센티미터, 길이 10센티미터에 이르게 지방층을 쨌다. 이렇게 큰 배를 구경하기는 난생 처음이며, 이런 정도라면 8센티미터의 길이까지 메스가 들어가도 근육에 닿지 않을 것으로 생각되었다. 여기저기에서 피가 흘러나오는 것을 로빈은 투열요법(透熱療法)으로 지혈시켰다. 절개와 지혈이 끝나자마자 그는 쨌자리를 3호 봉합사로 열 바늘을 계속 꿰맸다.

"이것은 1주일 안에 녹아서 없어져 버릴 거요" 하고 그는 설명했다.

다음에 수술 흔적을 거의 남기지 않는 바늘을 써서 2호의 비단실로 계속 봉합하여 상처를 덮었다.

제임스가 가제와 무균 타월을 걷어내어 쓰레기통에 던져넣고 있는 사이에 로빈과 장 피엘이 메트카프에게 병원의 가운을 입히고는, 그의 의류를 조심스럽게 회색의 플라스틱 가방에 집어넣었다.

"정신이 들기 시작하나 본데" 하고 스티븐이 말했다.

로빈이 다른 주사기를 집어서 디아제판을 10밀리그램 주사했다.

"이제 앞으로 30분은 더 잠들어 있을 거요" 하고 그는 말했다.

"여하튼 약 세 시간은 몽롱한 상태에서 무슨 일이 있었는지 생각이 잘 안 날 거요. 제임스, 곧 구급차를 가져와서 병원 현관 앞에 대어놓으시오."

제임스는 수술실을 나가서 자기 옷으로 갈아입었다. 지금은 단 90초면 해낼 수 있을 정도로 이 절차에 숙달되어 있었다. 그는 주차장 쪽으로 사라졌다.

"자, 당신들 둘도 옷을 갈아입고 하비를 구급차에 실어주시오. 그리고 장 피엘, 당신은 하비와 함께 뒤쪽에 타고 기다리는 거요. 스티븐, 당신은 다음 일을 시작해 주시오."

스티븐과 장 피엘은 재빨리 자기 옷으로 갈아입고 그 위에 다시 흰 가운을 걸쳤다. 그리고는 여전히 잠들어 있는 하비를 조용히 구급차까지 밀고 갔다. 그 다음에는 스티븐이 병원의 현관 옆 공중 전화로 달려가서 윗주머니에서 꺼낸 종이를 펴서 번호를 확인한 다음에 다이얼을 돌렸다.

"여보세요, 〈니스 마탱〉 신문입니까? 나는 〈뉴욕 타임스〉 신문의 테리 로버즈입니다. 지금 휴가차 여기 와 있는데 쓸 만한 뉴스를………."

로빈은 수술실로 돌아와서 다 쓴 수술 기구의 트롤리를 멸균실로 밀고 갔다. 거기에 놔두면 아침에 병원의 수술실 직원들이 치워주겠지. 그는 하비의 옷가지가 들어 있는 플라스틱 가방을 집어들고 탈의실로 들어가서 재빨리 수술복, 모자, 마스크를 벗고는 자기 옷으로 갈아입었다. 그리고는 수술실의 담당 간호사에게 가서 상냥하게 웃으며 말했다.

"덕분에 무사히 끝났소, 간호사. 수술기구는 멸균실에 갖다두었소. 바르티즈에게 고맙다고 인사 전해 주시오."

"알겠습니다, 무슈. 도움이 되어서 영광입니다. 간호사협회에서 간호사가 와 있어요."

이윽고 로빈은 1일 간호사와 함께 구급차 있는 곳으로 가서는 그녀를 뒤쪽에 태워주었다.

"항구까지 조심조심 천천히 가주시오."

제임스는 고개를 끄덕이고는 마치 장의차 같은 속도로 움직이기 시작했다.

"포베르 간호사."

"네, 바커 박사님."

그녀는 두 손을 푸른 케이프 밑에 단정히 넣고 있었는데, 프랑스어 사투리가 매력적이었다. 하비도 이런 미인의 간호를 받게 된다면 싫지는 않을 거라고 로빈은 생각했다.

"내 환자는 이제 방금 담석 제거 수술을 받았으니까 충분한 휴식이 필요해요."

로빈은 그렇게 말하면서 오렌지만한 담석을 호주머니에서 꺼냈다. '하비 메트카프'라고 쓰여 있는 병원용 이름표가 붙어 있었지만, 실은 로빈이 세인트 토머스 병원에서 가져온 것이며, 런던의 14번 노선에 근무하는 6피트 6인치(약 198cm)의 서인도인 버스 차장의 배에서 나온 돌이었다. 스티븐과 장 피엘은 그 돌을 보고 눈이 둥그레졌다. 간호사는 새로운 환자의 맥박과 호흡을 체크했다.

"포베르 간호사." 장 피엘이 말했다. "내가 당신의 환자라면 언제까지고 회복되지 않도록 애쓰겠소."

항구에 매어둔 요트에 도착할 때까지 로빈은 간호사에게 식사와 휴식에 관한 주의 사항을 말해 주고는, 다음날 아침 11시쯤 다시 동태를 보러 오겠다고 말했다. 이윽고 널찍한 선실에서 깊은 잠에 빠져 있는 하비와, 걱정스럽게 지켜보고 있는 승무원들을 뒤로 하고 그들은 배에서 내렸다.

제임스는 세 사람을 병원까지 데리고 돌아가서 구급차는 주차장에, 열쇠는 접수처에 돌려주었다. 그리고 네 사람은 각자 다른 길로 해서 호텔로 돌아왔다. 로빈은 새벽 3시 30분 조금 지나 가장 늦게 217호실에 돌아왔다. 그는 안락 의자에 쓰러지듯 앉았다.

"위스키를 한 잔 주겠소, 스티븐?"

"주고말고."

로빈은 조니 워커를 가득 따라서 단숨에 마셔버린 다음 장 피엘에게 병을 건네주었다.

"그는 괜찮을까?" 제임스가 물었다.

"마치 그에 대해 걱정하고 있는 것 같군. 괜찮을 거요. 1주일이면 실을 뽑게 될 거요. 그렇게 되면 친구들에게 자랑삼을 커다란 상처가 남아 있을 뿐이지. 난 이제 자야겠소. 내일 11시에 그와 만날 약속을 해놓았는데, 그것이 수술보다도 훨씬 힘들 것 같소. 오늘밤에는 모두들 잘 해주었소. 세인트 토머스 병원에서 몇 번씩 연습을 해본 보람이 있었어. 만일 당신들이 실업자가 되고, 내가 카지노에서 딜러와 운전 기사와 마춰의가 필요할 때에는 당신들에게 전화하겠소."

　세 사람은 각자의 방으로 돌아가고, 로빈은 피로와 고달픔으로 침대에 쓰러져 버렸다. 그리고는 죽은 듯이 잤다.

　다음날 아침 8시 조금 지나 눈을 뜨니 옷도 입은 그대로였다. 그런 일은 옛날 수련의 시절, 14시간 동안 쉬지 않고 일하고 나서 다시 야근을 했던 뒤로는 처음 있는 일이었다. 로빈은 더운 목욕물 안에 들어가 앉아 천천히 힘을 되찾았다. 그리고 새 셔츠와 양복으로 갈아입고 하비 메트카프와의 대결을 준비했다. 이때를 위해 준비한 콧수염과 테없는 안경, 게다가 수술을 성공한 덕분에 지금 자기가 사칭하고 있는 고명한 외과의사에 좀 가까워진 듯한 느낌이 들었다.

　그리고 한 시간 동안 다른 세 사람이 방으로 찾아와서 그를 격려하고는, 217호실에서 그가 돌아올 때까지 기다리기로 했다. 스티븐은 전원의 방 예약을 취소하고 저녁 무렵의 런던행 비행기를 예약했다. 로빈은 방을 나가서 이번에도 엘리베이터를 피하고 층계를 걸어내려갔다. 호텔을 나가서 조금 걷다가 택시를 세워서 타고 항구로 갔다. '메신저 보이' 호는 곧 눈에 띄었다. 갓 페인트 칠을 한, 번쩍이는

100피트(약 30m)짜리 선체가 항구의 동쪽 끝에 떠 있었다. 선미의 마스트에 커다란 파나마 국기가 걸려 있었는데, 이건 아마 세금 때문이겠지 하고 로빈은 생각했다.

트랩을 올라가니 포베르 간호사가 그를 맞았다.

"안녕하세요, 바커 박사님."

"안녕, 메트카프 씨는 좀 어떻소?"

"어젯밤은 잘 주무시고, 지금 가벼운 아침 식사를 하면서 전화를 걸고 있는 중입니다. 만나보시겠습니까?"

"음, 그랬으면 좋겠소."

로빈은 8주일에 걸쳐서 음모를 생각하고 계획을 짜내어 온 상대와 호화로운 선실에서 만나게 되었다. 하비는 전화를 하고 있는 중이었다.

"아, 나는 건강하오. 하지만 어제는 큰일날 뻔했소. 걱정 마시오. 나는 죽지 않을 테니."

그는 수화기를 내려놓았다.

"아, 바커 박사. 방금 메사추세츠에 있는 집사람에게 전화를 걸어서 당신 덕분에 살아났다고 말해 주었답니다. 아침 5시에 깨웠는데도 아주 기뻐하더군요. 병원이나 수술, 구급차, 하나부터 열까지 모두 특별 취급을 받았고, 그렇게 해서 당신이 내 목숨을 구해 준 모양이구려. 다른 신문은 몰라도 〈니스 마탱〉 신문에는 그렇게 나와 있더군요."

신문에는 로빈이 스티븐에게서 건네받은 자료에서 본, 그 버뮤다 반바지 차림의 하비 사진이 실려 있었다. 제목에는 '억만장자, 카지노에서 사라지다'라고 되어 있고, 그 밑에 '미국의 거부, 극적 긴급수술로 목숨을 건지다'라고 쓰여 있었다.

스티븐이 보면 크게 기뻐하겠지.

"그런데, 박사" 하고 하비가 즐거운 듯이 말했다.

"내가 그렇게 위험한 상태였소?"

"그렇습니다. 당신은 아주 위독한 상태였습니다. 이것을 꺼내지 않았더라면 중대한 결과를 가져왔을 겁니다."

로빈은 명찰이 붙은 담석을 호주머니에서 꺼내 보여주었다.

하비의 눈이 쟁반만큼이나 커졌다.

"아니! 내가 이런 것을 뱃속에 넣고 여지껏 돌아다니고 있었단 이야기로군. 정말 이거 대단한데! 당신에게는 아무리 감사해도 모자라겠소. 뭐든지 내가 할 수 있는 일이 있으면 사양 말고 전화해 주시오."

하비는 로빈에게 포도를 권했다.

"한데, 박사, 내가 다 나을 때까지 돌봐주시겠지요? 아무래도 간호사는 내 병이 얼마나 위중한지를 모르는 모양이오."

로빈은 재빨리 머리를 썼다.

"안됐지만 그건 무리입니다, 메트카프 씨. 내 휴가가 오늘로 끝납니다. 그래서 캘리포니아로 돌아가야만 합니다. 특별히 바쁜 일은 없습니다만 두세 가지 수술이 기다리고 있고, 강연 예정이 꼭 짜여 있어서요."

로빈은 미안하다는 듯이 어깨를 으쓱했다.

"큰 소동이 날 만한 일은 아닙니다만, 몸에 밴 생활을 유지하자면 그것도 어쩔 수가 없는 일이지요."

하비는 가만히 배를 손으로 누르면서 갑자기 상체를 일으켰다.

"이것 봐요, 바커 박사, 그깟 학생들이야 어찌 되든 내 알 바 아니오. 나는 환자로서 당신이 필요하단 말이오. 한동안만 여기에 있어주면 절대로 나쁘게는 하지 않을 거요. 건강을 위해서라면 돈 같은 것은 아끼지 않는 것이 내 주의요. 그리고 사례는 자기앞 수표로 지불하겠소. 재산이 얼마 있는가를 미국 정부가 알도록 하는 것은 딱 질색이니까."

미국 의사들이 진료 대금이라는 미묘한 문제를 환자와 흥정할 때는 어떤 식으로 하는가를 생각하며 로빈은 기침을 해가며 시간을 벌고 있었다.

"내가 여기에 남아도 손해가 가지 않도록 하자면 상당한 돈이 듭니다. 적어도 8만 달러 정도는 있어야겠지요."

하비는 눈 하나 깜짝하지 않았다.

"좋소, 당신은 최고의 의사요. 목숨값으로는 비싸지 않소."

"알겠습니다. 그럼, 호텔에 돌아가서 스케줄을 조정해 보도록 하지요."

로빈이 병실에서 나오니 새하얀 롤스로이스가 기다렸다가 호텔까지 데려다 주었다. 217호실에서는 세 사람이 앉아 로빈을 쳐다보면서 그의 보고를 기다렸다.

"스티븐, 그 친구는 굉장한 우울증 환자요. 회복될 때까지 나더러 옆에 있어 달라는 겁니다."

로빈은 하비 메드카프와의 대화를 빠짐없이 얘기했다.

"거기까지는 예정에 들어 있지 않잖소? 대체 어떻게 했으면 좋을까?"

스티븐이 결연한 눈으로 그를 올려다보았다.

"당신은 여기 남아서 도와주는 거요. 돈에 알맞은 봉사를 해주는 것도 좋지 않겠소? 어쨌든 돈은 받을 거니까. 자, 전화를 걸어서 매일 아침 11시에 왕진을 해주겠다고 전하시오. 우리는 먼저 철수하겠소. 그리고 호텔 요금을 잊지 말고 메모해 두도록 하시오."

로빈은 수화기를 들었다.

로빈을 빼놓은 세 사람은 217호실에서 느긋하게 점심을 먹고는, 오텔 드 파리를 나와 택시로 니스 공항으로 가서는 런던의 히드로 공항행 15시 10분발 BA항공 012편에 탔다. 돌아갈 때도 올 때와 마찬가지로 자리를 따로따로 잡았다. 로빈에게서 들은 하비 메트카프의 말 가운데 꼭 하나 스티븐의 마음에 걸리는 것이 있었다.

"뭐든 내가 할 수 있는 일이 있으면 사양하지 말고 전화해주시오."

로빈은 하얀 제복의 운전 기사가 딸린, 그리고 흰색으로 띠를 두른 바퀴가 달린 새하얀 롤스로이스 코르니셰로 하루에 한번씩 환자를 왕진했다. 이처럼 아니꼬운 일을 넉살좋게 할 수 있는 것은 하비 같은 인간이니까 가능할 것이라고 그는 생각했다. 사흘째에 포베르 간호사가 비밀스런 이야기를 털어놓았다.

"제가 맡고 있는 환자는……" 하고 그녀가 슬픈 듯이 호소했다.

"붕대를 갈 때마다 불쾌한 짓을 하는 거예요."

와일리 바커 박사로 행세하고 있는 로빈의 입에서 의사답지 않은 대사가 튀어나왔다.

"그가 그런 짓을 하고 싶은 것도 무리는 아닐 것 같군. 하지만 따끔하게 주의를 주어요. 전에도 이런 경험이 틀림없이 있었을 것 같은데?"

"그렇긴 합니다만, 그래도 큰 수술을 받고 사흘밖에 안된 환자에게서 그런 짓을 당해 보긴 처음이에요. 대체 그 사람의 몸은 어떻게 되어먹은 걸까요?"

"좋은 방법이 있소. 이틀 쯤 카테테르를 넣어두도록 하지. 그렇게 해놓으면 그도 꼼짝 못할 게요. 그런데 하루 종일 여기에 갇혀 있자면 지루하겠는데? 오늘밤 메트카프 씨가 잠든 다음에 나와 함께 가벼운 저녁 식사라도 할까?"

"신나는 일이에요, 박사님. 어디서 만나뵐까요?"

"오텔 드 파리의 217호실에서 기다리지." 로빈은 뻔뻔스럽게 말했다. "9시요."

"기대하겠어요, 박사님."


"샤블리 백포도주를 조금 더 할까, 안젤린?"

"이젠 됐어요, 와일리. 멋진 저녁 식사였어요, 당신은 아직도 아쉬운 모양이지요?"

그녀는 일어나서 두 개비의 담배에 불을 붙여, 한 개비를 그의 입에 물려주었다. 그리고는 롱 스커트의 허리께를 어렴풋이 흔들면서 갑자기 그의 곁에서 물러섰다. 핑크 색 셔츠 밑은 노브라였다. 그녀는 훅하고 연기를 내뿜으며 그를 바라보았다.

로빈은 오스트레일리아에 있는 고결한 바커 박사, 뉴베리에 있는 아내와 아이들, 런던에 있는 세 사람의 동료들을 생각했다. 하지만 마침내 그런 갖가지 생각들을 머릿속에서 쫓아내버렸다.

"내가 불쾌한 짓을 한다면 당신은 메트카프 씨에게 일러바치겠소?"

"당신이 한다면……." 그녀는 방긋 웃었다. "조금도 불쾌하지 않아요, 와일리."


하비는 놀랄 만큼 빠른 회복을 보여 로빈은 6일째 되는 날 실을 뽑았다.

"상처는 깨끗이 아물었습니다, 메트카프 씨. 이젠 안심입니다. 다음주 중간쯤이면 여느 때와 다름없는 몸이 될 겁니다."

"그거 반가운 소식이오. 애스콧 경마가 가까워 오니 영국으로 떠나야만 하오. 올해가 내 로잘리의 환갑이거든. 내 초대 손님으로 당

신이 애스콧에 와주었으면 하는데, 무리겠소? 만일 병이 재발이라
도 하면 어쩔 셈이오?"

로빈은 나오려는 웃음을 참았다.

"걱정할 것 없어요. 당신은 이제 끄떡없습니다. 애스콧까지 가지
못하는 것이 유감이군요."

"나도 그렇소, 박사. 그건 그렇고, 다시 한 번 고맙다고 해야겠군.
당신 같은 의사는 만나본 적이 없소."

아마 앞으로도 못 만나겠지 하고 로빈은 생각했다. 그의 벼락치기
미국 사투리도 슬슬 들통이 날 판이다. 하비에게서 도망치게 되어 한
시름 놓으면서, 그리고 안젤린에게는 아쉬움을 남기면서 이별을 고하
고 운전 기사에게 청구서를 들려서 돌려보냈다.

<br>

와일리 프랭클린 바커 박사는

하비 메트카프 씨의

완쾌를 축하하고

수술 및 그 후의 치료비로서

8만 달러를 청구합니다.

<br>

운전 기사는 한 시간이 채 못 되어 8만 달러짜리 자기앞 수표를 가
지고 돌아왔다. 로빈은 그것을 가지고 의기양양하게 런던으로 돌아갔
다.

두 번째 작전 끝, 나머지는 둘.

# 제13장

그 다음날 금요일, 스티븐은 할리 거리의 로빈의 진찰대에 앉아서 팀의 동료들을 향해 이야기하고 있었다.

"몬테카를로 작전은 로빈의 침착함과 냉철함 덕분에 모든 점에서 100% 성공을 거두었소. 그러나 비용도 적지 않게 들었소. 병원과 호텔에 대한 지출이 총 1만 1,351달러, 이에 반해서 수입금은 8만 달러. 따라서 지금까지 회수된 금액은 52만 7,560달러, 거기에 쓰인 비용은 2만 2,530달러요. 다시 말하자면 메트카프에게는 아직도 49만 4,970달러의 채권이 있는 거요. 여기까지는 이의 없소?"

세 사람의 입에서 동의한다는 대답이 나왔다. 스티븐의 계산에 대한 그들의 신뢰도는 더할 나위 없는 것이었다. 하긴 모든 위대한 수학자가 그렇듯이 스티븐도 단순한 가감산에는 차츰 지루함을 느끼고 있었다.

"그런데 로빈, 월요일 밤의 식사에 대체 어떻게 73달러 50센트나 들었소? 캐비아와 샴페인이라도 마셨소?"

"좀 달랐었소" 하고 로빈이 대답했다.

"그때는 그런 정도는 필요하다고 생각했었으니까."

"일행이 누구였는지 나는 알고 있어. 원한다면 몬테카를로에서 건 금액 이상을 걸어도 좋아."

장 피엘이 호주머니에서 지갑을 꺼내면서 말했다.

"스티븐, 여기 219프랑 있소. 목요일 밤 카지노에서 딴 돈이오. 그때 날 그대로 내버려두었더라면 로빈이 푸줏간 흉내를 낼 필요도 없었는데. 나 혼자서도 전액 되찾을 수 있었단 말이오. 그러니까 포베르 간호사의 전화 번호 정도는 가르쳐 주어도 괜찮을 듯도 싶은데?"

장 피엘의 불평은 스티븐의 머리 위를 그냥 지나가 버렸다.

"아주 잘 했소, 장 피엘. 당신이 딴 돈은 경비에서 공제하겠소. 오늘 현재의 교환시세로 당신의 219프랑은……."

그는 잠깐 말을 중단하고 계산기 버튼을 눌렀다. "46달러 76센트가 되는군. 그러니까 경비는 2만 2,483달러 24센트가 되는 셈이오. 자, 나의 애스콧 계획은 아주 간단하오. 제임스가 8파운드를 써서 특별석의 배지를 두 개 마련해 주었소. 하비 메트카프도 모든 마주(馬主)와 마찬가지로 그 배지를 가지고 있을 테니까 타이밍만 틀림없다면, 그리고 부자연스럽게 보이지 않도록 조심만 한다면 그가 한 번 더 우리가 쳐놓은 덫에 걸릴 게 틀림없소. 제임스는 트랜시버를 가지고 처음부터 끝까지 하비의 동태를 감시하시오. 장 피엘은 마주 특별석 입구에서 그를 기다리고 있다가 안에까지 미행하시오. 로빈은 오후 1시에 런던에서 전보를 쳐서, 하비가 개인 전용석에서 점심을 한창 먹고 있을 때에 전화를 받도록 하시오. 계획의 이 부분은 아주 간단합니다. 전원의 가장 큰 노력이 필요한 부분은 그를 옥스퍼드로 유인해 낼 때요. 솔직히 말해서 제1단계인 애스콧에서의 일은 한갓 기분풀이라고 할 정도요."

스티븐은 만족스러운 듯이 웃었다.

"그렇게 되면 옥스퍼드 계획을 다시 연습할 여유 시간이 생깁니다. 질문 있소?"

"옥스퍼드 계획의 제1부는 우리가 필요치 않소. 필요한 것은 제2부 때 뿐이지요?" 로빈이 물었다.

"그렇소. 제1부는 나 혼자서도 어떻게 될 거요. 그래도 그날 밤은 당신들이 모두 런던에 있는 편이 좋소. 우리가 다음으로 가장 먼저 해야 할 일은 제임스를 위해서 뭔가 좋은 계획을 짜내야 하는 것인데, 어쩌면 제임스 자신이 생각해 낼지도 모르지. 내가 걱정하고 있는 것은 바로 이거요" 하고 스티븐이 계속했다.

"하비가 일단 미국으로 돌아가 버리면 우리는 그의 홈그라운드에서 싸워야만 한다는 거요. 지금까지는 언제나 우리가 선택한 장소에서 그를 상대해 왔지만, 보스턴에서는 제임스가 우리 네 사람 중에서 아무리 최고의 배우라 할지라도 한눈에 발각되고 말 거요. 하비식으로 말하자면, '이번 게임은 이상한데'라고 하게 되겠지."

제임스는 슬픈 듯이 한숨을 쉬고는 액스민스터 카펫으로 시선을 떨어뜨렸다.

"불쌍한 제임스, 하지만 걱정할 것 없소. 당신의 구급차 운전은 정말 일품이었으니까." 로빈이 말했다.

"차라리 비행기 조종이라도 배워서 그를 하이잭(공중 납치)이라도 해버리지." 장 피엘이 농담으로 넘겨 버렸다.

미클 양은 오클리 의사의 진료실에서 나는 웃음소리를 들으며 어째서 저토록 불성실할까 하고 생각했으므로, 그 기묘한 3인조가 돌아가는 것을 보고 한시름 놓았다. 그들을 내보내고 문을 닫고서 그녀는 로빈의 진료실로 돌아왔다.

"환자를 들여보내도 좋은가요, 오클리 선생님?"

"아, 하는 수 없군, 미클 양."

미클 양은 뾰로통했다. 선생님은 대체 어찌된 것일까? 틀림없이 요즘 사귀기 시작한 그 밉살스러운 패거리들 때문이야. 왜 그런지 매사를 아무렇게나 처리해 버리고.

"웬트워스 브루스터 부인! 진료실로 들어가세요. 이탈리아 여행에 가져가실 약은 그동안 준비해 드릴 테니까요."

스티븐은 모들린 칼리지로 돌아가서 며칠 쉬었다. 이번 작전을 시작한 것은 8주 전이었지만, 팀에서 두 사람은 그의 기대 이상으로 성과를 올려주었다. 이렇게 되고 보니 자기가 죽고 난 다음에도 옥스퍼드의 전통에 오래오래 살아남을 빛나는 성공이며, 두 사람의 노력에 꽃다발을 바쳐야겠다고 그는 생각하고 있었다.

장 피엘은 본드 거리의 화랑 일로 되돌아갔다. 그는 옥스퍼드 계획의 제2부를 위해서 밤마다 거울 앞에서 리허설을 게을리하지 않았다.

제임스는 앤과 함께 스트랫퍼드온 에이번에서 주말을 보내려고 떠났다. 로열 셰익스피어 극단의 '헛소동'의 발랄한 무대를 즐겁게 감상한 다음 에이번 강가를 산책하면서 그녀에게 프로포즈했다. 앤의 대답을 들을 수 있었던 것은 수면에서 노니는 백조뿐이었을 것이다. 하비 메트카프가 장 피엘의 화랑으로 들어가는 것을 기다리면서 카르티에의 진열장에서 발견한 다이아몬드 반지는 그녀의 가느다란 손가락에 끼워놓고 보니 한결 그 아름다움이 더했다. 제임스는 말할 수 없이 행복했다. 여기에 멋진 계획이라도 떠올라 동료들을 놀라게 해줄 수만 있다면 그밖에는 더 아무것도 바랄 것이 없는 심정이었다.

그날 밤 다시 앤과 머리를 맞대고 여러 가지 아이디어를 검토해 보았지만, 결국 명안은 아무것도 떠오르지 않았다.

# 제14장

월요일 아침, 제임스는 그의 차로 앤을 런던에 데려다 주고 가장 야한 양복으로 갈아입었다. 함께 애스콧에 가자고 권해 보았지만, 앤은 일 핑계로 가지 않겠다고 했다. 사실 다른 세 사람이 그녀의 얼굴을 보게 되면 반가운 표정을 지을 리도 없고, 제임스가 비밀을 밝힌 사실이 탄로날 위험도 있었다.

제임스는 몬테카를로 작전의 상세한 것까지는 앤에게 말하지 않았지만, 그녀는 애스콧에서 무슨 일이 일어날 것인지를 자세히 알고 있었으며, 제임스가 신경이 날카로워져 있는 것을 알아차리고 있었다. 더구나 그날 밤 제임스와 만나기로 약속이 되어 있으니 그때까지의 그의 상태는 더욱더 심해져 있을지도 모른다. 제임스는 어찌해야 할지 모르고 있었다. 앤은 이 릴레이 팀에서 스티븐과 로빈과 장 피엘이 거의 배턴을 쥐고 있는 점을 고맙게 생각했다. 그렇기는 하지만, 제임스의 체면을 세워줄 수 있을 듯한 아이디어가 그녀의 머릿속에서 차츰 그 모양을 갖추어가고 있었다.

스티븐은 그날 아침 일찍 일어나서 거울에 비친 자신의 백발에 감탄했다. 그것은 그 전날 데브넘 미장원에서 비싼 요금을 치른 결과였다. 고상한 최고급 회색 양복을 단정하게 차려입고 푸른색 체크 무늬 넥타이를 맸다. 그 어느 것이나 서섹스에서 학생 상대의 강연이나 미국 대사와의 저녁 식사 같은 특별한 경우에 꺼내게 되는 것들이었다. 그 양복은 이미 최신 유행이라고는 할 수 없으며, 팔꿈치와 무릎짬이 조금 낡은 듯했지만, 스티븐의 기준에서라면 우아함 바로 그것이었다. 그는 옥스퍼드에서 애스콧까지 열차를 이용했으나, 장 피엘은 런던에서 승용차로 달려왔다. 그들은 경마장에서 1마일(약 1.6㎞) 가까이 떨어져 있는 벨베디어 암스 여관에서 11시에 제임스와 만났다.

스티븐은 즉시 로빈에게 전화를 걸어서 세 사람이 모두 도착한 것을 알리고는 전보문을 읽어보라고 했다.

"그거면 됐소, 로빈에게. 그럼, 히드로 공항에 가서 정각 오후 1시에 전보를 쳐주시오."

"행운을 빌겠소, 스티븐. 그 작자를 실컷 짓밟아 주시오."

스티븐은 두 사람에게로 돌아와서 런던에서는 로빈이 만사 차질없이 잘하고 있다고 얘기했다.

"자, 제임스, 당신 차례요. 하비가 도착하면 곧 알려주시오."

제임스는 칼스버그를 한병 비우고는 출발했다. 가는 곳마다 아는 얼굴과 우연히 마주쳤지만, 그렇다고 지금부터 뭘 하려는 참이라고 말할 수는 없었다.

하비는 새하얀 롤스로이스를 세제인 타이드 광고 방송처럼 번쩍이면서 정오를 좀 지나 마주(馬主)의 전용 주차장에 도착했다. 경마장으로 가는 사람들은 모두들 영국식의 모멸에 찬 눈으로 이 차를 보았지만, 정작 하비 자신은 그것을 찬탄의 눈길이라고 착각하고 있었다. 그는 동행한 일행들을 자기의 전용실로 안내했다. 그가 새로 맞춰입은 양복은 버나드 웨더릴의 재능을 한껏 발휘해서 완성한 것이었다.

양복 깃에 꽂은 붉은 카네이션과 대머리를 감추기 위해서 쓴 모자 덕분에, 들키지 않고 일행을 미행한 제임스는 하비가 '하비 메트카프 님 일행'이라고 쓰인 문 안으로 들어가기까지 정말 하비인지 알아보기 어려울 정도였다.

"그가 전용실로 들어갔소" 하고 제임스가 말했다.

"당신의 현 위치는?" 장 피엘이 물었다.

"그의 개인 전용석에서 똑바로 내려와서 샘 오플라허티라는 장내 도박사 옆이오."

"이봐, 아이리시를 얕보지 마시오, 제임스." 장 피엘이 말했다.

"2~3분 있으면 그리로 가겠소."

제임스는 1만 명의 관객을 너끈히 수용하고 코스도 한눈에 바라볼 수 있는 희고 큰 스탠드를 올려다보았다. 여기서도 친척이나 친구들을 피하느라 주어진 임무에 전념하지 못하고 있었다. 제일 처음 부딪친 것이 핼리팩스 백작이었으며, 그 다음은 봄에 샤를로트 여왕 기념 무도회에 데려가겠다고 쓸데없는 약속을 해버린 소름끼치는 여자였다, 그 여자의 이름이 뭐였더라? 그래, 그래. 셀리나 월로프 양이었지. 아장걸음이란 말보다 더 적절한 표현은 없다. 그녀는 적어도 4년은 유행에 뒤떨어진 미니 스커트를 입고, 아무리 보아도 유행과는 인연이 없어 보이는 모자를 쓰고 있었다. 제임스는 트릴비 모자를 깊숙이 눌러쓰고서 외면한 채 3시 20분에 출전하게 될 킹 조지 6세 앤드 퀸 엘리자베스 스테이크스에 대해서 샘 오플라허티와 이야기를 해가며 기다렸다. 오플라허티는 우승 후보로 최신의 승세(勝勢)를 가리켰다.

"하비 메트카프라는 미국인이 가지고 있는 로잘리라는 말이 우승후보인데, 거는 비율은 4대 6, 기수는 패트 에더리오."

에더리는 사상 최연소의 챔피언 조끼를 노리고 있었고, 하비는 언제나 승리자를 좋아했다. 스티븐과 장 피엘은 샘 오플라허티의 가방 옆에 서 있는 제임스에게로 갔다. 샘에게 경기에 대한 예상을 짐작해서 알려주는 녀석이 엎어놓은 귤 궤짝 위에 올라서서, 마치 바야흐로 가라앉고 있는 배의 수기신호수(手旗信號手)처럼 두 팔을 흔들어대고 있었다.

"당신네들은 어느 걸 살 생각이오?"

샘이 세 사람에게 물었다.

제임스는 스티븐의 비난하는 듯한 표정을 무시했다.

"로잘리의 단복식을 5파운드씩" 하고 그는 말하고 빳빳한 10파운드짜리 지폐를 한 장 건네주고는 교환권에 한 조의 번호를 써넣고, 중앙 오른쪽에 '샘 오플라허티'라고 스탬프가 찍힌 조그만 녹색 카드를 받아쥐었다.

"제임스, 아마 마권은 아직 말하지 않은 당신 계획의 일부라고 생각하는데?" 하고 스티븐이 말했다.

"만일 적중한다면 얼마가 되는 게요?"

"로잘리가 이기면 세금을 공제하고 9파운드 10펜스요" 하고 샘 오플라허티가 입에 물고 있는 굵은 여송연을 아래위로 흔들어가며 옆에서 거들고 나섰다.

"100만 달러 목표를 향한 위대한 공헌이 되겠군, 제임스, 우리는 마주 특별석으로 가겠소. 하비가 자기 전용실에서 나오면 곧 알려주시오. 아마 2시 경주에 출전할 말과 기수를 보기 위해서 1시 45분쯤 나올 테니까, 너끈히 한 시간의 여유는 있소."

웨이터가 크루그 1964년산 샴페인을 새로 한 병 따서 하비의 초대 손님인 두 사람의 은행가, 두 사람의 이코노미스트, 두 사람의 선주, 거기에 시티의 유력한 신문 기자 한 사람의 술잔에 따르기 시작했다.

하비는 옛날부터 유명인이나 유력한 인사를 초대하는 것을 좋아해서, 거래상 거절당할 염려가 없는 상대를 골라 초대했다. 오늘 같은 화창한 날, 자기가 불러낸 인물들에 대해서 그는 대체로 만족하고 있었다. 초대 손님 가운데 가장 나이든 사람은 개인 이름을 따서 붙인 머천트 은행의 노총재인 하워드 도드 경이었다. 하긴 은행 이름에서 알 수 있듯이 창립자는 그 자신이 아니고 그의 증조부였다. 하워드 경은 6피트 2인치(약 188cm)의 장신이며, 얼굴이 네모 반듯한 융통성없는 사람이었다. 일류 은행가라고 하기보다는 오히려 근위 보병을 연상케 하는 모습이었으며, 하비와 유일한 공통점은 머리카락의 분량이라고 할까, 그 머릿속이 훤히 들여다보이는 성성한 머리칼이었다. 그는 제이미 클라크라는 젊은 직원을 한 사람 달고 있었다. 30이 조금 넘은 눈치빠르고 솜씨좋은 클라크는 총재가 나중에 후회할 만한 거래에는 손을 대지 않도록 일종의 감시 역할로 따라온 것이다. 그는 하비라는 사람에게 내심 감탄은 하고 있었지만, 자기네 은행의 거래 상대로는 환영할 만한 인물은 아니라고 생각하고 있었다. 그것은 어찌되었건 애스콧의 하루는 그에게 있어서 환영할 만한 기분풀이였다.

두 경제인, 허드슨 연구소의 콜린 엠슨 씨와 마이클 호건 박사는 영국 경제의 위험한 상태에 대해서 하비에게 보고하기 위해서 애스콧에 왔다. 아마도 이 두 사람 같은 대조적인 짝은 상상도 할 수 없을 것이다. 엠슨은 15살 때 학교를 나온 이래 그뒤로는 독학으로 오늘을 이룩한, 말하자면 자수성가한 사람이었다. 그는 사교계의 연줄을 이용해서 세금 전문회사를 설립하여, 몇 주일마다 새로운 재정법을 제정하는 영국 정부 덕분에 회사가 크게 번창하고 있었다. 6피트(약 183cm)의 키에 온화하고 착실한 성품의 소유자였다. 오늘은 하비의 말이 이기든 지든 부드러운 분위기를 유지할 생각이었다. 그와 대조적으로 호건은 윈체스터 트리니티 칼리지, 옥스퍼드, 그리고 펜실베이니아의 워튼 비즈니스 스쿨, 이렇게 엘리트 코스를 거쳐온 사람이다. 런던의 경영 자문회사인 매킨지에 잠시 적을 두었던 덕분에 지금은 유럽의 손꼽힐 만한 정보통 이코노미스트로 통하고 있었다. 그의 단단한 근육질 몸매를 본 사람들은, 과거 그가 국제적인 스쿼시 선수였다는 걸 들어도 놀라지 않을 것이다. 검은 머리칼, 끊임없이 하비에게 쏠려 있는 갈색 눈. 그는 하비에 대한 경멸을 숨길 수 없었으나, 이날은 애스콧에 다섯 번째나 초대를 받고 보니 도저히 사양할 수가 없었다.

2대째인 그리스 인 선주이며, 배 못지않게 경마를 좋아하는 쿤다스 형제는 둘 다 검은 머리와 가무잡잡한 피부, 짙은 눈썹을 하고 있어서, 형과 아우를 구별하기 어려웠다. 나이는 얼마나 되는지 짐작도 할 수 없었고, 그들이 어느 정도의 재산을 가지고 있는지는 아무도 몰랐다. 아마 그들 자신도 정확한 재산은 모를 것이다. 하비의 마지막 초대 손님, 〈뉴스 오브 더 월드〉 잡지의 닉 로이드는 틈만 나면 오늘의 초대자인 하비의 흠을 들추어내는 일에만 전념해 온 사람이었다. 60년대의 중간쯤에는 마침내 메트카프의 정체를 폭로하기 직전까지 몰고 갔으나, 다른 스캔들 탓으로 그의 흥미진진한 기사가 몇 주일 동안 1면에 실릴 기회를 놓친 사이에 하비는 그것 보란 듯이 달아나고 말았다. 로이드는 약간의 토닉을 섞은 트리플 진을 마시면서 초대 손님들의 각가지 인물들을 재미있다는 듯이 바라보고 있었다.

"전보입니다."

하비는 우악스럽게 겉봉을 뜯었다. 무슨 일이나 이런 식으로, 하는 짓이 거칠다.

"딸인 로잘리에게서 온 전보로군. 이 레이스를 기억하고 있었다니 귀여운 면이 있어. 하긴 그 아이의 이름을 따서 말 이름도 붙였으니까."

그들은 점심 식사를 위해 둘러앉았다. 차게 한 포테이토가 들어 있는 크림 수프, 꿩고기와 스트로베리였다. 하비는 여느때보다 말이 많았지만, 손님들은 그가 정성을 들인 레이스를 앞두고 신경이 곤두서 있는 것을 알고 있었으므로 모두들 시치미를 떼고 있었다. 그는 미국의 어떤 경주보다도 이 경주의 트로피를 갖고 싶어했다. 어째서인지는 그 자신도 모른다. 아마 그의 마음에 세차게 와닿는 애스콧 특유의 분위기, 풍요로운 녹색 잔디와 우아한 환경, 그리고 우아한 관객들과 애스콧을 경마계의 선망의 대상이 되게 이끌어가는 운영의 묘때문인지도 모른다.

"올해는 틀림없이 지금까지보다는 좋은 기회를 맞게 될 게요, 하비" 하고 나이든 은행가가 말했다.

"하지만 하워드 경, 레스터 피거트가 데븐셔 공의 말인 크라운 프린세스에 타고, 여왕의 말인 하이클리어가 대항마(對抗馬)란 말이오. 지금까지 두 번이나 3등으로 들어왔고, 한번은 1대 1의 우승후보였는데도 2등으로도 못 들어왔으니 대체 언제가 되어야 이기는지 걱정이오."

"또 전보입니다."

하비는 또다시 그 굵고 짧은 손가락으로 거칠게 봉투를 뜯었다.

"킹 조지 6세 앤드 퀸 엘리자베스 스테이크스의 건투와 행운을 빕니다.' 당신 은행의 직원 일동에게서 온 거요, 하워드 경. 이거 멋진데!"

하비의 폴란드계 미국 사투리에 걸리면, 이 영국식 억양이 조금은 그로테스크하게 들린다.

"샴페인을 한 잔씩 더 듭시다, 여러분."

또 전보가 왔다.

"이렇게 되면 우체국에 당신을 위한 특별실이 있어야겠소, 하비."

일동은 하워드 경의 아무 재미도 없는 농담에 웃음을 터뜨렸다. 하비는 다시 전보를 읽어나갔다.

"'애스콧에 가보지 못해 애석. 곧 캘리포니아로 떠날 예정. 옥스퍼드 대학의 노벨상 수상자이며 친구인 로드니 포터 교수를 잘 부탁함. 영국의 도박사에게 속지 않도록. 와일리 B. 히드로 공항에서.' 와일리 바커라는 사람인데, 몬테카를로에서 내 배를 꿰맨 의사지. 당신이 지금 먹고 있는 롤 빵 정도의 커다란 담석을 꺼냈단 말이오, 호건 박사. 그런데 그 포터 교수인가 하는 사람을 어떻게 찾지?"

하비는 헤드 웨이터에게 말했다.

"내 운전 기사를 불러주시오."

곧 스마트한 제복을 입은 거이 사몬이라는 운전 기사가 왔다.

"옥스퍼드 대학의 로드니 포터라는 교수가 여기 와 있을 걸세. 가서 찾아보게."

"무슨 특징이라도?"

"몰라" 하고 하비는 대답했다. "교수처럼 생긴 사람을 찾아봐."

운전 기사는 코스의 목책 옆에서 오후를 보내려던 예정을 단념하고 그 자리를 떠났다.

하비의 손님들은 스트로베리와 샴페인을 즐겼으며, 전보는 여전히 계속 도착하고 있었다.

"만일 당신의 말이 이긴다면 우승 컵은 여왕으로부터 직접 받게 되는 거요" 하고 닉 로이드가 말했다.

"그렇고말고. 킹 조지 6세 앤드 퀸 엘리자베스 스테이크스에서 우승하여 여왕 폐하를 배알하게 된다면 그것은 내 평생의 영광스러운 순간이 되겠지. 만일 로잘리가 이긴다면 나는 딸에게 찰스 왕자와의 결혼을 권할 생각이오. 둘은 같은 나이 또래니까."

"아무리 당신의 힘이라도 그것만은 무리일 게요, 하비."

"8만 1,000 파운드나 되는 우승 상금을 어떻게 할 생각입니까, 메트카프 씨?" 제이미 클라크가 물었다.

"자선 단체 같은 곳에 기부하지" 하고 하비는 대답하고 그 말을 듣는 손님들이 갖게 될 자신에 대한 인상에 만족감을 느끼고 있었다.

"대단한 선심이오, 하비. 그야말로 듣던 바와 같군." 닉 로이드는 마이클 호건을 보고 까닭 있는 눈짓을 했다. 다른 사람들이야 어떻든 그들 둘은 하비의 소문이 어떤 것인가를 알고 있었다.

운전 기사가 돌아와서 샴페인 바에도, 발코니의 런치 룸에도, 패독 잔디밭의 뷔페에도 동행이 없는 교수는 보이지 않았으며, 마주 특별석에는 들어가 볼 수 없었노라고 보고했다.

"당연하지." 하비는 조금은 거만한 투로 말했다. "하는 수 없군. 내가 직접 찾아봐야겠는데. 여러분, 사양 말고 마시면서 즐겨 주십시오."

하비는 일어나서 운전 기사와 함께 문 쪽으로 걸어갔다. 손님들 귀에 들리지 않을 만큼 가자 그는 운전 기사에게 말했다.

"당장 내쫓아버리겠어. 교수를 찾을 수 없었다니, 엉터리 수작은 집어치워!"

운전 기사는 기겁을 해서 뛰어나갔다. 하비는 손님들 쪽을 돌아보면서 상냥하게 웃었다.

"2시 경주에 나갈 말과 기수를 잠깐 보고 오겠소."

"그가 개인 전용석을 나가고 있소." 제임스가 말했다.

"무슨 소리인가, 제임스?" 귀에 익은 목소리가 들려왔다.

"혼잣말인가, 제임스?"

제임스는 깜짝 놀라서 뒤돌아보았다. 제1차 세계대전 때 무공십자훈장과 수훈장을 탄 바 있는 그 6피트 1인치(약 185cm)나 되는 장신의 귀족은 아직도 청년처럼 등이 꼿꼿했다. 얼굴의 주름만은 조물주가 한 계약이 끝나가는 나이에 와 있음을 나타내고 있었지만, 그밖에는 여전히 정정한 모습이었다.

"깜짝 놀랐습니다. 아니, 뭐 기침이 나와서요."

"킹 조지 6세 앤드 퀸 엘리자베스 스테이크스 말인데, 자네는 어느 말이 들어올 것으로 생각하나?"

"저는 로잘리의 단복식을 5파운드씩 샀습니다."

"제임스가 무전을 끊은 것 같소." 스티븐이 말했다.

"그럼, 다시 불러내요." 장 피엘이 말했다.

"그 소리는 뭔가, 제임스? 자네는 보청기라도 쓰고 있나?"

"아닙니다. 이건…… 그…… 트랜지스터 라디오입니다."

"그런 것은 금해야 하네. 프라이버시 침해가 될 수도 있거든."

"옳은 말씀입니다."

"그 사람은 대체 뭘 하고 있지, 스티븐?"

"난들 알 수 있소? 틀림없이 무슨 일이 있는 모양이오."

"이거 야단났는데! 하비가 이리로 오고 있어요. 당신은 마주 특별석으로 들어가시오, 스티븐. 나는 나중에 가겠소. 심호흡을 하고 침착하시오, 걱정 말고. 아직 들키지는 않았으니까."

하비는 마주 특별석의 입구를 지키고 있는 직원 쪽으로 갔다.

"나는 로잘리의 마주 하비 메트카프요. 배지를 가지고 있소."

직원은 하비를 통과시켰다. 30년 전이라면 설사 경주를 하는 말이 모두 그의 것이라 할지라도 여기에 들어가게 하지는 않았을 것이라고 그는 생각했다. 애스콧 경마는 1년에 겨우 나흘 동안의 사교적 행사였다. 지금은 그것이 24일 동안이나 개최되어 커다란 비즈니스로 바꾸었다. 시대가 변한 것이다. 장 피엘은 직원에게 말없이 패스를 보여주고 곧바로 뒤따라서 마주 특별석으로 들어갔다.

카메라맨 하나가 애스콧의 명물인 괴상한 모자를 쓰고 활보하는 귀부인들에게서 떨어져 나와 로잘리가 레이스에서 이겼을 때를 위해 하비의 사진을 찍으러 왔다. 그는 플래시를 터뜨리는 것보다 빨리 다른 입구로 서둘러 옮겨갔다. 뉴욕에서는 대만원이었지만 영국에서는 상영 금지가 되었던 영화 〈목구멍 깊숙이〉의 주연 여배우 린다 러블리스가 마주 특별석으로 들어가려 하고 있었기 때문이다. 그러나 런던의 저명한 은행가 리처드 스피로와 동행이었음에도 불구하고 입장이 허락되지 않았다. 그녀는 톱 햇에 모닝 슈트 차림새로서, 윗도리 밑에는 아무것도 입지 않았다. 순식간에 카메라맨의 무리가 그녀를 에워쌌다. 그녀가 있는 동안은 하비를 거들떠보는 사람은 하나도 없었다. 모든 카메라맨이 그녀가 마주 특별석으로 들어가려는 장면의 사진을 찍고 난 것을 확인한 다음에, 그녀는 소리소리지르며 온갖 욕설을 퍼부어 선전 효과를 달성하고는 물러났다.

하비가 말에 대한 검토를 다시 시작했을 때 스티븐은 1미터밖에 안 되는 거리까지 다가가 있었다.

"바로 지금이다" 하고 장 피엘이 프랑스 어로 중얼거리면서 재빨리 스티븐에게 다가가서 두 사람 사이에 멈춰서며 반가운 듯이 악수하고는, 하비에게 들리도록 큰소리로 말했다.

"안녕하십니까, 포터 교수님. 당신이 경마에 관심이 있으신 줄은 정말 몰랐습니다."

"아니, 특별히 관심이 있어서가 아니오. 마침 런던에서 세미나가 있었기에 좋은 기회다 싶어서……."

"포터 교수님" 하고 하비가 소리쳤다.

"이렇게 뵙게 되어서 영광입니다. 나는 매사추세츠 주 보스턴의 하비 메트카프라는 사람이올시다. 내 생명의 은인인 와일리 바커 박사에게서 당신이 온다는 소식은 들었습니다. 오늘 오후는 즐겁게 지내시도록 하십시오. 내가 모시겠습니다."

장 피엘은 슬쩍 그 자리에서 물러났다. 너무도 간단히 끝나버려 믿어지지 않을 정도였다. 전보 한 장이 마술 같은 효과를 나타낸 것이다.

"여왕 폐하, 에딘버러 공, 엘리자베스 황태후 폐하, 앤 공주께서 로열 박스에 입장하십니다."

근위대의 밴드가 국가를 연주했다.

"여왕 폐하를 지켜주소서."

2만 5,000의 관중이 기립하여 소리맞춰 국가를 합창했다.

"미국에도 저런 존재가 필요해요."

하비가 스티븐에게 말했다.

"닉슨 대신에 말입니다. 그렇게 되면 지금 우리가 안고 있는 문제는 모두 해결됩니다."

스티븐은 이 동포는 공정성이 좀 모자란다고 생각했다. 하비 메트카프와 비교한다면 리처드 닉슨은 성자(聖者)라고 해도 좋을 정도다.

"내 개인 전용석으로 가시지요, 교수님. 다른 손님들을 소개하겠습니다. 그 개인 전용석을 750파운드나 주고 빌렸으니 비워두는 것은 아까운 일이지요. 점심 식사는 하셨습니까?"

"예, 아주 멋진 점심을 먹었습니다."

스티븐은 거짓말을 했다.

이것도 하비에게서 배운 것 중 하나다. 실은 한 시간이나 마음졸이며 마주 특별석 옆에 지켜서 있었으므로 샌드위치조차 손에 들어볼 틈도 없어서 배는 등에 달라붙어 있었다.

"그럼, 샴페인이라도 드시지요." 하비가 말했다.

'텅 빈 뱃속에 샴페인이라' 하고 스티븐은 생각했다.

"고맙습니다, 메트카프 씨. 아무래도 이곳 사정을 알 수가 없군요. 하긴 로열 애스콧은 처음이니까."

"이건 로열 애스콧이 아닙니다, 교수님. 로열 애스콧이라는 것은 애스콧 위크의 마지막 날을 말하는 겁니다. 킹 조지 6세 앤드 엘리자베스 스테이크스는 매년 왕실에서 참관하게 되므로 관객들은 모두 정장을 하고 오게 되지요."

"아, 그렇군요."

스티븐은 일부러 틀리기를 잘했다고 생각하면서 그렇게 말했다.

하비는 스티븐을 데리고 자기 개인 전용석으로 갔다.

"여러분, 저명한 내 친구 로드니 포터 교수를 소개합니다, 아시는 바와 같이 이분은 노벨상 수상자입니다. 그런데 당신 전공이 뭐지요, 로드?"

"생화학입니다."

스티븐은 하비의 수법을 흉내내기 시작했다. 아주 결정적인 실수를 저지르지 않는 한 은행가나 선주는 말할 것도 없고, 신문 기자들에게도 자기가 아인슈타인 이후의 천재라고들 하는 로드니 포터가 아니라는 것을 들킬 것 같지는 않았다. 마음이 어느 정도 안정되자 사람들이 보지 않는 틈에 언어 샌드위치를 입으로 가져갈 여유조차 생겼다.

레스터 피것이 2시의 경주를 올림픽 카지노에서, 2시 30분의 레이스를 루살카에서 이겨 3,000승의 대기록을 달성했다. 하비는 점점 더 침착성을 잃고 끊임없이 무의미한 소리만 떠들어대고 있었다. 2시 30분의 경주 결과에는 전혀 관심을 보이지도 않고 연거푸 샴페인 잔을 비우고 있었다. 10분 전 3시에 유명한 자기의 암말을 보러 가자고 모두를 마주 특별석으로 안내했다. 스티븐도 다른 사람들과 함께 제왕을 에워싼 듯한 무리 중에 끼어서 뒤따라갔다.

장 피엘과 제임스는 조금 떨어진 곳에서 그 행렬을 지켜보고 있었다.

"이젠 물러설 수도 없어." 장 피엘이 말했다.

"적당히 즐기고 있는 것 같은데." 제임스가 말했다. "우리는 이쯤에서 물러나기로 합시다. 이렇게 된 바에야 그에게 모든 것을 맡기는 수밖에 없지."

그들은 샴페인 바로 갔다. 바에는 꽤 많은 사람들이 벌건 얼굴을 하고 있었으며, 경주를 구경하는 사람들보다 그곳에서 시간을 보내고 있는 사람들이 많은 것 같았다.

"어떻습니까? 멋진 말이지요, 교수님? 내 딸만큼이나 예쁘다고 생각합니다. 오늘의 경주에서 이기지 못한다면, 내게는 영영 다시 기회가 없을 겁니다."

하비는 일행의 곁을 떠나서 기수인 패트 에더리를 격려하러 갔다. 조련사인 피터 월윈이, 기수가 말에 올라 마주 특별석을 떠나기 전의 최종적인 지시를 하고 있었다. 10마리의 출전할 말들이 경주에 앞서 스탠드 정면에서 퍼레이드를 펼쳤다. 이것은 킹 조지 6세 앤드 퀸 엘리자베스 스테이크스에게만 행해지는 애스콧의 관습이었다. 여왕 폐하의 하이클리어인 황금색, 보라색, 빨간색의 장식을 한 말이 선두에 서고, 그 뒤를 따르는 크라운 프린세스는 기수를 좀 애먹이고 있었다. 세 번째인 로잘리는 꽤 침착해 보였으며, 털에도 윤기가 번들거렸고, 투지에 불타고 있는 듯했다. 로잘리 뒤에는 별로 인기없는 말과 나란히 부이, 단카로 두 마리가 따르고, 맨 뒤에는 메소포타미아, 로패이, 미노 등 세 마리였다. 관객들은 모두들 일어나서 말들에게 성원을 보내고, 하비는 마치 출전한 모든 말이 자기의 것이나 되는 듯이 의기양양한 웃음을 얼굴 가득히 떠올리고 있었다.

"……오늘 이 자리에는 유명한 미국의 하비 메트카프 씨가 와 계십니다" 하고 줄리안 윌슨이 BBC TV의 실황 방송 카메라를 보고 말했다.

"킹 조지 6세 앤드 퀸 엘리자베스 스테이크스에 우승 후보인 로잘리를 출전시키고 있는 그에게 레이스에 대한 감상을 들어보기로 하겠습니다. 영국에 오신 것을 환영합니다, 메트카프 씨. 이 커다란 경주에 대한 감상을 한마디 해주시지요."

"또다시 이 경주에 참가하기 위해서 오늘 이곳에 올 수 있었다는 것은 커다란 기쁨입니다. 그러나 문제는 이기는 데 있는 것이 아닙니다. 참가하는 데 뜻이 있는 것이지요."

스티븐은 어처구니가 없었다. 1896년 올림픽에서 처음 그 말을 한 쿠베르탱 남작이 들었더라면 무덤 속에서 코웃음을 쳤을 것이다.

"최근의 성적을 토대로 해서 로잘리가 여왕 폐하의 하이클리어와 나란히 우승 후보에 올라 있습니다. 이것에 대해 어떻게 생각하십니까?"

"데븐셔 공의 크라운 프린세스도 만만치 않습니다. 레스터 피것은 큰 경주에 강하니까요. 그는 이미 처음 두 경주에 이겼으며, 이번 경주에도 자신을 가지고 뛰게 될 것이고, 또 크라운 프린세스는 대단한 말입니다."

"1마일 반(약 2.4km)이라는 거리가 로잘리에겐 어떨까요?"

"이번 시즌의 성적을 보면 1마일 반은 로잘리에게 가장 자신 있는 거리라는 것이 분명해졌습니다."

"8만 1,240파운드의 상금을 어디에 쓰실 생각입니까?"

"돈은 문제가 아닙니다. 거기에 대해서는 생각해 본 적조차 없습니다."

그러나 스티븐은 상금에 대한 생각을 하고 있었다.

"고맙습니다, 메트카프 씨. 행운을 빕니다. 자, 최신의 마권 정보가 들어왔습니다……."

하비는 일행이 있는 곳으로 돌아와서 개인 전용석 바로 밖에 있는 발코니에서 경주를 관전하자고 제안했다.

스티븐은 하비라는 사람을 이처럼 가까이에서 관찰할 수 있다는 사실에 가슴마저 뛰었다. 그는 점점 침착성을 잃어가고, 긴장 탓으로 여느 때 이상으로 본심과는 정반대 이야기를 입에 담고 있었다. 그들이 두려워한 냉철한 책략가와는 거리가 먼 모습이었다. 이 사람도 역시 인간인 것이다. 비집고 들어갈 틈이 없을 수가 없다.

일행은 발코니에서 몸을 내밀고 말 떼가 게이트로 들어가는 것을 지켜보고 있었다. 크라운 프린세스는 여전히 애를 먹이고 있었지만, 다른 말들은 게이트에 들어가서 기다리고 있었다. 그 긴장감은 견딜 수 없을 정도였다.

"모든 말이 일제히 달리기 시작했습니다" 하고 장내 방송이 울려 퍼졌다.

2만 5,000의 관중이 일제히 쌍안경을 눈으로 가져갔다. 하비가 말했다.

"스타트는 좋았어. 위치도 적당하군."

그는 쉴새없이 경주의 전개에 논평을 계속하고 있었지만, 앞으로 1마일(약 1.6㎞) 남은 지점에서 갑자기 입을 다물어 버렸다. 일행의 다른 사람들도 말없이 스피커의 방송에만 귀를 기울였다.

"직선 코스 1마일을 남겨두고 있습니다. 아, 미노가 선두로 코너를 돌았습니다. 부이와 단카로가 여유 있는 모습으로 바로 뒤를 쫓고 있습니다. 이어서 크라운 프린세스, 로잘리, 하이클리어 순서입니다."

"6펴롱 표지에 다가가고 있습니다. 로잘리와 크라운 프린세스가 외곽에서 들어오고 있습니다. 하이클리어도 열심히 달리고 있습니다.

나머지 5퍼롱——여전히 미노가 선두, 그러나 서서히 크라운 프린세스, 그리고 부이가 간격을 좁혀가고 있습니다. 나머지 반 마일(약 0.8km). 여전히 선두는 미노입니다. 그 바로 뒤 2등으로 나선 부이, 하지만 앞지르기엔 너무 서두르는 것이 아닐지.

결승전까지 앞으로 3퍼롱——모든 말이 피치를 올리기 시작했습니다. 미노, 제 페이스를 유지하고 있고 약 말 한마리쯤 뒤처진 부이와 단카로 이어서 로잘리, 크라운 프린세스, 여왕 폐하의 하이클리어, 모든 말이 일제히 마지막 피치를 올렸습니다……

2퍼롱의 표지를 통과——하이클리어와 로잘리가 부이를 쫓고 있습니다. 크라운 프린세스는 권외로, 앞으로 1퍼롱."

아나운서의 어조가 빨라지고 목소리도 커져 갔다.

"선두는 하이클리어의 조 머서, 근소한 차로 로잘리의 패트 에더리. 앞으로 200야드(약 180m). 선두를 구별할 수 없습니다. 앞으로 100야드(약 90m). 어느 쪽이 먼저냐? 마침내 골인, 여왕 폐하의 황금색, 보라색, 빨강색과 미국인 마주 하비 메트카프의 흰색과 녹색의 체크 무늬, 사진 판정이 있겠습니다. 무슈 무사크의 단카로가 3등으로 들어왔습니다."

하비는 마치 얼어붙기라도 한 듯이 꼼짝도 하지 않고 결과 발표를 기다렸다. 스티븐조차도 이 순간만은 그와 공감하고 있었다. 하비의 손님들은 지레 짐작이 빗나갈까 봐 아무도 하비에게 말을 걸지 않았다.

"킹 조지 6세 앤드 퀸 엘리자베스 스테이크스의 결과를 발표하겠습니다."

다시 스피커의 소리가 울려퍼지고 장내는 쥐죽은 듯이 조용했다.

"1등은 5번 로잘리."

그 다음은 군중의 환성과 하비의 감개무량한 승리의 함성으로 아나운서의 말은 들리지도 않았다. 그는 손님들을 이끌고 가장 가까운 엘리베이터까지 달려가 엘리베이터 걸의 손에 1파운드짜리 지폐를 내밀면서 소리쳤다.

"얼른 내려가!" 그와 함께 엘리베이터에 뛰어들 수 있었던 것은 손님 중에서 절반 정도뿐이었다. 스티븐도 간신히 그 절반 안에 들어갔다. 1층에 도착하여 문이 열린 순간, 하비는 소로브레드(영국 원산의 우수 경주 말)처럼 날쌔게 달려나가 샴페인 바를 지나고 마주 특별석의 뒤쪽을 지나서 시상대로 달려들어 거의 기수를 밀어떨어뜨릴 듯한 기세로 말의 목을 끌어안았다. 몇 분 뒤 그는 '1등'이라고 쓰여진 조그만 기둥 쪽으로 의기양양하게 로잘리를 끌고 갔다. 사람들이 그의 주위를 에워싸고 저마다 축하 인사를 보냈다.

경마장 서기인 뷰먼트 대위가 여왕을 배알할 때의 예절을 하비에게 가르쳐 주었다. 애스콧에 있어서의 여왕의 대리인인 애버게이베니 경이 여왕 폐하를 시상대로 안내해 왔다.

"킹 조지 6세 앤드 퀸 엘리자베스 스테이크스의 우승마 하비 메트카프 씨의 로잘리입니다."

하비는 마치 꿈을 꾸고 있는 것 같았다. 플래시가 작렬하고 무비카메라가 돌아가는 가운데 여왕 앞으로 나아갔다. 깊이 고개 숙여 인사하고 트로피를 받아들었다. 틀림없이 노만 하트넬이 디자인했을 터키의 옥색 실크 슈트에 같은 색 터번으로 눈부시게 차려입은 여왕이 두세 마디 말을 걸었지만, 하비는 난생 처음 겪는 일에 너무 긴장하여 입에서 말조차 나오지 않았다. 그대로 뒷걸음으로 물러서서 다시 한 번 절하고, 성대한 박수를 받으며 자기 자리로 돌아왔다.

그의 개인 전용석에서는 샴페인이 흘러넘치고, 누구나가 다 하비의 친구였다. 스티븐은 지금으로서는 무슨 짓을 해도 그 시기가 나쁘다는 생각이 들었다. 시간을 보내면서 이 이상한 소동에 대한 그의 반응을 관찰해야만 했다. 그래서 개인 전용석의 한쪽 구석에 앉아서 흥분이 가라앉기를 기다리면서 하비를 주의깊게 지켜보았다.

하비가 거의 정상 상태로 돌아온 것은 이미 한 경주가 끝난 뒤였다. 스티븐은 마침내 행동을 개시할 때가 왔다고 판단했다. 그는 일어나서 돌아가려고 했다.

"벌써 돌아가시려고요, 교수님?"

"예, 내일 아침까지는 시험 채점을 끝내야 하거든요."

"당신들의 그 부지런함에는 정말 고개가 숙여지는군요. 어떻소, 즐거웠소?" 스티븐은 조지 버나드 쇼의 유명한 즉석 반박, '달리 즐길 일이 없다면 만부득이'라는 말이 떠올랐으나 정작 입밖으로 내뱉지는 않았다.

"예, 덕분에, 메트카프 씨. 멋진 위업을 달성했군요. 틀림없이 기분좋으시겠습니다."

"글쎄, 아니랄 수야 없죠. 사실 오랫동안 들인 공이었지요. 공들인 보람은 있었습니다. 로드, 좀더 여기 있으면서 오늘밤 클래리지 호텔에서의 파티에도 초대하고 싶었는데, 애석하군요."

"그러고 싶은 마음이야 태산 같습니다, 메트카프 씨. 그보다 언제 한번 옥스퍼드의 제 칼리지에 오시지요. 대학에 대한 안내를 해드리겠습니다."

"그거 좋은 생각입니다. 애스콧이 끝난 뒤에 이틀쯤 여가도 있고, 그전부터 옥스퍼드라는 곳을 구경해 보고 싶었지만, 좀처럼 틈이 안 나서 말예요."

"수요일에 대학의 가든파티가 있습니다. 다음주 화요일 밤 내 칼리지에서 식사를 함께 하시고, 다음날 교내 구경을 하고 나서 가든파티에 참석하면 어떻겠습니까?"

그는 카드에 자세한 안내를 적어서 건네주었다.

"아주 멋지군. 금년은 유럽에서 지금까지와는 다른 최고의 휴가를 즐기게 될 것 같군요. 그런데 옥스퍼드에는 무얼 타고 돌아갈 생각입니까, 교수님?"

"열차로 돌아갈 겁니다."

"아니오. 내 롤스로이스를 타고 가십시오. 늦어도 마지막 경주까지는 돌아올 수 있을 테니까."

그리고 스티븐이 반대할 틈도 주지 않고 운전 기사를 불렀다.

"포터 교수님을 옥스퍼드 대학까지 모셔다 드리고, 다시 이리로 돌아오게. 그럼 조심해 가십시오, 교수님. 다음주 화요일 8시에 다시 만납시다. 당신을 만나서 반가웠어요."

"덕분에 하루 즐겁게 보냈습니다. 그리고 우승을 축하합니다."

옥스퍼드로 돌아가면서, 로빈이 그 차에 탈 수 있는 것은 자기뿐이라고 자랑하던 새하얀 롤스로이스의 뒷좌석에 느긋하게 기대앉은 스티븐은 혼자서 웃고 있었다. 이윽고 호주머니에서 수첩을 꺼내어 다음과 같이 메모했다.

'애스콧에서 옥스퍼드까지의 2등 열차표 한 장분인 98펜스를 경비에서 뺄 것.'

# 제15장

"브래들리" 하고 상임 지도 교수가 말을 걸어왔다. "요새 당신 머리칼이 조금 희어진 것 같소, 부학생감이라는 직책이 힘든 탓이오?"

스티븐은 사교실의 누군가가 머리칼이 왜 그런가고 묻지나 않을까 하고 생각하던 참이었다. 대개 교수들은 동료가 무슨 짓을 하든지 결코 놀라는 법이 없다.

"저의 아버지도 젊어서 백발이셨습니다. 상임 지도 교수님, 아무래도 유전이란 것은 어쩔 수가 없는가 봅니다."

"참, 다음 주는 가든파티가 있을 예정이지요?"

"그렇군요, 깜박 잊고 있었습니다."

스티븐은 팀의 세 사람이 다음 작전에 대한 지시를 듣기 위해 모여 있는 자기 방으로 돌아왔다.

"수요일은 창립 기념 축제로서 가든파티가 있는 날이오. 우리가 지금까지 하비 메트카프에게서 배운 것 중 하나는 설령 자기의 홈 그라운드가 아닐지라도, 그는 모르는 일은 아무것도 없는 듯이 자신만만하게 행동한다는 점이오. 그러나 다음에 무슨 일이 일어날 것인가를 이쪽에서만 알고 있고, 저쪽에서는 모른다는 것을 염두에 두고 있는 한 우리는 그의 속셈을 알아낼 수가 있소. 요는 프로스펙터 오일 때의 그의 수법을 본받아 언제나 그보다 한 발자국 앞서 가야 하는 것이오. 자, 우리는 오늘 리허설을 하기로 하고, 내일은 다시 한 번 의상 연습을 합시다."

"정찰을 위해서 쓰인 시간은 결코 낭비가 되는 것은 아니지" 하고 제임스가 중얼거렸다. 그 말은 그의 육군 사관 후보생 시절의 거의 유일한 추억이었다.

"당신 계획에는 정찰을 위해서 시간을 쓸 필요는 별로 없었던 것 같소만" 하고 장 피엘이 꼬집었다. 스티븐은 주제넘은 말참견을 아예 무시해 버렸다.

"그날 작전에 요하는 시간은 내가 약 일곱 시간, 당신들이 네 시간이오. 여기에는 분장하는 시간도 포함되어 있소. 그리고 당신들은 그날까지 제임스에게서 다시 한 번 지도를 받을 필요가 있소."

"내 두 아들은 몇 번쯤 필요하게 되겠소?" 로빈이 물었다.

"수요일에 한 번뿐이오. 너무 지나치면 오히려 부자연스러워질 염려가 있으니까."

"하비는 몇 시에 런던으로 돌아가겠다고 할 것 같소?"

장 피엘이 물었다.

"거이 사몬에게 전화해서 롤스로이스를 체크해 보았더니, 오후 7시까지는 클래리지 호텔에 돌아갈 예정으로 되어 있소. 그러니까 그가 여기에 있는 것은 5시 30분까지가 되겠지."

"조금도 빈틈없군" 하고 로빈이 말했다.

"참 기가 막히군" 하고 스티븐이 말했다. "이제는 사고 방식까지도 그를 닮아가고 있으니. 자, 그럼 다시 한 번 계획 전체를 복습해

봅시다. 붉은 자료의 16페이지부터요. 내가 올 솔스칼리지를 나가면
…….”

그들은 일요일과 월요일에 풀 리허설을 했다. 화요일까지는 하비가
지나갈 가능성이 있는 모든 통로와, 그날 오전 9시 30분에서 오후 5
시 30분까지 몇 시에는 어디에 있는가 하는 것을 빠짐없이 머릿속에
넣었다. 스티븐은 그야말로 용의주도했다. 사실 그럴 수밖에 없기도
했지만. 이번 계획에서 기회는 꼭 한 번뿐이다. 몬테카를로에서와 같
은 차질이 생기면 두 번 다시 해볼 수는 없다. 의상 연습은 초를 다
툴 만큼 신속 정확하게 행해졌다.

“이런 옷을 입어보는 것은 여섯 살 때의 가장 무도회 이후론 처음
이야” 하고 장 피엘이 말했다.

“그런데 너무 눈에 띌 것 같은데.”

“그날은 온통 빨강색, 파랑색, 검은색 옷으로 가득찰 거요.” 스티
븐이 말했다. “그야말로 눈부신 광경일 거요. 당신이 그런 모습을 하
고 있어도 돌아볼 사람은 없어요, 장 피엘.”

그들은 다시 한 번 마음을 다져먹으며 긴장 속에서 막이 오를 날을
기다렸다. 스티븐은 오히려 그런 상태를 다행으로 여겼다. 하비 메트
카프가 상대이니만큼 긴장이 풀리면 싸움에 질 것을 알고 있었기 때
문이다.

그들은 조용히 주말을 보냈다. 스티븐은 칼리지 연극부에서 연 1회
열연하는 연극을 정원에서 구경했고, 로빈은 아내를 글린데본에 데리
고 가서 전에 없이 가정에 대한 서비스에 힘썼으며, 장 피엘은 신간
미술 서적인 데이비드 더글러스 던컨의 《굿바이 피카소》를 읽었으며,
제임스는 앤을 데리고 링컨셔의 태스웰 홀 저택까지 아버지인 5대 백
작을 만나러 갔다. 앤도 그 주말은 긴장 속에서 보냈다.

"해리?"

"예, 브래들리 박사님."

"오늘밤 내 방에서 미국인 손님과 식사를 함께 하기로 되어 있네. 하비 메트카프라는 분일세. 오시면 방으로 안내해 주게나."

"알겠습니다."

"그리고 또 한 가지, 그는 나를 트리니티 칼리지의 포터 교수로 착각하고 있는 모양일세. 굳이 밝혀야 할 이유도 없으니, 그대로 놔두게. 적당히 그런 척해 두면 되는 걸세."

"알겠습니다."

해리는 슬픈 듯이 고개를 저으며 포터 대기소로 돌아갔다.

학자들이란 모두들 언젠가는 머리가 이상해지기 마련이지만, 아무리 그래도 브래들리 교수는 아직 그럴 나이는 아닌데.


하비는 8시에 도착했다. 영국에 있을 때에는 언제나 시간에 늦어 본 적이 없었다. 헤드 포터가 복도를 돌아 고풍스러운 돌층계를 올라서 스티븐의 방으로 안내했다.

"메드카프 씨께서 오셨습니다."

"오, 교수님."

"어서 오십시오, 메트카프 씨. 약속 시간을 정확히 지키시는군요."

"시간 엄수는 귀족의 예의라고 하니까요."

"아니, 그것은 군주의 예의겠지요. 루이 18세 말입니다."

스티븐은 그 순간 하비가 학생이 아니라는 것을 잊고 있었다.

"그래요? 당신 말이 틀림없겠군요."

스티븐은 맨해튼을 잔뜩 만들어서 권했다. 손님은 방 안을 대강 둘러본 다음 책상 위에서 시선을 멈추었다.

"흠, 멋진 사진이 있군. 고 케네디 대통령과 당신, 여왕과 당신, 게다가 교황과 나란히 찍은 사진까지 있군요."

그것은 장 피엘의 아이디어로서, 그의 친구인 화가 데이비드 슈타인과 함께 구치소에 들어갔던 어느 사진 기술자를 스티븐에게 소개한 것이었다. 스티븐은 언제고 그 사진들을 태워버려 증거를 없애버릴 생각이었다.

"당신의 사진 수집품 중에 내 것도 한 장 끼어주십시오."

하비는 여왕으로부터 킹 조지 6세 앤드 퀸 엘리자베스 스테이크스의 트로피를 받아드는 자기의 커다란 사진을 호주머니에서 꺼냈다.

"원하신다면 사인도 해드리리다."

그는 여왕 위에다 비스듬히 날아갈 듯한 사인을 해넣었다.

"고맙습니다. 다른 사진과 마찬가지로 소중히 간직하겠습니다. 그리고 나를 위해서 시간을 내어주신 것을 감사드립니다."

"옥스퍼드 대학을 방문한다는 것은 내게도 자랑스러운 일이며, 또한 이 유서깊은 칼리지는 정말 멋지군요."

스티븐은 그것이 상대방의 본심에서 우러나온 말이라는 것을 믿었다. 문득 모들린에서 열렸던 너필드 경의 만찬회 이야기를 하비에게 들려주고 싶은 충동을 느꼈지만, 간신히 참았다. 너필드 경의 대학에 대한 막대한 기부에도 불구하고 둘 사이의 관계는 결코 원만한 것은 아니었기 때문이다. 모들린에서 만찬회가 끝나고 하인들이 돌아가는 손님들을 배웅할 때, 너필드 경은 내미는 모자를 무뚝뚝한 얼굴로 받아들었다.

"이 모자가 내 것인가?" 그는 물었다.

"모르겠습니다, 경" 하고 하인이 대답했다. "하지만 경께서는 그 모자를 쓰고 계셨습니다."

하비는 좀 멍청한 얼굴로 스티븐의 서가에 꽂힌 책들을 바라보았다. 스티븐이 전공하는 순수 수학과 포터 교수의 생화학의 차이를 다행히 하비는 몰랐던 모양이다.

"내일의 스케줄을 가르쳐 주겠소?"

"좋습니다." 스티븐이 대답했다. "식사를 하면서 당신을 위해서 세운 계획을 설명드리지요. 주문이 있으면 서슴지 마시고 말씀해 주십시오."

"어떤 계획이라도 대환영이오. 이번 유럽 여행 덕분에 나는 10년은 젊어진 듯한 기분이오. 옥스퍼드 대학에 초대된 것을 생각하면 지금도 가슴이 뛰는걸요."

스티븐은 하비 메트카프를 상대로 하는 일곱 시간을 견뎌낼 수 있을지 자신이 없었다. 그러나 되찾아야 할 25만 달러와 팀의 다른 동료들에 대한 체면을 생각하면…… 칼리지의 포터가 새우 칵테일을 가져왔다.

"난 이걸 아주 좋아한답니다" 하고 하비가 말했다. "그런데 어떻게 알았지요?"

스티븐은 "당신에 대해서는 모르는 것이 없소"라고 해주고 싶었지만, "어쩌다 보니 그렇게 되었군요. 그런데 내일 10시에 만나기로 하면 어떨까요? 그렇게 하면 대학의 예정표 안에서 가장 흥미 있는 하루라고 생각되는 행사에 참가할 수 있습니다. 엔시니아라고 부르는 것이지요."

"그건 뭡니까?"

"말하자면, 1년에 한 번, 미국 대학의 여름 학기에 해당하는 제3학기의 마지막 9주째에 우리는 대학 연도(大學年度)의 종료를 축하하는 겁니다. 몇 가지 의식과 대규모의 가든파티가 열리는데, 거기에는 대학의 총장과 부총장도 참석합니다. 총장은 전 영국 수상이었던 해럴드 맥밀런, 부총장은 해바커크 씨입니다. 되도록이면 이 두 사람에게 당신을 소개하고 싶고, 또 7시까지는 런던으로 돌아갈 수 있도록 모든 예정을 끝낼 생각입니다."

"내가 7시까지 돌아가지 않으면 안 된다는 것을 어떻게 알았지요?"

"애스콧에서 그렇게 말씀하셨지요."

스티븐은 이제는 급하면 예사로 거짓말이 나오게까지 되었다. 이렇게 나가다가는 하루빨리 백만 달러를 되찾지 않으면 머지않아 자기도 범죄자가 되어버릴 것만 같았다.

하비는 만족한 식사를 했다. 지나치게 신경을 쓴 듯한 느낌은 있었지만, 스티븐이 하비가 좋아하는 것만을 골랐으므로 당연한 일이었다. 하비가 식후의 브랜디를 들이킨 다음에(한 병에 7파운드 25펜스, 하고 스티븐은 마음속으로 메모해 나갔다.) 그들은 조용한 모들린의 복도를 산책하고 송 스쿨 앞을 지나갔다. 가브리엘리의 미사곡을 노래하는 성가대의 소리가 조용한 하늘에 감돌았다.

"이거 놀랍군요, 이렇게 큰소리로 레코드를 틀어도 괜찮습니까?" 하고 하비가 말했다. 스티븐은 랜돌프 호텔까지 손님을 바래다 주었다. 베일리얼 칼리지 앞 브로드 거리에 세워져 있는 철제 십자가를 가리키면서, 거기서 1556년 크랜머 대주교가 이단이라는 죄목으로 화형을 당했다고 설명했다. 하비는 그런 대주교의 이름은 들어본 적이 없다고 말하려다가 그만두었다.

스티븐과 하비는 랜돌프 호텔의 층계 위에서 헤어졌다.

"그럼, 내일 아침에 또, 덕분에 즐거운 밤이 되었습니다."

"원 별말씀을. 10시에 마중을 오겠습니다, 그럼, 안녕히 가십시오."

스티븐은 모들린에 돌아와서 곧 로빈에게 전화를 걸었다.

"만사 순조로웠소, 다만 조금 지나친 느낌은 있었지만, 메뉴에 특별히 신경을 써서 브랜디까지 그가 좋아하는 상표의 것을 준비했소. 하지만 내일은 신중을 기해야겠소. 지나침은 못 미침만 같지 않다고 했으니 말이오. 그럼, 내일 만납시다, 로빈. 오늘밤은 푹 자두시오."

스티븐은 장 피엘과 제임스에게도 똑같은 내용의 전화를 걸고 난 다음 만족한 기분으로 침대에 들어갔다. 내일 지금쯤은 좀더 현명해져 있겠지. 하지만 과연 좀더 부자가 되어 있을까?

# 제16장

오전 5시 처웰 강 위에 해가 떠올랐다. 이 이른 시간에 이미 일어나 있는 몇 안 되는 옥스퍼드 주민은, 안목 있는 사람들이 옥스퍼드와 케임브리지 두 대학을 통틀어 가장 아름다운 칼리지가 모들린이라고 보증하는 이유를 이해할 것이다. 강가에 누워 있는 수직의 건축은 과연 사람들의 눈을 끌기에 족했다. 국왕 에드워드 7세, 헨리 왕자, 워즐리 추기경, 에드워드 기번, 오스카 와일드, 이런 사람들이 이 칼리지에서 공부했다. 하긴 침대 위에서 눈을 뜨고 있는 스티븐의 머릿속에 그런 생각이 떠올랐다는 이야기는 아니지만.

그는 자기 심장의 고동소리를 들으면서 로빈과 장 피엘이 견뎌낸 긴장감이 과연 어떤 것이었는지를 지금 새삼 알 것 같았다. 불과 3개월 전, 네 사람이 처음 만났을 때부터 오늘까지 이미 일생에 버금갈 만한 시간이 지난 듯한 느낌이었다. 하비 메트카프에게 아픈 맛을 안겨 주어야겠다는 같은 목적이 네 사람의 결속을 더욱 튼튼하게 한 것을 생각하니 절로 웃음이 나왔다. 스티븐도 지금에 와서는 제임스처럼 어느새 그 사람에게 탄복하는 마음조차 갖게 되었다. 그러나 적을 그의 홈그라운드에서 끌어내면 그의 의표를 찔러 마침내 이기고 말 것이라는 자신감은 더욱 더해 갔다. 스티븐은 두 시간 이상이나 침대 속에서 꼼짝도 하지 않고 생각에 잠겨 있다가, 이윽고 가장 키큰 나무들 머리 위에 아침 해가 얼굴을 내밀 무렵, 겨우 자리에서 일어나 샤워를 하고 수염을 깎은 뒤, 오늘 하루를 대비해서 천천히 정성들여 옷을 갈아입었다.

그는 15살 쯤은 더 늙게 보이도록 꼼꼼하게 분장을 했다. 상당히 시간이 걸렸다. 여자가 젊어 보이게 할 때에도 거울 앞에서 이렇게 오랜 시간을 애써야만 하는 걸까 하고 생각했다. 분장을 끝내고 옥스퍼드 대학 철학 박사임을 나타내는 장엄한 주홍색 가운을 걸쳤다. 옥스퍼드만이 다른 방식을 택하고 있는 것이 그에게는 재미있었다. 다른 대학에서는 어디나 학문 연구에 대한 이 흔한 포상을 'Ph. D.'로 생략하고 있는데, 옥스퍼드에서는 'D. Phil.'이었다. 그는 거울에 비친 자신의 모습을 찬찬히 바라보았다.

"이런 모습으로도 하비 메트카프에게 감명을 줄 수 없다면 다른 어떤 모습을 해도 헛일이겠지."

게다가 그는 사실 그것을 입을 자격이 있었다. 자리에 앉아서 마지막으로 한 번 더 붉은 자료를 훑어보았다. 이제는 거의 외워버릴 만큼 몇 번이나 읽고 또 읽어본 것이다. 아침은 먹지 않았다. 쉰 살에 가까운 이런 분장으로 나타나면 동료들은 틀림없이 큰 소동을 벌이겠지. 하긴 늙은 교수들은 그의 꼴이 여느 때와는 다르다는 것을 모르고 그냥 넘어갈지도 모르는 일이다.

스티븐은 아무도 모르게 칼리지를 나와 하이 거리로 가서 14세기의 대주교와 같은 복장을 한 무수한 옥스퍼드 출신들의 무리에 섞여 들어갔다. 이날 사람들 눈에 뜨이지 않게 하는 것은 아주 쉬운 일이다. 그리고 하비는 아마 오래된 대학의 생소한 전통 의식을 보고는 멍청해질 것이라는 계산이 스티븐으로 하여금 창립 기념 축제를 싸움터로 선택케 한 두 번째 이유였다. 그는 9시 55분에 랜돌프 호텔에 도착하여 나이 어린 보이에게 포터 교수가 메트카프 씨를 기다린다고 전하라고 했다. 보이는 한달음에 달려가서 곧 하비를 안내하고는 돌아왔다.

"메트카프 씨, 포터 교수이십니다."

"고맙네" 하고 스티븐은 보이에게 말하고, 마음속으로는 나중에 돌아와서 팁을 주어야지 하고 생각했다. 설령 그렇게 하는 것이 보이가 해야 할 일의 일부이긴 하지만, 그렇게 해두면 언젠가 도움이 되는 것이다.

"안녕하시오, 교수. 어디서부터 시작할 생각이오?"

"가만 있자——" 하고 스티븐이 말했다.

"창립 기념 축제는 지저스 칼리지에서 열리는 나타니엘 크루 경의 '베니팩션'(은혜를 베푸는 의식)에서부터 시작됩니다."

"그 크루 경이라는 사람은 누구요? 그가 아침 식사에 나옵니까?"

"단지 정신적인 겁니다. 300년 전에 죽은 위대한 분이지요. 나타니엘 크루 경은 대학의 박사였으며, 더햄의 주교를 맡아본 사람입니다. 그가 아까 내가 말씀드린 '베니팩션'과 그 뒤에 듣게 될 연설 비용으로 연간 200파운드를 대학에 기부했지요. 물론 그 동안의 물가 상승과 인플레 덕분에 그 돈만으로는 비용을 충당할 수 없게 되어, 대학의 금고에서 보조금을 내놓을 필요가 있게 되었습니다만. 아침 식사가 끝나면 셀더니안 강당까지 행진합니다."

"그 다음에는 무슨 행사가 있지요?"

"가장 볼 만한 것은 오노런드 학위 발표입니다."

"무슨 발표라고?"

"오노런드. 이것은 대학의 장로들에 의해서 명예 학위를 받을 수 있게 선택된 남녀 명사들을 말하는 것이지요."

스티븐은 그의 눈빛을 보았다.

"이제는 떠나야 합니다. 그래야만 그 행진을 볼 수 있는 좋은 자리를 차지할 수 있지요."

스티븐은 일어나서 손님을 랜돌프 호텔에서 데리고 나왔다. 브로드 거리를 걸어가자니까 셸더니안 강당 바로 앞에 알맞은 장소가 눈에 띄었다. 경찰이 스티븐의 주홍색 가운에 경의를 표하고 간신히 좁은 틈새를 만들어 주었다.

"선두에 서서 곤봉을 가지고 있는 이들은 뭐하는 사람들입니까?"

하비가 물었다.

"저건 대학의 수위관과 총장의 속관(屬官)들입니다. 총장의 행렬을 호위하기 위해서 창 모양을 한 권표(權標)를 가지고 있는 겁니다."

"물론 위험 같은 것은 없을 테지요. 여기는 뉴욕의 센트럴 파크가 아니니까."

"그야 그렇지요. 하지만 과거 300년 동안 언제나 안전하지는 않았지요. 영국에서는 전통이라는 것이 좀처럼 없어지지 않는답니다."

"그런데 총장의 속관들 뒤에 있는 사람들은 누굽니까?"

"황금색으로 테를 두른 검정 가운을 입은 사람이 시동을 거느린 대학의 총장입니다. 즉, 50년대 말에서 60년대 초에 걸쳐서 영국의 수상이었던 해럴드 맥밀런 경이지요."

"그렇구면, 저 사람은 기억하고 있소. 영국을 유럽과 손잡게 하려다가 드골의 반대에 부딪친 사람이지."

"재미있군요. 그런 식으로 기억하는 방법도 있군요. 그 사람의 뒤가 부총장인 해바커크 씨고, 동시에 지저스 칼리지 학장이기도 합니다."

"아무래도 잘 모르겠군요, 교수님."

"다시 말하자면 이런 겁니다. 총장이 되는 사람은 옥스퍼드에서 교육을 받은 저명한 영국인으로 정해져 있습니다만, 부총장은 대학 내의 지도적 위치에 있는 인물로서, 대개는 학장 중에서 선출되지요."

"흠, 그렇게 되는군."

"그건 그렇고, 부총장 뒤에는 대학 서무처장인 캐스턴 씨이고, 머튼 칼리지의 펠로이기도 합니다. 대학의 상급 관리자로, 말하자면 대학의 최고급 관리라고 할 수 있지요. 그는 부총장과 대학의 내각이라고도 할 수 있는 주간회의에 직접적인 책임을 지고 있습니다. 그 뒤가 학생처장인 우스터 칼리지의 캠벨 씨와 부학생처장인 뉴 칼리지의 닥터 베넷 목사입니다."

"학생처장은 어떤 일을 합니까?"

"700년이나 된 옛날부터 그들 같은 사람들이 대학의 예절과 규율을 지켜온 거지요."

"뭐라고? 저 노인들 둘이서 9,000명이나 되는 망나니들을 감시 한다는 겁니까?"

"물론입니다, 불독의 도움을 받아가면서지요."

"그렇구먼. 그렇다면 좀 나을 테지. 영국의 불독에게는 두 번만 물리면 어떤 녀석이라도 얌전해질 테니."

"아니……" 스티븐은 입술을 깨물어 터지려는 웃음을 참으면서 그의 말을 고쳐 주었다. "불독이라는 것은 질서 유지를 맡고 있는, 학생처장을 돕고 있는 역할을 하고 있는 사람을 말하는 겁니다. 그리고 행렬의 맨 끝에 단정한 가운을 입은 사람들이 보이지요? 저 사람들은 대학의 박사인 학장들, 학장이 아닌 대학의 박사들, 대학의 박사가 아닌 학장들이 방금 말씀드린 순으로 줄지어 있는 겁니다."

"들어봐요, 로드, 내 생각에 박사(닥터)라는 것은 돈을 청구하는 자들일 뿐이오."

"아니 아니, 그런 닥터를 말하는 것이 아닙니다."

스티븐은 대답했다.

"더 설명할 것 없어요. 나는 모든 걸 좋아하긴 하지만, 그 모든 걸 다 이해하고 싶은 마음은 없다오."

스티븐은 하비의 얼굴을 유심히 바라보았다. 그는 황홀한 듯이 행렬을 쳐다보며 여느 때보다 말수가 적었다.

"저 긴 행렬은 셸더니안 강당으로 들어가서 모두가 반원형의 자리에 앉습니다."

"그건 어떻게 생긴 겁니까?"

"반원형의 층계 좌석으로서, 유럽에서 가장 앉기 나쁜 자리이지요. 그러나 걱정 마십시오. 당신은 하버드의 교육에 관심을 가지고 계신 것으로 유명한 분이니까 특별석으로 모시도록 제가 미리 일러두었습니다. 행렬보다 먼저 자리에 앉을 시간이 있을 겁니다."

"여하튼 안내를 부탁하겠소, 로드, 그런데 여기 있는 사람들이 정말로 하버드에 대한 것을 알고 있습니까?"

"물론 알고 있지요, 메트카프 씨. 당신은 학문 연구에 대한 경제적 원조에 열성 있는 독지가로서, 대학 교육계에서는 유명한 분이니까요."

"이거 정말 놀랍군."

놀라는 것이 당연하지, 하고 스티븐은 마음속으로 중얼거렸다.

그는 하비를 발코니에 있는 예약석으로 안내했다. 거기서 하비의 눈에 줄지어 앉은 여러 사람들의 얼굴이 뚜렷이 보이는 것은 바람직하지 못했다. 실제로는 반원형의 자리에 앉은 대학의 장로들은 머리 꼭대기에서부터 발끝까지 가운, 모자, 나비넥타이, 희게 늘어뜨린 밴드 등으로 완전히 둘러싸여서 그들의 어머니조차 구별하기 어려울 정도였다. 내빈이 자리에 앉을 동안에 오르가니스트가 마지막 화음을 연주했다.

"오르가니스트는……" 하고 스티븐이 설명했다. "저희 칼리지 소속이며, 합창단장과 음악 교수 대리를 겸임하고 있는 사람입니다."

하비는 반원형의 좌석과 주홍색 가운을 걸친 사람들에게서 눈을 뗄 수가 없었다. 이런 광경을 보는 것은 난생 처음이었다. 음악 소리가 끝나고 총장이 일어나서 참석자들에게 언제나 그렇듯이 라틴어로 말을 했다.

"Causa hujus convocationis est ut……."

"도대체 무슨 말을 하고 있는 거요?"

"우리가 이 자리에 모이게 된 이유를 말하고 있는 겁니다." 스티븐이 설명했다. "되도록이면 통역을 하겠습니다."

"Ite Bedelli(가시오, 속관들)" 하고 총장이 말하니 거대한 문이 열리고 속관들이 신학교에서 오너런드들을 안내해 오기 위해서 나갔다. 대표 연사인 J.G. 그리피스 씨가 오너런드들을 안내해 온 순간, 장내는 물을 뿌린 듯 조용해졌다. 그리피스 씨는 세련되고 재기 넘치는 라틴어로 각자의 경력과 업적을 찬양하며 한 사람씩 총장에게 소개했다. 그러나 스티븐의 통역은 충실한 통역과는 거리가 멀었으며, 그들에게 수여되는 박사 호칭이 학문적인 업적보다는 오히려 경제적 원조의 결과라는 것을 암암리에 느끼게 하는 것이었다.

"저 사람은 에이머리 경입니다. 그가 교육 분야에 남긴 모든 업적을 지금 칭송하고 있습니다."

"그는 얼마나 기부했소?"

"글쎄요, 하긴 전 재무 장관이었으니까. 그리고 헤일섬 경, 그는 문교 장관을 포함한 7개 장관직을 역임했으며, 마지막으로 대법관을 지낸 사람입니다. 그와 에이머리 경은 함께 민법학 박사 칭호를 받기로 되어 있습니다."

하비는 여배우인 데임 플로라 롭슨을 알고 있었다. 그녀는 연극계에 있어서의 오랫동안의 빛나는 업적을 높이 사서 계관시인 존 베체만 경과 함께 문학 박사 칭호를 받기로 되어 있다고 스티븐이 설명했다. 오너런드들은 한 사람씩 총장에게서 학위를 받고 악수를 나눈 다음, 반원형 좌석의 앞줄로 안내되었다. 마지막 오너런드는 왕립과학 연구소장이며 노벨상 수상자인 조지 포터 경이었다. 그는 명예 이학 박사 칭호를 받게 되어 있었다.

"나와 이름은 같지만 친척은 아닙니다. 이것으로 대강 끝났습니다" 하고 스티븐이 말했다. "남은 것은 시학(詩學) 교수인 존 웨인이 대학 후원자들에 대한 짤막한 인사말이 있을 뿐입니다."

웨인 씨는 12분쯤 크루를 기념하는 연설을 했다. 스티븐은 자기가 이해할 수 있는 말로 그처럼 생기 넘치는 연설을 한 것에 감사했다. 식전을 마무리짓는 학생의 시문 수상작 낭독은 이미 그의 관심을 끌지 못했다.

총장이 자리에서 일어나 행렬의 앞장을 서서 강당 밖으로 나갔다.

"이번에는 어디로 가는 거요?" 하비가 물었다.

"올 솔스 칼리지에 가서 점심을 먹게 되는데, 거기서는 다시 새로 저명한 초대 손님이 많이 그 식탁에 참가하게 됩니다."

"나도 그 자리에 동참할 수 있었으면 좋겠구면."

"이미 그렇게 준비해 두었습니다."

하비는 기분이 썩 좋았다.

"대체 어떤 수를 썼소, 교수?"

"대학의 서무처장이 당신의 하버드에 대한 원조에 깊은 감명을 받았으며, 우리 옥스퍼드도 다소 원조를 기대할 수 있을지도 모른다고 생각한 겁니다. 더구나 애스콧에서 멋진 승리를 안게 된 직후니까요."

"아주 그럴듯한 생각이군."

스티븐은 전혀 관심이 없는 척했다. 아직 사냥감에게 수작을 걸기에는 시기상조였다. 서무처장은 하비 메트카프라는 이름같은 건 들어본 적도 없고, 스티븐은 이번이 옥스퍼드에서의 그의 마지막 학기이므로 올 솔스의 펠로인 어느 친구에 의해서 초대 명단에 들어가게 된 것이 진상이었다.

그들은 셸더니안 강당에서 도로를 건너 맞은편에 있는 올 솔스까지 걸어갔다. 스티븐은 하비에게 올 솔스 칼리지의 성격을 설명해 보려고 했지만 잘 되지 않았다. 사실은 많은 옥스퍼드 인에게도 이 칼리지의 존재는 하나의 수수께끼였다. 정식 명칭은 '옥스퍼드의 충실한 사자들의 모든 영혼의 학장'이라고 하고, 아쟁쿠르에서 프랑스 군을 쳐부순 승리자들을 기념한 것이다. 이 칼리지만은 그들의 영혼의 안식을 위해서 영원히 예배를 드리도록 되어 있다. 현대에 와서 그 역할은 학구적 생활 속에서도 지극히 독특한 것이다. 올 솔스는 주로 학문적인 업적에서 뛰어난 국내 졸업생의 단체이며, 학문 이외의 분야에서 이름을 날린 사람들도 몇 사람은 들어 있다. 이 칼리지에 학생은 한 사람도 없으며, 여성 펠로는 인정되지 않으며, 일반적으로 외부에서 볼 때에는, 그 풍부한 자금력과 지적 자산을 내세워 마음내키는 대로 해나가고 있다는 생각이 든다.

스티븐과 하비는 100명 이상의 내빈 속에 섞여 유서깊은 코드링턴 라이브러리의 긴 테이블 앞에 앉았다. 스티븐은 시종 하비가 너무 눈에 뜨이지 않도록 마음써 가며 이것저것 설명해서 그의 주의를 자기에게 끌리도록 했다. 고마운 것은 이런 자리에서는 참석자들이 누구와 만나 무슨 이야기를 했는지를 잘 기억하지 못하므로 마음놓고 주위 사람들에게 하비를 미국의 유명한 자선가로 소개했다. 다행히 부총장, 서무처장, 재무처장은 꽤 떨어진 곳에 자리하고 있었다.

하비는 난생 처음 겪어보는 경험에 완전히 감격하여 쟁쟁한 명사들의 이야기에 기꺼이 귀를 기울였다. 그로서는 아주 드문 일이었다. 식사가 끝나고 내빈이 일어나자 스티븐은 심호흡을 한번 하고 보다 위험한 카드를 쓰기로 했다. 하비를 총장 쪽으로 데리고 간 것이다.

"총장님" 하고 그는 해럴드 맥밀런을 불렀다.

"무슨 일이오?"

"보스턴의 하비 메트카프 씨를 소개해 드리겠습니다. 이미 아실 줄 압니다만, 메트카프 씨는 하버드의 훌륭한 후원자이십니다."

"물론 알고 있지. 좋은 일입니다. 영국에는 무슨 일로 오시게 되었습니까, 메트카프 씨?"

하비는 제대로 입을 열 수가 없었다.

"예, 총장님. 내 말인 로잘리가 킹 조지 앤드 엘리자베스 스테이크스에서 뛰는 것을 보러 왔습니다."

스티븐은 하비 뒤에 서서 하비의 말이 그 경주에서 우승한 사실을 몸짓으로 총장에게 전했다. 장난을 좋아하는 해럴드 맥밀런이 대답했다.

"그렇습니까. 경주 결과에 만족하시겠군요, 메트카프 씨?"

하비는 얼굴이 빨갛게 달아올랐다.

"예, 아마 운이 좋았나 봅니다."

"당신은 운에 의지할 분으로 보이지는 않는데요."

스티븐은 자기의 성공을 두 손에 단단히 움켜쥐었다.

"실은, 총장님. 우리가 옥스퍼드에서 하고 있는 연구의 어느 분야에 메트카프 씨가 관심을 가져주시기를 바라고 있는 참입니다."

"그거 좋은 생각이오."

7년 동안 정당을 이끌어온 경험이 있는 해럴드 맥밀런은 이런 경우에 칭찬의 효과를 누구보다도 잘 알고 있었다.

"또 연락해 주시오, 교수. 그런데 보스턴에서 오셨다고 하셨소, 메트카프 씨? 케네디 집안 여러분께 안부를 전해 주십시오."

맥밀런이 가운 자락을 펄럭이며 그 자리를 떠났다. 하비는 멍청히 넋을 잃고 마냥 서 있었다.

"정말 대단한 인물이군. 아니, 다시 없는 기회요. 마치 나 자신이 역사의 한 토막이 된 듯한 기분이군. 초대 손님이 아니고, 이 자리에 참석할 자격이 정말로 있다면 더 말할 것도 없는 일이지만."

스티븐은 임무를 끝냈으니 이젠 본색이 드러나기 전에 한시라도 빨리 이곳을 떠나려고 마음먹었다. 해럴드 맥밀런은 오늘 하루동안에 천 명이 넘는 사람과 악수하고 인사를 나눌 것이므로 하비를 기억할 가능성은 전혀 없다고 해도 좋다. 그러나 만일 기억한다 해도 별로 문제될 것은 없다. 하비가 실제로 하버드의 후원자인 것은 틀림없으니까.

"장로들보다 먼저 이곳을 나가야만 합니다, 메트카프 씨."

"좋습니다, 로드. 오늘은 당신이 대장이니까."

"그렇게 하는 것이 좋을 듯합니다."

거리에 나오자 하비가 재그 르 쿨트르 손목시계를 보았다. 2시 30분이었다.

"마침 됐군요."

다음 약속에 3분 늦은 스티븐이 말했다.

"가든파티까지 약 한 시간 남짓 여유가 있습니다. 칼리지를 한두 곳 구경하기로 하지요."

브라스노즈 칼리지 앞을 천천히 지나가면서, 스티븐은 그 이름이 실은 놋쇠로 된 코에서 유래한다는 것이며, 유명한 놋쇠로 된 코 모양을 한 13세기 교회 문의 고리쇠가 지금도 홀에 장식되어 있다고 설명해 주었다. 다시 100야드(약 90m) 더 걸어가서 스티븐은 하비를 오른쪽으로 꺾어지게 안내했다.

"그는 오른쪽으로 꺾어서, 로빈, 지금 링컨 칼리지로 가고 있소."

"좋아." 로빈이 대답하고 두 아들을 돌아보았다. 일곱 살과 아홉 살인 아들은 거북한 듯이 이튼 제복을 입고 시동 역할을 하기 위해서 잔뜩 굳어 있었다. 아버지가 무슨 꿍꿍이를 꾸미고 있는지는 가르쳐 주지 않았다.

"준비는 되었겠지?"

"좋아요, 아빠."

스티븐은 천천히 링컨 쪽으로 계속 걸었다. 입구에서 몇 발자국 떨어진 곳까지 갔을 때, 부총장의 복장, 밴드, 칼라, 하얀 넥타이, 그밖에 정장을 갖춘 로빈이 현관에서 모습을 나타냈다. 실제보다 열다섯 살쯤 나이든 분장으로, 되도록 부총장인 해바커크 씨 티를 내고 있었다. 다만 머리칼이 좀 많아 보이는 것이 흠이로군 하고 스티븐은 생각했다.

"부총장을 소개할까요?" 하고 스티븐이 말했다.

"그것도 나쁘지 않겠군" 하고 하비가 대꾸했다.

"안녕하십니까, 부총장님. 하비 메트카프 씨를 소개하겠습니다."

로빈이 모자를 벗어 인사했다. 그리고 스티븐이 다음 말을 하기 전에 물었다.

"혹시 하버드의 후원자이신?"

하비는 얼굴이 벌개지면서 부총장의 가운 자락을 든 두 소년을 보았다. 로빈이 계속했다.

"뵙게 되어 영광입니다, 메트카프 씨. 옥스퍼드 방문을 한껏 즐겨 주시기 바랍니다. 하긴 노벨상 수상자에게 학교 안을 안내받을 기회는 그리 흔히 있는 일은 아니니까요."

"마음껏 즐기고 있습니다, 부총장님. 그런데 될 수 있으면 이 학교를 위해서 뭔가 도움이 되어 드리고 싶습니다만."

"어이구, 그거 고마우신 말씀이군요."

"어떻습니까? 저는 이곳 랜돌프 호텔에 묵고 있습니다. 오늘 오후라도 두 분에게 차를 대접할 수 있으면 영광이겠습니다만."

로빈과 스티븐은 순간 허를 찔린 셈이다. 창립 기념 축제일엔 부총장이 차 마시는 일에 초대받을 틈이 없다는 것쯤은 알 듯도 한데. 로빈이 제일 먼저 정신을 차렸다.

"그것은 좀 무리입니다. 오늘 같은 날은 할 일이 너무 많아서요. 그보다는 나중에 클라렌던의 제 방으로 오지 않으시겠습니까? 그렇게 되면 서로 무릎을 맞대고 이야기할 수가 있겠습니다만."

스티븐이 곧 그 뒤를 받아서 말했다.

"좋습니다. 4시 반이면 어떻습니까, 부총장님?"

로빈은 이대로 1마일(약 1.6km)쯤 도망치고 싶은 기분을 억누르느라고 안간힘을 쓰고 있었다. 단 2분 동안 거기에 서 있었을 뿐인데, 일생에 버금가는 긴 시간이 걸린 듯한 느낌이 들었다. 신문 기자며 미국의 외과 의사로 변신하는 것은 굳이 반대하지는 않았지만, 부총장만은 정말 싫었다. 언제 누가 그의 앞에 나타나서 가짜임이 들통날지도 모른다. 그나마 대부분의 학생들이 지난 주에 고향으로 돌아가 버린 것이 다행이었다.

스티븐은 이 커다란 연극에서 활의 역할을 하게 될 가장 우수한 두 가닥의 끈, 장 피엘과 제임스를 생각했다. 지금쯤 그들은 가장복(假裝服)을 몸에 걸치고 트리니티 칼리지의 가든파티장의 텐트 뒤에서

서성거리고 있겠지.

"어떻겠습니까, 부총장님. 서무처장과 재무처장도 자리를 함께 하시는 것이?"

"그것 좋은 생각이오, 교수. 그들에게도 내 방으로 오라고 말해 두겠소, 유명한 자선가의 방문을 받게 되는 기회는 아주 드문 일이니까. 그럼 나는 이쯤에서 실례하고, 가든파티에는 나가고 싶지 않소. 가까이 뵙게 되어 영광입니다, 메트카프 씨. 4시 반에 다시 뵙게 되기를 기대하고 있겠습니다."

그들은 굳게 악수를 나누고, 스티븐이 하비를 엑세터 칼리지 쪽으로 안내하는 사이에 로빈은 미리 준비해 둔 링컨 칼리지의 골방으로 도망쳐 돌아왔다. 그리고 지친 듯이 의자에 털썩 주저앉았다.

"괜찮아요, 아빠?" 하고 큰아들인 윌리엄이 물었다.

"아, 괜찮고말고, 자, 아이스크림과 코카콜라를 사러 가자."

아이들은 갑자기 딴 사람같이 되어버렸다. 아이스크림과 코카콜라가 가운 자락을 들고 있는 바보 같은 일보다야 그들에게는 훨씬 중요한 것이었다. 로빈은 가운, 모자, 나비 넥타이, 밴드 등 골머리 아픈 소도구들을 벗어서는 가방 속에 집어넣었다.

그가 밖으로 나가자 마침 진짜 부총장 해바커크 씨가 맞은편 지저스 칼리지에서 나오는 것이 보였다. 지금부터 가든파티에 참석하러 가는 길이겠지. 로빈은 시계를 들여다보았다. 5분 만 늦었더라면 모든 것이 엉망이 될 뻔했다. 한편 스티븐은 멀리로 돌아가서, 옥스퍼드 교수복을 모두 책임지고 있는 양복점인 셰퍼드 앤드 우드워드로 가고 있었다. 머릿속은 제임스와 연락할 일로 가득차 있었다. 스티븐과 하비는 진열장 앞에서 멈춰섰다.

"멋진 가운이군."

"저건 문학 박사의 가운입니다. 한번 입어 보시겠습니까?"

"기분이 그럴 듯하겠는데. 하지만 입어 보게 할까요?" 하고 하비가 말했다.

"뭐라고야 않겠지요."

그들은 양복점 안으로 들어갔다. 스티븐은 여전히 철학 박사의 정장을 한 채였다.

"나와 함께 온 분이 문학 박사 가운을 보았으면 하는데요."

"예, 알았습니다" 하고 점원이 대답했다. 대학의 펠로가 하는 말은 절대적인 권위가 있었다.

점원은 일단 양복점 안쪽으로 들어가더니 회색으로 테를 두른 멋진 주홍색 가운과 푸짐하게 느껴지는 검은 벨벳 모자를 가지고 돌아왔다. 스티븐이 얼굴 두껍게도 하비를 부추겼다.

"시험삼아 한번 입어보시면 어떻겠습니까, 메트카프 씨? 당신이 학자답게 보이는지 시험해 보기로 하지요."

점원은 좀 놀라서 점심 먹으러 간 베너블스 씨가 얼른 돌아왔으면 하고 생각했다.

"입어 보시려면 이리로 오십시오."

하비가 안쪽으로 사라졌다. 스티븐은 얼른 밖으로 나왔다.

"제임스, 들리는가? 이봐, 부탁이야, 대답해 줘, 제임스."

"침착해요, 스티븐. 지금 그 엉터리 같은 가운을 입느라고 애먹고 있는 중이오. 게다가 약속 시간까지는 아직 17분이나 남았소."

"그건 중지요."

"중지라고?"

"그렇소, 장 피엘에게도 그렇게 전해 주시오. 두 사람 다 무전으로 로빈과 연락을 해서 되도록 빨리 그와 만나 주시오. 그가 새로운 계획을 가르쳐 줄 거요."

"새 계획이라고? 괜찮겠소, 스티븐?"

"그래요, 생각보다 잘 되어가고 있소."

스티븐은 무선을 끊고 상점 안으로 얼른 돌아왔다. 마침 하비가 문학 박사 가운으로 정장을 하고 나오는 참이었다. 스티븐이 지난 몇 년 동안 구경해 본 적이 없는 그로테스크한 광경이었다.

"아주 멋지군요."

"얼마면 될까?"

"아마 100파운드쯤 하겠지요."

"아니, 아니, 이것을 입자면 얼마쯤 기부하면……"

"글쎄요, 저로선 알 수 없습니다. 가든파티가 끝난 뒤에 부총장과 의논해 보겠습니다."

거울에 비친 자신의 모습을 찬찬히 바라본 다음, 하비는 다시 옷을 갈아입으러 안으로 들어갔다. 스티븐은 점원에게 고맙다고 하고는 가운과 모자를 포장하여 클라렌던으로 가져오되, 존 베체만 경의 이름으로 포터에게 맡겨두라고 말했다. 그리고 현금으로 옷값을 치렀다. 점원은 더욱더 의아한 표정을 지었다.

"알겠습니다."

이렇게 되면 베너블스 씨가 돌아오기만을 빌 수밖에 없었다. 그가 원하던 것이 10분쯤 뒤에 이루어지긴 했지만, 스티븐과 하비는 이미 가든파티에 참석하기 위해서 트리니티 칼리지로 가고 있는 중이었다.

"베너블스 씨, 방금 문학 박사 가운을 클라렌던의 존 베체만 경에게 배달해 달라는 지시를 받았습니다."

"이상하군. 오늘 아침의 의식을 위해서 몇 주일 전에 한 벌 배달했을 텐데, 어째서 또 새것이 필요하게 되었을까?"

"더구나 현금으로 값을 치르고 갔습니다."

"어쨌든 클라렌던으로 배달하게. 단, 틀림없이 그분의 이름으로 주문한 것인지 아닌지를 확인하도록 하고."

스티븐과 하비는 3시 30분 조금 지나서 트리니티 칼리지에 도착했다. 크로케 문기둥을 제외한 아름다운 푸른 잔디에는 이미 천 명도 넘는 참석자가 웅성거리고 있었다. 대학의 관계자들은 소중하게 간직해 두었던 양복이나 실크 드레스 위에 가운을 걸치고, 두건이나 모자를 쓴 기묘한 모양을 하고 있었다. 차와 딸기와 오이 샌드위치가 눈에 띄게 줄어들어 있었다.

　"아주 멋진 파티로군."

　하비가 무의식중에 프랑크 시나트라 투를 흉내내어 말했다.

　"사실 여기서는 무엇을 해도 품위가 있어."

　"예, 가든파티는 해마다 맛보는 즐거움 중 하나이지요. 이것은 이미 마지막이 가까운 대학 연도의 주요한 사교 행사이며, 교수들의 반수는 답안 채점 중에도 틈을 내어 오후부터는 이곳에서 시간을 보냅니다. 최종 학년의 시험이 막 끝난 때이니까요."

　스티븐은 부총장과 서무처장과 재무처장을 눈으로 찾아보고, 그들의 모습이 보이지 않는 곳까지 하비를 데리고 가서는 대학 장로인 이 사람 저 사람에게 그를 소개하고 다녔다. 마음속에서는 그들이 곧 하비와 만난 것을 잊어주기를 빌면서. 그리고 붐비는 사람들 속을 옮겨 다니며 45분쯤 시간을 보냈다. 스티븐은 입을 열기만 하면 외교문제를 일으킬지도 모르는 무능한 고관의 입을 막기 위해서 한시도 떨어지지 않고 붙어다니는 부관이라도 된 듯한 기분이었다. 그의 걱정을 알 리 없는 하비는 틀림없이 생애에서 가장 멋진 한때를 보내고 있었다.

　"로빈, 로빈, 들리는가?"

　"들린다, 제임스."

　"지금 어디 있소?"

"이스트게이트 레스토랑이오. 장 피엘과 함께 이리로 와주시오."

"알았소. 5분 뒤에 그리로 가겠소. 아니, 10분 뒤에. 이런 꼴로는 너무 서두르면 남의 눈에 띄기 쉽겠어."

로빈은 자리에서 일어났다. 아이들에게 맛있는 것도 사먹였으므로 이스트게이트에서 데리고 나와서 대기시켜 두었던 차에 태우고, 이날을 위해서 특별히 고용한 운전 기사에게 부탁하여 뉴베리로 데리고 돌아가라고 했다. 아이들의 역할은 이미 끝났으므로 함께 있으면 짐만 될 뿐이었다.

"아빠도 함께 돌아가는 거 아니야?" 하고 제이미가 물었다.

"그래, 아빠는 밤에 돌아갈 거다, 엄마에게 7시쯤 집에 도착한다고 말해 줘."

로빈이 이스트게이트로 돌아와 있으니 장 피엘과 제임스가 절룩거리면서 오고 있는 것이 보였다.

"어째서 계획을 바꿨소?" 하고 장 피엘이 말했다. "이렇게 변장하는 데 한 시간 이상 걸렸단 말이오."

"걱정할 것 없소. 만사 순조롭게 되어가고 있으니까. 뜻밖의 행운을 만나서 말이오. 내가 길거리에서 하비와 이야기하고 있는데, 그 잘난 척하기 좋아하는 인간이 나를 랜돌프 호텔로 차를 마시러 오라고 초대하더군. 그래서 그건 무리니까 클라렌던으로 날 찾아오라고 해두었소. 그랬더니 스티븐이 당신들 둘도 그 자리에 참석케 하는 것이 좋겠다고 말을 꺼내더군."

"역시 멋진 수로군" 하고 제임스가 말했다. "가든파티에서 속임수를 쓸 필요도 없어지고."

"이야기가 너무 쉽게 풀린다는 생각이 들지는 않소?" 장 피엘이 말했다.

"적어도 닫힌 문 안에서 거래가 이루어질 순 있지." 로빈이 말했다. "그러는 게 훨씬 손쉬워요. 그와 함께 밖을 걸어다니는 것을 생각만 해도 등골이 오싹해요."

"하비 메트카프를 상대하자면 무슨 일이건 쉽지는 않소." 장 피엘이 말했다.

"나는 4시 15분까지 클라렌던으로 가겠소" 하고 로빈이 계속했다.

"장 피엘, 당신은 4시 30분 조금 지나서 와주시오. 그리고, 제임스, 당신은 5분 전 5시요. 모두들 알겠소? 처음 계획한 대로 가든파티에서 만나 함께 클라렌던까지 걸어간다고 생각하고 의논한대로 정확히 해주기 바라오."


스티븐이 부총장과의 약속 시간에 늦게 되면 실례니까 슬슬 클라렌던으로 가보자고 하비를 재촉했다.

"그도 그렇군. 아니, 벌써 4시 20분이네!"

그들은 가든파티장을 뒤로 하고 하이 거리의 외곽에 있는 클라렌던으로 서둘러 갔다. 걸어가면서 스티븐이 클라렌던에는 대학 임원들의 방이 있으며, 말하자면 옥스퍼드의 화이트 하우스 같은 곳이라고 설명했다.

클라렌던은 18세기에 세워진 당당한 건축물로서, 외부 사람들 눈에는 가끔 칼리지 중 하나로 오해되기도 한다. 몇 개의 층계를 올라간 곳에 장엄한 현관이 있고, 한 발자국 안으로 들어서 보면 최소한의 손질을 해서 사무실로 이용하기 위해 개조된 웅장하고 아름다운 건축물 안에 들어와 있다는 것을 알 수 있다. 그들의 도착을 포터가 맞아주었다.

"부총장님을 뵙기로 약속이 되어 있네" 하고 스티븐이 말했다.

포터는 15분 전에 로빈이 나타나서 해바커크 씨가 방에서 기다리라고 했다는 말을 듣고 적지않이 놀랐었다. 부총장이나 그의 직원들이 적어도 앞으로 한 시간은 가든파티에서 돌아올 리가 없었으므로, 로빈이 예복으로 정장을 하고 있었음에도 불구하고 눈을 동그랗게 뜨고 그를 바라보았던 것이다. 그런데 이번에는 스티븐이 도착했으므로 다소 안심이 되었다. 얼마 전 클라렌던의 내부를 안내해 주었을 때 스티븐에게서 1파운드 받은 것을 아직 잊지 않고 있었다. 포터는 스티븐과 하비를 부총장실에 안내하고 돌아갔다. 그 방은 아주 간결한 모습으로서, 베이지 색 카펫과 엷은 색 벽은 대리석 난로 위에 걸린 P. 윌슨 스티어의 멋진 그림만 없었다면 중급 공무원의 방을 연상케 했을 것이다. 로빈이 바들레언 라이브러리가 내려다보이는 커다란 창밖을 바라보고 있었다.

"폐를 끼치게 되었습니다, 부총장님."

"아, 어서 오시오, 교수."

"메트카프 씨를 기억하시겠지요?"

"물론이오, 다시 뵙게 되어 반갑군요."

로빈은 반갑기는커녕 몸서리가 쳐졌다. 지금은 오로지 집으로 돌아가고 싶을 뿐이었다. 한동안 이런저런 이야기를 하고 있는데 다시 노크 소리가 들리고 장 피엘이 들어왔다.

"안녕하시오, 서무처장."

"안녕하십니까, 부총장님, 그리고 포터 교수도."

"하비 메트카프 씨를 소개합니다."

"처음 뵙겠습니다."

"어떻소, 서무처장……."

"그 메트카프라는 분은 어디 있소?"

멍청히 서 있는 세 사람 앞에 90은 되어보이는 노인이 지팡이에 몸을 의지하고 나타났다. 그는 발을 절뚝거리면서 로빈에게 다가가더니 흘끗 눈짓을 하고, 이어 절을 한 다음에 엄청나게 크고 얼빠진 듯한 목소리로 공손하게 말했다.

"안녕하십니까, 부총장님. 방해해서 죄송합니다."

"안녕하시오, 호즐레이."

제임스는 하비에게 다가가더니 살아 있는지 어떤지 확인이라도 하듯이 지팡이로 그를 찔러 보았다.

"당신에 대해서 어디선가 읽었소, 젊은이."

하비가 젊은이 소리를 들어 보기는 실로 30년 만이었다. 다른 동료들은 제임스를 감탄의 눈으로 바라보고 있을 뿐이다. 대학을 졸업하는 마지막 해에 제임스가 수전노 역할을 너무 멋지게 해내어 절찬을 받은 사실을 그들은 모르고 있었다. 재무처장은 그때를 재연하고 있는 것이었다. 작자인 몰리에르까지도 이 명연기에는 만족했을 것이다. 제임스의 연기는 계속되었다.

"하버드에 대단한 공헌을 하고 있다고?"

"칭찬을 해주셔서 황송합니다, 경."

하비는 몸둘 바를 몰라하며 대답했다.

"경 소리는 빼기로 하지, 젊은이. 당신 인상이 마음에 드는구먼. 나를 호즐레이라고 불러 주시오."

"예, 호즐레이 씨."

다른 세 사람은 연방 터져나오려는 웃음을 참느라고 진땀을 빼고 있었다.

"그런데, 부총장님" 하고 제임스가 계속했다.

"이 늙은이를 일부러 여기까지 부르셨을 때에는 뭔가 특별한 이야기가 있는 거 아니오? 대체 무슨 일이십니까? 그전에 내 셰리 주는 없나요?"

스티븐은 제임스가 너무 지나친 것은 아닌가 불안해져서 하비의 눈치를 살펴본즉, 적은 완전히 그 자리의 분위기에 푹 빠져 있었다. 어느 한 분야에서 그토록 빈틈없고 신중한 인간이 다른 분야에서는 이 토록 깨끗이 속아넘어갈 수가 있는 것일까? 과거에 적어도 네 미국 인이 웨스트민스터 다리를 사들이게 된 사정을 어쩌면 알 듯도 한 느 낌이 들기 시작했다.

"메트카프 씨가 우리 대학의 업적에도 관심을 기울여 주실 듯하니 대학 재무처장인 당신도 자리를 같이 하는 것이 좋을 듯해서요."

"재무처장이 뭡니까?" 하고 하비가 물었다.

"말하자면 대학의 금고지기 같은 거라오."

제임스가 설득력 있는 노인다운 소리를 크게 질렀다.

"자, 이걸 한번 읽어보시오."

그는 블랙웰스 서점에서 2파운드에 팔고 있는 옥스퍼드 안내서를 하비의 손에 쥐어주었다. 실은 제임스도 블랙웰스에서 그것을 사온 것이다.

스티븐이 다음에는 어떤 수를 쓸까 하고 망설이고 있는데, 고맙게 도 하비 쪽에서 입을 열었다.

"여러분, 저는 오늘 이 자리에 초대된 것을 정말 영광으로 생각합 니다. 금년은 저에게 있어서 참으로 멋진 해입니다. 윔블던에서 미 국인이 이기는 것을 이 눈으로 보았으며, 오랜 염원이었던 반 고흐 의 작품을 마침내 손에 넣었습니다. 또한 몬테카를로에서는 고명한 외과 의사 덕분에 죽을 목숨을 다시 건져내게 되었으며, 지금 또 옥스퍼드에서는 역사(歷史)에 둘러싸여 있습니다. 여러분, 저는 이 훌륭한 대학과 인연을 맺게 된다면 다시없는 기쁨으로 생각하겠 습니다."

제임스가 다시 유인에 나섰다.

"그래, 당신은 어떤 생각을 하고 계시오?" 보청기를 똑바로 하며 하비를 보고 소리를 질렀다.

"여러분, 저는 이 나라의 여왕 폐하로부터 킹 조지 앤드 엘리자베스 스테이크스 트로피를 하사받고 오랫동안의 숙원을 풀 수가 있었습니다. 그래서 그 상금 말입니다만, 저는 상금 전액을 이 대학에 기부할 생각입니다."

"하지만 상금은 8만 파운드도 더 되는데요." 스티븐이 헐떡이며 말했다.

"정확히는 8만 1,240파운드지요. 그런데 차라리 아주 25만 달러 정도면 어떻겠습니까?"

스티븐, 로빈, 장 피엘, 세 사람은 말문이 막혀 버렸다. 당연히 오늘의 주역은 제임스에게로 돌아갈 수밖에 없었다. 그의 증조부가 웰링턴 휘하의 가장 뛰어난 장군 중 한 사람이었던 까닭을 보여주는 데에는 지금이 절호의 기회였다.

"좋은 말씀이오. 그러나 이 일은 어디까지나 익명이어야만 되겠지요" 하고 제임스가 말했다. "물론 부총장께서 해럴드 맥밀런 씨에게 주간회의에서 보고하시는 것은 상관없습니다만, 외부로 소문이 퍼지는 것은 곤란합니다. 물론 명예 학위의 문제는 고려해 주시겠지요, 부총장님?"

로빈은 제임스가 지극히 냉철하다는 것을 깨달았으므로, 이 자리에서는 모든 것을 그에게 맡기기로 했다.

"어떤 식으로 하는 것이 좋을 것 같소, 호즐레이?"

"메트카프 씨와 대학과의 관계를 외부에 알리지 않으려면 자기앞 수표가 좋겠지요. 소문을 들은 케임브리지 녀석들에게 평생 도망쳐 다닌다는 것은 메트카프 씨에게도 적지 않은 폐가 될 것이오. 데이비드 경 때처럼——아무도 모르게 일을 진행시켜야 할 게요."

"나도 찬성입니다" 하고 장 피엘이 말했다. 하긴 제임스가 무슨 소리를 하고 있는지 알 수도 없었지만. 그 점에서는 하비도 마찬가지였다. 제임스가 스티븐을 보고 고개를 끄덕이자 스티븐은 부총장실을 나가 포터의 방으로 가서 존 베체만 앞으로 포장물이 와 있는지 물어보았다.

"예, 와 있습니다. 어째서 여기에 두고 갔는지 모르겠습니다만."

"됐다네" 하고 스티븐이 말했다. "내가 받아두도록 본인에게서 부탁을 받았다네."

스티븐이 부총장실에 돌아가 보니, 제임스가 이번 기부를 하비와 대학과의 인연으로 삼아 앞으로도 이런 유대가 계속되어야 할 중요성을 하비에게 설명하고 있는 중이었다. 스티븐은 포장물을 풀고는 위엄 있는 문학박사 가운을 꺼냈다. 쑥스러움과 자랑스러움으로 얼굴이 새빨개진 하비의 어깨에 로빈이 가운을 걸쳐 주고 출신 학교의 모토인 라틴어를 그럴듯하게 외웠다. 수여식은 몇 초 사이에 끝났다.

"축하합니다" 하고 제임스가 떠벌렸다. "오늘 의식의 일환으로서 명예 학위를 수여할 수 없었던 것은 애석한 일이지만, 당신의 그 시원시원한 결단 앞에서는 내년 창립 기념 축제까지 기다릴 것도 없을 것 같소이다."

'탄복할 만한 명연기로군' 하고 스티븐은 생각했다. 로렌스 올리비에라 할지라도 이보다 나을 수야 없겠지.

"저는 더없이 만족하고 있습니다."

하비는 자리에 앉아서 수표를 끊었다. "이 일은 절대로 입 밖에 내지 않겠다고 약속하겠습니다."

네 사람은 누구 하나 그 말을 믿지는 않았다.

그들이 말없이 서 있는데, 이윽고 하비가 일어나서 수표를 제임스에게 건네주었다.

"아니오." 제임스는 날카로운 눈으로 그를 노려보았다.

다른 세 사람은 놀라서 입이 딱 벌어졌다.

"부총장님이 계시잖소."

"아, 그렇군요. 그만 실례를 범했습니다."

"고맙습니다." 로빈이 떨리는 손으로 수표를 받았다. "굉장한 선물입니다. 유용하게 쓸 테니까 안심하시기 바랍니다."

문을 노크하는 소리가 들려왔다. 제임스를 뺀 세 사람은 펄쩍 뛸 듯이 놀라서 뒤돌아보았으나 제임스만은 기왕 예까지 오고 말았으니 배짱을 갖고 있었다. 노크를 한 것은 하비의 운전 기사였다. 제임스는 전부터 그 유난스런 흰 제복과 모자가 마음에 들지 않았다.

"허 참, 멜러는 시간 관념이 철저해서요" 하고 하비가 말했다. "여러분, 그는 틀림없이 오늘 하루의 우리 행동을 계속 지켜보고 있었을 겁니다."

네 사람은 순간 뜨끔했지만, 운전 기사는 그 말투로 보아 특별히 불길한 결론을 내린 것은 아닌 모양이었다.

"모시러 왔습니다. 저녁 식사 약속에 늦지 않도록 7시까지는 클래리지 호텔에 돌아가시겠다고 하셨기에."

"아, 이 사람아!" 하고 제임스가 꽥 소리쳤다.

"예!" 하고 운전 기사가 놀라서 대답했다.

"자네는 아나, 이분은 우리 대학의 부총장님이야."

"몰라 뵈었습니다. 정말 죄송합니다."

"즉시 모자를 벗게나!"

"예."

운전 기사는 모자를 벗고는 속으로 욕지거리를 하면서 물러났다.

"부총장님, 도중에 실례를 하게 되어 참으로 애석합니다만, 방금 들으신 대로 오늘밤 약속이 있어서……."

"예, 예, 알고 있습니다. 부총장으로서 당신이 거액을 기부하신 것에 다시 한 번 감사를 드립니다. 이 돈은 훌륭한 많은 학자들을 위해서 쓰이게 되겠지요. 미국에 무사히 돌아가시기를 빌겠습니다. 우리는 언제까지나 당신을 잊지 못할 겁니다. 당신도 우리를 잊지 마시기 바랍니다."

하비가 문 쪽으로 걸음을 옮겼다.

"나는 여기서 실례해야겠소" 하고 제임스가 소리쳤다. "하긴 그 층계를 내가 다 내려가자면 20분은 걸릴 테니까. 당신은 좋은 분이오, 진심으로 고맙소."

"아닙니다. 그까짓 걸로 뭘" 하고 하비는 대범하게 대답했다. 그렇고말고, 하고 제임스는 생각했다. 당신에겐 이런 정도는 아무것도 아니지.

스티븐, 로빈, 장 피엘 세 사람이 클라렌던을 나와 롤스로이스가 세워져 있는 곳까지 하비를 배웅했다.

"교수" 하고 하비가 말했다. "그 영감이 말씀하시는 것을 나는 도무지 알 수가 없었다오."

그렇게 말하면서 그는 묵직한 가운을 주체할 길 없는 듯 머뭇거리고 있었다.

"아니, 그분은 굉장히 나이가 들어서 귀도 거의 안 들리지만, 대단히 친절한 사람입니다. 그분이 말하는 뜻은 당신의 기부를 익명으로 해둘 필요가 있다는 겁니다. 말은 그렇지만 옥스퍼드의 높은 분의 귀에는 언젠가는 물론 들어가게 되지요. 만일 이런 일이 세상에 알려지면, 지금까지 교육에 아무런 공헌도 한 적이 없는 달갑지 않은 무리들이 돈으로 명예 학위를 사려고 우루루 몰려올 위험성이 있으니까요."

"그렇군. 정말 그렇군요. 잘 알겠소. 나로선 더 할말이 없소" 하고 하비는 말했다. "당신 덕분에 오늘은 참으로 멋진 하루였습니다. 자, 그럼 여러분의 발전을 빌겠습니다."

하비는 롤스로이스에 올라 런던을 향해 미끄러지듯 움직이기 시작하자 차를 배웅하고 서 있는 세 사람에게 열심히 손을 흔들었다.

세 번째 작전 끝. 나머지는 하나.

"제임스는 정말 멋있었어" 하고 장 피엘이 말했다.
"처음에는 누가 들어왔는지도 몰랐다니까."
"정말이오." 로빈이 맞장구쳤다.
"그를 구출하러 갑시다. 오늘의 주인공이니까."
그들은 자기네가 50세에서 60세 정도로 분장하고 있다는 것도 깜박 잊고는 층계를 뛰어올라가서 제임스에게 찬사를 보낼 양으로 급히 부총장실로 들어갔다. 그런데 본인은 부총장실 마룻바닥에 길게 늘어져 있었다. 갑자기 긴장이 풀린 나머지 그만 정신을 잃고 만 것이다.

한 시간 뒤, 모들린에서 제임스는 로빈이 치료해 주고 커다란 컵으로 위스키를 두 잔이나 마신 덕분에 겨우 정상으로 돌아왔다.
"정말 멋있었소." 스티븐이 말했다.
"마침 내가 긴장으로 더 이상 견딜 수 없게 되어갈 때에 당신이 날 살려주었소."
"그 장면을 영화로 찍었더라면 당신은 아카데미상감이었는데." 로빈이 말했다. "그 명연기를 보면 당신 아버님도 당신이 무대에 서는 것을 허락해 주실 거요."
제임스는 지난 3개월 동안에 처음으로 활짝 갠 기분에 젖어 있었다. 그리고 한시라도 빨리 이 일을 앤에게 알려주고 싶었다.
"그렇지, 앤을 만나야지." 그는 급히 시계를 보았다. "이거 야단났군, 6시 30분이야! 8시에 앤과 만나기로 약속했는데. 곧 떠나야만 해요. 다음주 월요일 스티븐의 방에서 저녁 먹기로 한 그때 다시 만납시다. 그때까지 내 계획을 준비해 두도록 노력하겠소."

제임스는 허둥지둥 방에서 뛰어나갔다.

"제임스."

그의 얼굴이 다시 창밖에서 돌아보았다. 세 사람은 합창하듯 말했다. "멋있었어!"

그는 싱긋 웃고는 층계를 뛰어내려가 알파 로메오에 올라타고는 풀스피드로 런던으로 향했다. 이렇게 되면 차를 처분하지 않아도 될 것 같다는 생각을 해가면서. 옥스퍼드에서 킹스 로까지 59분 걸렸다. 새 고속도로 덕분에 그의 학창 시절과 비교하면 소요 시간이 크게 줄어든 셈이다. 그때는 하이 위컴이나 헨리를 경유했기 때문에 한 시간 반이나 두 시간은 걸렸었다. 그가 대체 왜 이토록 서두르고 있는가 하면, 오늘밤 앤의 아버지와 만날 약속이 되어 있었기 때문에 무슨 일이 있어도 약속 시간에 늦어서는 안 되었던 것이다. 처음 만나게 되는 그녀의 아버지에게 좋은 인상을 주고 싶었다. 앤이 태스웰 저택에서 보낸 주말이 대성공이었으므로 더더욱 그렇다. 백작은 앤을 한 번 보고는 금방 마음에 들어 곁에서 떼어놓으려 하지 않았다. 젊은 두 사람은, 물론 앤의 부모님이 승낙한다면 괜찮다는 조건부이긴 하지만 결혼식 날짜까지 잡아놓은 터였다.

제임스는 부랴부랴 차가운 샤워로 화장을 지워서 한 60세 쯤은 젊어졌다. 메이페어의 레 장바사두르 클럽에서 앤과 만나서 저녁을 먹기로 했기 때문에 디너 재킷을 입으면서도 킹스 로에서 하이드 파크 코너까지 12분 안에 갈 수 있을는지 마음이 쓰였다. 차에 뛰어올라 재빨리 기어를 넣고는 슬론 광장에서 이튼 광장을 빠져 세인트 조지 병원 앞을 지나 하이드 파크 코너를 돌아 파크 레인에 차를 몰아넣고 2분 전 8시에 도착했다.

"어서 오십시오."

클럽의 경영자인 밀스 씨가 그를 맞아들였다.

"안녕하십니까? 서머턴 양과 저녁을 함께 할 약속이 있는데, 시간이 없어서 차를 이중 주차해 놓은 채 왔어요. 손을 좀 봐주시겠습니까?"

제임스는 도어맨의 흰 장갑 낀 손에 차 열쇠와 1파운드짜리 지폐를 쥐어주었다.

"알겠습니다. 브릭즐리 경을 특실로 안내해 드리게."

제임스는 헤드 포터의 안내로 붉은 층계를 올라가서 3인분의 저녁 식사가 마련되어 있는 섭정 시대의 양식인 아늑한 방으로 들어갔다. 옆방에서 앤의 목소리가 들려왔다. 그녀는 새로 맞춘 초록색 드레스를 펄럭이며 여느 때보다 한층 곱고 품위 있는 모습을 하고 있었다.

"이제 오세요, 달링. 이리 와서 아버지를 만나보세요."

제임스는 앤의 뒤를 따라 옆방으로 들어갔다.

"아빠, 이 사람이 제임스예요. 제임스, 우리 아버지예요."

제임스의 얼굴은 새빨개졌다가 다음에는 새파랗게 변하고, 마지막에 가서는 자기가 얼마나 멍청이인가 하고 생각했다.

"오, 어서 오게. 자네 이야기를 로잘리에게서 귀가 아프도록 듣고는 하루빨리 만나보고 싶었다네."

# 제17장

"하비라고 불러주게" 하고 앤의 아버지가 말했다.

제임스는 멍청하게 서 있을 뿐 입이 떨어지지 않았다. 앤이 침묵을 깨고 끼어들었다.

"늘 마시던 위스키를 주문할까요, 제임스?"

제임스는 간신히 대답했다.

"고마워."

"자네에 대한 모든 것을 알고 싶군" 하고 하비는 계속했다. "자네가 어떤 일을 하고 있는지, 어째서 내가 지난 몇 주일 동안 내 딸을 거의 만날 수 없었는지, 하긴 그 대답은 자네를 만나보니 알 듯도 한 생각이 들기는 하지만."

제임스가 위스키를 단숨에 마셔 버리자 곧 앤이 한 잔 더 따랐다.

"아빠가 딸을 만날 수 없었던 것은 내가 모델 일을 하고 있으니까 거의 런던에 없었기 때문이에요."

"알고 있어, 로잘리……."

"제임스는 내 이름을 앤이라고 알고 있어요, 아빠."

"우리는 네 이름을 로잘리라고 지었어. 엄마도 좋은 이름이라고 여기고 있고, 너도 그렇게 나쁘다고 생각지는 않는 줄 알았는데. "

"아빠도 참, 로잘리 메트카프 같은 이름을 가진 유럽의 톱 모델이 있다는 소리를 들어본 적 있나요 ? 내 친구들은 모두 내 이름을 앤 서머턴으로 알고 있어요. "

"자네도 그렇게 생각하나, 제임스 ? "

"저는 로잘리를 잘 알고 있는 줄로만 알았는데, 실은 아무것도 모르고 있었던 것 같군요" 하고 제임스는 서서히 충격에서 자신을 추스리며 대답했다. 하비는 분명 눈곱만큼도 의심하고 있지는 않았다. 라망 화랑에서는 제임스와 정면으로 얼굴을 맞댄 적이 없었으며, 몬테카를로와 애스콧에서도 직접 마주친 적이 없다. 오늘 낮 옥스퍼드에서 만난 제임스는 90세의 노인이었다. 제임스도 그 점에 대해서는 걱정할 필요가 없을 것 같았다. 그러나 월요일의 모임에서 마지막으로 해내야 할 계획은 하비 메트카프가 아닌 자기의 장래 장인을 속여야 되는 일이라고 다른 세 사람에게 어떻게 말할 수 있단 말인가 ?

"그럼 식사부터 시작해 볼까 ? "

하비는 이쪽 대답은 기다릴 것도 없이 식사실로 앞서 갔다.

"로잘리 메트카프, " 제임스는 조그만 목소리로 금방 물어뜯을 듯이 말했다. "내게 해명해야 할 일이 있을 줄 아는데 ? "

앤은 제임스의 볼에 상냥하게 키스했다.

"나에게 아버지를 속일 기회를 준 사람은 당신이 처음이에요. 나를 용서해 줘요. 사랑하고 있어요. "

"둘 다 얼른 와. 결혼하고 나면 그런 시간은 얼마든지 있으니까. "

앤과 제임스는 하비와 함께 식탁 앞에 앉았다. 제임스는 새우 칵테일을 보고 내심 웃음이 나오면서, 스티븐이 하비를 모들린의 저녁 식사에 초대했을 때 새우 칵테일 때문에 후회하던 일을 생각해 냈다.

"그런데 제임스, 자네와 앤은 이미 결혼식 날짜까지 잡아놓은 모양이더군."

"예, 아버님의 허락이 떨어진다면 말입니다."

"물론 나로선 이의가 없네. 킹 조지 앤드 엘리자베스 스테이크스에서 이겼을 때는 앤을 찰스 왕자와 결혼시키고 싶었지만, 백작이라도 내 외동딸의 신랑감으로는 손색이 없다네."

두 사람은 다 같이 웃었다. 그러나 어느쪽도 마음속에서는 전혀 우습지가 않았다.

"금년엔 네가 윔블던에 오지 못하게 되어 애석했단다, 로잘리. 생각해 봐라, 레이디스 데이의 내 일행이라고는 지루하기 짝이 없는 스위스의 은행가들뿐이었으니."

앤은 제임스와 서로 얼굴을 마주보고 생긋 웃었다.

웨이터들이 테이블 위를 정리하고 새하얀 종이장식이 달린 크라운 램의 왜건을 밀고 왔다. 하비는 진기한 것을 보듯이 흘끔거렸다.

"그런데 몬테카를로에 전화를 걸어 준 것은 정말 기뻤다. 그때는 정말 죽는 줄로만 알았거든. 제임스, 자네는 믿지 못하겠지만 나는 야구공만한 담석을 뱃속에서 꺼냈다네. 다행히 세계에서도 일류급인 외과 의사가 수술을 해주었지. 와일리 바커는 내 생명의 은인이라네."

하비는 갑자기 셔츠의 앞을 벌려서 북통 같은 배의 4인치(약 10cm)쯤 되는 상처를 보여주었다.

"이걸 어떻게 생각하나, 제임스?"

"정말 놀랍군요."

"아빠는, 지금부터 식사를 할 거란 말이에요."

"그렇게 잔소리 좀 하지 마라. 제임스가 남자의 배를 처음 보는 것도 아닐 텐데."

'그 배를 보는 것도 처음은 아니지' 하고 제임스는 생각했다. 하비는 셔츠를 바지 속으로 쑤셔넣고서 말을 계속했다.

"어쨌든 전화를 받고 나니 기분이 좋더구나." 그는 딸의 손을 쓰다듬었다. "나는 얌전하게 지냈단다. 네 말을 듣고 그 바커 선생을 일주일 동안 잡아두었지. 만일 상처가 덧나기라도 하면 큰일이다 싶어서 말이다. 그렇긴 하지만 그런 의사의 치료비라는 것은……."

제임스는 그만 포도주 잔을 떨어뜨리고 말았다. 붉은 포도주가 테이블보에 붉은 얼룩을 만들었다.

"실례했습니다."

"괜찮은가, 제임스?"

"예, 괜찮습니다."

제임스는 말없는 비난으로 앤을 노려보았다. 하비는 참으로 태평스러웠다.

"테이블보를 새것으로 바꾸고, 브릭즐리 경에게 포도주를 다시 한 잔 부탁하네."

웨이터가 새 잔에 포도주를 따랐다. 제임스는 이번에는 자기가 좀 즐길 차례라고 생각했다. 앤은 지난 3개월 동안 계속 그를 보고 웃어댔겠지. 이제 하비가 좋은 기회까지 만들어 주었으니, 조금쯤 그녀에게 앙갚음을 해준들 어떠랴.

하비가 이야기를 계속했다.

"자네는 경마를 좋아하나, 제임스?"

"예, 아버님이 킹 조지 6세 앤드 퀸 엘리자베스 스테이크스에게 이긴 것은 아버님 이상으로 제게도 신나는 일이었습니다."

웨이터들이 테이블을 정리하고 있는 틈을 보아 앤이 조그만 목소리로 말했다.

"너무 그렇게 조심성없이 말하면 안 돼요. 아버지는 겉보기처럼 바보는 아니에요."

"그런데 자네는 그 말을 어떻게 생각하나?"

"예, 뭐라고 하셨는지요?"

"로잘리 말일세."

"예, 멋진 말입니다. 저도 단복식으로 5파운드씩 샀으니까요."

"그래, 그날은 내 독무대였어. 네가 오지 못한 것은 애석한 일이야, 로잘리. 여왕 폐하와 포터 교수라는 훌륭한 사람과 만나게 될 기회를 놓쳐 버리고 말았으니."

"포터 교수 말입니까?"

제임스가 포도주잔으로 얼굴을 가리면서 물었다.

"그래, 포터 교수라네. 아는 사람인가, 제임스?"

"아닙니다, 아는 사이는 아닙니다만 아마 노벨상을 받은 사람 아닙니까?"

"그렇다네. 그 포터 교수 덕분에 나는 옥스퍼드에서 멋진 시간을 보내고 왔다네. 너무 기분이 들떠서 무슨 연구비에 보태라고 25만 달러짜리 수표까지 써주고 왔지. 그도 아마 기뻐하고 있을 걸세."

"아빠, 그 이야기는 아무에게도 말하지 않는다고 약속했다고 하지 않으셨어요?"

"알고 있어. 하지만 제임스는 이미 한 식구잖아."

제임스는 아직 앤의 배반을 용서할 마음이 없었다.

"왜 다른 사람에게 말해서는 안 되는 겁니까?"

"그것이 말일세, 이야기를 하자면 길어진다네, 제임스. 그러나 나에게 있어서는 다시 없이 명예로운 일이라네. 잘 들어보게. 이 이야기는 극비일세. 실은 포터 교수가 나를 그 학교의 창립 기념 축제에 초대했다네. 올 솔스 칼리지에서 자네 나라의 전 수상 해리 맥밀런과 함께 점심을 먹고 나서 가든파티에 참석했다가, 그 뒤 부총장실에서 부총장과 만났다네. 대학의 서무처장과 재무처장을 배석시키고 말일세. 자네도 옥스퍼드 출신인가, 제임스?"

"그렇습니다. 더 하우스입니다."

"더 하우스?"

"크라이스트 처치를 말하는 겁니다."

"아무래도 옥스퍼드라는 곳은 모를 게 너무 많아."

"그렇습니다, 선생님."

"선생님 소리는 집어치우게. 그런데 그 양반들을 클라렌던에서 만났는데 말이야, 그 양반들이 무슨 소릴 하는 건지 도무지 알 수가 없더군. 다만 그 중에서 적어도 90은 넘어 보이는 영감이 있었는데, 그 영감만은 잘도 떠들어대더군. 그 양반들은 억만장자에게서 돈을 우려내는 요령을 모르고 있는 것 같아서 보다못해 내가 거들어주었지. 하는 꼴을 보아서는 사랑하는 옥스퍼드에 대해서 온종일 이 소리 저 소리 늘어놓을 것 같아서, 그 양반들의 입을 막아버리기 위해 25만 달러짜리 수표를 써주었다는 이야기일세."

"꽤 인심이 후하시군요, 하비 씨."

"뭘, 그들이 원한다면 50만 달러라도 줄 생각이었는걸. 제임스, 안색이 나빠 보이는데 괜찮은가?"

"죄송합니다, 괜찮습니다. 아버님의 옥스퍼드 이야기에 그만 정신이 팔려서요."

앤이 끼어들었다.

"아빠, 아빠는 이번의 기부를 대학과 아빠의 유대를 위해서 비밀로 해둔다고 부총장에게 약속한 거예요. 이젠 누구에게도 이야기하지 않겠다고 약속하세요."

"이번 가을 하버드의 새 도서관 개관식에 그 가운을 입고 참석할 생각인데."

"아니, 그건 안 됩니다." 제임스가 당황해서 말했다. "그 가운을 입어도 되는 것은 옥스퍼드의 의식 때뿐입니다."

"그런가? 그거 애석한 일이군. 하긴 자네들 영국인이 예절을 중하게 여기는 국민이라는 것은 나도 알고 있네. 참 `그렇군. 이제 생각났어. 너희들 예식에 대한 의논을 해야지. 둘 다 영국에서 살 생각이겠지?"

"그래요, 아빠. 하지만 해마다 아빠를 찾아뵐 생각이고, 아빠가 유럽에 오셨을 때에는 우리 집에 묵으셔도 좋아요."

웨이터들이 다시 테이블을 정리하고, 하비가 좋아하는 스트로베리를 가져왔다. 앤은 되도록이면 화제를 가정 문제에 붙들어매어서, 아버지가 과거 두 달 동안으로 화제가 되돌아가는 것을 막으려고 했지만, 제임스는 거꾸로 그쪽으로만 화제를 끌고 가려고 했다.

"커피로 하시겠습니까, 리 큐르로 하시겠습니까?"

"됐네" 하고 하비는 대답했다. "계산서를 가져오게. 클래리지의 내 방에서 한잔 어떠냐, 로잘리? 실은 두 사람에게 보여주고 싶은 것이 있단다. 깜짝 놀랄 선물이야."

"빨리 보여줘요, 아빠. 자, 얼른 가세요, 제임스."

제임스는 그들과 헤어져서 아버지와 딸이 한동안 둘이서만 있도록 먼저 클래리지 호텔의 주차장까지 알파 로메오를 몰고 갔다. 아버지와 딸은 팔짱을 끼고 커즌 거리를 걷기 시작했다.

"그 사람 멋지지요, 아빠?"

"음, 좋은 청년이야. 처음에는 좀 얼떨떨해하는 것 같았는데, 식사를 해감에 따라서 점점 기운이 나는 것 같더구나. 생각해보려무나. 내 귀여운 딸이 영국의 진짜 귀족의 부인이 되는 판인데. 엄마도 굉장히 기뻐하고 있고, 나도 너와 화해하게 되어서 기분이 좋다."

"저도 지난 몇 주일 동안에 여러 가지 일들을 반성했어요. 그런데 아빠가 말한 깜짝 놀랄 선물이라는 게 대체 뭐예요?"

"그렇게 보채지 좀 마라, 너의 결혼 축하 선물이야."

제임스가 클래리지 호텔의 입구에서 기다리고 있었다. 앤의 표정으로 보아 하비가 아버지로서 결혼을 승낙한 것을 알 수 있었다.

"이제 오십니까? 어서 오십시오."

"오, 엘버트, 내 방에 커피와 레미 마르탱을 한 병 갖다주게."

"알겠습니다, 곧 가져가겠습니다."

로열 스위트는 클래리지의 2층에 있다. 제임스와 앤은 아직 그 방에 들어가 본 적이 없었다. 조그만 입구의 방 오른쪽이 침실, 왼쪽이 거실로 되어 있었다. 하비는 두 사람을 곧바로 거실로 데리고 갔다.

"내 귀여운 것들아, 곧 결혼 선물을 보여 주마."

그가 연극이라도 하는 듯한 몸짓으로 문을 열자 정면 벽에 고흐의 그림이 걸려 있었다. 젊은 두 사람은 너무 놀라서 말문이 막혔다.

"나도 마찬가지였어." 하비가 말했다. "나 역시 말문이 막히더군."

"아빠." 앤이 정신을 차리고 말했다. "반 고흐로군요, 옛날부터 아빠가 갖고 싶어하던 반 고흐예요, 아빠가 이런 그림을 갖는 걸 언제나 꿈꾸고 있었으니까, 저는 이렇게 귀중한 것을 집에다 놔둘 수 없어요, 생각해 보세요, 보관 문제도 큰일이잖아요, 아빠와 달라서 우리들은 이 그림을 안전하게 보관할 수가 없어요, 아빠의 수집품 중에서 가장 큰 자랑거리를 우리가 차지해서는 안 되겠지요, 제임스?"

"그렇고말고, 절대로 안 돼."

제임스의 말 속에는 만감이 어려 있었다.

"이런 비싼 물건을 집에 놓아두면 걱정이 되어 잠도 제대로 못 잘 거야."

"보스턴에 걸어두세요, 아빠. 그러는 편이 이 그림에게도 훨씬 어울려요."

"네가 이 그림을 마음에 들어할 줄 알았는데 말이야, 로잘리."

"물론 마음에는 들어요, 아빠. 다만 책임이 너무 무거워서 걱정인 거예요. 게다가 보스턴에 걸어놓으면 엄마도 볼 수 있잖아요? 아빠가 필요없게 되었을 때 제임스나 저에게 주시면 돼요."

"그거 좋은 생각이구나, 로잘리. 그렇게 하면 너희들도 나도 이 그림을 즐길 수가 있겠는데. 자, 이렇게 되면 새로운 결혼 축하 선물을 생각해 봐야겠구나. 나는 24년 만에 처음 이 녀석과의 말씨름에서 졌다네, 제임스."

"어머, 아빠를 지게 한 것이 두 번인가 세 번째예요. 그런데 앞으로 한 번 더 아빠를 지게 할 생각이에요."

하비는 앤의 말을 무시하고 자기 말을 계속했다.

"저것은 킹 조지 앤드 엘리자베스의 트로피일세" 하고 멋진 말과 기수의 청동 조각을 가리켰다. "큰 경주라서 해마다 새 트로피를 주지. 그러니까 이 트로피는 평생 내 거란 말일세."

제임스는 적어도 이 트로피만은 진짜인 것에 감사했다.

커피와 브랜디가 나오고, 그들은 자리에 앉아서 결혼식에 대한 세밀한 의논에 들어갔다.

"그런데 로잘리, 너는 다음 주 링컨으로 돌아가서 어머니를 거들어드려라. 그렇게라도 하지 않으면 네 엄마는 그저 우왕좌왕할 뿐이고 결혼 준비는 조금도 진척되지 않을 게다. 그리고 제임스, 자네는 손님을 몇 명쯤 미국까지 초대할 것인지 그걸 알려주게. 손님들은 힐튼 호텔에 묵게 하면 되겠지. 예식은 코플리 광장의 트리니티 교회에서 올리도록 하고, 그 다음에 링컨에 있는 내 저택에서 진짜 영국 스타일로 피로연을 하자고. 그러면 되겠나, 제임스?"

"아주 좋습니다. 아버님은 정말 일처리를 잘하시는군요, 하비 씨."

"옛날부터 이랬다네, 제임스. 긴 안목으로 보면 그게 이득이니까. 그럼, 자네는 로잘리와 세밀한 일들을 의논하도록 하게. 이 애는 다음 주에 귀국할 것이고, 나는 내일 비행기로 돌아갈 예정이니까."

제임스와 앤은 다시 한 시간쯤 예식에 대한 의논을 하고 나서 12시 조금 전에 하비의 방을 나왔다.

"내일 아침 제일 먼저 만나러 올게요, 아빠."

"안녕히 주무십시오."

"훌륭한 청년이야, 어머니도 아주 기뻐하겠지."

제임스는 하비와 악수를 나누고 헤어졌다.

"거봐요, 멋진 사람이라고 했죠?"

제임스는 엘리베이터 안에서는 아무 말도 하지 않았다. 다른 두 남자가 함께 탔는데, 모두 말없이 1층에 닿기를 기다리고 있었기 때문이다. 그 대신 알파 로메오에 올라타자마자 앤의 뒷덜미를 거머쥐고는 호되게 엉덩이를 때려주었다. 앤은 웃어야 할지 울어야 할지 몰랐다.

"왜 매를 맞아야 해요?"

"결혼하고 나서 누가 가장인지 잊지 않게 하기 위해서야."

"세상에, 이게 무슨 횡포예요. 나는 다만 당신을 도우려고 했을 뿐인데."

제임스는 굉장한 속도로 앤의 아파트까지 달렸다.

"당신의 집안 이야기는 어떻게 되는 거야? ──'부모님은 워싱턴에 살고 있으며, 아버지는 외교관이에요.'" 제임스는 앤의 목소리까지 흉내냈다. "정말 대단한 외교관이로군."

"당신이 노리고 있는 상대가 누구라는 것을 알았기 때문에 할 수 없이 거짓말을 한 거예요."

"동료들에게는 대체 뭐라고 변명을 해야 하지?"

"아무 말도 할 거 없어요. 세 사람을 결혼식에 초대하면서 제 엄마가 미국 사람이라 보스턴에서 식을 올리게 되었다고만 설명하면 돼요. 당신의 장인이 누구라는 것을 안 순간 그들이 어떤 얼굴을 할까? 어쨌든 당신은 지금부터 계획을 생각해 내야 하고, 절대로 그들의 기대를 저버려서는 안돼요."

"하지만 사정이 달라졌단 말이야."

"아니에요. 달라진 건 조금도 없어요. 요는 그들은 모두 성공했지만, 당신은 아직 그렇지 못하다는 점이에요. 그러니까 미국에 도착할 때까지는 확실한 계획을 세워야만 해요."

"당신 도움이 없었더라면 우리의 계획은 절대로 성공하지 못했을 거야."

"말도 안 돼요. 나는 장 피엘의 계획과는 아무 상관도 없어요. 단지 배경을 그리는 데 붓질을 조금 거들었을 뿐이잖아요? 자기, 다시는 안 때리겠다고 약속하지요?"

"아니야, 때려야겠어. 그 그림에 대한 것이 생각날 때마다. 그렇지만 지금은……."

"제임스, 당신은 섹스광이야!"

"나도 알고 있어, 달링. 우리 브릭즐리 집안이 어떻게 해서 대대손손 자손들이 번창했는 줄 알아?"

앤은 아버지와 함께 지내기 위해서 다음날 아침 일찍 제임스와 헤어졌고, 정오의 보스턴행을 타는 아버지를 제임스와 함께 공항에서 배웅했다. 돌아오는 차 안에서 앤은 다른 동료들에게 어떻게 말하기로 했느냐고 제임스에게 묻지 않고는 배길 수 없었다. 대답은 이것뿐이었다.

"그냥 두고 보기만 해. 모르는 사이에 완전히 변해 버리는 것은 싫으니까. 당신이 월요일에 미국으로 가게 되어 정말 다행이야!"

# 제18장

월요일은 제임스에게 있어서는 이중으로 지옥 같은 날이었다. 첫째로, 아침에는 보스턴행 TWA편을 타는 앤을 보내야만 했고, 둘째로는 그런 다음 밤에 동료들과 만나기 위한 준비를 해야만 했기 때문이다. 다른 세 사람은 각자의 작전을 끝내고, 그가 어떤 계획을 생각해냈는지 목을 빼고 기다리고 있을 것이다. 노리고 있는 사냥감이 미래의 장인이라는 걸 알게 된 지금 어려움은 배로 늘어났지만, 앤의 말이 백번 지당하며, 그것이 구실이 될 수 없다는 것을 그도 인정하고 있었다. 그는 어쨌든 하비에게서 25만 달러를 우려내야만 했다. 옥스퍼드에서 50만 달러를 뒤집어 씌웠더라면 문제없이 그 25만 달러를 손에 넣을 수가 있었지만, 이건 그야말로 동료들에게는 밝힐 수 없는 비밀이었다.

옥스퍼드에서의 스티븐의 승리를 기념하기 위해서 함께 모들린에서 저녁을 먹기로 되어 있어서, 제임스는 러시아워 직후에 런던을 출발하여 화이트 시티 스타디움 경유로 M 40호선을 타고 옥스퍼드로 달렸다.

"당신은 언제나 꼴찌로군, 제임스." 스티븐이 말했다.

"미안하오. 워낙 마지막까지……."

"멋진 계획을 생각하고 있겠지." 장 피엘이 놀려댔다.

제임스는 대답하지 않았다. 이제야말로 여기 모인 네 사람은 서로를 충분히 알고 있다고 그는 생각했다. 겨우 12주 사이에 20년을 사귀어 온 친구들보다 이 세 사람에 대해서 더 잘 알고 있는 듯한 느낌이었다. 아버지가 가끔 전시중에 생겨난 우정에 대해서 이야기하던 이유를 지금에야 그도 이해할 수 있었다. 스티븐이 미국으로 돌아가 버리면 얼마나 쓸쓸한 마음이 될까? 계획의 성공은 곧 네 사람이 뿔뿔이 헤어지는 것을 뜻하며, 제임스도 두 번 다시 프로스펙터 오일 같은 쓰라린 경험을 되풀이하고 싶지 않다는 점에서는 남못지 않지만, 그것은 그것대로 재난을 메꾸어주는 일면도 있었다. 스티븐은 어떤 경우에도 마음이 들뜨는 성격이 아닌 모양인지, 시중꾼들이 퍼스트 코스의 시중을 마치고 물러나자 테이블을 두드리며 회의의 시작을 알렸다.

"한 가지 약속을 해주시오." 장 피엘이 말했다.

"뭔데?" 스티븐이 물었다.

"마지막 1페니까지 되찾은 그때에는 나를 테이블의 상좌에 앉혀 주고, 내가 말을 꺼낼 때까지 당신은 한마디도 하지 말아달라는 거요."

"좋고말고." 스티븐이 대답했다.

"단, 그것은 전액을 되찾고 난 다음의 일이오. 우리는 이 시점까지 77만 7,560달러를 되찾았소. 이번 작전에서 쓰인 경비는 5,178달러이니까, 경비의 합계는 2만 7,661달러 24센트. 따라서 메트카프에게는 아직 25만 101달러 24센트의 받을 빚이 남아 있는 거요."

스티븐은 현시점에서의 대차대조표 복사지를 각자에게 나누어 주었다.

"이 대차대조표를 당신들의 자료 63C에 첨부해 주시오. 질문 있소?"

"옥스퍼드 작전에 이렇게 많은 비용이 든 이유는?"

로빈이 물었다.

"그것은 분명한 몇 가지 이유 외에." 스티븐이 대답했다. "파운드와 달러의 환율 변동 때문이오. 이 작전을 시작할 시점에서는 1파운드가 2달러 44센트였소. 오늘 아침에는 그것이 2달러 32센트로 떨어졌소. 나는 경비를 파운드로 지불하고, 메트카프에게는 현행 환율로 환산한 달러로 청구하고 있으므로 이런 결과가 된 거요."

"하다못해 1페니라도 깎아줄 생각은 아니겠지요?"

제임스가 말했다.

"물론이오. 그런데 다음 의제로 옮겨가기 전에 기록에 남겨두어야 할 일이……."

"회의가 거듭될수록 점점 하원의 심의를 닮아가고 있군." 장 피엘이 말했다.

"입닥쳐, 개구리 같은 프랑스 촌놈아." 로빈이 소리질렀다.

"잔소리 말고 듣기나 해, 할리 거리의 포주 같으니라고!"

큰 소동이 벌어졌다. 지금까지 몇 번이나 칼리지 안의 소란스러운 모임을 목격한 적이 있는 고용인들은 이러다가는 구원을 청하는 소리가 들리게 되는 것이 아닌가 하고 생각했다.

"조용히들 하시오." 스티븐의 의원 같은 날카로운 목소리로 인해 질서를 되찾았다. "당신들이 잔뜩 긴장하고 있는 것을 모르는 바 아니지만, 우리에게는 아직 25만 101달러 24센트를 되찾아야 할 일이 남아 있소."

"마지막 숫자인 24센트를 절대로 잊어서는 안 돼요, 스티븐."

"당신은 처음 여기서 식사할 때에는 그렇게 잔소리가 심하지 않았었는데, 장 피엘.

　한번 사자의 가죽을 팔아본 사람은
　사자가 살아 있을 때 그것을 잡으려다가 목숨을 잃는다."

일동은 말이 없었다.

"하비는 여전히 우리에게 빚을 지고 있는데, 마지막 4분의 1을 되찾는 것이나 처음의 4분의 3을 되찾는 것이나 어렵다는 점에서는 조금도 변함이 없소. 그러나 제임스에게 배턴을 넘겨주기 전에, 클라렌관에서 있었던 그의 연기가 비길 데 없이 훌륭한 것이었다는 점을 기록에 남겨두고 싶소."

로빈과 장 피엘이 테이블을 두드리며 칭찬하고 동의했다.

"자, 제임스, 지금부터는 당신이 지휘관이오."

다시 방안이 조용해졌다.

"내 계획은 거의 완성 단계에 있소" 하고 제임스가 말을 꺼냈다.

다른 동료들은 믿을 수 없다는 표정을 지었다.

"다만 한 가지 양해를 구할 일이 있소. 그 이야기를 하면 내 계획을 실행으로 옮기기 전에 다소 유예 기간을 얻을 수 있을 것으로 생각하는데."

"결혼하게 되었군."

"맞았소, 장 피엘. 역시 감이 빠르군."

"당신이 들어선 순간 알았지. 언제 그녀를 소개해 주겠소, 제임스?"

"그녀가 마음을 바꾸려고 해도 이미 때가 늦어버린 그때까지는 안 되겠소, 장 피엘."

스티븐은 자기의 예정표를 들여다보았다.

"어느 정도의 유예 기간을 원하시오?"

"앤과 나는 8월 3일 보스턴에서 식을 올립니다. 앤의 어머니가 미국인이라서" 하고 제임스는 설명했다. "앤은 영국에 살고 있지만, 미국에서 식을 올리면 어머니도 기뻐할 거라는 거요. 그 다음 신혼 여행을 떠났다가 8월 25일 영국에 돌아올 예정이오. 메트카프에 대한 내 계획은 9월 13일, 즉 증권거래소의 청산일에 실행해야 하는 겁니다."

"나는 이의 없소. 모두들 이의 없겠지?"

로빈과 장 피엘이 고개를 끄덕였다.

제임스는 계획의 구체적인 설명으로 들어갔다.

"이 계획에는 텔렉스와 전화가 필요해요. 모두 내 아파트에 설치될 것이오. 장 피엘은 파리의 증권거래소에, 스티븐은 시카고의 상품거래소에, 로빈은 런던의 로이드 조합에 가 있어야만 하오. 자세한 자료는 신혼 여행에서 돌아오는 즉시 제출하겠소."

세 사람은 너무 감탄한 나머지 말도 못하고, 제임스는 드라마틱한 효과를 노려 한 박자 쉬었다.

"알겠소, 제임스." 스티븐이 말했다.

"기대해 보겠소. 그밖에 지시 사항은?"

"먼저 스티븐, 당신은 지금부터 1개월 간 요하네스버그, 취리히, 뉴욕, 런던 금값의 개장가격과 폐장가격을 매일 빠짐없이 조사해 주시오. 장 피엘, 당신은 같은 기간의 달러에 대한 마르크, 프랑, 파운드의 환율을 매일 조사해 주고, 로빈은 9월 2일까지 텔렉스와 8회선 구내 교환전화의 조작을 마스터하도록 해주시오. 국제교환수에 뒤지지 않을 정도의 솜씨가 되어야 해요."

"당신은 언제나 편한 일만 하게 되는군, 로빈. 그렇지?"

장 피엘이 말했다.

"이 친구가……."

"둘 다 조용히 해주시오." 제임스가 타일렀다.

두 사람의 얼굴에는 놀라움과 감탄의 표정이 떠올랐다.

"모두를 위해서 메모를 만들어 두었소."

제임스는 동료들 각자에게 타이핑한 종이를 두 장씩 건네주었다.

"적어도 한 달 동안은 모두들 이것만으로도 한짐일 거요. 마지막으로 당신들은 모두 앤 서머턴과 제임스 브릭즐리의 결혼식에 초대됩니다. 시간이 없으므로 정식 초대장은 보내지 않지만, 8월 2일 오후 747기에 네 사람의 자리가 예약되어 있으며, 보스턴의 힐튼 호텔에 방도 예약해 두었소. 신랑측 안내인은 당신들이 맡아주었으면 하오."

제임스는 스스로도 자기의 일 처리 솜씨에 감탄하고 있었다. 다른 세 사람은 놀란 얼굴로 비행기표와 자세한 지시서를 받아쥐었다.

"3시에 공항에서 만나, 기내에서 메모한 자료에 대해 당신들을 테스트하겠소."

"알겠소" 하고 장 피엘이 말했다.

"장 피엘, 당신은 국제 전화를 써서 2개 국어로 말하여 외국환 전문가답게 보일 필요가 있으니까, 당신의 테스트는 프랑스 어와 영어 두 가지로 하겠소."

그날 밤은 이미 제임스를 놀리는 말은 누구의 입에서도 나오지 않았으며, 그는 새로 태어난 듯한 기분으로 런던을 향해 차를 몰았다. 그는 옥스퍼드 계획의 스타였을 뿐만 아니라, 이번에는 다른 세 사람에게 명령을 내리는 위치에 선 것이다. 언젠가는 아버지에게도 실력을 보여 드려야지.

# 제19장

평소와는 달리 제임스가 히드로 공항에 첫번째로 도착하고, 다른 세 사람은 그 뒤에 나타났다. 한번 손에 넣은 주도권을 잃고 싶지 않았기 때문이다. 로빈이 신문 다발을 안고 마지막으로 도착했다.

"단 이틀 떠나 있을 뿐인데" 하고 스티븐이 말했다.

"알고 있소. 그런데 나는 영국 신문이 없으면 마음이 놓이질 않아서. 그러니까 내일 읽을 것을 가져가는 것이라오."

장 피엘이 프랑스 인답게 어깨를 으쓱하고는 도저히 상대할 수 없다는 듯한 몸짓을 보였다.

그들은 3번 터미널에서 짐을 검사하고 로간 국제 공항으로 가는 브리티시 에어웨이스인 747기에 탑승했다.

"마치 미식 축구 운동장 같군."

로빈이 처음 보는 점보기의 내부를 둘러보면서 말했다.

"정원 350명. 당신들 영국인의 클럽 멤버 수와 거의 맞먹는 숫자요."

장 피엘이 말했다.

"그만해 두시지" 하고 제임스가 타일렀다. 그는 눈치를 채지 못했지만, 두 사람 모두 신경질적이 되어 있어서 긴장을 풀기 위해 입씨름을 하고 있는 것이었다. 이윽고 이륙하는 동안은 둘 다 책을 읽는 척하고 있었지만, 고도 3,000피트(약 900m)에 이르러 '좌석 벨트 착용'이라는 붉은 램프가 켜지자 완전히 기운을 되찾았다. 그들은 플라스틱 식기의 냉동 치킨과 알제리아산 레드 와인으로 맛없는 저녁을 먹어치웠다.

"제임스" 하고 장 피엘이 말했다. "당신 장인은 이보다는 나은 걸 먹게 해주겠지, 안 그렇소?"

식사가 끝난 다음 제임스는 그들에게 영화 관람을 허락했지만, 그 대신 영화가 끝나는 대로 테스트를 한다고 했다. 로빈과 장 피엘은 〈스팅〉을 보기 위해서 15열 뒤로 물러났다. 스티븐은 자리에 그대로 앉아서 제임스의 질문을 받게 되었다. 제임스는 스티븐에게 전세계 금 가격과, 지난 4주 동안의 시장 동향에 관한 40개 항의 질문을 타이핑한 종이를 건네주었다. 스티븐은 22분 만에 모든 답을 써넣었는데, 제임스가 예상한 대로 모두 정답이었다. 스티븐은 시종 팀의 대들보였으며, 하비 메트카프를 진정으로 때려눕힌 것은 그의 뛰어난 머리였다. 스티븐과 제임스가 꾸벅꾸벅 졸고 있는데 로빈과 장 피엘이 들어오자, 그들에게도 40개 항의 질문서가 주어졌다. 로빈은 30분 걸렸는데, 40개 물음 중에서 38개가 정답이었다. 장 피엘은 27분에 37개의 정답이 나왔다.

"스티븐은 만점이었소." 제임스가 말했다.

"그 친구라면 당연하지." 장 피엘이 말했다. 로빈은 조금 부끄러운 표정을 지었다.

"당신들도 9월 2일까지는 모두 정답을 낼 수 있도록 해주어야겠소, 알겠소?"

두 사람은 고개를 끄덕였다.

"당신은 〈스팅〉을 보았소?" 로빈이 물었다.

"아니" 하고 스티븐은 대답했다. "영화는 절대 보지 않으니까."

"그 녀석들은 우리와는 기질이 다르더군. 커다란 작전을 하나 해내고는, 손에 넣었던 돈을 금세 잃어버리고 말다니."

"남 걱정 말고 잠이나 자오, 로빈."

식사와 영화와 제임스의 테스트로 여섯 시간의 비행은 어느새 끝났다. 겨우 마지막 한 시간을 졸고 있을 때, 갑자기 들려온 안내 방송 소리에 눈을 번쩍 떴다.

"저는 기장입니다. 곧 로간 국제 공항에 도착할 예정입니다만, 비행 스케줄이 20분 늦어졌습니다. 착륙은 약 10분 뒤인 7시 15분에 할 예정입니다. 쾌적한 여행을 즐기셨을 것으로 생각합니다. 다음에도 또 브리티시 에어웨이스를 이용해 주시기 바랍니다."

그들은 결혼 선물을 들고 있었는데, 무엇을 샀는지를 제임스에게 숨기려고 했기 때문에 세관 수속에 시간이 좀 걸렸다. 두개의 피아제 시계 중에서 한 개의 뒤뚜껑에 '프로스펙터 오일에서의 부당이득――계획을 수행한 세 사람으로부터'라는 글자가 새겨져 있는 이유를 세관원에게 설명하는 데 적잖이 애를 먹었다. 겨우 터미널을 빠져 나오니, 그들을 호텔로 데려가기 위해서 대형 캐딜락을 직접 운전하고 마중나온 앤의 모습이 입구에 보였다.

"당신이 계획을 세우는 데 시간이 걸린 이유를 이제야 알겠군. 축하하오, 제임스. 이런 아름다운 애인이 있었다면 무리도 아니지" 하고 장 피엘이 말하고는 프랑스 인 특유의 거창한 제스처로 앤을 안아 주었다. 로빈은 자기 소개를 하고 그녀의 뺨에 가볍게 키스했다. 스티븐은 형식을 갖추어 악수를 했다. 그들은 우루루 차에 올라타고, 장 피엘이 재빨리 앤의 옆자리에 앉았다.

"서머턴 양." 스티븐이 더듬거리듯 불렀다.

"앤이라고 부르세요."

"피로연 장소는 호텔입니까?"

"아뇨." 앤이 대답했다. "부모님 집이에요. 그렇지만 식이 끝나면 차가 여러분을 모시러 갈 겁니다. 여러분이 하실 일은 제임스를 3시 30분까지 교회에 보내 주시기만 하면 돼요. 그것 말고 걱정하실 것은 하나도 없어요. 참, 제임스. 당신 아버님과 어머님이 어제 도착하셔서 지금 우리 아빠 집에 계세요. 엄마가 너무 흥분해서 허둥대고 있으므로 당신도 오늘밤 집에서 묵지 않는 편이 좋을 거라고요."

"당신 말대로 하지."

"아가씨가 지금부터 내일 사이에 마음이 바뀐다면……." 장 피엘이 말했다. "제임스를 대신해서 내가 그 자리에 서겠습니다. 나는 귀족 출신은 아니지만 우리 프랑스 인은 그것을 보충하고도 남을 장점을 한둘은 가지고 있지요."

앤은 생긋 웃었다. "너무 늦었어요, 장 피엘. 게다가 저는 수염을 좋아하지 않거든요."

"아니, 나는 다만……."

다른 사람들이 장 피엘을 노려보았다.


호텔에 도착하자 그들은 앤과 제임스를 둘만 있게 하고 짐을 풀기 시작했다.

"그들이 알고 있어요, 달링?"

"알 리가 없지" 하고 제임스가 대답했다. "내일은 놀라 자빠질 거야."

"당신 계획은 결국 완성했나요?"

"두고 보라고."

"나도 한 가지 생각해 냈어요. 당신 계획은 D데이가 언제예요?"

"9월 13일이야."

"그럼, 내가 이겼네요. 내 계획은 내일이 예정일이니까."

"뭐라고? 설마 당신……."

"걱정할 것 없어요. 당신은 결혼에 대한 생각만 하고 있으면 돼요, 나하고 말예요."

"어디로 좀 가지."

"안 돼요, 내일까지 기다려요. 그저 안달이군요."

"사랑해."

"잘 자요, 안달 아저씨. 나도 사랑해요. 그렇지만 집에 돌아가야 해요. 어물거리다간 내일 준비도 못 하겠어요."

제임스는 엘리베이터로 7층으로 올라가서 다른 동료들과 커피를 마셨다.

"누구 블랙잭 할 사람 없소?" 장 피엘이 말했다.

"당신하고라면 사양하겠소, 해적 같으니." 로빈이 받아주었다.

"세기의 대악당이 되는 훈련을 쌓은 것이 누군데."

그들은 모두 신이 나서 내일의 결혼식을 기대하고 있었다. 시차에서 오는 피곤에도 불구하고 각자의 방으로 돌아간 것은 밤 12시가 지나서였다. 제임스는 방에 돌아와서도 한동안 눈을 뜬 채 똑같은 질문을 머릿속에서 되풀이하고 있었다.

"그 앙큼한 앤이 대체 무슨 꿍꿍이를 꾸미고 있는 걸까?"

# 제20장

8월의 보스턴은 미국 어느 도시 못지않게 아름답다. 그들은 강이 내려다보이는 제임스의 방에서 푸짐하게 나온 아침 식사를 즐겼다.

"이 역할은 그에게 어울리지않는다고 생각해." 장 피엘이 말했다.

"스티븐, 당신은 팀의 대장이오. 내가 그의 대역을 맡겠소."

"그 대신 25만 달러를 내놓아야 하는데."

"좋고말고."

"당신은 25만 달러를 갖고 있지 않아. 당신이 가진 것이라면 우리가 지금까지 되찾은 돈의 4분의 1, 즉 18만 7, 474달러 69센트뿐이오. 그러니까 대장의 결정으로 신랑은 역시 제임스야."

"그건 앵글로—색슨의 음모요" 하고 장 피엘이 항의했다. "제임스의 계획이 성공하여 전액을 되찾은 다음에 나는 교섭을 다시 시작하겠어."

그들은 토스트와 커피로 시간을 보내면서 농담도 하고 웃기도 했다. 스티븐은 정감어린 눈으로 일동을 바라보았다. 다시 한번——아니, 만일에, 하고 그는 자신의 생각을 고쳤다. 제임스의 작전이 끝나

버리면 이젠 이 네 사람도 다시 만나지 못할 거라는 허전한 생각에 몰리고 있었다. 만일 하비 메트카프가 이런 팀의 적이 아닌 우군이었다면, 아마 단지 경제적인 의미에서만이 아니고 그는 세계에서 가장 부자가 되었을 텐데.

"뭘 멍청한 얼굴을 하고 있소, 스티븐?"

"아니, 미안하오. 앤이 부탁한 우리의 중요한 일을 잊어버리면 큰일이오."

"허, 또 시작이군." 장 피엘이 말했다. "우리는 몇 시에 출두하게 되오, 교수?"

"지금부터 한 시간 뒤에 정장을 하고 제임스를 점검한 다음에 그를 교회로 데리고 갈 거요. 장 피엘, 카네이션을 네 송이 사오시오. 빨간색을 세 송이, 흰색 한 송이. 로빈, 당신은 택시를 준비해 주시오. 나는 제임스 뒤치다꺼리를 맡겠소."

로빈과 장 피엘은 음정도 맞지 않는 소리로 용감하게 〈라마르세예즈〉(프랑스 국가)를 노래부르며 나갔다. 제임스와 스티븐이 그것을 보고 웃었다.

"기분이 어떻소, 제임스?"

"최고지. 다만 여기까지 오기 전에 계획을 완성하지 못한 것만이 마음에 걸리는군."

"그거야 아무러면 어떻소. 9월 13일이라도 늦지 않으니까, 조금 쉬는 것도 나쁘지 않소."

"당신이 없었더라면 도저히 여기까지 오지도 못했을 거요. 그렇잖소, 스티븐? 당신이 없었더라면 모두들 파산에 직면하게 되었을 것이고, 나도 앤과 만나지 못했겠지. 모든 것이 당신 덕분이오."

스티븐은 어떻게 대답해야 할지 몰라서 창밖만 바라보고 있었다.

"빨간색 세 송이에 흰색 한 송이." 장 피엘이 말했다. "주문대로 사왔소, 흰색은 내 것이겠지?"

"아니오, 제임스에게 달아주시오. 조심해서 달아요, 장 피엘."

"훌륭한 신랑감으로 보이는데. 그런데 나는 이해가 안 된단 말이야. 대체 당신의 어디가 앤의 마음에 들었을까?" 하고 말하면서 장 피엘은 제임스의 가슴에 흰 카네이션을 달아주었다. 네 사람이 모두 출발 준비를 끝냈지만, 택시가 데리러 오려면 아직 30분이나 남아 있었다.

장 피엘이 샴페인을 한 병 땄다. 그들은 제임스의 건강을, 다음에는 팀 전원의 건강을, 그리고 여왕 폐하, 미국 대통령, 마지막으로 마지못한 듯이 프랑스 대통령의 건강을 빌고 건배했다. 술병이 거의 비었을 무렵, 스티븐은 이제 슬슬 출발할 때가 되었다 싶어서 세 사람을 택시 있는 곳까지 데리고 갔다.

"웃음을 잃지 말아요, 제임스. 우리가 뒤따라가니까."

그들은 제임스를 뒷좌석에 밀어넣었다.

택시는 20분 만에 코플리 광장의 트리니티 교회에 닿았다. 운전사는 네 사람의 성가신 손님을 내려놓아 시원하다는 듯한 표정을 지었다.

"3시 15분이야. 앤은 내가 약속을 지켰으니까 기뻐할 테지" 하고 스티븐이 말했다. 스티븐은 신랑을 에스코트해서 교회의 오른쪽 앞줄의 자리에 앉히고, 장 피엘은 아가씨들 중에서 가장 미인에게 윙크를 보냈다. 로빈은 웨딩 시트를 까는 것을 거들었다. 제각기 한껏 차려입은 천 명이나 되는 손님들이 신부의 도착을 기다리고 있었다.

스티븐이 로빈을 돕기 위해서 교회의 층계 있는 곳으로 돌아가고, 장 피엘이 그리로 와서 막 자리에 앉으려는 바로 그때 롤스로이스가 도착했다. 그들은 발렌시아가 웨딩드레스를 입은 앤의 모습이 너무도 아름다워 층계 위에 선 채 움직일 줄 몰랐다. 이어서 그녀의 아버지가 차에서 내렸다. 앤은 아버지의 팔을 잡고 층계를 오르기 시작했다. 세 사람은 마치 석고상처럼 그 자리에 얼어붙어 버렸다.

"이 녀석!"

"속인 것이 어느 쪽이야?"

"그녀는 처음부터 알고 있었던 거야!"

하비는 그들에게 석연찮은 웃음을 보이고 앤과 팔짱을 끼고 지나갔다.

"세상에 이럴 수가!" 스티븐은 마음속으로 부르짖었다. "하지만 그는 우리를 알아보지 못했어."

그들은 교회 뒤쪽의, 엄청나게 많은 참석자들의 귀에까지는 들리지 않을 만한 거리를 두고 자리에 앉았다.

앤이 강단 앞에 다다르자 동시에 오르간 연주가 멎었다.

"하비는 알 리가 없어." 스티븐이 말했다.

"어째서?" 장 피엘이 물었다.

"생각해 봐. 제임스 자신이 테스트에 합격하지 않았더라면 우리에게 이런 꼴을 당하게 할 리가 없지."

"과연 머리는 좋군." 로빈이 속삭였다.

"나는 당신들 두 사람에게 요구하고 명령합니다. 모든 마음의 비밀이 밝혀질 두려운 심판의 날에 대답하도록……."

"우리도 몇 가지 알고 싶은 비밀이 있어" 하고 장 피엘이 말했다.

"첫째, 그녀는 대체 언제부터 알고 있었는가?"

"제임스 클래런스 스펜서, 그대는 이 여자를 아내로서 맞이하고, 아내 있는 몸으로서 하느님의 계명에 따라 함께 살 것을 맹세합니까? 또한 죽을 때까지 그녀를 사랑하고, 위로하고, 존경하며, 아플 때나 건강할 때나 늘 돌보며, 다른 여자는 쳐다보지도 않고, 오로지 아내만을 사랑할 것을 맹세합니까?"

"맹세합니다."

"로잘리 메트카프, 그대는 이 남자를 남편으로 맞이하고……"

"생각해 보면" 하고 스티븐이 말했다. "그녀는 틀림없이 팀의 훌륭한 일원이었소. 그렇지 않았다면 몬테카를로에서나 옥스퍼드에서 그렇게 쉽게 일이 풀려나갈 리가 없었지."

"……함께 목숨이 붙어 있는 한…… 맹세합니까?"

"맹세합니다."

"이 여자를 아내로 이 남자에게 주신 분은 누구입니까?"

하비가 성큼성큼 앞으로 나아가서 앤의 한 손을 잡아서 목사에게 내밀었다.

"나, 제임스 클래런스 스펜서는 로잘리 메트카프를 아내로서……"

"더구나 그는 우리와 한 번씩밖에 만나지 않았어. 뿐만 아니라, 그때는 모두들 변장하고 있었으니까 조금 전에 만났어도 알아보지 못했던 거야" 하고 스티븐이 계속했다.

"……당신에게 맹세합니다."

"나 로잘리 메트카프는 제임스 클래런스 스펜서를 남편으로서……"

"하지만 이런 곳에서 어물거리고 있으면 그에게 역습의 기회를 주게 될 게 뻔해" 하고 로빈이 말했다.

"그럴 리는 없어." 스티븐이 말했다. "여하튼 당황하면 안돼. 우리의 성공의 비결은 적을 홈그라운드에서 끌어내는 것이었어."

"그런데 여기는 그의 홈그라운드란 말이야." 장 피엘이 말했다.

"그건 그렇지 않아. 오늘은 딸의 결혼식이야. 말하자면 그에게는 전혀 새로운 경험이 되는 거야. 피로연에서는 물론 그를 되도록 피하는 것이 좋겠지만, 그러나 피하고 있다는 것이 너무 눈에 띄어도 안돼."

"내 손을 꼭 잡아줘." 로빈이 말했다.

"알았어. 내게 맡겨!" 장 피엘이 나섰다.

"명심해요. 아주 자연스럽게 행동해야 한다는 점을 잊지 말도록."

"……당신에게 맹세합니다."

앤은 기어들어가는 목소리로 선서를 했다. 새로운 사태를 맞아 뒤쪽에서 의기소침해 있는 세 사람에게는 거의 들리지도 않을 정도였다. 반대로 제임스의 목소리는 힘차고 또렷했다.

"이 반지로 나는 당신을 아내로 맞이하고 온몸으로 당신을 존경하고, 내가 땅 위에서 가지고 있는 모든 것을 당신에게 드립니다……."

"그 안에는 우리 몫도 들어 있다는 걸 알아둬." 장 피엘이 말했다.

"성부와 성자와 성령의 이름으로 아멘."

"모두들 함께 기도합시다" 하고 목사가 노래하듯 말했다.

"뭘 비는지 알겠어" 하고 로빈이 말했다. "우리의 적의 힘과 우리를 미워하는 모든 인간의 손에서 해방되기를."

"오오, 영원히 변치 않는 하느님, 인류의 창조자이시며 보호자이신 하느님……."

"거의 끝나가고 있어" 하고 스티븐이 말했다.
"그 소리만 들어도 소름이 끼치는데" 하고 로빈이 중얼거렸다.
"조용히 해." 장 피엘이 말했다. "나는 스티븐의 의견에 찬성이야. 우리는 메트카프의 손바닥 안을 훤히 들여다보고 있어. 안심해."

"하느님께서 맺어주신 두 사람을 사람의 손으로 갈라놓을 수는 없도다."

장 피엘이 뭔가 입안에서 웅얼거리고 있었지만, 그것이 기도라고는 생각되지 않았다.

오르간이 헨델의 웨딩마치를 크게 연주하자 세 사람은 문득 정신이 들었다. 결혼식은 무사히 끝났으며, 브릭즐리 경 부부는 미소로 칭송하는 2천 개나 되는 눈들의 배웅을 받으며 중앙 통로를 걸어나갔다. 스티븐은 미소를 지었고, 장 피엘은 부드러운 얼굴이었으며, 로빈은 걱정스러운 얼굴이었다. 제임스는 행복에 겨운 미소를 짓고서 그들 앞을 지나갔다.

교회의 층계 위에서 10분 동안의 기념 촬영이 있은 다음, 롤스로이스가 신혼 커플을 링컨의 메트카프 저택으로 태우고 갔다. 하비와 라우스 백작 부인이 두 번째 차, 백작과 앤의 어머니인 알린이 세 번째 차에 탔다. 스티븐과 로빈과 장 피엘은 적의 본거지에 과연 발을 들여놓아야 하느냐 마느냐에 대해서 여전히 옥신각신하다가 약 20분 뒤에 메트카프 저택으로 향했다.

하비 메트카프의 조지 왕조풍의 저택은 웅장하고 화려하기 짝이 없었다. 연못으로 통하는 동양 정원과 넓은 장미원과, 그의 자랑거리이고 즐거움인 귀중한 난 수집품이 들어 있는 온실이 있었다.

"설마 이런 집에 들어와 보리라고는 생각지도 못했는데." 장 피엘이 말했다.

"나도 마찬가지야." 로빈이 대꾸했다. "이렇게 직접 눈앞에 두고 보니 별로 좋은 기분도 아닌데."

"자, 마침내 시련의 순간이 왔어." 스티븐이 말했다. "인사하는 대열에 낄 때는 따로따로 떨어져 있는 편이 안전할 거야. 내가 제일 먼저 가겠어. 로빈, 두 번째는 당신이야. 나보다 적어도 20명 뒤에 서 있을 것. 장 피엘, 세 번째는 당신인데, 당신 역시 로빈에게서 20명쯤 뒤처져서 아주 자연스럽게 행동하도록. 우리는 영국에서 온 제임스의 친구들일 뿐이야. 잘들 들어. 대열에 낄 때는 사람들의 이야기에 귀를 기울여서 하비의 친구인 듯한 사람을 찾아내어 그 사람 바로 앞에 서야 해. 그렇게 하면 악수할 차례가 왔을 때, 하비는 낯선 얼굴인 당신들은 그냥 지나치고 다음에 있는 사람에게 눈을 주겠지. 이 방법으로 일단은 무사히 넘어갈 수 있을 거라고 생각해."

"천재적이군, 교수." 장 피엘이 말했다.

행렬은 끝없이 길었다. 천 명의 손님이 메트카프 부부, 라우스 백작 부부, 앤과 제임스와 악수를 나누면서 지나갔다. 마침내 스티븐의 차례가 되어 무사히 어려운 관문을 지나갔다.

"먼곳까지 와주셔서 정말 기뻐요." 앤이 말했다.

스티븐은 대답하지 않았다.

"당신을 만나게 되어 기뻐, 스티븐."

"모두들 당신 계획에 탄복하고 있어, 제임스."

스티븐은 무도실로 들어가서, 중앙에 놓인 높다란 웨딩케이크로부터 되도록 멀리 떨어진 안쪽 기둥 뒤에 몸을 숨겼다. 그 다음인 로빈은 하비와 시선을 마주치지 않도록 해가며 통과했다.

"멀리서 이렇게 와주셔서 정말 감사합니다." 앤이 말했다.

로빈이 무슨 소리인지 조그맣게 중얼거렸다.

"오늘은 마음껏 즐기고 있겠지, 로빈?"

제임스는 분명히 이 순간을 전에 없이 즐기고 있었다. 그 자신도 앤으로 말미암아 이런 곤경에 빠지게 되었지만, 지금 팀의 다른 동료들도 같은 처지에 놓여서 쩔쩔매고 있는 것을 보고 있으려니 기분이 나쁘지는 않았다.

"지독한 사람이야, 제임스, 당신은."

"쉿, 목소리가 너무 커. 내 부모님에게 들릴지도 몰라."

로빈은 무도실에 섞여 들어가서 기둥이라는 기둥은 모조리 찾아다닌 끝에 겨우 스티븐과 만났다.

"무사했어?"

"그럭저럭. 하지만 그와는 이제 두 번 다시 만나고 싶지 않아. 돌아가는 비행기는 몇 시지?"

"8시. 아무튼 침착하게 장 피엘나 지켜봐야겠어."

"저 녀석, 수염을 기른 것이 천만다행이군."

장 피엘은 하비와 악수를 나누었다. 하비의 눈은 이미 장 피엘의 다음 손님을 보고 있었다. 장 피엘이 하비의 친구인 듯한 보스턴의 은행가 앞에 염치불구하고 끼어들었기 때문이다.

"오, 와주어서 고맙네, 마빈."

장 피엘은 위기에서 벗어났다. 그는 앤의 양볼에 키스하고 귓가에

다 속삭였다. "이것으로 제임스도 끝장났소."

그리고 스티븐과 로빈을 찾으러 가려다가 신부의 들러리와 마주친 순간 스티븐의 주의를 까맣게 잊고 말았다.

"결혼식에 오셔서 즐거우셨나요?" 들러리가 물었다.

"물론이오. 나는 신부가 아니라 들러리를 보고 결혼식을 채점하는 주의니까."

아가씨는 기쁜 듯이 얼굴을 붉혔다.

"틀림없이 비용이 꽤 많이 들었을 거예요."

"그렇지요. 그 돈이 어디서 생겼는지 난 알고 있지만 말입니다" 하고 장 피엘이 그녀의 허리에 팔을 돌리면서 대답했다.

네 개의 팔이 저항하는 장 피엘을 붙들어서 억지로 기둥 뒤로 끌어들였다.

"제말 부탁이니 그만두시지, 장 피엘. 그 아가씨는 열일곱 살도 되지 않았어. 도둑질뿐이라면 또 모르지만, 미성년자 추행까지 보탠 교도소행은 두고 볼 수 없어. 이거나 마시고 얌전히 있으시지."

로빈이 그의 손에 잔을 밀어붙였다.


샴페인이 돌고, 스티븐까지도 조금은 취기가 돌았다. 모두들 걸음걸이가 차츰 흐트러져서 기둥을 붙들고 서 있는데 사회자가 조용히 해달라고 말했다.

"이 자리에 오신 여러분, 오늘의 신랑이며 백작의 자제이신 브릭즐리 경의 인사말이 있겠습니다."

제임스는 당당하게 연설을 했다. 그의 배우 기질이 뛰어난 결과였지만, 미국인들에게는 그 점이 또한 환영을 받았다. 그의 아버지조차 아들을 감탄의 눈으로 바라보았다. 사회자는 다음으로 하비를 소개했다. 그는 크게 소리치면서 딸을 찰스 왕자와 결혼시키려 했었다는 재미도 없는 농담을 장황하게 늘어놓았지만, 그곳에 모인 손님들은 결혼식에서는 언제나 그렇듯이 이 재미없는 농담에 아낌없는 박수를 보냈다. 그는 마지막으로 신랑 신부를 위한 건배를 선창했다.

박수 소리가 멎고 다시 와자지껄 이야기 소리가 들리기 시작했을 때, 하비가 호주머니에서 봉투 한 장을 꺼내 들고 딸의 뺨에 키스했다.

"로잘리, 이것은 나의 조그만 축하 선물이다. 반 고흐 작품 대신에 받아주기 바란다. 너라면 틀림없이 효과적으로 써줄 것으로 믿는다."

하비는 흰 봉투를 그녀에게 건네주었다. 안에 든 것은 25만 달러짜리 수표였다. 앤은 마음속 깊숙이에서 우러나오는 애정어린 키스를 아버지에게 보냈다.

"고맙습니다, 아빠. 이 돈을 가치 있게 쓸 것을 약속드리겠어요."

그녀는 서둘러서 제임스를 찾아나섰다. 그는 같은 또래의 미국 여인들에게 둘러싸여 있었다.

"여왕님과 친척이라고 하는데, 정말인가요?"

"진짜 귀족을 만나보는 건 처음이에요."

"성을 구경하게 한번 초대해 주시지 않겠어요?"

"킹스 거리에 성은 없습니다."

제임스는 앤을 발견하고 한시름 놓은 듯한 얼굴이었다.

"달링, 1분만 시간을 내주지 않겠어요?"

제임스는 여인들에게 양해를 구하고 앤을 따라갔지만, 손님들에게서 빠져나간다는 것이 거의 불가능했다.

"이걸 봐요" 하고 그녀가 말했다. "빨리."

제임스는 수표를 받아들었다.

"아니, 25만 달러인데!"

"내가 이걸 어떻게 할지는 아시죠?"

"알고 있어, 달링."

앤은 스티븐과 로빈과 장 피엘을 찾아다녔지만, 그들은 워낙 가장 먼 기둥 뒤에 숨어 있었으므로 쉽사리 찾아낼 수가 없었다. 방 구석에서 겨우 들려오는 〈누가 백만장자가 되고 싶나요?〉라는 노래의 조용한 멜로디에 이끌려 그들이 있는 곳까지 갔다.

"펜을 좀 빌려주시겠어요, 스티븐?"

순간 세 개의 펜이 동시에 나왔다.

그녀는 꽃다발 안에서 수표를 꺼내어 뒷면에 '로잘리 브릭즐리가 스티븐 브래들리에게 지불함'이라고 써서 스티븐에게 건네주었다.

"자, 받아주세요."

세 사람은 눈이 둥그레져서 수표를 바라보았다. 세 사람이 모두 벙어리가 되어 있는데, 그녀는 돌아서서 그 자리를 떠났다.

"제임스는 대단한 여자와 결혼을 했군." 장 피엘이 말했다.

"당신은 취했어" 하고 로빈이 대꾸했다.

"뭐라고? 감히 프랑스 인을 보고 샴페인으로 취했다니 무슨 소리야? 이렇게 되면 결투뿐이다. 무기를 골라."

"샴페인 코르크로 하지."

"조용히들 해." 스티븐이 말렸다. "들키겠어."

"그런데, 교수, 이젠 계산이 어떻게 되지?"

"지금 그것을 계산하는 중이야" 하고 스티븐이 대답했다.

"뭐라고?" 로빈과 장 피엘이 이구동성으로 물었지만, 그렇다고 반대는 하지 않을 만큼 기분이 들떠 있었다.

"아직 101달러 24센트가 덜 들어왔는데."

"괘씸하군." 장 피엘이 말했다. "이 집을 불태워 버려!"

앤과 제임스는 옷을 갈아입기 위해서 물러갔다. 한편 스티븐과 로빈과 장 피엘은 다시 한동안 샴페인 잔을 기울였다. 사회자는 약 15분 뒤에 신랑 신부가 출발하게 된다고 말하고는 손님들을 현관과 정원으로 모았다.

"자, 두 사람을 배웅하자" 하고 스티븐이 말했다. 술기운으로 배짱이 두둑해진 세 사람은 차 가까이로 다가갔다.

하비의 목소리를 들은 것은 스티븐이었다.

"허 참, 하나에서 열까시 내가 다 돌봐줘야만 하나?" 그러면서 주위를 둘러보던 하비의 눈이 세 사람에게 머물렀다. 하비가 손가락으로 자기를 부르는 것을 보고, 스티븐의 두 다리가 후들거렸다.

"여보게, 자네는 신랑을 안내해 온 사람이 아니었나?"

"맞습니다."

"내 외동딸이 이제 곧 출발할 참인데 꽃이 하나도 없다니, 대체 어떻게 된 셈인가? 차를 타고 얼른 다녀오게. 반 마일쯤 가면 꽃집이 하나 있네. 서두르게."

"예."

"그런데 자네를 어디선가 만난 듯한 생각이 드는데."

"예, 그, 아니, 어쨌든 꽃을 사오겠습니다."

스티븐이 휙 뒤돌아서서 달아나기 시작했다. 마침내 하비에게 들키고 말았구나. 두려운 눈으로 지켜보고 있던 로빈과 장 피엘이 급히 뒤따라갔다. 건물의 뒤쪽에 이르자 스티븐은 화려한 장미원 앞에 멈춰섰다. 로빈과 장 피엘은 총알같이 그의 곁을 지나다가, 급브레이크를 걸어서 U턴 하더니 비틀거리면서 다시 돌아왔다.

"무슨 생각을 하고 있어? 스스로 장례식 꽃이라도 꺾을 생각이야?"

"메트카프라면 그렇게 하고 싶어하겠지! 앤의 꽃을 준비하는 걸

잊어버린 녀석이 있어서 내가 꽃을 사러 가는 길인데, 아직 5분은 있으니 우리 함께 장미를 꺾어주지. "

"내 아들들이여, 저것이 보이는가? "

두 사람은 장 피엘의 시선을 따라갔다. 장 피엘은 황홀한 얼굴로 난의 온실을 바라보고 있었다.

스티븐은 멋진 난을 두 손으로 안고 로빈과 장 피엘을 따라서 건물의 정면으로 돌아왔다. 그것을 하비에게 건네주자마자 제임스와 앤이 집안에서 나왔다.

"멋진 꽃이군. 나는 이 꽃을 좋아한다네. 얼마 주었나? "

"100달러입니다" 하고 스티븐이 생각나는 대로 대답했다. 하비가 50달러짜리 두 장을 건네주었다. 스티븐은 진땀을 빼면서 뒤로 물러나서 환송하는 인파의 뒤편에 있는 로빈과 장 피엘이 있는 곳으로 돌아왔다. 사람들은 아름다운 앤의 모습에 정신이 팔려 있었다.

"어머, 정말 예쁜 난이군요, 아빠. " 앤은 하비에게 키스했다. "아빠 덕분에 오늘은 내 일생에서 가장 멋진 날이 되었어요. "

롤스로이스가 천천히 사람들 곁을 떠나 건물의 뒤쪽으로 돌아서 공항을 향해 사라졌다. 제임스와 앤은 샌프란시스코행을 타고 가서, 거기서 잠깐 쉬었다가 하와이에서 허니문을 보낼 예정이었다. 롤스로이스가 미끄러지듯 집 뒤쪽을 돌 때, 앤은 빈 온실을 보고 눈이 동그래졌다. 그리고 자기의 팔이 안고 있는 꽃을 들여다보았다. 제임스는 아무것도 눈치채지 못하고 있었다. 머릿속이 다른 일로 가득차 있었기 때문이다.

"그 녀석들이 나를 용서해 줄까? "

"틀림없이 어떻게 될 거예요. 그보다 물어볼 것이 하나 있어요. 당신, 정말로 계획을 생각해 낸 거예요? "

"언젠가는 물어볼 줄 알았지. 사실은 말이야……."

롤스로이스는 곱게 다져진 하이웨이를 달려갔으며, 제임스의 대답을 들은 사람은 운전 기사뿐이었다.

스티븐, 로빈, 장 피엘 세 사람은 손님들이 차츰 흩어지는 것을 지켜보고 있었다. 거의 모든 손님들이 메트카프 부부에게 작별 인사를 하고 돌아갔다.

"군자는 위험에 다가가지 말지어다." 로빈이 말했다.

"찬성이야." 스티븐이 대꾸했다.

"그를 저녁 식사에 초대하기로 하지."

장 피엘도 한마디 거들었다.

두 사람은 힘을 합쳐 그의 팔을 잡아서는 택시 안으로 밀어넣었다.

"모닝 코트 밑에 무엇을 감추고 있어, 장 피엘?"

"1964년산 크루크 삼페인 두 병이야. 남겨두고 그냥 오기가 아까워서. 게다가 못 본 척하면 샴페인에게도 가엾은 일이지."

스티븐은 운전 기사에게 호텔 이름을 댔다.

"정말 무슨 결혼식이 그 모양이지? 그런데 제임스에게는 정말로 무슨 계획이 있었다고 생각해?" 하고 로빈이 물었다.

"글쎄, 알 수 없지. 그렇지만 설령 가지고 있었다고 하더라도 되찾을 돈이 1달러 24센트에 불과하니."

"그 녀석이 애스콧에서 로잘리에게 내기를 걸어서 벌어들인 돈을 빼앗아둘 걸 그랬는데" 하고 장 피엘이 감개 어린 어조로 중얼거렸다.

짐을 챙겨 호텔을 나온 그들은 다시 로간 국제 공항까지 택시로 가서 브리티시 에어웨이스 직원들을 귀찮게 해가며 비행기에 오르게 되었다.

"제기랄" 하고 스티븐이 말했다. "1달러 24센트를 되찾지 못한 것이 억울한데."

# 제21장

비행기에 오른 그들은 장 피엘이 결혼식장에서 감춰온 샴페인을 마셨다. 스티븐조차도 만족한 얼굴이었지만 다만 가끔 생각난 듯이 1달러 24센트의 부족을 입에 담았다.

"이 샴페인이 얼마나 할 것 같아?" 하고 장 피엘이 놀려댔다.

"그것과 이것은 문제가 달라. 한푼도 더도 말고 덜도 말고였어."

장 피엘은 학자란 녀석은 도저히 상대할 수 없다고 생각했다.

"걱정 마, 스티븐. 제임스의 계획으로 1달러 24센트는 틀림없이 되찾게 될 테니까."

스티븐은 그 말을 듣고 웃음이 나올 것 같았으나, 두통으로 오히려 얼굴을 찡그렸다.

"여하튼 그녀는 모든 것을 다 알고 있었던 거야."

히드로 공항에서는 쉽게 통관을 끝냈다. 여행 목적이 선물을 가져오는 것이 아니었기 때문이다. 로빈은 일부러 W.H. 스미스 서점에 들러서 〈더 타임스〉와 〈런던 이브닝 뉴스〉를 사왔다. 장 피엘은 센트럴 런던까지 택시 요금을 깎아보려고 운전사와 승강이를 벌이고 있었다.

"우리는 요금도 길도 모르는 미국 관광객과는 다르단 말이야. 속이려고 해도 그렇게는 안돼" 하며 아직 술이 덜 깬 말투로 운전 기사에게 엉기고 있었다.

운전 기사는 투덜거리며 검정색 오스틴을 모터웨이 쪽으로 돌렸다. 오늘은 재수가 없다고 생각하면서.

로빈은 느긋하게 신문을 읽고 있었다. 그는 달리는 차 안에서도 신문을 읽을 수 있는 드문 인종 중 한 사람이었다. 스티븐과 장 피엘은 그를 부러워하며 차창 밖을 지나가는 차들을 바라보는 것으로 만족했다.

"빌어먹을!"

스티븐과 장 피엘이 깜짝 놀랐다. 로빈은 여지껏 그런 말을 입에 담지 않은 사람이었다. 그런 난폭한 말은 그에게 어울리는 것이 아니었다.

"이게 무슨 꼴이야!"

두 사람은 놀라서 대체 무슨 일이냐고 물어보려고 했는데, 그보다 먼저 그가 신문 기사를 소리내어 읽기 시작했다.

"BP는 북해에서 하루 생산량 20만 배럴로 추정되는 유전을 발견했다고 발표했다. 이 회사 회장인 에릭 드레이크 경은 이것이 아주 대규모 유전의 발견이라고 했다. BP 유전은 아직 조사가 시작되지 않은 프로스펙터 오일과 1마일 거리에 있으며, BP에 의한 매수 소문이 프로스펙터 오일의 주가를 상종가 12달러 25센트까지 올려놓았다."

"빌어먹을!" 하고 장 피엘이 신음하듯 말했다. "대체 어쩌지?"

"허, 참." 하고 스티븐이 중얼거렸다. "이번에는 어떻게 해서 돈을 되돌려줄까를 생각해 봐야지."

# 속고 속이는 빅 콘게임

영어에 '콘게임'이라는 말이 있다. 콘은 'confidence' 그러니까 '신용'이라는 뜻으로, 이를테면 '신용사기'를 의미하는 말이다. 이 신용사기 가운데서도 가장 단순한 수법은, 여자가 그리워 밤거리를 배회하는 듯이 보이는 남자에게 은근슬쩍 접근해서 여자를 구해준답시고 돈을 받아서는 줄행랑을 치는 사기인데, 흔히 '머피게임'이라고 부른다. 여기서 '머피'라고 하는 것은, 봉투 안에 들어 있는 돈다발을 상대의 눈앞에서 감쪽같이 신문으로 바꿔치기하는 놀라운 손재주를 가졌던 어느 아일랜드 인의 이름에서 유래되었다고 한다.

흔히 '사기'라고 하는 말에는 속이는 자도 속는 자도 서로 뒤끝이 짜릿해지는 야릇한 쾌감이 느껴지는데, 콘 게임(미 속어로 '유혹'이라는 뜻도 있다)에서 오는 어감도 '어차피 서로 한판 치뤄 볼 머리싸움부다!'고 하는 스포츠적인 유혹의 뉘앙스마저 풍기는 산뜻함이 있다.

사람을 속이고 돈을 갈취하는 것이니까 범죄임에는 틀림없겠지만, 흉기를 휘두르거나 사람을 죽이는 것도 아닌 이들 콘맨들은 어쩐지 미워할 수 없는 구석이 있어서, 자칫하면 아무 생각 없이 불쑥불쑥

박수를 보내고 싶어질 때가 있다. 콘게임을 다룬 소설은 스파이소설이나 미스터리소설과 마찬가지로 지적 게임과 비슷하다는 점에서는 영국인의 기호에 안성맞춤인지, 이보다 앞선 작품으로도 헨리 세실의 《갖가지 방법》 같은 걸작이 있다(이 소설에 등장하는 2인조 콘맨 부부도 우리의 4인조와 마찬가지로 마지막에는 이 돈을 다 어디에 써야 할지 모를 정도로 크게 한건 잡는다).

이 책에 등장하는 콘맨들——월 스트리트의 메신저 보이에서 출발하여 오로지 그 길에서 거부를 쌓아올린 베테랑 콘맨 하비 메트카프의 상대는 옥스퍼드대학의 교수, 할리 스트리트의 의사, 프랑스인 미술품 중개상, 영국 귀족의 후예 이렇게 4명의 다채로운 얼굴들로 구성되어 있다. 이들 4인조가 저마다의 특기를 살리는 끝내주는 계획으로 가로채인 백만 달러를 한 푼도 모자람이 없게 감쪽같이 되찾으려 악착같은 노력을 한다.

비록 악역이지만 교묘한 작품 구성과 개성 있는 성격 처리로 네 사람의 매력이 철철 넘친다. 신인이 쓴 첫 작품 치고는 참 잘 썼다고 감탄과 찬사를 비평가들은 아끼지 않았는데, 이 소설의 작가 제프리 아처라는 사람은 소설의 '소'자도 모르던 완전초보였던 것이다! 게다가 이 소설을 쓰게 된 동기가 대단히 특이하다.

제프리 아처는 1940년생으로 옥스퍼드대학을 졸업, 1964년에서 65년까지는 영국을 대표하는 육상선수로 이름을 떨친 뒤, 66년에는 26살이라는 젊은 나이로 사상 최연소 런던 시의회의원이 되었다. 그리고 3년 뒤에는 드디어 국회의원까지 된다. 그러나 1973년에 캐나다의 어느 회사에 백만 달러를 투자했다가 이듬해 런던경시청으로부터 그 회사의 주식이 휴지조각이 되었다는 소식을 전해 듣는다. 그리하여 하룻밤에 땡전 한 닢 없는 신세가 된 아처 의원은 재선을 포기하고, 대신 이 소설을 썼다고 한다. 이 소설이 히트하여 선거자금이 마련되면 다시 정계로 복귀할지 아니면 앞으로는 소설을 계속 쓰며 살지 확실한 계획도 미리 세워두지 않은 채.

'원숭이는 나무에서 떨어져도 여전히 원숭이이지만 의원은 선거에서 떨어지면 그냥 보통 사람일 뿐'이라는 명언을 토로한 어느 나라의 의원이 있었는데, 아처 의원은 그저 보통 사람이기는커녕 정치가로서는 실로 아까울 정도의 재능을 가진 사람임이 이 작품으로 증명되었던 것이다. 돈 때문에 폭로소설을 써서 세상의 빈축을 산 애그뉴 전 미국 부통령 같은 사람들보다는 적어도 이 편이 훨씬 깔끔하고 모양새도 좋기 때문이다.

번역은 더블데이에서 처음 나온 미국판을 사용했다. 이 판에서는 '하비 매트카프'라고 했던 유령회사는 '디스커버리 오일'이라고 하는 이름만 들어도 사기꾼 같은 냄새가 풀풀 나는 것으로 바뀌었고 등장인물의 이름과 내용도 일부 수정되었다. 다시 '디스커버리'가 '프로스펙터'로 바뀐 것은 나중에 북해에서 석유를 파고 있던 같은 이름의 회사가 실재한다는 사실을 알게 되었기 때문이라고 한다. 이런 일도 그렇고 작가의 개인적 체험 등을 살펴보면, 이 작품에서 아마 적어도 4인조가 그물에 걸리는 앞부분은 상당히 현실에 입각하여 써진 것이 아닐까 하는 추측을 하게 된다.

참고로 1975년 세계 윔블던 여자부 싱글에서는 내용대로 '빌리 진 킹'이 우승했고, 아스코트의 '킹 조지 4세 & 퀸 엘리자베스 경마대회'에서도 일등은 '달리아'라고 하는 말이지만 이등 이하의 모든 경주마들은 실명으로 작품에 등장하고 있다.

이 작품은 1990년 BBC와 파라마운트 레코드의 공동제작으로 약 3시간짜리 TV드라마로 제작되었다. 스비븐 역은 에드 베글리 주니어, 매트카프 역은 에드워드 아즈너로 원작에 거의 손을 대지 않고 그대로 영상화되어 호평을 받았다.